译文经典

光在黑暗中发亮

И Свет во Тьме Светит

托尔斯泰戏剧集

Л. Н. Толстой

〔俄〕托尔斯泰 著

白嗣宏 译

上海译文出版社

仿佛若有光

——列夫·托尔斯泰的“晚期风格”和他的戏剧

张晓东

爱德华·萨义德在他的最后一本著作《论晚期风格：格格不入的音乐与文学》中提出了一个重要问题：对于伟大艺术家来说，生命中的最后时期，即晚期，当面临身体的衰退、疾病、生命终结，他们的作品和思想是否会呈现出一种新的风格，即晚期风格？艺术家在他们生涯的晚期是否会因为岁月带来一种独特的感知？通常人们认为这意味着浑圆成熟，不激不厉，意味着稳重、平静，与自己、与世界和解。但在不少情况下，艺术家们却选择了“晚年变法”，比如贝多芬，阿多诺在《晚年的贝多芬》中指出，贝多芬晚年的作品（例如《庄严弥撒》）充满了不和谐，不可调和性，甚至刺耳，呈现出一种自我放逐的状态。从风格上看它似乎意味着浪漫派的不可继续，但更意味着大艺术家面对死亡临近时，面对深渊，思想的“纵身一跃”时，不再满足于“宁静”“圆满”，而是呈现出一种强烈的不妥协，他们的晚期风格与时代背离，与流行相左，甚至呈现出无法调和的矛盾。在很多情况下，这种不调和容易被视为艺术创造力的衰退，但或许是同时代人没有能理解他们的“超前”。

当我们面对列夫·托尔斯泰作品的时候，虽然谨慎是必要的，但是难道这位文学巨匠不也同样呈现出一种没有被理解的“晚期风格”？众所周知，1870年代末，托尔斯泰经历了一场思想－道德危机，用今天的医学眼光看，他似乎陷入严重的抑郁症中。这成为他的转折点。不乏评论家、作家断言，托尔斯泰在《安娜·卡列尼娜》达到顶峰之后，艺术就开始走下坡路了，他的后期作品沦为布道，他身上的布道者战胜了艺术家，不再有“文学性”或“艺术性”了。但我们知道这不是事实，至少对“艺术性”极为坚持的（当然这也并非简单原因）纳博科夫就将托尔斯泰1886年创作的《伊凡·伊里奇之死》视为作家“最具有艺术性、最完美、最成功的作品”。这至少意味着，在纳博科夫这里关于托尔斯泰晚期作品失去艺术创造力的说法是不成立的。虽然纳博科夫似乎带着一点宽容揶揄了这篇小说的主旨，将它与《美女与野兽》类比（“天国的回程票”和童话故事里的魔法被等量齐观），但是他却流露出对这篇小说结尾处的兴趣，他引用了这个结尾，并进行了点评：

他寻找以前所习惯的对死亡的那种恐惧，却没有找到，“在哪里呢？什么死亡？”没有恐惧是因为他找不到死亡。

相反，他找到的是光。

“原来这就是它了！”他突然大声喊道，“多么快乐啊！”

……

他听见这句话，心里重复了一遍。“死过去了，”他对自己说，“再也不会有死了。”

他吸了一口气，吸到一半停住，两脚一伸就死了。

对比《福音书》：一直在抱怨天父的（基督）大彻大悟，说“кончено”，……随即垂下头来，气绝而亡。（纳博科夫：《俄罗斯文学讲稿》）

托尔斯泰的“晚期风格”也体现为一个“追光”的过程。这个过程经常被视为他重拾基督教信仰的证明。《约翰福音》里的那句“光照在黑暗里，黑暗却不接受光”，也很容易让人想起他晚期的一部戏剧的名字：《光在黑暗中发亮》。然而，托尔斯泰晚年追到的“光”究竟是什么，依然是有争论的。

与晚辈，且与和他交往较多的契诃夫、高尔基相比，托尔斯泰似乎传统上不被看作重要的戏剧家。帝俄时期托尔斯泰的戏剧在现代主义各流派话语中被认为“平庸”，在进步主义话语中被认为“落后”，在苏联时期的社会－历史批评话语中，托尔斯泰主要被视为“俄国革命的一面镜子”，因此关于他的戏剧评论也主要是从现实主义角度解读的，其中的戏剧冲突被理解为古老的宗法制与高速发展的资本主义经济之间的矛盾，并且托尔斯泰的“勿以暴力抗恶”思想也一再被批判。而近年来的俄罗斯戏剧评论中，托尔斯泰戏剧的审美价值得到了重视，其小说的“心灵辩证法”也被用于分析他的戏剧——但显然这与《什么是艺术》中托尔斯泰的艺术观并不一致；而其中的伦理道德意识也得到了突出的关注。在中国，托尔斯泰戏剧《愚昧的势力》和《活尸》算是较为读者所知的作品，但对他的戏剧整体上都是比较陌生的，中国舞台上也很少见演出。不过，或许这正可以让我们减少先入为主的印象。观众通常对戏剧的期待遇到托尔斯泰的时候难免受阻，比如，他戏剧里的主人公经常开启忏悔的模式，通常今天的读者对此非常厌烦，当作喋喋不休的说教；他的戏剧情节仿佛都是为了服务于一个目的，就是通过戏剧主人公告诉观众（普通人和沙皇是一视同仁的）：你改悔吧，你以前的生活都是错的，是不道德的。那到底怎样的生活才是“好”的？他就告诉我们，“天国在你心中”。但这几个字是并不清楚的，它们究竟指什么，我们得清楚一点，才能够理解他晚期戏剧的意义。

众所周知，在“阿尔扎马斯之夜”后，托尔斯泰的思想发生了转折。换句话说，他对“什么是幸福的人生”这个问题的答案遭遇了危机。在这之前，我们可能在他笔下的主人公那里找到类似答案，幸福的生活是“自然”的，它以率真的、不做作的、神圣缔结的婚姻为纽带，以与大自然无限接近的生存状态为理想。《战争与和平》中的彼埃尔·别祖霍夫、罗斯托夫一家，都带有这种状态的印记。但这种古老宗法制的田园牧歌总是一种理想而已。在这种理想中，我们不难发现托尔斯泰青年时代的偶像，法国思想家卢梭的影响。这种影响对托尔斯泰来说实际上持续了一生。卢梭是一个在启蒙时代“反启蒙”的思想家，他思想中的“人本来自然善好，但文明令他败坏”深入到托尔斯泰思想中。在这里我们可以看到缠绕在托尔斯泰作品中的文明和自然的二元对立模式。需要指出的是，卢梭的思想体系与西方哲学的进程密切关联，因为启蒙思想将人的本性，包括各种基于计算理性、经济理性的利己主义抬高到无限的位置，被认为是“高的事物”；卢梭要做的是揭示出过去被贬低为“低”的，即身体的、激情的、感性的部分，为它们正名，它们才是原始的“自然善好”，从而完成了一种柏拉图式的霍布斯主义，一种反转的人道主义，生命的意义不是为了“高的”自我去超越低级的自我，而是相反，是为了防止文明进程中关于“文明”的错误观念败坏、扭曲、异化人的“自然善好”。也应当从这一“反启蒙”的角度去理解卢梭的《论科学和文艺》：卢梭不是要取消文艺，而是一种早期的现代性批判的构想。在他看来，文艺实践是一种享乐，是有很强的排他性的，文艺总是伴随着虚荣心带来一种优越感，一种不必要的欲望的满足，这种满足反而成为一种必需品，而真正的、自然的朴素情感的满足却被忽视了，从而导致了一个严重的道德问题：它贬低了人的朴素情感，成为了特权阶层的特需品。通过这个思路，我们似乎也能觉察到托尔斯泰在《论艺术》中那样陈述的原因，理解他究竟为何将莎士比亚如此贬低，因为莎士比亚正代表了一种“高眉”。托尔斯泰在文中断言“善与美之间绝对没有任何共同点”。艺术致命的力量使艺术脱离善——因此，“审美愉悦是一种低级享受”。在对艺术的批判中，托尔斯泰让一切服从于善的理念。同样，我们似乎也能理解托尔斯泰为何也贬低自己的作品，认为自己除了给农民孩子写的一些文章外都不值一提，并在晚期创作中呈现出如此明显的布道色彩，因为这时文艺对他来说已经成为一个伦理学问题，在道德之重面前，“文艺”变得很轻，这也是我们面对这些戏剧时要去了解的问题。值得商榷的是，托尔斯泰笔下“忏悔的贵族”形象是否就意味着作家自觉对人民有“尚未偿还的债”？这很难说。作家大概理想化了他笔下的农民，这种理想化更是一种镜像，对于他来说，这些农民永远是“他者”，托尔斯泰需要“自然”“淳朴”更是为了他自己本人，为的是让自己摆脱“文明”的污染带来的压迫感，但他认为自己发现的真理适用于所有人，当然也包括这些大字不识几个的农民，他们也被“污染”了，当我们读《愚昧的势力》的时候，正应当对此特别关注。一旦我们以“艺术”的标准去要求这些戏剧，就很容易偏离了它们的内核。

理想化的俄罗斯地主的庄园生活并非是一首永恒的牧歌。它没有给托尔斯泰带来问题的答案。思考死亡让托尔斯泰极其痛苦，想到生命的无意义，他甚至有自杀的倾向。叔本华是他思想体系中的另一个重要人物。实际上，写完《战争与和平》不久，托尔斯泰就接触了叔本华著作，随即他就宣布叔本华为最伟大的天才，或者可以说，叔本华思想中的印度教、佛教等东方维度，与托尔斯泰十分契合，首先是他的关于人生虚无的、存在主义的思想，从印度教那里得来的“二鼠侵藤”的典故，以及佛教的“四圣谛”令托尔斯泰产生了很大的共鸣。另一方面，叔本华《关于意志和表象的世界》第一句话就说，世界是表象，他所说的表象就是说世界是不真实的，只是“摩耶之幕”为我们幻化出来的。托尔斯泰甚为认同，但他的认同可能也因为这佐证了他自己的思想：那些信誓旦旦声称自己掌握了历史真相的大人物实际上一无所知，他们宣称的不过是谎言。这种虚假是扭曲的，不自然的。但托尔斯泰的悲观主义很大程度上是亲人相继离世，尤其是他哥哥的死带来的。1869 年的“阿尔扎马斯之夜”也是一个关于死亡的梦魇。因为死亡而产生的顿悟恐怕是托尔斯泰晚期风格的主要动因。这种顿悟的特殊之处在于，它对死亡的理解不同于其他基督教背景的作家，在托尔斯泰笔下，死亡就意味着一种终结，干脆利索，人生的意义在于，在此在的生命中奋力做出有价值的、利他的事情，这便是“好的”人生。

然而，人作为血肉之躯，要能做到这一点何其难也。这就需要信仰的支撑。但是，这个“信仰”究竟是什么，是很成问题的。众所周知，托尔斯泰被教会革出教门，教会如此做其实有充分的理由：他自己撰写了《福音书》，否认了《福音书》中所有的奇迹。也就是说，他否认从死里复活，包括耶稣的复活。托尔斯泰说复活，即非复活——他只是从基督教借用了复活的概念。尽管伊凡·伊里奇说“再也不会有死亡了”，但这是否指的“神不灭”，也是很难说的。与其说它是“真的”基督教学说，倒不如说更接近海德格尔的存在主义。

和卢梭一样，托尔斯泰也写《忏悔录》，如果读者能够体会到这是多么有力的经典，也就能真正走进托尔斯泰的戏剧。在《忏悔录》中，我们看到托尔斯泰论证信仰的过程。他知道康德已经证明了，去证明上帝是不可能的，但他依然去寻找，因为“寻找上帝不是理性地证明上帝，而是一种感觉”。他在这个过程中“承认了”上帝的存在，但他排斥三位一体的上帝存在，而是将上帝等同于生命，等同于生活。然而，这依然还是一种关于生命的神秘学说。关于他的这种思路，美国古典学家弗洛姆认为，《安娜·卡列尼娜》中列文的“顿悟”与卢梭《爱弥儿》中“萨瓦省代理本堂神父的信仰自白”所写的找寻上帝的神父的心路历程如出一辙。他们找到的上帝是一种自然宗教的上帝，而不是亚伯拉罕启示宗教的上帝，在托尔斯泰那里，这种信仰更像是一种伦理学，而且是一种说一不二的伦理学，它还要改造科学和哲学，让它们都服从伦理学，至于文学艺术，当然就更加必须“道德至上”了。于是我们也难免怀疑，这种“泛道德论”将道德理想置于无限崇高的位置，对其他所有生活领域方面来说，是否同时也导致一种思想的专断呢？诚如瓦西里·先科夫斯基所认为的那样，托尔斯泰思想和创作的独特性不仅于此，而且，正是道德激情令他的描写有一种真诚的、极为罕见的表现力——这种表现力正是从其道德激情、从真正的和无条件的善中生发出来的，这种魅力在谁身上也不像在托尔斯泰身上那样深刻。

如此，我们再打开剧本的时候，一些迷惑似乎能够得到解释。

《愚昧的势力》(1886) 曾经被译作《黑暗的势力》。原来这个译名也有着相当的理由。故事讲述了农村青年尼基塔在利欲熏心的两个婆娘，母亲玛特廖娜和情人阿尼西娅的唆使下，参与谋杀了情人的丈夫，富裕农民（这里不是后来的“富农”）彼得的故事。在社会 - 历史批评的话语中，从当时的时代背景来看，19 世纪晚期俄国资本主义搭上了工业革命的便车，得到了迅速发展，金钱的逻辑渗透到乡村，败坏了古老的伦理法则，形成了一股“黑暗的势力”，让罪恶在俄罗斯乡村蔓延。但这种解释恐怕还是有局限的。对于晚期的托尔斯泰来说，黑暗也好，蒙昧也好，愚昧也好，都是为了让他心目中的“光”更明亮，即找到了信仰的人。他信仰的究竟是哪个“上帝”，那就很难说了。在这部戏里，“光”就是尼基塔的父亲阿基姆，一个崇敬上帝的农夫。阿基姆和尼基塔，不正是构成了对《福音书》里“浪子回头”的一对镜像吗？至于农村妇女毒杀亲夫的情节，在俄罗斯民间故事、民歌里都有很多，并不特定在19世纪晚期发生。她们是“愚昧的势力”的一部分。尼基塔因为散漫，心中没有信仰，所以他很容易就被“愚昧的势力”所裹挟，也正如剧名中的“或者”：“一只爪子绊住了，整个鸟儿就完了”。凡心中没有信仰那就是“愚昧”，而尼基塔深陷愚昧之中，但他的不同寻常之处是，他会感到苦闷。他并不为金钱干坏事，是愚昧蒙蔽了他，他只是盲目，而他由苦闷中发生了醒悟，他忏悔了，而且在托尔斯泰笔下的人物里，他是唯一一个当众揭发自己的罪的，并愿意接受任何惩罚，这个行为，这种“转变”才是托尔斯泰最为看重的重大“意义”，作为全剧的“光”，阿基姆欣然接受了自己儿子的忏悔，因为这就证明了上帝的存在：“上帝一定宽恕你的，我的好孩子。……你没宽恕自己，他会宽恕你的。上帝呀，上帝在的！他在呀！……”

《教育的果实》（1889）展现了托尔斯泰的喜剧才能。原名为《女仆巧施妙计或教育的果实》，讲的是女仆塔尼娅如何用计谋帮助农民从地主手里成功买到土地的故事。后来经过修改，成为我们现在看到的版本，但基本保留了原来故事的主干。不过，以往对这部喜剧的阐释似嫌不足。托尔斯泰写这部戏并非为了反映农民缺少土地的问题，也不是为了写下层劳动人民的机智，这部戏的主人公是贵族，兹韦兹金采夫一家。他们是被讽刺的对象。贵族“衰落”（这方面有点类似契诃夫的《樱桃园》）是一个事实，但托尔斯泰的意图不是感叹贵族的江河日下。教育在这里也可以翻译成“文明”，这出戏正可以用我们前文所述的“反文明”理解。托尔斯泰对文明的态度可能比卢梭更为极端。他全盘否定启蒙以来的、在西方影响下的俄国文明，当然，“文明的果实”就是“上流社会”了。他们看似光鲜，身处上流社会，他们是医生、教授、要员，但是却脱离大地、远离自然，看似忙忙碌碌，实际上过着没有意义的生活，兹韦兹金采夫只热衷于招魂术，他的儿子是法学副博士，却只热衷于各种赛马协会、猎狗奖励协会等等。他的女儿一副西方做派，却是愚蠢的，他的太太则非常傲慢。其他贵族和“教育的果实”，都是矫揉造作而且肤浅的，但又认为自己非常厉害。他们的谈吐看似高雅，却都是些无聊的文字游戏，非常空洞。相比较之下，女仆塔尼娅却是真正的聪明、活泼、直率、富有生命力，她轻而易举就戏弄了这帮老爷们。

但托尔斯泰并非一味“反智”。实际上，他最为期待的是贵族知识分子在认识上产生飞跃，发生“转变”。我们可以这样去理解《活尸》。在这个故事里三个主人公都非常高尚，都愿意为他人着想。托尔斯泰期待在这些高尚的贵族当中产生认识到过往贵族的生活都是虚假的、欺骗性的、不道德的人，只有这样的人多起来，世界才会变“好”。剧中的费佳·普罗塔索夫就是这样一个“觉今是而昨非”的贵族，他意识到自己的妻子丽莎和好友卡列宁在一起会获得真正的幸福，这是他给不了的，遂主动退出婚姻，自己选择放浪形骸。但按照当时沙俄的婚姻法，他们是没法离婚，对方也没法再婚的（《安娜·卡列尼娜》中安娜总是没法离婚也因为此）：除非一方死亡或失踪，或有一方承认自己通奸（也因此不能再婚），所以他制造了自己的假死亡，以便让丽莎和卡列宁在一起。“活尸”这个剧名即来自于此。但是这个道德的举动引来的是伪道德的审判：费佳被发现还活着，于是按照法律他们要被判处重刑。在被审讯时费佳对法院侦查官说了这样一段话：

有那么三个人——我，他，她。三人之间的关系复杂，善与恶的斗争，一种精神斗争，对此您一点概念都没有。这种斗争以解决一切问题的某种情况结束。大家都会平静下来。他们幸福，——他们喜欢怀念我。我堕落了，但是我幸福，因为我做了应当做的事。我这个无用之人，退出了生活，为的是不妨碍那些充满生机和优秀的人们。我们大家都活着。突然间冒出来一个混账东西，敲诈者。他要求我参加敲诈活动。我赶跑了他。他来找您，您这位正义斗士，这位卫道者。您呢，每月二十号为干伤天害理的事领取几个小钱，穿上制服，作威作福地耍弄人家，可被您耍弄的那些人的小指头都比您更高贵。他们连大门都不让您进去。您总算找到了，还洋洋得意呢……

至此，我们发现《活尸》其实就是一个道德法庭——是对一种伪善的、虚假的道德的审判，并肯定了一种以自我牺牲为基础的道德。对于托尔斯泰来说，这种道德主义倾向是很自然的。不过，在普罗塔索夫的行为中还发生了另外一件重要的事情：自我放逐。“成全他人”这个高尚的说法背后不就是一种厌烦？对既往这套“上流”生活的厌烦，认为它无意义，所以他放浪形骸。自我放逐也是一种出走，而出走，正是托尔斯泰的终极行动方案——对于他来说，“出走即回归”。普罗塔索夫就是这部戏中的“光”。

不过，“活尸”的出走并不彻底。《光在黑暗中发亮》才是比较完整的托尔斯泰晚期“出走”思想以及他的家庭生活的镜像。只不过，他要在20年后的1911年，才完成这场真正的出走，圆满了自己的人生，也实现了自己的“好的、有意义的人生”。剧本在作家在世的时候并未演出，甚至没有写完（只有四幕），但毕竟谁都能一眼看出剧中反映的就是托尔斯泰本人的家庭危机，以及他与妻子索菲亚·安德烈耶夫娜的深刻矛盾。不同的只是，他们的冲突在生活中是雷暴大雨，剧中矛盾只能算秋雨绵绵，托尔斯泰深知“出走”，放弃财产这种事情不会被社会理解，也必然对家人伤害极大，但茨维格称之为“对一种有意逃亡尝试的自我辩护，并同时是对他妻子的一种致歉，即一部在极端的灵魂分裂中寻求完全道德上的平衡之作”。在第一幕，我们就看到主人公尼古拉·萨伦采夫与家庭之间无法调和的矛盾。这不是婚姻爱情内部的矛盾，而是他“止于至善”的信仰追求，“看破”的通达，与家庭制度之间必然的冲突。如果他坚持对真理的抵达，就必然会放弃尘世的快乐，因为如果做不到“无我”，那就是一种口头上的叶公好龙而已，是虚伪的，虚伪、伪善是托尔斯泰毕生最痛恨的敌人。而抛家弃子这样的做法在没有达到那种精神境界的人看来不仅无法理解，而且是自私，极度的没有责任感——这也是作为思想家的托尔斯泰不可能为一般读者理解，甚至遭到中伤、诽谤之处。托尔斯泰追求的是至善，没有这种“至善”，生活对他来说就失去了意义。而这个世界中大多数人追求的崇高，包括人们认为的家庭婚姻幸福以及教会解释的基督教教义，都是无意义的，因为它们和“真理”无关。

那么真理又是什么呢？真理是“光”。托尔斯泰并非没有仔细研究过教会学说。他反驳教会的思路在这部戏剧中可见一斑：从第一次使徒大会开始，“他们就断言，他们掌握着全部绝无仅有的真理。因为假如我说，上帝是存在的，他是世界的创造者，大家都会同意我的意见。承认上帝存在这一点会把我们团结在一起。可是，假如我说，婆罗门神存在，或者说犹太神存在，或者说三位一体存在，那么这样的神就会分裂我们。人们希望团结一致，因此想出种种团结的手段，却忽视了一个毫无疑问的团结手段——追求真理。就好像人们站在一座大房子里，光线从房顶中央照射下来。人们不是全体走向亮光，而是尽量在各个角落里聚集成一小堆一小堆。如果全体走向亮光，即使没有想到团结，却团结在一起了”。所以，最重要的是“自我完善”。

1887 年，托尔斯泰写过一个短篇小说《趁有光，在光中走》。这也是对《马太福音》第 21 章“葡萄园”典故的一种阐释。但与其说这是小说，不如说是作家自己对信仰的解释。故事讲述了古罗马时期两个好朋友从少年时代到老年的经历。潘菲里生活在真正的基督徒中，晚年备受尊敬。尤里出身富贵，他虽然一生中多次想接近基督信仰，但每次都被尘世的各种理论学说引向了岔路，直到晚年他才决定去找潘菲里，去葡萄园干活。正当他为自己的衰老伤心之时，一个老人对他说，导师已经说过了：“趁有光，你们在光中走，你们应当趁着有光，信从这光，使你们成为光明之子”。行善的人都向着光明走，踏上了正确的道路，人就和上帝在一起，人所经历过的世俗的一切只是罪孽，人认识到自己的罪孽就是忏悔了，忏悔了就是找到了正确的道路，就是和上帝在一起了。在这里，发现自己的“真实面目”，就是最重要的。

《光在黑暗中发亮》中也讨论了《马太福音》中关于葡萄园工人的典故。尼古拉·萨伦采夫认识到，过去的自己不过与这些葡萄园工人一样，将葡萄园据为己有，一切都是“我的”。但实际上并没有“我的”，连生命都不是“我的”，众生都是平等的，一旦认识到这一点，就不可能再回头过以往的生活。但妻子无法容忍他有这样的想法，众人也都指责他。这部戏是“五幕正剧”，但我们只看到第四幕的落幕，此时，萨伦采夫向上帝呼告：“难道我错了，错在我信仰你？不。天父啊，帮助我吧！”如果有最后一幕，会是怎样的？不过，20 年后托尔斯泰的出走，就是最生动的第五幕吧。

托尔斯泰的信仰是带有神秘性的，有着理性主义的特征。他追随着“光”，但是，“光”究竟是什么？又仿佛只有我们自己去“体悟”。他告诉我们，要通过信仰寻求人生的意义，不过，这种信仰总是体现为一种美学伦理学，这种美学伦理学是建立在对“自然”的和道德的思考基础之上的。对于现代性的各种症候来说，托尔斯泰是否为 20 乃至 21 世纪提供了有效的解决方案，依然是一个重要的课题。

目 录

愚昧的势力 …………………………………… 001
(或者“一只爪子绊住了，整个鸟儿就完了”)

教育的果实 …………………………………… 151

光在黑暗中发亮 ……………………………… 313

活尸 …………………………………………… 453

愚昧的势力

或者“一只爪子绊住了，整个鸟儿就完了”

[五幕正剧]

只是我告诉你们，凡看见妇女就动淫念的，这人心里已经与她犯奸淫了。

若是你的右眼叫你跌倒，就剜出来丢掉，宁可失去百体中的一体，不叫全身丢在地狱里。

——《马太福音》，第五章第二十八、二十九节

第一幕

第一幕人物

彼　　得　富裕农夫。四十二岁，二婚，多病。

阿尼西娅　彼得的妻子，三十二岁，风流娘们儿。

阿库林娜　彼得与前妻的女儿，十六岁，耳朵有点聋，傻里傻气。

阿纽特卡　彼得的二女儿，十岁。

尼 基 塔　彼得家的工人，二十五岁，浪荡哥儿。

阿 基 姆　尼基塔的父亲，五十岁，长相难看，崇敬上帝的农夫。

玛特廖娜　阿基姆的老婆，五十岁。

玛 琳 娜　女孤儿，二十二岁。

故事发生在秋天，一座大村庄里。舞台呈现一座宽敞的农家房屋。彼得坐在长凳子上修理马颈圈。阿尼西娅和阿库林娜在纺纱。

第一场

彼得、阿尼西娅和阿库林娜。[后两人在合唱。]

彼　　得　[向窗外看。]又是一群马，走了。搞不好，要把小马宰了。米基塔[1]，喂，米基塔！聋啦！［细心倾听，对女人们说。］瞧你们吼的，什么也听不见。

尼基塔的声音　[从院子里传过来。]什么事?

彼　　得　把马赶进马厩里。

尼基塔的声音　我赶进去，要过一会儿。

彼　　得　[摇头。]这些工人们，真够呛！我要是身体好，绝不会雇他们。净是倒霉的事……［站起来，又坐下去。］米基特！……叫也叫不应。你们当中去·个人，阿库林娜，还是你去把马赶回马厩吧。

阿库林娜　去赶马?

彼　　得　不然呢?

阿库林娜　我这就去。[退场。]

第二场

彼得和阿尼西娅。

彼　　得　真是个游手好闲的家伙，不顶事。吊儿郎当。

阿尼西娅 你自己也够懒的，不是躺在炉台上，就是坐在长凳上，只会挑别人的毛病。

彼　　得 不找你们找谁，在家里一年也不见个影子。哼，这些人呐！

阿尼西娅 你一下就叫人去办十件事，而你只会骂骂咧咧。躺在炉台上指手划脚倒容易。

彼　　得 ［叹气。］唉，要不是得了这个病，一天也用不着他们。

［幕后响起阿库林娜吆喝马的声音："普什，普什，普什……"听得见马驹哼哼。马群进入马厩门。门吱嘎作响。］

彼　　得 胡说八道：他就会干这个。真的，真不想雇他。

阿尼西娅 ［学他的腔调。］不想雇他。你自己动手干一干，再说这话吧。

第三场

前场人物和阿库林娜。

阿库林娜 ［上场。］好不容易赶进去啦。全身灰毛的……

彼　　得 米基塔浪哪儿去了？

阿库林娜 你说米基塔呀？他在街上站着呢。

彼　　得 他站在那儿干什么？

阿库林娜 你说他站着干什么？他站在拐角，聊天呢。

彼　　得 跟她说话可真是什么也问不出来。他是跟谁聊天啊？

---

① 乡下人发音把尼基塔读成了米基塔。后文中米特卡、米基卡、米基特卡和米基什卡等都是米基塔的昵称。

阿库林娜 ［没听清。］你说什么？

［彼得对阿库林娜挥了挥手，她坐下来纺纱。］

第四场

前场人物和阿纽特卡。

阿纽特卡 ［跑步登场，对母亲说。］米基特卡父母来看他了。他们要领他回家，喘口气的工夫就走了。

阿尼西娅 你胡说什么？

阿纽特卡 真的呀！我要是撒谎叫我立马就去死。［笑。］我正好路过，米基塔就说："再见喽，"他说，"安娜·彼得罗夫娜。我结婚的时候你要来玩呀。"他说，"我要离开你们啦。"他自己还在那里笑呢。

阿尼西娅 ［对丈夫说。］人家可不稀罕你呀。瞧，他自己本就打算走啦……你还说什么："我要把他轰走！"

彼　　得 随他去吧，难道我找不到别的工人？

阿尼西娅 钱是不是预支给他啦？……

［阿纽特卡走到屋门边，听里面的谈话，退场。］

第五场

阿尼西娅、彼得和阿库林娜。

彼　　得 ［皱眉。］至于说钱嘛，也许夏天叫他干活补回来。

阿尼西娅 你乐得放走他，少个吃粮食的人。冬天就剩我一个人干活，当牛当马。这姑娘嘛，就是不愿干活。你呢，就会赖在炉台上。我可知道你。

彼　　得 瞧你，你什么都不知道，就乱嚼舌头。

阿尼西娅 满院子都是牲口。一头奶牛也没卖掉。羊群留下过冬，可要准备不少草料和饮水啊，你却想把工人放走。我绝不去干男人的活！我就像你一样，躺到炉台上，全都见鬼去吧。你想怎么干，就怎么干，跟我没关系。

彼　　得 [对阿库林娜。] 你去把饲料拿来吧，是时候啦。

阿库林娜 拿饲料？好吧。[穿外套，拿绳子。]

阿尼西娅 我不给你干活啦，再也不干啦，你自己干吧。

彼　　得 得了吧。发什么疯？像头笨肥羊似的。

阿尼西娅 你自己才是条疯狗！你既不能干活，又不叫人高兴。就知道吃。真是只摇摇晃晃的公狗。

彼　　得 [吐口痰，穿外衣。] 呸呸呸！上帝饶恕我吧！我去看看到底怎么回事。

阿尼西娅 [紧跟上去。] 大鼻子烂鬼！

第六场

阿尼西娅和阿库林娜。

阿库林娜 你为什么骂老爹呀？

阿尼西娅 去你的吧，傻瓜。闭嘴。

阿库林娜 [走到门边。] 我知道你为什么骂我。你自己是个傻蛋，是条狗。我不怕你。

阿尼西娅 你说什么？ [跳起来，找东西要敲打她。] 当心我拿火钳揍你。

阿库林娜 [推开门。] 你是条狗，魔鬼，就是魔鬼！魔鬼，狗，狗，魔鬼！ [跑步退场。]

第七场

阿尼西娅独自一人。

阿尼西娅 [沉思。] 他说叫我去吃喜酒。他们这是想干什么？给他娶媳妇？走着瞧，米基塔，你要是有这种想法，那我就要……离了他我可活不下去。我不放他走。

第八场

阿尼西娅和尼基塔。

尼 基 塔 [环顾四周上场，看见阿尼西娅一个人在这里，快步走到她面前，悄悄说。] 老伙计，糟糕啦。老爹来了，他要把我带走，叫我回家。最后还说，给你娶了媳妇，就在家里过日子吧。

阿尼西娅 那怎么啦，你讨老婆好了，跟我有什么关系。

尼 基 塔 这可倒好。我还在打算商量这件事怎么办才好，她倒好，叫我讨老婆去吧。这是怎么一回事啊？［挤挤眼。］难道是忘啦？……

阿尼西娅 去讨你的老婆吧，我才不管呢……

尼 基 塔 你干吗这么气哼哼的呀？你看看你，连个爱抚也不给，你怎么啦？

阿尼西娅 因为你想甩了我……你既然想甩了我，我也不需要你。就这么回事！

尼 基 塔 得了吧，阿尼西娅。难道我想忘了你？这辈子都忘不了。总之，我绝不会甩了你。我是这样想的——就是给我讨了老婆，只要不把我给拽回家里，我还是要回到你身边。

阿尼西娅 那我可真盼着你结婚呀。

尼 基 塔 没办法呀，我的老伙计！老爹的意愿可拗不过呀。

阿尼西娅 别把老爹抬出来，都是你的鬼主意。你早就在讨好你那个相好，玛琳卡①。这是她给你灌的迷魂汤。难怪她前两天来过。

尼 基 塔 玛琳卡？我才不稀罕她呢！……谁会把自己吊在这种人身上！……

阿尼西娅 那老爹为什么要来？都是你叫来的！你骗得我好苦！……［哭。］

尼 基 塔 阿尼西娅！你信不信上帝？我连做梦也想不到这种事。我根本不知道，绝不知道呀。都是我家老

① 玛琳卡是玛琳娜的爱称。

头瞎想出来的。

阿尼西娅 要是你自己不愿意，那什么人能拉动你这头驴？

尼 基 塔 可是呀，我觉得，可不能跟老爷子对着干。再说我也不愿意对着干。

阿尼西娅 你就宁死不干，不就完了。

尼 基 塔 有个人就宁死不干，结果给送到了乡公所，好一顿揍。简单得很。我也不想去挨揍呀。人家都说，痛得很呢。

阿尼西娅 我不跟你开玩笑。米基塔，你听我说，要是你娶玛琳娜，我不知道会对自己干出什么事来……命我也不要啦！我作了孽，犯了法，退不回去啦。只要你一走，我就……

尼 基 塔 我干吗非要走呢？如果我想离开，我早就走了。前几天伊万·谢苗诺维奇请我去做马车夫……那过的是什么日子！可是我没去，因为我盘算着，我给谁干活都是把好手。如果你不爱我，那就是另外一回事喽。

阿尼西娅 你可要记住，老头眼看就要伸腿啦，我想，所有的罪过，我们都瞒下来。按照法律把婚结了，我原想，你就是咱家的主人啦。

尼 基 塔 这都猜测的事啦。跟我有什么关系呢？我干活本就像给自己个儿卖命一样。再说，东家喜欢我，也就意味着东家的老婆也喜欢我。女人们喜欢我，这事可由不得我，就这么简单。

阿尼西娅 你会爱我吗？

尼 基 塔 [拥抱她。] 就这么狠狠爱你！你一直在我心坎上……

第九场

前场人物和玛特廖娜。[玛特廖娜登场，在圣像前久久画十字祈祷；尼基塔和阿尼西娅彼此分开。]

玛特廖娜 我是看到啦，可是就当没看见；听到啦，可是就当没听见，跟小娘们儿玩了玩，——那有什么？小牛犊也会玩呢。干吗不玩玩呢？年轻人嘛。孩子，东家在院里找你呢。

尼 基 塔 我是来拿斧头的。

玛特廖娜 亲人，我知道，我知道，你是来拿什么斧头的。这些个斧头呢，大部分都在娘们身边。

尼 基 塔 [弯腰拿斧头。] 怎么，老妈，真的要给我娶老婆？我总认为这是白费力气，再说，我也不愿意。

玛特廖娜 瞧你说的！亲爱的，干吗要给你讨老婆呢？你日子过得好好的，都是老头子多事。说实在的，孩子，没你我们也能把一切安排好。

尼 基 塔 真是怪事呀：一会儿说要讨老婆，一会儿又说不要讨。我真搞得糊里糊涂。[退场。]

第十场

阿尼西娅和玛特廖娜。

阿尼西娅 怎么的，玛特廖娜大婶，您真的要给他娶媳妇？

玛特廖娜 小宝贝，用什么娶媳妇呀！我们家的收入，你知道的吧？我们家老头子只不过瞎说说而已：娶媳妇吧，娶媳妇吧。他那点脑子想不明白这事的。要知道，有了草料马也就不东奔西跑找食吃了，那人呢，身在福中要知福。就是这么回事。难道我看不出来［挤挤眼。］是怎么回事？

阿尼西娅 玛特廖娜大婶，我没必要对您藏着掖着，您全知道。我造了孽啦，爱上您的儿子啦。

玛特廖娜 呀，这可真是新鲜事呐。我玛特廖娜大婶可不知道呀。唉，玛特廖娜大婶饱经风霜，什么世面没见过呀。我玛特廖娜大婶对你说，小宝贝，一俄尺深的地我也看得透。我全知道，小宝贝！我知道年轻的女人们为什么要喝安眠药。我带来啦。［解开头巾，取出纸包的药粉。］我清楚需要什么。至于不需要什么，我不知道，也不想知道。就这么一回事。玛特廖娜大婶也年轻过。要有本事和自家傻瓜过日子。七十七条妙招，我样样知道。小宝贝，我看明白了你家老头儿耗干啦，耗干巴啦，以后日子怎么过呢？你就是用叉子去叉他，也叉不出血来啦。搞不好，春天就要埋了他呢。是要找个人来家里。我家儿子哪点不是个庄稼汉？不比别人差。那么，我为什么要儿子丢掉合算的事？难道说我是自己儿子的仇人吗？

阿尼西娅 他可千万别离开我们就行啦。

玛特廖娜 他不会走的，心肝儿，这全是蠢话。我家的老头子你也知道。他那个脑子完全没个准儿，有时候，一个念头钻进他的脑瓜，就像用桩子钉住一样，再也去不掉。

阿尼西娅 这到底是怎么回事呢？

玛特廖娜 小宝贝，你瞧，你自己明白，不管对什么样的女人来说，他都是个迷人的小伙子，一表人才，没得说。你知道，他在铁路上干活的时候，他们那儿有个没娘没爹的女孩，厨娘，做饭的。这个女孩就缠住他不放。

阿尼西娅 玛琳卡吗？

玛特廖娜 就是她，叫她得中风吧。我家老头子就想知道，他们有过事，还是没有过事，不知道是有人告诉他的，还是她本人死乞白赖地告诉老头子的！……

阿尼西娅 这个贱女人胆子不小！

玛特廖娜 我家老头糊里糊涂出面啦。他说，要娶回来，娶回来，家丑不可外扬。他说，把孩子领回家，把她娶过门。我再三劝说，就是不听！唉，我想就随他去吧。我再想办法。心肝儿，这些傻蛋就要糊弄他们。装作全照他们说的办。到真要办事了，就按照自己的意思办。俗话说，女人下炕，横生七十七条妙计。他哪里想得到啊。我就说，好吧，老头子，这是好事呀。不过得想周全点。我说，咱们去找儿子，跟彼得·伊格纳吉奇商量商量。看他怎么说？所以我们就来啦。

阿尼西娅 哎哟，大婶，怎么是这样啊？唉，老爹怎么吩咐的呢？

玛特廖娜 他怎么吩咐的？他的吩咐一文不值。你用不着怀疑，这事不行。我这就跟你家老头子把所有的事情筛一遍，仔细过滤一遍，不留任何东西。我就是为这个才跟他来的，摆摆姿态而已。儿子生活幸福，等待幸福，我会给他找个小荡妇做老婆？难道说我是个傻子吗？

阿尼西娅 玛琳娜这个女人到这儿来找过他。大婶，你信不信？人家对我说，要给他讨老婆，我的心就像被扎了一刀。我想，他心里想着她呢。

玛特廖娜 唉，小心肝儿！难道说他是个傻子？他怎么会去爱一个破鞋呢？你知道呀，米基什卡不仅漂亮而且聪明。他知道应当爱谁。你呢，心肝儿，就别怀疑啦。我们永远不会带他走，也不会给他讨老婆。你们就行行好，多给点钱，叫他在这过日子吧。

阿尼西娅 要是米基塔走的话，我就不活啦。

玛特廖娜 这是年轻人的事啦，不容易呀！你如花似玉，却跟这么个糟老头过日子……

阿尼西娅 大婶，你信不信，我家那条大鼻子老狗早就凉啦，没人答理他呢。

玛特廖娜 是啊，就是这么一回事。你瞧瞧这儿。［悄悄地，看看四周。］你知道，我去找那个老头子要药面。他给我手里放了两份药。你瞧这里。他说，这是安眠药面。他说，你给他这种药面，他会睡得死死的，就是踩着他身子走都没事。这份呢，他说，给他喝，一点气味都没有，可是厉害着呢。他说，每次给他一小撮，这些药面够七次，给他七次啊，他说，她就自由自在啦。

阿尼西娅 哎呀呀……这怎么行呢？

玛特廖娜 他还说，没有任何痕迹。他要了一个卢布，他说，少了可不行。大概搞来很费劲。小心肝儿，我花了自己的钱。我一直在想。她要不要呢？如果你不要，我就去交给米哈伊洛夫娜。

阿尼西娅 哎哟！别出什么坏事吧？

玛特廖娜 小宝贝，能出什么坏事呢？要是你家汉子身体强壮就好了。可是，他说是活着，已经活不长啦。这样的人多着呢。

阿尼西娅 哎哟，唉，我可怜的脑袋痛得厉害！大婶，我怕造孽呀！真的，这算什么事呢？

玛特廖娜 我也可以还回去。

阿尼西娅 那怎么行，像那种药面一样，放进水里就行？

玛特廖娜　最好放在茶水里。他说，没有任何痕迹，连味道都没有。真是个聪明人呢。

阿尼西娅　[拿起药面。] 哎呀呀，我好可怜的脑袋瓜呀。要不是这种苦役般的生活，我是不会去干这种事呢。

玛特廖娜　那一个卢布别忘啦，我答应给老头送过去的。他也在忙活呢。

阿尼西娅　知道啦。[走向大箱子，把药面藏起来。]

玛特廖娜　你呢，小宝贝，你要守口如瓶，别让人家知道了。如果露馅呢，就说别人说是杀蟑螂的药面……[拿走一卢布。] 上帝饶恕吧……[中断话语。]

第十一场

前场人物、彼得、阿基姆。[阿基姆登场，对着圣像在自己身上画十字。]

彼　得　[登场，坐下来。] 阿基姆大叔，到底怎么办呢?

阿 基 姆　最好是，伊格纳吉奇，能多好就多好，这个这个，就是说，最好呀，这个……不这样不行呀。都爱自己的孩子呀，就是说。我想呀，就是说……想要儿子……去干点活。要是你，就是说，你准许的话，那就这么办。最好……

彼　得　好吧，好吧。你坐，咱们好好谈谈。[阿基姆坐下来。] 这是怎么回事? 你是想给儿子讨老婆吗?

玛特廖娜　娶亲嘛，可以等一等，彼得·伊格纳吉奇。我们家穷你是知道的，伊格纳吉奇。哪顾得上娶亲呀。自己还吃不饱呢，哪顾得上娶亲！……

彼　　得　您请坐吧，那要怎么办更好。

玛特廖娜　娶亲急不得。这是件大事。可不是马林果，自己是不会掉下来的。

彼　　得　不过呀，要是娶了亲，总归是好事。

阿 基 姆　我想呀，就是说，这个……因为我呀，就是说，这个……在城里有活干，混到个活计，赚的是不多，就是说。

玛特廖娜　那算什么工作！清理土坑。前两天来了，害得我吐个没完没了，没完没了……呸！

阿 基 姆　这是没错，头一开始闻起来多少有点臭烘烘的，就是说，这个，有臭味，习惯以后，就没什么感觉啦，闻起来，就是说，跟酒糟一样。那味道嘛，就是说……我们这样的弟兄们是不会抱怨的。衣服嘛，可以换一换。我想呀，就是说，想把米基特卡留在家里。他管好家务事，就是说呀。叫他在家好好顾家。我呢，就是说，到城里去挣钱。

彼　　得　你想把儿子留在家里，这没啥可说的。那领过的钱怎么算？

阿 基 姆　这没错，没错，伊格纳吉奇，既然这样说了，就是说，这个，说得对，因为既然来打工了，卖身了，那就叫他住下来吧，只不过，就是说，这个，娶亲的事，你就给他几天假吧。

彼　　得　好吧，这可以。

玛特廖娜 可是我们的意见不一致。彼得·伊格纳吉奇，我就像在上帝面前一样，向您吐露真情吧。你给我和老头子评评理。他老是吵着要娶亲，要娶亲。娶谁呀，你倒问问他看！要是真正的待嫁姑娘就好了，难道说我能跟自己的孩子作对，可是那个放荡的娘们……

阿基姆 这可是瞎说。瞎说，这个，你这是嚼人家姑娘舌根。瞎说呀。倒是她，这个姑娘她遭了我儿子的欺辱，就是说，给欺负了。姑娘给欺负了，就是说。

彼得 到底怎么个欺负法？

阿基姆 就那么回事，就是说，这个，跟我儿子米基特卡。跟米基特卡有点事，就是说，这个。

玛特廖娜 你等等再说吧，我这舌头可利索多了，让我来说。我们家小伙子在到你这来之前，你了解，是在铁路上干活的。在铁路上有个姑娘缠上了他。你知道的，她头脑简单。叫玛琳卡。在他们作坊里当厨娘。她呢，就是这个姑娘，指着我们家儿子说，意思大概是说，他，尼基塔，在跟她好的时候，欺骗了她。

彼得 这可不是什么好事。

玛特廖娜 她自己是个浪荡女人，到处找男人，一句话，是个破鞋。

阿基姆 你又来了，就是说，老太婆呀，不这个，你完全不这个，就是说，完全不这个……

玛特廖娜 你瞧，我家老鹰只会满口说，这个，这个，这个，这个是哪个——他自己也不知道。彼得·伊格纳吉奇，别光听我的，你问问大家怎么说这个女人的。人人都会这么说，她就是个浪荡破鞋。

彼　　得　[对阿基姆说。]阿基姆大叔，既然是这么回事，那就不必娶亲啦。儿媳妇可不是草鞋，是不能从脚上说脱就脱下来呀。

阿 基 姆　[激动起来。]污蔑，老太婆，就是说，你污蔑，这个，姑娘，因为姑娘，这个，长得很好，长得也很好看，就是说，我很可怜，就是说，很可怜这个女孩。

玛特廖娜　简直就跟玛丽列米扬老尼姑似的，为全世界可惜。家里人呢，都饿着肚子。可怜姑娘，儿子倒不可怜。你就把她背在脖子上，就跟她过吧，别净说废话啦。

阿 基 姆　不对，不是废话。

玛特廖娜　你别再说啦，让我说。

阿 基 姆　[打断。]不对，不是废话。就是说，你都坚持自己那一套，不管说姑娘还是自己。你偏向自己，想着怎样对自己才更好，可是上帝，就是说，这个，也是按照自己的旨意行事的。就是这么回事。

玛特廖娜　唉，光跟你磨嘴皮了。

阿 基 姆　姑娘办事勤快，举止庄重，就是说，这个，对自己身边的人……就是说。我们家穷，这个，她也是帮手，就是说，办个不贵的婚礼就是啦。最重要的是，欺负了姑娘，就是说，这个，姑娘是个孤儿，是呀，受了欺负呀。

玛特廖娜　随便什么姑娘都会说……

阿尼西娅　你啊，阿基姆大叔，多听听我们姐妹们的。她们会告诉你真相的！

阿 基 姆　有上帝的，上帝在呀！难道说这个姑娘不是人？就是说，也是人呀，这个，对上帝来说，这姑娘也是人呀。你怎么想的呢？

玛特廖娜　没完没了啦……

彼　　得　阿基姆大叔，这样吧，要知道，这些女孩子是不能都相信的。小伙子还活着呀。他不就在这儿吗！叫他去好好问问，是不是真的？他不会昧良心的。把小伙子叫来！［阿尼西娅站起来。］你就说，老爹叫他呢。［阿尼西娅退场。］

第十二场

前场人物，阿尼西娅除外。

玛特廖娜　来吧，亲爱的，事情断清楚了，就像用水冲洗过一样清清楚楚。照现在的做法，不能逼着儿子结婚。也得问问自家孩子。他绝不会娶这个女人，败坏自己的名誉。我的看法是，叫他住在这儿，给东家干活。夏天也别叫他回来，可以雇个人。你就给我们十卢布吧，叫他在这儿住下吧。

彼　　得　这是后话，一样一样按顺序来。一件事了解了，再说另一件。

阿基姆 我啊，就是说，也是这个意思。彼得·伊格纳吉奇，就是说，按部就班呐。都指望着呀，就是说，对自己更有利些，可是上帝都给忘了呀；想着要给自己多搞点好处，结果一瞧，给自己的脖子上套上绳索啦，就是说，没有上帝保佑，想得越好，结果就越糟糕。

彼　得 明摆着的事呀！必须记住上帝。

阿基姆 你瞧，事情就办砸啦，而按法律办事，按上帝的意思办事，就是说，这事就让你打心眼里开心。我想呀，就是说，想当然呢。所以我就盘算，就是说，给他娶亲，就是说，罪过就少一点。他呆在家里，就是说，这是法律要求的，而我嘛，就是说，到城里去找活干。活总能找到的。差不多就行。依上帝来看，就是说，这么着也更好。对那个孤女也是一回事。举个例子吧，去年夏天，就用这种办法从管家那里搞木柴。想着，骗过去得啦，管家是被骗过去啦，可是上帝呢，就是说，骗不过去呀，结果……

第十三场

前场人物、尼基塔和阿纽特卡。

尼基塔 您找过我？［坐下来，掏出烟叶。］

彼　　得　[轻声，带着责备的口气。] 你怎么搞的？一点规矩都不懂。你老爹有话问你，你倒好，坐下玩起烟来了。站起来，到我这儿来！

[尼基塔站到桌子边上，一边吊儿郎当地靠在桌子旁，一边笑着。]

阿基姆　这么回事，就是说，兴许有人，米基什卡，告你的状，告状呀，就是说。

尼基塔　谁告我的状？

阿基姆　谁告状？是一个姑娘，一个孤女，就是说，告你的状。她，就是说，告你的状，就是那个玛琳娜亲口告你的状，就是说。

尼基塔　[边笑边说。] 妙极啦，真的。她抱怨什么呢？这是谁对你说的，是她自己吗？

阿基姆　我啊，现在问你话呢，你呢，就是说，应当回答我。你和这个姑娘就是说，有什么纠缠不清的事没有，就是说？

尼基塔　我完全不明白，你到底想问什么？

阿基姆　就是说，胡闹，对啊，胡闹，你跟她是不是，就是说，胡闹来着？

尼基塔　难说呀。因为无聊呀，跟厨娘开开玩笑，拉拉手风琴，她呢，跳跳舞，还有哪些胡闹呢？

彼　　得　米基塔，你不要耍花腔。老爹问什么，你就清清楚楚回答什么。

阿基姆　[得意而庄重地。] 米基塔！瞒得过人，瞒不过上帝。你，米基塔，就是说，好好想想，可不能说谎！别觉得她是个孤女，就是说，就可以欺负。就是说，是个孤女。你好好说是怎么一回事。

尼 基 塔 没什么好说的呀。我把一切说完了，所以说没什么好说的。［激动地。］她还什么都没说过。让她说吧，想怎么说就怎么说，就像叨咕死人一样。她为什么叨咕费吉卡·米吉什金？这算什么事，现在这个世道，这么说来，开个玩笑都不行？她倒是想怎么说就怎么说。

阿 基 姆 唉，米基什卡，当心点！谎话总会被拆穿的，到底发生过关系没有？

尼 基 塔 ［旁白。］哼，缠住不放呢，真是的。［对阿基姆。］我再说一次，我什么都不知道。我和她之间，什么都没有。［恶狠狠地。］基督耶稣在上，我算是甩不掉这个破烂事了。［在自己身上画十字。］我什么都不知道。［沉默。尼基塔更激动地说。］你们这是怎么突然想起来要我跟她结婚？哎，真的，真是桩丑闻。现如今，连法律都规定不兴逼迫人娶亲！多简单的事。我可以发誓，我啥都不知道。

玛特廖娜 ［指着丈夫。］你瞧，全是你这个笨脑袋瓜，傻子一样，不管人家对他说了些什么，他都相信。只不过白白地稍稍逗他一下。最好还是让他住在主人家里，像以往一样。现在只要主人给我们十卢布帮衬家用。时候到了，再给他娶亲。

彼　　得 喂，阿基姆大叔，怎么办呢？

阿 基 姆 [咋舌地对儿子说。] 米基卡，你留神呀，对啊，受欺的眼泪不会白白流的，对啊，全都落在坏人头上。你小心点，别出事。

尼 基 塔 有什么好小心的，你自己小心点得了。[坐下。]

阿纽特卡 我告诉妈去。[跑步退场。]

第十四场

彼得、阿基姆、玛特廖娜和尼基塔。

玛特廖娜 [对彼得说。] 就是这么回事，彼得·伊格纳吉奇。我家那位是个爱胡闹的人。脑袋瓜子里溜进去什么想法，怎么也消除不了。我们这是凭空给你添麻烦啦。孩子以往怎么呆在你这儿的，以后还怎么呆着。把这小子留下吧，他就是你的仆人。

彼　　得 阿基姆大叔，怎么定呢?

阿 基 姆 好吧，对啊，孩子的意愿改不了，就是别那个，对啊，本想么，就是说，是的……

玛特廖娜 你别捣乱啦，自己不知道想要什么。就叫他照老样子呆在这里吧。孩子自己也不想走。再说，我们把他送哪儿去呢，我们自己来管好自己的事吧。

彼　　得 不过，阿基姆大叔，有一点——如果你夏天把他叫回去，冬天我不需要他。如果在这住，那就是全年。

玛特廖娜　就按全年安排。我们家呢，忙季需要的话，我们另外雇人。孩子就住这儿。现在呢，你给我们十个卢布吧。

彼　　得　怎么说，再呆一年？

阿 基 姆　[叹气。]是啊，没办法，看样子，只好这样啦，对啊，既然这样，就是说，看样子只好这样啦。是啊。

玛特廖娜　再呆一年，从圣米特里星期六算起。至于说工资吗，你不会亏待我们的，现在呢，给我们十个卢布吧。请允许我们告辞啦。[站起身来鞠了一躬。]

第十五场

前场人物、阿尼西娅和阿纽特卡。[阿尼西娅靠边坐下。]

彼　　得　行啦？既然如此，只好这样啦。去酒馆吧，喝伏特加酒去。阿基姆大叔，走呀，咱们去喝伏特加酒去。

阿 基 姆　我不喝酒，不喝它，不喝。

彼　　得　那样的话，你就喝茶好啦。

阿 基 姆　我倒是喜欢喝茶的，对，喝茶吧。

彼　　得　妇女们也喝茶好啦。你，米基塔，你去把羊群赶回来，再添点草料。

尼 基 塔　好吧。

[除尼基塔外，退场。天渐渐黑下来。]

第十六场

尼基塔独自一人。

尼 基 塔 [吸着烟卷。] 哼，缠个不休，问啊，问啊，问怎么和姑娘们一块儿玩的。这可是说起来就长啦。他说，把她娶了。都娶的话，那得有一大群老婆了。非说我必须得娶亲了，可是我日子过得也不比那些结了婚的差，大家都羡慕我呢。当时好像有人推了我一把，我在圣像面前画了十字。什么麻烦事都打住啦。他们说，在上帝面前说谎是很可怕的。全是胡说。没关系，空话而已。没什么了不起。

第十七场

尼基塔和阿库林娜。

阿库林娜 [穿着长衣上场，把绳子放下，脱下长衣，去储物间。] 你哪怕是点个灯照一下呢。

尼 基 塔 欣赏你吗？不点灯我也看得见你。

阿库林娜 去你的！

第十八场

前场人物和阿纽特卡。

阿纽特卡 ［跑步登场；对尼基塔轻声说。］米特卡，快去，有个人找你，急得要死。

尼 基 塔 什么人？

阿纽特卡 铁路上的玛琳卡。站在街上拐角那儿。

尼 基 塔 你瞎说。

阿纽特卡 急得要死。

尼 基 塔 她有什么事？

阿纽特卡 她叫你去呢。她对我说，只要对米基塔说一句话。我问她，她不说。只是问——他要离开你们，是真的吗？我说，不是真的。他老爹想把他带回去娶亲，可是他拒绝。他还留在我们这里一年时间。她对我说——看在上帝的分上，你把他叫来。她说，我有话一定要对他说。她早就在等你呐。你去见见她吧。

尼 基 塔 去她的。我干吗要去呢？

阿纽特卡 她说，如果他不来，我到家里去找他。她说，就是一死，我也要去。

尼 基 塔 说不定她站一会就走了。

阿纽特卡 她说，是不是要给他娶阿库林娜？

阿库林娜　[走到尼基塔面前，取自己的纺纱机。]给谁娶阿库林娜？

阿纽特卡　米基卡。

阿库林娜　那么容易吗？到底是谁说的呢？

尼 基 塔　是呀，大概是传言吧。[看着她笑。]阿库林娜，真的，你愿意嫁给我吗？

阿库林娜　嫁给你吗？以前嘛，也许我会嫁给你。现在不会。

尼 基 塔　现在为什么不会呢？

阿库林娜　因为你不会爱我。

尼 基 塔　我为什么不会呢？

阿库林娜　因为别人不准你。[笑。]

尼 基 塔　什么人不准？

阿库林娜　是我后娘不准。她总是骂骂咧咧的，紧紧看着你呢。

尼 基 塔　[笑。]瞧你说的！你的眼睛可真尖呀。

阿库林娜　我吗？这还用得着我眼尖？难道说我是瞎子？今儿个她对我老爹发脾气，老是发脾气，简直是个厚脸皮的女鬼。[走进储物间。]

阿纽特卡　尼基塔！你来看呀，[看窗外。]她来啦。她急死啦。我走了。[退场。]

第十九场

尼基塔，阿库林娜在储物间，玛琳娜。

玛 琳 娜　[登场。]你怎么对我干这种事？

尼基塔 我干了什么？我什么都没干呀。

玛琳娜 你想甩掉我？

尼基塔 [生气，站起来。] 喂，你到底来干什么？

玛琳娜 唉，米基塔！

尼基塔 你们可真是些怪物。来干什么呀？

玛琳娜 米基塔！

尼基塔 米基塔又怎么样？米基塔在这儿呢。怎么样呢？要我说，你走吧！

玛琳娜 是这样啊，我看清楚了，你是想扔了我，想忘了我？

尼基塔 有什么好记住呢？自己不知道。站在街上拐角里，派阿纽特卡来找我。我没去见你，就是说，我不需要你。很简单。你就走吧。

玛琳娜 不需要我了！现在不需要我了！我原来相信你会爱我。你丢了我，我现在成了不需要的人了。

尼基塔 你说这些话都是没用的。都是废话。你还向我老爹胡说了一通。你走吧，你行行好，走吧。

玛琳娜 你自己知道，除了你，我没爱过别人。娶不娶我，我都不会生气的。我在你面前没有任何过错。你为什么不爱我了？为什么？

尼基塔 我们没必要在这里说废话。你走吧！全是糊涂人！

玛琳娜 你答应娶我，你欺骗了我，我不为这事痛苦。你不爱我了，我也不痛苦。我痛苦是因为你有新欢了。我知道，你另找了人。

尼基塔 [气急败坏地走向她。] 喂！跟你这娘们儿说话，就像对牛弹琴。走吧，我说，别闹得不可收拾。

玛琳娜 不可收拾？怎么，你想打我？来吧，你打呀！你为什么把脸转过去呢？唉，尼基塔。

尼基塔 是啊，是不太好。人要来了。有什么废话可说呀。

玛琳娜 就是说，到此为止。就是说，过去的事，就让它过去吧。你叫我忘了一切！尼基塔，你可要记住——我保护自己的贞操，比保护眼睛还仔细。你无缘无故糟蹋了我，欺骗了我。一点也不可怜没爹没娘的孤女［哭。］，甩了我。你害了我，我不恨你。上帝保佑你。你找到比我好的人，就会忘了我；找到差的人，就会想起我。尼基塔，你会想起我的。既然这样，永别了！我是爱过你的。最后一次永别了！［想拥抱他，捧着他的脑袋。］

尼基塔 ［挣脱。］唉！白说了一场。你不想走，我自己走。你留在这儿吧。

玛琳娜 ［喊起来。］你是个禽兽！［在门口。］上帝不会赐福给你的！［边哭边退场。］

第二十场

尼基塔和阿库林娜。

阿库林娜 ［从储物间出来。］尼基塔，你原来是一条猪狗不如的东西。

尼 基 塔 那又怎么样?

阿库林娜 她可哭得多惨啊。[哭。]

尼 基 塔 你哭什么呢?

阿库林娜 哭什么?你……太……欺负……她了。有一天你也会这样欺负我……你猪狗不如。[退到储物间。]

第二十一场

尼基塔独自一人。

尼 基 塔 [沉默。] 都乱套了。我喜欢这些娘们,像蜜糖一样。可是要跟她们一起造孽,那可就麻烦大喽。

[幕落。]

第二幕

第二幕人物

彼　　得
阿尼西娅
阿库林娜
阿纽特卡
尼 基 塔
玛特廖娜
干 亲 家（女）　邻居
人　　群

舞台呈现街头和彼得的农家房屋。观众左方是一座两趟房，门斗，中间是台阶。右方是大门，院子边角。阿尼西娅在院子边角搓麻线。第一幕六个月之后。

第一场

阿尼西娅独自一人。

阿尼西娅 [停下来，倾听。] 又在那儿嘟囔呢。一定是从火炕上下地了。

第二场

阿尼西娅和阿库林娜。阿库林娜挑着水桶登场。

阿尼西娅 吼起来了。你去看看，他要什么？瞧……骂开了。

阿库林娜 你为什么不去呢？

阿尼西娅 都说了，叫你去你就去。

[阿库林娜走进木屋。]

第三场

阿尼西娅独自一人。

阿尼西娅 我可叫他折磨死啦。他不告诉我钱放在哪儿，死活不说。不久前他在门斗里，准是藏在那儿了。只不过现在我自己还不知道放哪儿了。谢天谢地，他舍不得跟钱分开。钱都在家里。只要能找到就好了。只不过现在我自己还不知道放哪儿了。我是彻底叫他折磨死啦。

第四场

阿尼西娅和阿库林娜。[阿库林娜走出来，系头巾。]

阿尼西娅 你这是到哪儿去？

阿库林娜 到哪儿去？他派我去叫玛尔法姑姑来一趟。他说，去叫妹妹来。我要死啦，我有话一定要对她说。

阿尼西娅 [自言自语。] 叫妹妹来。唉，瞧我这脑袋瓜儿！哼——哼！这是要把钱交给她。我怎么办呢？喂！ [对阿库林娜说。] 你别去啦，你到哪儿去？

阿库林娜 去找姑姑来。

阿尼西娅 我说了，你别去了，我自己跑一趟。你带着衣服去河边洗吧。要不然天黑了，你也来不及洗了。

阿库林娜 是他派我去的。

阿尼西娅 叫你去哪儿，你就去哪儿。我说了，我自己去叫玛尔法。你把篱笆上的衬衫取下来。

阿库林娜 衬衫？你可别不去啊，是他让去的呀。

阿尼西娅 我说过啦，我一定去。阿纽特卡在哪儿？

阿库林娜 阿纽特卡吗？她在守着小牛群呢。

阿尼西娅 你叫她来，小牛群跑不散的。

[阿库林娜收拾衣物，退场。]

第五场

阿尼西娅独自一人。

阿尼西娅 不去的话，他会骂个死；去的话呢，他会把钱全都交给妹妹。我就白忙乎啦。怎么办呢，我自己也不知道。我的脑袋炸崩了。[继续干活。]

第六场

阿尼西娅和玛特廖娜。[玛特廖娜拄着拐杖，背着小包袱，行路的打扮。]

玛特廖娜 好人儿，上帝保佑。

阿尼西娅 [环视周围，放下手中的活，高兴得伸开双臂。] 真没想到，大婶。上帝光辉高照我们，这么及时送来了客人。

玛特廖娜 嗯，出了什么事呀？

阿尼西娅 我的头脑乱极啦。大祸临头啦！

玛特廖娜 是吗？说是还活着？

阿尼西娅 别说啦，不死不活。

玛特廖娜 钱没给什么人吧？

阿尼西娅 他刚才派人去找亲妹妹玛尔法了。大概是钱的事。

玛特廖娜 事情很清楚。他没交给外人吧？

阿尼西娅 没有。我像老鹰一样守着呢。

玛特廖娜 现在钱在哪儿呢？

阿尼西娅 他不说。我怎么也打听不到。他常常把钱藏来藏去。还有，阿库林娜我也不信。说是大傻瓜一个，也在那儿暗暗注意着，守着找机会呢。唉，我的脑袋呀！快把我折磨死啦！

玛特廖娜 哎呀，好人儿，他会把钱不经你的手交出去，你就哭天喊地吧。他们会把你从家里赶走，扫地出门。你跟那不喜欢的人劳碌了一辈子，到头来成了寡妇，上街要饭去喽。

阿尼西娅 大婶，别提啦。我的心都碎啦，不知道该怎么办。也没个人商量。我对米基卡说过，他胆子小，不敢掺和这事。昨天他还对我说，钱埋在地板下面。

玛特廖娜 那么，你到地板下面去找过吗？

阿尼西娅 不行，他自己老呆在那儿。我注意到，他有时把钱揣在身上，有时又藏起来。

玛特廖娜 你呀，大姑娘，要记住——只要走错一步，就错一辈子。［低声。］你给他喝浓茶了吗？

阿尼西娅 唉——唉！［想回答，看见邻居，住口不语。］

第七场

前场人物和干亲家。[干亲家走过农家房屋，仔细听屋里的叫声。对阿尼西娅说。]

干亲家 干亲家！阿尼西娅，喂，阿尼西娅！好像你家人叫你呢。

阿尼西娅 这是他咳嗽呢，很像叫唤人。身体很糟。

干亲家 [走到玛特廖娜面前。] 你好啊，老奶奶，什么风把你吹来了？

玛特廖娜 亲爱的，我是从家里来的，来看看儿子。带了几件衬衫。自己的孩子嘛，要爱惜呀。

干亲家 人之常情嘛。[对阿尼西娅。] 干亲家，本想漂点土布。不过，我想还是早了点。大家都没动手呢。

阿尼西娅 有什么好急的呀？

玛特廖娜 是不是通知神父了？

阿尼西娅 那当然啦，昨个儿神父来过了。

干亲家 昨个儿我也看见了，我的大妈哟，就剩一口气啦。瘦得皮包骨头。前些日子，我的大妈哟，就要断气了，把他挪到了圣像前面。大家都哭送过了，正准备给他擦身子呢。

阿尼西娅 他却活过来了，起床啦。现在又晃来晃去呢。

玛特廖娜 那么，你们打算给他举行临终涂圣油的仪式吗？

阿尼西娅　有人说过来着呢。如果他活下来，我们打算明天请神父来。

干 亲 家　唉，阿尼秀什卡①，你大概很愁吧？常言道，生病的人不疼，照看病人的人心疼。

阿尼西娅　哪顾得上愁呀，就是给个痛快吧。

干 亲 家　当然啦，不容易，整整一年闹着要死。连累你忙得够呛。

玛特廖娜　是啊，寡妇的日子难过呀。年轻倒没什么，上了年纪哪有人体贴呀。老了日子难过呀。就拿我来说吧，稍稍走了没几步路，吃力呀，脚不听使唤。儿子在哪儿呢？

阿尼西娅　耕地呢。你进屋吧，我烧茶，咱们喝茶谈心吧。

玛特廖娜　[坐下来。] 是啊，亲人们，累啦。至于说临终涂圣油，一定要做的。人们常说，对灵魂有好处。

阿尼西娅　是啊，明天就派人去请神父。

玛特廖娜　那就好。姑娘，我们家要办喜事啦。

干 亲 家　怎么回事？春天办喜事？

玛特廖娜　是啊，看来俗话说的有道理——穷小子结婚，夜短长不了。谢苗·马特维耶维奇娶玛琳娜做老婆。

阿尼西娅　她到底找到幸福啦！

干 亲 家　他是个鳏夫，娶她大概是去照看孩子们的。

玛特廖娜　四个孩子呢。哪个聪明的女人会嫁过去！于是就把她娶回去了。她也高兴。喝酒来着，结果一看，

① 阿尼秀什卡是阿尼西娅的昵称。

酒杯都漏了，酒都洒出来了。

干 亲 家 是吗？有没有听说什么？那家伙有钱吗？

玛特廖娜 暂时还过得去。

干 亲 家 说得对，谁肯嫁给带孩子的人。就拿我们那儿米海洛说吧，庄稼汉嘛，我的妈呀……

庄稼汉的声音 喂，玛夫拉，鬼知道你跑哪儿去啦？去把牛赶进牛栏里。

[邻居退场。]

第八场

阿尼西娅和玛特廖娜。

玛特廖娜 [邻居退场时，她用平静的口吻说。] 好姑娘，把她嫁出去啦，好呀，至少我们家那个老傻瓜不会打米基什卡的算盘啦。[突然换成低声。] 她可算走了！[低声。] 怎么着，我说，你给他吃过茶了？

阿尼西娅 别说啦，最好他自己死掉。他老是不死，我却把罪孽顶下来了。唉！我的脑袋疼死啦！你干吗要把这些药面给我呢？

玛特廖娜 药面又怎么样？好姑娘，药面是安眠的，没什么害处。

阿尼西娅 我不是说安眠的药面，我指的是那些灰白颜色的。

玛特廖娜 没什么，好人儿，那就是药用的粉末呀。

阿尼西娅 [叹气] 我知道，就是心里害怕。他把我折磨得够惨的了。

玛特廖娜 那么说，你给他喝得多吗？

阿尼西娅 给了两次。

玛特廖娜 怎么，没动静？

阿尼西娅 我自己尝了尝茶水，有点苦。茶，他喝下去了，还说——这茶不好喝。我说病人嘛，喝什么都苦。大婶，我可吓坏啦。

玛特廖娜 你别去想它就是了。越想越坏。

阿尼西娅 要是你没给我，也没叫我去造孽，就好了。现在一想起，心里就发慌。你干吗要把那些药面给我呢？

玛特廖娜 看你说的，好人儿！上帝保佑你。你怎么都往我身上推呢？好姑娘，你注意啊，别嫁祸到我身上呀。万一出事，与我毫无关系。我一点也不知道，从来也没听说过。我吻着十字架发誓——从来没给你什么药面，我根本就没看见过，也没听说过有这种药面。好姑娘，你自己好好想想。不久前我们还说过你的事，亲爱的，折磨得够呛。前房的女儿是个傻瓜；男人呢，老朽木一个，皮包骨头。这种日子真难过，什么事做不出来呀？

阿尼西娅 尽管这样，我也不会放弃的。我的日子不止这些事，真想要么上吊，要么闷死他。这算什么日子呀？

玛特廖娜 说的是呀。喘口气的时间都没有。不管怎么说，还是要把钱找出来，再灌点茶。

阿尼西娅 唉……我可怜的脑袋呀！我自己也不知道，现在该咋办。太可怕了。最好还是他自己死掉。真不想造这样的孽呀。

玛特廖娜 [凶狠地。] 他到底为什么就是不说钱藏在哪儿了？他想带到棺材里去，叫什么人也得不到吗？这样做，难道好吗？上帝宽恕呀，这么多的钱就白白随风飞了？难道这不是造孽吗？他到底想干什么？就看着他胡闹？

阿尼西娅 我自己也不知道呀。他折磨死我了。

玛特廖娜 有什么不知道的呀？事情一清二楚。一步走错，就要后悔一辈子。他把钱交给妹妹，你就两手空空。

阿尼西娅 唉……他派我去叫妹妹来。我该去了。

玛特廖娜 你别着急去，先把茶炊烧上。咱们先灌他喝点茶，再一块儿找找钱，万一摸得到呢。

阿尼西娅 唉，千万别出事呀！

玛特廖娜 那怎么办呢？不能干瞪眼呀。你怎么，只是看了看钱，钱就会到你手上？你要去干呀。

阿尼西娅 好吧，我去烧茶炊。

玛特廖娜 去吧，好人儿。好好做，省得后悔。就是这么回事。[阿尼西娅正要离开，玛特廖娜叫住她。] 有一点，你可千万别把这些事都告诉米基特卡。他傻里傻气的，万一他知道了药面的事，天知道他会干出什么事。他的心太软了。你知道，他有时候连杀个鸡都下不了手。别告诉他呀。可惜的是，他搞不懂这回事。[彼得出现在门口，她惊恐地住嘴。]

第九场

前场人物和彼得。[彼得扶着墙钻出来，
走到门廊里，用微弱的气息叫人。]

彼　　得　怎么总是叫不应你们。哎哟！阿尼西娅，谁来了？ [倒身长凳上。]

阿尼西娅　[从拐角走出来。] 你钻出来干什么？好好躺在原来的地方吧。

彼　　得　姑娘去叫玛尔法了吗？……太难受啦……唉，不如早点去死！……

阿尼西娅　她没工夫去，我派她去河边洗衣裳去了。你等一会儿，我忙完了亲自去。

彼　　得　你叫阿纽特卡去。她人在哪儿？哎哟，好难受呀！哎哟，我快死啦！

阿尼西娅　我也叫人去找她了。

彼　　得　是吗？她人到底在哪儿呢？

阿尼西娅　鬼知道她在哪儿，这个该死的！

彼　　得　哎哟，我支持不住啦。肚里烧得慌。就像钻头钻着。为什么把我像狗一样扔下不管……喝口水都叫不应……唉……把阿纽特卡叫到我那儿去。

阿尼西娅　在这儿呢。阿纽特卡，去老爹那儿。

第十场

前场人物和阿纽特卡。[阿纽特卡跑步上场。阿尼西娅退到拐角上。]

彼　　得　你去……哎……找玛尔法姑姑，对她说，老爹叫你呢，他有事找你。

阿纽特卡　行啊。

彼　　得　你等一等，你对她说，要快点来，你说，我要死啦，哎哟……哎哟……

阿纽特卡　我取了头巾就去。[跑步退场。]

第十一场

彼得、阿尼西娅和玛特廖娜。

玛特廖娜　[眨眨眼。] 喂，姑娘，记住你的事。去屋里吧，到处翻翻。就像小狗崽找跳蚤一样，全翻个遍，我去他身上搜一搜。

阿尼西娅　[对玛特廖娜说。] 这就去。跟你在一块儿就觉得胆大一点。[走到门廊前，对彼得说。] 给你烧茶炊喝茶要不要？玛特廖娜大婶来找她儿子呢……你就陪她喝茶吧。

彼　　得　好呀，你烧茶吧。

第十二场

彼得和玛特廖娜。[玛特廖娜走到门廊前。]

彼　　得　你好啊。

玛特廖娜　你好！大善人。你好，亲爱的。你病着哪。一看就知道。我家老头也好伤心呀。他说，去看看他吧。他问候你。[再次鞠躬。]

彼　　得　我快死了。

玛特廖娜　我看到你呀，伊格纳吉奇，就见到痛苦不是游荡在荒林里，而是在人身上害人。我看着你，觉得你身体垮啦，整个人都垮啦，亲爱的。看来病痛不会使人更漂亮。

彼　　得　我快死啦。

玛特廖娜　没办法，彼得·伊格纳吉奇，上帝的旨意。他们请神父了，来给你做临终涂圣油的仪式，上帝保佑。你的女人嘛，多亏上帝，聪明伶俐，一定会按规矩安葬你，为你举行追悼酒席。需要的话，我儿子也能帮着做点家务事，

彼　　得　没人听使唤！我女人办事不牢靠，只会干没用的事，我全知道的……我知道……她是个傻里傻气的女人，再说还太年轻。我整起了这个家，可是没人管事，太让人伤心啦。[抽噎啜泣。]

玛特廖娜 好吧，如果有钱，找人办事还是可以的……

彼　　得 [对门廊里的阿尼西娅说。] 阿纽特卡是不是去啦?

玛特廖娜 [旁白。] 哼，还记着呢。

阿尼西娅 [从门廊里走出来。] 当时就叫她去了。你还是进屋去吧，我这就去查一下。

彼　　得 最后还是让我坐一会儿吧。屋里空气太闷，我觉得好难受……唉，心里总是发烧呀……早点死了也好……

玛特廖娜 上帝不把灵魂收走，灵魂自己不会走的。生死由天呀，彼得·伊格纳吉奇。生死是猜不准的，病好了也是常有的事，日前我们村里就有一个庄稼汉，说着就要死啦……

彼　　得 不，我有感觉，今天就要死，有感觉…… [靠墙，闭上眼睛。]

第十三场

前场人物和阿尼西娅。

阿尼西娅 [登场。] 怎么样啊? 你去不去? 你就是不来。彼得呢? 喂，彼得?

玛特廖娜 [走到一边，用手指头招阿尼西娅过来。] 怎么样啊?

阿尼西娅 [走下门廊台阶，到玛特廖娜跟前。] 没有。

玛特廖娜 你是不是都翻遍啦? 地板下面也找了?

阿尼西娅 地板下面也没有。草料房里也没有。昨儿个他去过。

玛特廖娜　再找找，再努力找找。到处彻底找找，我注意到了，今天迟早会死的——手指甲发青，还有面色如土。也许是茶炊起作用了？

阿尼西娅　水就要开了。

第十四场

前场人物和尼基塔。[尼基塔从舞台另一侧登场，如有可能，他可骑马到大门口；他看不见彼得。]

尼 基 塔　[对母亲说。] 娘亲，你好啊！家里人身体都好？

玛特廖娜　上帝保佑，吃着面包，活着。

尼 基 塔　是吗？东家怎么样？

玛特廖娜　轻点，他坐在那儿呢。[指指门廊台阶。]

尼 基 塔　那又怎么？叫他坐着就是。跟我有什么关系？

彼　　得　[睁开眼睛。] 米基塔，喂，米基塔，到我这儿来。

[尼基塔走过来。阿尼西娅与玛特廖娜窃窃私语。]

怎么这样早来啦？

尼 基 塔　地耕完啦。

彼　　得　桥后头那一片地，也耕过了？

尼 基 塔　那儿太远啦。

彼　　得　太远？从家里去是远，你去送信的时候，跑一趟就好了。

[阿尼西娅不露面，却悄悄倾听。]

玛特廖娜　[走近。] 喂，儿子，你怎么不努力为东家办事呢？

东家有病，都指望你呐，你就该对他就像对亲爹一样，尽心尽力，好好干。我一直就是这样对你说的。

彼　　得　你呀，唉，去挖土豆吧。女人们……唉……会挑拣的。

阿尼西娅　[自言自语。] 怎么办，我也走开吗？又把大家都支开了；肯定，钱在他身上。他想藏到什么地方去。

彼　　得　是呀，唉！……很快就要下种了，可他们都跑了，唉，一点力气都没有啦。[起身。]

玛特廖娜　[跑步走上门廊台阶，搀扶彼得。] 是不是扶你进屋里？

彼　　得　好，扶我进去吧。[停步。] 米基塔！

尼 基 塔　[生气地。] 还有什么事？

彼　　得　我怎么见不到你……今个儿我要死啦……看在上帝分上，你原谅我，有什么对不住你的地方，你就原谅我，说过的话呀，做过的事呀，太多了，你原谅我吧。

尼 基 塔　有什么可原谅的？我们自己也作孽呀。

玛特廖娜　唉，孩子，你要体会这些话呀。

彼　　得　看在上帝的分上，原谅我吧。[哭泣。]

尼 基 塔　[呼哧声。] 彼得大叔，上帝会原谅的。真的，我没什么可抱怨您的。我没见你对我有什么不好的地方。你原谅我吧。也许我在你面前才有罪过呢。[哭泣。彼得哼哼着喘气，退场。玛特廖娜搀扶他。]

第十五场

尼基塔和阿尼西娅。

阿尼西娅 唉，我的头痛死啦！他这么说是话中有话呀。看来他在想什么新花招呢。[走到尼基塔面前。] 你以前说过，钱在地板下面，那里没有。

尼 基 塔 [不答，哭泣。] 他除了对我好以外，没见过他对我不好的事。可是我干了什么！

阿尼西娅 这事别提啦。钱到底在哪儿？

尼 基 塔 [生气地。] 鬼知道在哪儿。你自己找吧。

阿尼西娅 你怎么突然变得心软啦？

尼 基 塔 我可怜他。太可怜他了！他哭得多可怜啊！唉——唉！

阿尼西娅 哼，可怜心涌上来了！还可怜这么一个人。他把你当狗使，一直当狗使，现在下令要把你赶走。你还是可怜可怜我吧。

尼 基 塔 你有什么要可怜的呢？

阿尼西娅 他快要死了，他会把钱都藏起来……

尼 基 塔 也许不会藏呢……

阿尼西娅 唉，尼基图什卡呀！他叫人去找他妹妹来，想把钱交给她。这是我们的不幸呀。如果他把钱交出去了，咱们今后怎么过日子啊。他们会把我从家里赶走的！最好你去想想办法。你说过，他钻过草料房？

尼 基 塔 我看见他从那里出来，谁知道他把钱塞哪里去了。

阿尼西娅 唉，我的脑袋呀……我去找找。

第十六场

前场人物和玛特廖娜。[玛特廖娜从屋里出来，走下台阶到阿尼西娅和尼基塔面前，悄悄说。]

玛特廖娜 哪儿都用不着去，钱就在他身上。我摸过啦，钱就用绳子绑在身上呢。

阿尼西娅 唉，我的脑袋呀，痛死啦！

玛特廖娜 今个儿错过了，就像老鹰飞走，抓不住啦，一场空！

阿尼西娅 要不然他妹子来了，他把钱都交给他妹子。那怎么办？唉，我的脑袋哟！

玛特廖娜 怎么办？你看这里——茶炊烧开了，你去沏茶，给他倒上一杯，[轻声。]你把纸包里的东西全倒进去，你把茶灌给他喝。他喝了以后，你就把钱拿出来，他不会告诉别人的。

阿尼西娅 唉，太吓人啦！

玛特廖娜 你别老说空话，赶快干活，万一有什么事，我来挡住他妹了。你别大意。你把钱都拿过来。叫米基塔藏起来。

阿尼西娅 唉，我的脑袋呀！怎么下手呀……可……

玛特廖娜 我跟你说的可不是空话，就照我说的做。米基塔！

尼 基 塔 什么事？

玛特廖娜 你在这里站一会儿，去土墩上坐着，有事的话就叫你。

尼 基 塔 [摆摆手。] 这些娘们就会想歪点子，把人头脑真真都搞晕啦。还是去挖土豆吧。

玛特廖娜 [拉住他的手。] 我说，你等一等。

第十七场

前场人物和阿纽特卡。[阿纽特卡登场。]

阿尼西娅 喂，情况怎么样？

阿纽特卡 姑姑在女儿家菜园子里干活来着，马上就过来。

阿尼西娅 她来了，我们怎么办呢？

玛特廖娜 [对阿尼西娅。] 你赶紧点，照我说的办。

阿尼西娅 我自己也不知道，什么都不知道。脑子全乱啦。阿纽特卡！好孩子，去看看小牛犊去，全跑散啦。唉，我不敢呀。

玛特廖娜 该去啦，大概茶炊开了，

阿尼西娅 唉，我可怜的脑袋呀！ [退场。]

第十八场

玛特廖娜和尼基塔。

玛特廖娜 [走到儿子面前。] 这回呀，好儿子。[坐到土墩上，

儿子旁边。] 你的事，也要好好想想，可不能凑合呀。

尼 基 塔 说的什么事呀？

玛特廖娜 是说你怎么在世上过日子的事。

尼 基 塔 怎么在世上过日子？大家怎么过日子，我就怎么过呗。

玛特廖娜 看样子老头子今天就要死啦？

尼 基 塔 要是死了，上帝保佑他，关我什么事？

玛特廖娜 [嘴里说个不停，不时看看门廊。] 唉，儿子呀！活人想活人的事。这里嘛，好儿子，这里还是要多多动脑筋的。你想想，我为了你的事到处奔波，腿都跑断啦。全是为了你想呀。你记住这些，就不会忘了我的。

尼 基 塔 你忙乎什么事呢？

玛特廖娜 为了你的事，为了你的一辈子，如果不事先张罗，什么好事都成不了。你认识伊万·莫谢伊奇吗？我也找了他。日前我去过他家。你知道，我也给他办了一件事。坐了一会儿，谈起来了。我说，伊万·莫谢伊奇，有件事请您评评理。举例说吧。一个庄稼汉鳏夫讨了另外一个老婆，举例说吧，还有她们的孩子，同两个老婆生的女儿。我说，这个庄稼汉死了以后，别的男人可以不可以娶这个寡妇，进入她家？我说，这个男人把这两个女儿嫁出去，自己留在这个家里？他说可以，只不过要花不少力气。他说，只要花钱就能办好这件事。他说，没钱的话，就别想。

尼 基 塔 ［笑。］这还有什么好说的，他们净是要钱。人人都需要钱。

玛特廖娜 唉，小宝贝儿，我就把事都坦白地说给他听了。他说，第一件事，你的儿子要报上这个村的户口。办这事，需要钱，请老人们喝酒。他们就会插手这件事。他说，办事要有用脑筋。你看看我这儿。［从手里拿出一张纸条。］这就是他特地写的纸条，读读看，你总归脑袋灵光。［尼基塔读纸条，玛特廖娜听。］

尼 基 塔 纸条嘛，明摆着，就是决议啦。这里不需要太多的学问。

玛特廖娜 你听我说说，伊万·莫谢伊奇命令这么办。他说，大婶，你注意，最主要的是别把钱错过了。他说，如果她没抓住钱，就不会让她把女婿招回家。他说，钱是万事之本。所以，好儿子，你注意，到时候了。

尼 基 塔 关我什么事？钱是她的，她去想办法吧。

玛特廖娜 儿子呀，你胡说什么呢！难道女人能想那么周全？如果出事，她拿了钱，哪还顾得上想什么？女人办事嘛，大家都知道的，你毕竟是个男子汉呀。你嘛，能把钱藏起来，等等。有什么问题的话，你毕竟聪明得多。

尼 基 塔 唉，你们这些女人呀，想法一点也不靠谱。

玛特廖娜 怎么叫不靠谱！你把钱抓到手呀。女人就在你掌心里啦。如果她啰嗦起来，就能管住她。

尼 基 塔 瞧你们这帮人。我去啦。

第十九场

尼基塔、玛特廖娜和阿尼西娅。[阿尼西娅面色苍白,从屋里跑出来，跑到拐角玛特廖娜面前。]

阿尼西娅 钱就在他身上。都在这儿。[展示围裙下的钱。]

玛特廖娜 你交给米基特卡吧，他会保管好的。米基特卡，拿去，好好保管。

尼 基 塔 好呀，交给我吧。

阿尼西娅 哎呀，我头疼呀，看来最好我还是自己保管吧。[走向大门。]

玛特廖娜 [抓住她的手。] 你到哪儿去? 行啦，你看，他妹子来啦。交给他吧。他知道藏哪儿好。你这个糊涂女人!

阿尼西娅 [犹豫不决，停步。] 哎呀，我的头呀!

尼 基 塔 好吧，还是给我，我藏起来。

阿尼西娅 你藏哪儿去呢?

尼 基 塔 你害怕啦? [笑。]

第二十场

前场人物和阿库林娜。[阿库林娜拿着床单衣物登场。]

阿尼西娅 哎哟，我的头好疼呀! [把钱交出来。] 米基卡，你小心点。

尼 基 塔 你怕什么？我塞到的地方，就连我自己都找不到。[退场。]

第二十一场

玛特廖娜、阿尼西娅和阿库林娜。

阿尼西娅 [吓得呆站在那里。] 哎哟！……他呀……

玛特廖娜 怎么，他死了？

阿尼西娅 是死了，没错。我把钱解下来的时候，他也没感觉到。

玛特廖娜 你进屋去吧，你看，阿库林娜来了。

阿尼西娅 怎么，我造了孽，他却把钱拿走了……

玛特廖娜 放心吧，进屋去，玛尔法来了。

阿尼西娅 哎，我就指望他了，别出事呀。[退场。]

第二十二场

玛尔法、阿库林娜、玛特廖娜。

玛 尔 法 [她从一边登场，阿库林娜从另一边登场。对阿库林娜说。] 我本来可以早点来，可是去女儿家来着，喂，老头怎么样啦？还是想要死啦？

阿库林娜 [放下衣物。] 没人知道。我去河边来着。

玛 尔 法 [指着玛特廖娜。] 这是什么人?

玛特廖娜 我是祖耶沃村来的。我是米基卡的母亲，祖耶沃村来的，亲爱的。您好！您可怜的哥哥受罪啦，受罪啦。他几次自己出来，说——把我妹子找来，因为，他说……哎哟，可别咽气了吧?

第二十三场

前场人物和阿尼西娅。[阿尼西娅从屋里喊着跑出来，抓住柱子，开始嚎哭。]

阿尼西娅 噢——噢——噢，把我甩给谁啦……唉——唉……把我甩给谁啦……苦命的寡妇呀……扔下不管了，明亮的眼睛闭上了……

第二十四场

前场人物和干亲家。[干亲家和玛特廖娜从两旁架起她。阿库林娜和玛尔法进屋。人群前来。]

人群里的一个声音 叫老太婆们过来，该收拾收拾啦。

玛特廖娜 [卷起袖子。] 铁锅里有水吗？茶炊里有水，我知道。没倒了。我来动手干吧。

[幕落。]

第三幕

第三幕人物

阿 基 姆

尼 基 塔

阿尼西娅

阿纽特卡

米特里奇 工人老头子，退伍兵。

阿尼西娅的干亲家（女）

彼得的农家房屋。冬天。第二幕之后过了九个月。阿尼西娅素妆坐在织布机前织布。阿纽特卡坐在炉台上，老头子工人米特里奇。

第一场

米特里奇 [慢步登场，脱外衣。] 唉，上帝可怜！怎么，东家还没来过？

阿尼西娅 什么？

米特里奇 米基特卡没从城里来过吗？

阿尼西娅 没来过。

米特里奇 看来是玩得痛快，忘了。上帝呀！

阿尼西娅 谷场都收拾好了？

米特里奇 那还用说？都按规矩收拾好啦。还用干草盖上了。我不喜欢敷衍了事。唉，上帝呀！仁慈的米科拉！[抠老茧子。] 他也该回来了。

阿尼西娅 他有什么可着急的？有的是钱，跟娘们胡搞。我想……

米特里奇 有钱嘛，干吗不玩个痛快呢？阿库林娜大概也进城去啦？

阿尼西娅 你问她好了，哪个鬼支使她去的。

米特里奇 去城里还能干什么？城里花花世界，只要有钱就行。唉，上帝呀！

阿纽特卡 娘，我亲耳听说的。她说，我给你买条小披巾回来。顺手就给你买回来。她说，你自己挑吧。她打扮得好看极啦——穿了件波里斯绒的坎肩，扎了一条法国头巾。

阿尼西娅 真是——姑娘在家知害臊，出了门就忘得一干二净，死不要脸！

米特里奇 瞧你说的！有什么可害臊的？有钱就该玩个痛快。唉，上帝呀，吃晚饭还早吗？

[阿尼西娅沉默无语。]

我先去暖和暖和吧。[爬上炉台。] 唉，上帝呀！至圣的圣母马利亚啊，上帝的侍者米科拉！

第二场

前场人物和干亲家。

干 亲 家 [登场。] 看来你家那人还没回来？

阿尼西娅 没有。

干 亲 家 该回来啦。也许是到我们家酒馆去了。亲爱的，菲奥克拉妹子说啦，那里有很多城里来的雪橇呢。

阿尼西娅 阿纽特卡！喂，阿纽特卡！

阿纽特卡 什么事？

阿尼西娅 好姑娘，你去酒馆跑一趟，你去瞧一瞧，他是不是去了酒馆已经醉糊涂啦？

阿纽特卡 [从炉台上跳下来，穿外衣。] 我这就去。

干 亲 家 他带着阿库林娜一起去的？

阿尼西娅 本来用不着去的。就是她多事。她说，要去银行办事，收到工钱啦。全是她在糊弄他。

干 亲 家 [摇摇头。] 真叫人无话可说。

[静场。]

阿纽特卡 [站在门口。] 如果他在那儿的话，怎么说呢？

阿尼西娅 你只要看看，他在不在那儿？

阿纽特卡 那好吧，我这就赶紧去。[退场。]

第三场

阿尼西娅、米特里奇和干亲家。[沉默良久。]

米特里奇 [大声吼。] 唉，上帝呀，仁慈的米科拉。

干 亲 家 [打哆嗦。] 哎呀，吓坏我啦。这是谁呀？

阿尼西娅 是米特里奇，帮工的。

干 亲 家 哎呀，吓死人啦！我给忘了。干亲家，听说给阿库林娜说媒呢。

阿尼西娅 [从织布机上下来，走向桌子。] 杰德洛沃村有人来提过亲，对啊，他们大概听说了点什么，就不再提了。事就这样不了了之啦。谁还有意思？

干 亲 家 祖耶沃村的里祖诺夫家呢？

阿尼西娅 也派人来过，也没谈出个名堂。他根本不接见。

干 亲 家 可也该嫁出去呀。

阿尼西娅 倒也是真该嫁出去啦。我想，干亲家，怎么把她从家里撵出去。可这事难办。他不愿意。而她呢，也不愿意。你瞧，他跟自己的美人还没玩够呢。

干 亲 家 哟——哟——哟！罪过，罪过。胡想也想不出来。

能给她当爹喽。

阿尼西娅 唉，干亲家，我是上当受骗，骗得好巧妙，简直没话可说。我太傻，没留心，也没有想什么，就出嫁啦。我一点都没猜到，他们就同意定下来了。

干 亲 家 哎呀——哎呀，怎么能干这种事呀！

阿尼西娅 接着越来越厉害。后来都躲着我。唉，干亲家，我烦死啦，我的日子烦死人啦。如果我不爱他，那倒也罢了。

干 亲 家 是啊，真是没话可说。

阿尼西娅 干亲家，受他这样欺负，我心里多难过呀。唉，真难过呀！

干 亲 家 是吗？听说他喜欢动手打人？

阿尼西娅 总打呢。过去呢，喝醉了也安安静静过。过去也常喝醉，但是毕竟还觉得我对他好，可现在呢，只要一生气，就冲我来，想用脚踩死我。前些天，揪住我的辫子不放，好不容易才挣脱出来。那个娘们比蛇还毒，世上竟然会有这样的恶人。

干 亲 家 哎呀——哎呀——哎呀！竟有这样的事！干亲家，我瞧你呀，病病歪歪的！忍受这样的事。你把他这个穷光蛋领回了家，他竟然会这样欺负你！你怎么也不管管他？

阿尼西娅 唉，亲爱的干亲家呀！心不忍啊。先夫虽说很凶，尽管如此，我还是自由自在，想怎么就怎么，现在可不行，干亲家呀。只要眼睛看见他，我的心就软啦。我也没任何胆量去反对他。我在他面前，就像一只落汤小鸡。

干 亲 家 哎呀——哎呀——哎呀，干亲家！看来你中了邪了。据说玛特廖娜专做这种事。一定是她。

阿尼西娅 干亲家呀，我自己也是这样想的。有时候真委屈呀，就想把他撕成碎块。但是，一见他，不行，打心里就下不了手。

干 亲 家 这事明摆着，中邪了。我可爱的干亲家，要毁一个人，用不了多久。是呀，一见你的样子，我就明白是怎么回事啦。

阿尼西娅 我是骨瘦如柴呀。可你瞧瞧阿库林娜，瞧瞧那个傻丫头。从前邋里邋遢的，现在你再瞧瞧，怎么变得这样啦。是他打扮她的。打扮得花里胡哨，人也肥了，就像水上的气泡。难怪她是个傻瓜，自以为是，说她是老板娘。屋子是我的。因此老爹原想娶我给他做老婆呢。混账女人凶得很，生起气来，要拆房顶呢。

干 亲 家 唉，干亲家，你的日子不好过呀。人家还羡慕你。大家说，你们有钱，可是，好干亲家，我看是抱着金子哭呀。

阿尼西娅 有什么好羡慕的。钱财会花个精光的。他胡乱花钱，败家子呀。

干 亲 家 干亲家，你这是怎么，随随便便就放手啦？钱可是你的呀。

阿尼西娅 你不了解全部真相。我走错了一步。

干 亲 家 干亲家，要是我，我就会告到大官那里去。钱是你的。他怎么能挥霍呢？没这种法律。

阿尼西娅 现在哪管这些呀。

干 亲 家 哎，干亲家，我看你呀，是软弱。

阿尼西娅 亲爱的，我是软弱，软弱透啦，他害得我好苦。我自己也不知道是怎么回事。唉，我可怜的脑袋瓜呀！

干 亲 家 好像有人来了？［倾听，门开。阿基姆上场。］

第四场

前场人物和阿基姆。

阿 基 姆 ［画十字，扫扫树皮鞋，脱大衣。］府上平安！日子过得好吗？大婶，您好！

阿尼西娅 好啊，老爷子。从家里来？请进，请宽衣。

阿 基 姆 嗯，我想，对啊，就是说，去看看儿子，对啊，上儿子，儿子家去。没一大早来，就是说，先吃了午饭再来的，喃，遍地大雪，对啊，太难走了，路太难走啦，对啊，结果迟来了一会儿，就是说。儿子在家吗？就是说，我儿子在家吗？

阿尼西娅 不在呀，去城里啦。

阿 基 姆 ［坐到长椅上。］有件小事找他，对啊，是件小事。是这样的，前些日子我对他说过，对啊，就是说，有难处。马死啦，就是说，马的事。随便买一匹什么样的马都行。对啊。就是为这事来的。就是说。

阿尼西娅　米基塔提起过这事。等他回来，你们商量商量。[起身走向炉台。] 先吃晚饭吧。他就来。米特里奇，来吃晚饭呀，米特里奇？

米特里奇　[哼哼着，睡醒过来。] 什么事呀？

阿尼西娅　吃晚饭。

米特里奇　哎，上帝呀，恩慈的米科拉呀！

阿尼西娅　来吃晚饭。

干 亲 家　我回去啦，再见！ [退场。]

第五场

阿基姆、阿尼西娅和米特里奇。

米特里奇　[从炉台上爬下来。] 不知不觉就睡着了。上帝呀，米科拉，上帝的仆人！阿基姆大叔，您好啊。

阿 基 姆　噢，是米特里奇呀！就是说，是啊！你怎么在这儿？

米特里奇　这不是给你的儿子尼基塔做长工呢。就住在他这儿。

阿 基 姆　你真行呀！就是说，对啊，给我儿子当长工，你真行呀！

米特里奇　起先在城里一个商人家干活，后来钱都喝酒花光了，就到乡下来啦。我无处可去，就来干长工了。[打哈欠。] 唉，上帝呀！

阿 基 姆　是吗？噢，对啊，米基什卡做什么？这事，是他，对啊，就是说，竟然雇长工啦，雇工人啦？

阿尼西娅　他才不管呢。先前他自己管事，现在脑子不行了，所以就雇了工人。

米特里奇 有钱嘛，那他何必不雇人呢……

阿 基 姆 这嘛，对啊，浪费了呀。这可是完全，对啊，浪费啦。这是浪费。简直胡来。就是说。

阿尼西娅 就是，惯坏啦，惯坏啦，祸事就出在这儿。

阿 基 姆 是啊，就是啊，本想为他好，却适得其反，就是说，对啊，有钱了，人就惯坏啦，惯坏啦。

米特里奇 狗吃肥了，也会发疯的，肥了，能不发疯吗！我不也是肥了，就花天酒地啦。连着三个星期喝酒，喝得糊里糊涂。把最后一条裤子也喝掉了。再也没钱喝了，就戒掉啦。如今发誓不喝了。去他妈的。

阿 基 姆 你的老婆，就是说，如今在哪儿呢？嗯？

米特里奇 老兄，老婆子嘛，她自己有地方呆。在城里各家小酒馆里呆着。还卖俏呢，一只眼睛给人挖掉了，另外一只也被打肿啦，脸也歪了。就是清醒的时候，也没吃饱的日子。

阿 基 姆 哎呀——哎呀！怎么会是这样呢？！

米特里奇 当兵的老婆能呆在哪儿呢？命该如此啊。

[静场。]

阿 基 姆 [对阿尼西娅。] 哎，尼基塔进城，对啊，去啦。就是说，是去卖货啦？运什么货去卖呢？

阿尼西娅 [布置饭桌，端菜。] 空身去的，是去取钱的，去银行取钱的。

阿 基 姆 [吃完饭。] 怎么，对啊，你们打算把钱用到哪儿去？

阿尼西娅 没有，我们没动钱。只是二三十卢布的事。这是利息，要取出来。

阿 基 姆 要取出来？干吗，对啊，要取出来？我说钱呀。就是说，对啊，今天取出来，明天，就是说，又取出来。结果呢，全都取出来了，就是说。

阿尼西娅 这是额外的钱。原来的钱都在，没动。

阿 基 姆 都在？对啊，怎么会都在？你取了钱，对啊，还说没动？对啊，你把面粉都装到柜子里，就是说，或者粮仓里，对啊，你从里头取面粉出来，对啊，还说都在？这事，就是说，不对啊，是他们骗你们呀。你还是打听清楚。要不然会欺骗你们的。怎么会都在呢？对啊，你取了钱，还说钱都在。

阿尼西娅 我也搞不明白了。当时是伊万·莫谢伊奇决定的。他说，你们把钱存到银行里，钱会万无一失，还有利息可得。

米特里奇 [吃完了饭。] 是这回事儿。我在商人家住过。他们都是这样做的。你把钱存到银行里，自己就躺在炉台上，净拿利息吧。

阿 基 姆 你说的是怪事，对啊。怎么回事呢，对啊，你净拿钱吧，对啊，那他们，就是说，问谁拿钱呢？钱哪来呢？

阿尼西娅 银行给钱。

米特里奇 这是怎么一回事呢？女人吗，她说不清。你朝我看，我给你解释。你记住呀。比如吧，你手上有钱。我呢，比如说，春天来了，地荒着。没种子。或者说，要缴税。于是我就去找你。我说，阿基姆，借给我十个卢布，粮食收上来以后，圣母节前还给你，外加给你收十亩地。比如说，你见我有东西可以抵押；有匹马呀，一头牛呀，你就说——我可以给你两三个卢布，是尊敬你呀。就这么多。我呢，走投无路，没别的办法，我说，好吧，我借十个卢布。秋天我还给你，另外呢，你再从我身上剥三卢布。

阿 基 姆 这事，就是说，对啊，这可是一群胡来的庄稼人，对啊，就是说，忘了上帝的人，就是说。这事，就是说，不应该这样。

米特里奇 你别急。这就再说说这个有什么不对的地方。如今呢，你这样做了，剥光了我的钱。可是，阿尼西娅的钱放着没用。她没处用这些钱。女人们，都不知道该怎么处理这些钱。她来找你，说能不能把我的钱派上用处。你说，好啊，可以。你就等待机会。夏天我又来找你，我说，再借给我十个卢布。我会孝敬的……这你就明白了——既然我的皮还在身上，还能再揭一层，你就把阿尼西娅的钱借给了我。比如说，如果你见到我身无分文，连饭都吃不上，也没什么可剥下来，你就会对我说，老弟，去求上帝吧，你呢，就会去找另外合适的人，然后把自己的钱和阿尼西娅的钱借给他，把那个人剥个精光。这就是银行。周围全是这样干的。老兄，这玩意儿很精明。

阿 基 姆 [激动起来。] 怎么能这样干呢？对啊。就是说，这是干坏事。庄稼汉们这样做，对啊，可他们也认为这是罪过，对啊。这是违法的呀，对啊，就是说，不合法呀。这是干坏事。可是有学问的人为什么，对啊……

米特里奇 老兄，他们就喜欢做这种事。你记住。只有那些笨蛋，或者娘们，自己不会用钱办事，就把钱送到银行里，银行就给他们一点小恩小惠，揪住这些钱不放，用这些钱盘剥老百姓。这事聪明得很呀！

阿 基 姆 [叹气。] 哎，我看呀，对啊，没钱是苦，有了钱更苦，对啊。怎么会这样呢。上帝叫人们干活。你呢，就是说，对啊，把钱存到银行，自己就呼呼大睡，就是说，钱呢，对啊，自己养活你。这太坏啦，就是说，这不合法。

米特里奇 不合法？这啊，老兄，现在没人管。还把你盘剥个精光。就是这么一回事。

阿 基 姆 [叹气。] 是呀，看来时代就是这样的，再说茅房吧。就是说，对啊，我看见城里的茅房了。怎么就弄到这个地步。收拾得干干净净，就是说，收拾得花里胡哨，像酒馆一样。根本没必要。都没必要。哎，忘了上帝啦，就是说，忘记上帝啦。我们忘记上帝啦。谢谢，亲爱的，我吃饱啦，很满意。

[从桌子边站起来。米特里奇爬上炉台。]

阿尼西娅 [收拾餐具，吃饭。] 幸亏老爹说得叫人惭愧。说起来真丢人呀。

阿 基 姆　什么？

阿尼西娅　没什么，我是说自己呢。

第六场

前场人物和阿纽特卡。［阿纽特卡登场。］

阿 基 姆　噢，是聪明孩子来啦。你是忙前忙后呀！冻坏了吧？

阿纽特卡　快冻死啦。老爷爷好！

阿尼西娅　怎么样？他们在那里？

阿纽特卡　不在。只有城里来的安德里扬在那儿。他说，他看见他们在城里，酒馆里。他说，老爹烂醉如泥。

阿尼西娅　你大概想吃饭了吧？饭现成的。

阿纽特卡　［走向炉台。］真冷呀。手都冻僵啦。

［阿基姆脱靴子。阿尼西娅洗勺子。］

阿尼西娅　老爹！

阿 基 姆　你有什么话想说吗？

阿尼西娅　怎么，玛丽什卡日子过得好吗？

阿 基 姆　还行吧。日子过着呢。对啊。她是个聪明的女人，安分守己，就是说，日子过得还可以，也很努力。对啊，还可以，是个规规矩矩，勤勤恳恳的人，对啊，还听话。就是说，是个不错的女人，就是说。

阿尼西娅　听说你们村里玛琳娜丈夫的亲戚想给我们家阿库林娜说亲。您没听说吗？

阿 基 姆 你是说米罗诺夫家？女人们闲言碎语。对啊。谁也不明白。真正的情况，就是说，我也不知道。老太婆们议论过。我呢，记不住，就是说，记性不好。怎么说呢，米罗诺夫一家，对啊，他们家男子汉们还可以呀，就是说，对啊，还可以。

阿尼西娅 我是想啊，早点定亲好啦。

阿 基 姆 为什么？

阿尼西娅 [倾听。] 有人来了。

第七场

前场人物和尼基塔。[尼基塔登场，醉醺醺，手提一个袋子，胳肢挟一个兜子，还有纸袋里装满买来的东西。推开门，停步。]

阿尼西娅 哼，别理他。[继续洗勺子，门开时，头也不回。]

尼 基 塔 阿尼西娅，老婆！什么人来啦？

[阿尼西娅看了一眼，转过身子，不说话。]

尼 基 塔 [威严地。] 什么人来啦？难道你忘了？

阿尼西娅 别摆架子了。走吧。

尼 基 塔 [更加威严地。] 到底什么人来啦？

阿尼西娅 [走到他跟前，拉起他的手。] 嗨，丈夫来啦。进屋吧。

尼 基 塔 [较劲。] 是呀，丈夫。丈夫叫什么名字呀？正确地说。

阿尼西娅 去你的，叫米基塔。

尼 基 塔 这才对！没知识的家伙，叫父名。

阿尼西娅 阿基米奇。行了吧！

尼 基 塔 [仍然站在门口。] 这才对。不过，你再说姓什么呀？

阿尼西娅 [笑，拉住他的手。] 奇里金。还摆上谱了！

尼 基 塔 这才对呀。[抓住门框。] 不行。你说，奇里金哪只脚进屋？

阿尼西娅 别闹啦，冷风都吹进来啦。

尼 基 塔 你说呀，到底哪只脚进门？你一定要说。

阿尼西娅 [自言自语。] 真讨厌。哎，左脚。进去吧。

尼 基 塔 这才对啊。

阿尼西娅 你瞧瞧，家里有什么人。

尼 基 塔 老爹？是吗，老爹我不嫌弃。对老爹我要表示敬意。老爹，您好！ [向他鞠躬，握手。] 向您致敬。

阿 基 姆 [不答理他。] 都是酒，都是酒，对啊，把人搞成这样。是啊。太可恶啦！

尼 基 塔 酒？喝了么？真是大罪过，陪朋友喝了一点。庆祝庆祝嘛。

阿尼西娅 是不是去睡一会儿呢？

尼 基 塔 老婆，你说，我人站在哪儿？

阿尼西娅 行啦，行啦，去躺下吧。

尼 基 塔 我还要陪老爹喝茶呢。阿库林娜，来呀。

第八场

前场人物和阿库林娜。

阿库林娜 [打扮得花枝招展，手提买来的东西。对尼基塔说。] 你怎么把东西乱扔一气。毛线在哪儿？

尼 基 塔 毛线？毛线在那边。喂，米特里奇！你在哪儿呢？睡着了吗？去把马牵走。

阿 基 姆 [没看见阿库林娜，看着儿子。] 胡闹什么？对啊。老头，就是说，累了，对啊，就是说，打麦子来着。对啊。他却在那儿发脾气。把马牵走。呸！太可恶啦！

米特里奇 [从炉台上爬下来，穿毡靴。] 唉，仁慈的上帝呀！马在院子里吗？想必是把马累死了。哼，该死的！喝得烂醉，烂醉如泥。唉，上帝呀！圣徒米科拉呀！ [穿毛皮大衣，去院子里。]

尼 基 塔 [坐下来。] 老爹，你原谅我。我确实是喝酒啦。有什么办法呢？连母鸡也喝呢。是不是？你还是原谅我吧。没关系，米特里奇不会生气，他会收拾干净的。

阿尼西娅 真的要烧茶炊吗？

尼 基 塔 烧吧。老爹来啦，我想和他谈谈，喝喝茶。[对阿库林娜。] 买的东西都拿出来了？

阿库林娜 买的东西？我的我拿出来了。其它的都在门廊里。你看，这些，不是我的。[把一个包袱扔在桌子上，其它东西装进大箱子里。阿纽特卡看阿库林娜装东西。阿基姆不看儿子，把包脚布和树皮鞋放到炉台上。]

阿尼西娅 [端着茶炊退场。] 大箱子已经装得满满的，还买那么多东西。

第九场

阿基姆、阿库林娜、阿纽特卡和尼基塔。

尼 基 塔 [做出清醒的样子。] 你呀，老爹，别生我的气。你以为我喝醉了。我可以做任何事情。因为，喝归喝，没忘了上帝。老爹，现在我可以跟你谈话。所有的事情我都记得。钱的事嘛，我已经下令办理了。小马死啦，我记得。这都能办到。这些都在我们掌握之中。如果需要一大笔钱，那就要等一等。现在这事，我都能办到！钱就在这儿！

阿 基 姆 [继续整理鞋带子。] 唉，小子，对啊，就是说，春天的路嘛，不好走，对啊，不是路……

尼 基 塔 你这话是什么意思？跟醉汉说话不算谈话？你别怀疑。来喝点茶吧。我全能办到，所有的事情，我全能办好。

阿 基 姆 [摇头。] 唉，嗐——嗐——嗐！

尼 基 塔 钱嘛，就在这儿！[从口袋里掏出钱包，拿一张十卢布钞票来。] 你拿这个钱去买一匹马。买马吧。我不会忘记老爹的。绝不会不管的。因为是我老爹。哎，拿着吧。很简单。我不小气。[走到阿基姆面前，塞钱给他，阿基姆不接钱。]

尼 基 塔 [抓住阿基姆的手。] 叫你拿你就拿，我给钱的时候，不后悔。

阿 基 姆　我不能拿，就是说，对啊，我不能拿，就是说，也不能跟你说话，因为你心里，对啊，就是说，没有上帝。

尼 基 塔　我可不干，拿着吧。[把钱塞到阿基姆手里。]

第十场

前场人物和阿尼西娅。

阿尼西娅　[登场。停住脚步。] 你还是拿着吧，他可是不会罢休的。

阿 基 姆　[拿钱。摇头。] 唉，都是酒呀！不是人，就是说……

尼 基 塔　这就对嘛。你要还呢，就还给我，不还给我，上帝保佑你。我就是这样的！[看见阿库林娜。] 阿库林娜，把礼物让大家瞧瞧。

阿库林娜　为什么？

尼 基 塔　把礼物让大家瞧瞧。

阿库林娜　礼物呀？有什么好看的，我早收拾好了。

尼 基 塔　我说，你就取出来。阿纽特卡看看也高兴。我说，给阿纽特卡瞧瞧。把短方巾打开，给我。

阿 基 姆　唉——唉，看着就叫人恶心！[爬上炉台。]

阿库林娜　[取出来，放到桌子上。] 看吧，有什么好看的？

阿纽特卡　哎呀，真好看！不比斯杰潘尼金娜的差。

阿库林娜　斯杰潘尼金娜的？斯杰潘尼金娜的怎么能同这条相比？[活跃起来，打开方巾。] 你往这里看看，做得多好……法国的。

阿纽特卡 花布也多漂亮！玛舒特卡也有一条，只是更鲜亮一点，天蓝色的。这一条漂亮极啦。

尼 基 塔 可不是吗！

[阿尼西娅气鼓鼓地走进储物间，拿着烟管和桌面返回，走向桌子。]

阿尼西娅 看你们，全铺满了。

尼 基 塔 你往这儿看！

阿尼西娅 有什么好看的？难道说我没见过这些玩意儿？你收走吧。[用手把小方巾扫到地上。]

阿库林娜 你干吗乱扔东西？……你乱扔自己的东西吧。[拾起方巾。]

尼 基 塔 阿尼西娅！你瞧！

阿尼西娅 有什么好瞧的？

尼 基 塔 你以为我忘了你。我是忘记你啦。你朝这边看。[展示一个包袱，坐在包袱上。]这是给你的礼品。不过你得争取。老婆，我坐在哪里？

阿尼西娅 别装腔作势。我不怕你。你用谁的钱吃喝玩乐？用谁的钱给你那肥婊子买礼物？都是用我的钱。

阿库林娜 什么，你的钱？你想偷来着，可是没到手。你滚开！ [想走过去推她。]

阿尼西娅 你推什么推？我让你推。

阿库林娜 推你？哼，你敢。[挤她。]

尼 基 塔 哎，娘儿们，娘儿们。别闹啦！ [站到她们之间。]

阿库林娜 你还上劲啦。还是少吭气吧。想想你自己的事吧。

你以为大家都不知道吗？

阿尼西娅 知道什么？你说呀，你说大家都知道什么呀！

阿库林娜 我知道你犯的事。

阿尼西娅 你这个婊子，跟别人的老公过日子。

阿库林娜 你呢，把自己的老公害死了。

阿尼西娅 [扑向阿库林娜。] 胡说！

尼 基 塔 [拦住。] 阿尼西娅！你忘记啦？

阿尼西娅 你吓唬我？我不怕你。

尼 基 塔 滚开！ [把阿尼西娅转过来，推向屋外。]

阿尼西娅 我上哪去？我不离开自己的家。

尼 基 塔 我说，你滚开，也别进来。

阿尼西娅 我不走。[尼基塔推她，阿尼西娅哭喊，抓住门不放。] 这算怎么回事？把人赶出自己家？你这个坏蛋干什么？你以为你可以无法无天？走着瞧！

尼 基 塔 哼，干什么？

阿尼西娅 我去找村长，找管事的人！

尼 基 塔 滚开！我叫你滚开！ [推出门。]

阿尼西娅 [从门外。] 我上吊去！

第十一场

尼基塔、阿库林娜、阿纽特卡和阿基姆。

尼 基 塔 我可不怕。

阿纽特卡 哎哟……哎哟……妈妈呀！妈妈呀！ [哭。]

尼 基 塔 我才不怕她呢。你哭什么？她就来了！你去看看茶炊吧。

[阿纽特卡退场。]

第十二场

尼基塔、阿基姆和阿库林娜。

阿库林娜 [收拾买来的东西，整理。] 哼，可恶的女人，都搞脏啦！等着吧，我要把她的坎肩剪个稀巴烂，真的，剪个稀巴烂。

尼 基 塔 我已经把她赶出去啦，你还要怎样？

阿库林娜 她把我的新头巾也弄脏了。真的，像条狗一样，哼，要是她没走，我要把她的眼珠子挖出来。

尼 基 塔 别生气啦。你生什么气？好像我还在爱她似的？

阿库林娜 爱她？这样的人还值得爱？肥婆一个。当时你扔了她，现在就没事啦。真该弄死她。房子是我的，钱也是我的。她还说什么老板娘，什么女主人。她给丈夫当的什么女主人？她是个害人精，就是害人精。她也会把你同样害死的。

尼 基 塔 唉，婆娘的嘴巴怎么也塞不住。你自己都不知道胡说些什么。

阿库林娜 不，我知道。我不跟她一起过日子。我要把她从家里赶走。她不能跟我一起过日子。还算什么女主人呢。她不是女主人，她是囚犯。

尼 基 塔 行啦。你跟她争什么？你别看她。你看我。我是主人。我想怎么着就怎么着。我不爱她了，爱上你啦。我想爱谁，就爱谁。这是我的权力。把她押起来。我把她踩在脚底下。[指脚下。] 可惜呀，没有手风琴！

炉子上面包喷香，
炉台上麦粥滚烫，
我们过起好日子，
我们玩个痛痛快快；
大限到了，
我们就上天堂。
炉子上面包喷香，
炉台上麦粥滚烫……

第十三场

前场人物和米特里奇。[米特里奇登场，脱外衣，往炉台上爬。]

米特里奇 看来妇人们又斗了一场！撕打了一番。上帝呀！仁慈的米科拉。

阿 基 姆 [坐在炉台边上，取出包脚布、树皮鞋，穿鞋。] 上来吧，上来去炉台角上吧。

米特里奇 [爬上去。] 很明显，全都分不清楚。唉，上帝呀！

尼 基 塔 把果酒端上来，咱们跟茶一起喝。

第十四场

前场人物和阿纽特卡。

阿纽特卡 [登场；对阿库林娜说。] 姐姐，茶炊火要灭啦。

尼 基 塔 你妈呢？

阿纽特卡 她站在门廊里，哭呢。

尼 基 塔 活该。你去叫她把茶炊端过来。阿库林娜，你把茶碗茶碟拿来。

阿库林娜 茶碗茶碟？好吧。[摆放茶具。]

尼 基 塔 [取出果酒、面包圈、腌鲱鱼。] 这是给咱们的。这是给娘们儿的毛线。煤油在门廊里。这是钱。等等［拿算盘。］我来算一算。[打算盘。] 面粉八十戈比，素油……给老爹十卢布。爹爹！来喝茶吃点心呀。

[静场。阿基姆坐在炉台上重编树皮鞋带子。]

第十五场

前场人物和阿尼西娅。

阿尼西娅 [端茶炊登场。] 放哪儿？

尼 基 塔 放在桌子上。怎么，你去找过村长啦？就是嘛，说归说，吃归吃。行啦，别生气啦。坐下来，喝点吧。[给她倒酒。] 这是给你的礼物。[递给她一个他坐在上面的包袱。阿尼西娅闷声接过来，摇摇头。]

阿 基 姆 [从炉台上下来，穿上毛皮大衣，走到桌前，把钞票放在桌子上。] 拿去吧，这是你的钱，收好吧。

尼 基 塔 [不看钞票。] 你穿上大衣是要上哪儿去？

阿 基 姆 我这就走啦，就走啦，就是说，请原谅，看在基督面上。[拿皮帽子和腰带。]

尼 基 塔 你怎么不喝茶就走了？

阿 基 姆 [束皮带。] 我要走了，对啊，因为你家里不好，就是说，不好，对啊。米基什卡，对啊，你家里不好啊。就是说，你日子过得不好，米基什卡，很不好。我要走了。

尼 基 塔 哎，别议论那么多，坐下来喝茶吧。

阿尼西娅 这是怎么回事，爹爹，在人家面前我们要丢脸的。你生什么气呀？

阿 基 姆 我嘛，对啊，没受什么委屈，对啊，没有任何委屈。就是说，我看啊，就是说，我儿子要毁啦，就是说，我儿子要毁啦，就是说。

尼 基 塔 毁什么毁？你倒证明给我看看。

阿 基 姆 毁啦，就是毁啦。你全毁啦。夏天我怎么对你说来着？

尼 基 塔 你说过的话多着呢。

阿 基 姆 我对你说过，对啊，说过，孤儿的事，你欺负了孤儿玛琳娜，就是说，欺负了她。

尼基塔 你提这件事啊。老事不重提，这事早就过去啦。

阿基姆 [激动起来。] 过去啦？没有过去，老弟，这事没过去。就是说，祸不单行呀，你罪过呀，米基什卡。我瞧你是生活在罪过之中，爬不出来啦。你罪孽缠身，陷进去啦，就是说。

尼基塔 坐下来喝茶吧，别废话啦。

阿基姆 我可不能喝，就是说，不能喝茶。因为你的恶行，就是说，对啊，我觉得太恶心啦。对啊。太恶心。对啊。我没办法跟你一起喝茶。

尼基塔 唉，净找麻烦事。上桌吧。

阿基姆 你有钱，对啊，就像陷进网里啦。就是说，你掉进网里啦。唉，米基什卡，要怀着灵魂过日子呀。

尼基塔 你有什么权利在我家里指责我？你真的缠着我不放？你还把我当小孩子吗？敲打我的头吗？现在可不行啦。

阿基姆 这是真的，我日前听说过，对啊，抓住老爹们的胡子乱抖，对啊。这是毁啦，就是说，毁啦。

尼基塔 [生气。] 我们过日子，不求你，是你来找我们要钱的。

阿基姆 钱的事？你的钱就在这儿。就是说，我去要饭，对啊，就是说，也不会要你的钱。

尼基塔 算啦。你生气，搅坏了大家的心情。[拉住他的手。]

阿基姆 [尖叫。] 放开我，我不会留下来的。我就是在院墙

外过夜，也比在你这肮脏家里强。呸！上帝宽恕我！［退场。］

第十六场

尼基塔、阿库林娜、阿尼西娅和米特里奇。

尼 基 塔 你瞧瞧！

第十七场

前场人物和阿基姆。

阿 基 姆 ［打开门。］醒悟过来吧，米基塔。心里要有灵魂啊。［退场］

第十八场

尼基塔、阿库林娜、阿尼西娅和米特里奇。

阿库林娜 ［拿茶碗。］怎么着？倒不倒酒呀？

［大家沉默无语。］

米特里奇 ［大吼一声。］唉，上帝呀！宽恕罪人吧！

［大家发抖。］

尼 基 塔 [躺到长椅上。] 唉，太无聊啦，太无聊啦。阿库尔卡！手风琴在哪儿呀？

阿库林娜 手风琴呀？哼，现在想起来啦。你不是交去修理了。我倒上酒啦，你喝吧。

尼 基 塔 我不想喝。把灯关了……唉，我太无聊啦，太无聊啦！ [哭。]

[幕落。]

第四幕

第四幕人物

尼 基 塔
玛特廖娜
阿尼西娅
阿纽特卡
米特里奇
女 邻 居
干 亲 家（女）
亲 家 公 愁眉苦脸的汉子

秋天。黄昏。新月明亮，高挂天空。院子内部。舞台中间右边是暖和的农家房子和大门。左边是冷屋和地窖。农家屋子传来说话声和醉汉的大呼小叫声。女邻居从门廊里走出来，悄悄招呼阿尼西娅的干亲家过来。

第一场

干亲家和女邻居。

女邻居 阿库林娜怎么没出来?

干亲家 她为什么没出来?她倒是乐意出来，可是没时间，你听。媒人们来相亲，来看新娘子，可她呢，我的妈呀!躺在冷屋子里，不见人，可怜的姑娘。

女邻居 怎么会这样呀?

干亲家 她说是遭毒眼害了，肚子痛。

女邻居 真的吗?!

干亲家 她这是活该。[咬耳朵说话。]

女邻居 怎么说?罪孽、罪孽呀。亲家们总会打听到的呀。

干亲家 他们去哪打听呀，一个个都烂醉如泥。再说，主要是要嫁妆呢。可不是闹着玩的，姑娘的嫁妆是两件皮大衣，六件长坎肩，一条法国长围巾，好多布料，还有现钱，说是两百卢布呢。

女邻居 可是，这钱可也不会让人高兴呢，多羞耻啊。

干亲家 嘘——嘘……肯定是亲家公。

[她们停止说话，走进门廊。]

第二场

亲家公。[独自一人走出门廊，打嗝。]

亲家公 出了一身汗，太热啦。有点伤风了。[站在那里喘气。] 上帝知道是怎么一回事……总觉得不对头，叫人不高兴……是啊，看老太婆怎么说……

第三场

亲家公和玛特廖娜。

玛特廖娜 [从门廊里走出来。] 我说呢，亲家公跑哪儿去啦？跑哪儿去了呀？可你呢，老乡，原来呆在这儿……哎，怎么样，亲人啊，上帝保佑，一切规规矩矩。说媒可不能胡吹。我呢，也没学会怎么胡吹。你们为着这桩好事来了，那就上帝保佑吧，你们会感谢一辈子呢。新娘嘛，可是少见的好人。这样的姑娘，在区里还是少见呢。

亲家公 她人是不错，可是钱的数目谁看了也挪不开眼睛。

玛特廖娜 钱的事别提啦。父母给的那些东西都在她手里。按当今来说，三个五十，就是一百五十卢布，也不是开玩笑的呀。

亲 家 公　我们没有抱怨，可毕竟是自己的孩子呀，总想更好一点吧。

玛特廖娜　亲家公，我给你说实话吧，要不是我，你一辈子也找不着。科尔米林家也来说过媒，是我坚持的。至于说钱的事，我说实话——过世的人，上帝保佑他，临死的时候，吩咐别让寡妇把米基塔领到家里来，因此我从儿子那儿知道一切。钱嘛，都给阿库林娜。别人的话，闹点私心，可米基塔全都交出来啦，干干净净。开玩笑吗，一大笔款子啊。

亲 家 公　人家都说，原来吩咐给她的钱要多得多。小伙子可不白给呀。

玛特廖娜　啊，好人儿们呀，一小块放在别人手上就显得是一大块。原来是多少，就给多少。我给你说，把小算盘都搁下吧。牢牢抓住呀，姑娘多好啊，多漂亮的女娃娃呀。

亲 家 公　这倒是的。我和老伴都在寻思相相这姑娘。她为什么不露面呀？我们在想，保不齐有病吧？

玛特廖娜　哎，哎……她有病？全区里没人能打过她。姑娘就像铁铸的，连抓一下都抓不住。你不是看见过吗？又喜欢干活。她有点聋，这倒是真的。再说，红苹果上有个虫眼也没什么了不起的。至于她为什么没露面，肯定是毒眼盯上了她。我知道是哪条母狗干的事。看来是有人知道谈好了，就故意施魔法。不过我知道解法。姑娘明天就没事了。

所以说，姑娘嘛，你就别怀疑啦。

亲 家 公 既然是这样，那事情就定下来。

玛特廖娜 这才对啊。你别打退堂鼓啦。还有，就是别忘了我。我也忙前忙后的。你别忘了给我……

从门廊里传来女人的声音 要回的话就该回啦。伊万，走吧。

亲 家 公 这就来。[退场。]

[一群人挤在门廊里，退场。]

第四场

阿尼西娅和阿纽特卡。

阿纽特卡 [从门廊里跑出来，招手叫阿尼西娅走过来。]妈妈呀！

阿尼西娅 [从那里。]什么事？

阿纽特卡 妈妈呀，你到这来，要不然他们会听见的。[与母亲一起走到杂物棚下。]

阿尼西娅 到底什么事？阿库林娜人在哪儿呢？

阿纽特卡 她去粮仓了。她在那儿做的事，真吓人！她说，我受不了啦，干脆死了算啦。她说，我要狠狠大喊，干脆死掉算啦。

阿尼西娅 也许她能受一会儿的。咱们先把客人送走。

阿纽特卡 哎呀，妈妈呀！她好难受啊。她还生气呢。她说，他们喝订婚酒是白费工夫。她说，我不嫁人，她说，我就要死啦。妈妈呀，她可别死呀！太吓人啦，我怕！

阿尼西娅 她怕死不了的。你别到她那儿去。走吧。

[阿尼西娅和阿纽特卡退场。]

第五场

米特里奇独自一人。

米特里奇 [一个人；从大门处边走边收拾撒出来的草料。] 唉，上帝呀，仁慈的米科拉！喝了多少酒啊，这酒气熏天的。院子里臭不可闻。不，我可不愿意，去他的！哼，草料撒得到处都是！吃也不好好吃，只知道乱拱。瞧瞧，这一捆呀。气味真难闻！直扑鼻子。去他妈的！[打呵欠。] 该睡觉啦。真不想进屋去。酒气围着鼻子冲。空气太闷啦，他妈的。

[听见人群散去。]

唉，总算走了。上帝啊，仁慈的米科拉呀！他们互相套近乎，又互相使绊子。全是白费劲。

第六场

米特里奇和尼基塔。

尼基塔 [登场。] 米特里奇！来吧，怎么着，上炉台上歇歇，我来收拾。

米特里奇 好呀。你给羊群添点草料。人都送走啦？

尼 基 塔 送走啦。事情不顺利呀。我不知道该怎么办才好。

米特里奇 屁大个事！还有什么好说的。送福利院呗。那里谁想扔，都能往里扔，福利院照单全收。送多少，都没人过问。只要当娘的去当奶妈，还给钱呢。现如今这事太简单啦。

尼 基 塔 米特里奇，你当心点，可别什么时候说漏了嘴。

米特里奇 关我什么事。你自己想办法收拾吧。你身上的酒味真冲啊。我进屋啦。[打着呵欠退场。] 唉，上帝呀！

第七场

尼基塔。[独自一人，沉默良久。坐到雪橇上。]

尼 基 塔 这叫什么事呀！

第八场

尼基塔和阿尼西娅。

阿尼西娅 [从屋里走出来。] 你现在在哪呢？

尼 基 塔 在这儿。

阿尼西娅 坐在这儿干什么？还等吗？现在应该弄出来了。

尼 基 塔 现在怎么办呢？

阿尼西娅 该怎么办我跟你说过了。你照我说的做就行。

尼 基 塔 要不然你们送到福利院去吧。

阿尼西娅 你想送的话，就自己抱着送过去。坏事干得倒起劲儿。可是该收拾烂摊子的时候，就㞞啦。我算看清楚啦。

尼 基 塔 怎么办呀?

阿尼西娅 我跟你说，你去地窖里挖个坑。

尼 基 塔 还是你们自己随便处理了吧。

阿尼西娅 [学他的样子。] 随便处理了吧。这可没门，明摆着的。你早就该想到的。让你去哪，你就去哪吧。

尼 基 塔 哎，这叫什么事，什么事啊!

第九场

前场人物和阿纽特卡。

阿纽特卡 妈妈呀，奶奶叫你呢。好像姐姐生小孩子啦，一边哭嚎一边捯气儿呢。

阿尼西娅 别胡说。乱说什么。那是猫咪在叫呢。你进屋去睡吧。要不然我可要揍你。

阿纽特卡 妈妈呀，亲亲，真的呀……

阿尼西娅 [举手要揍。] 看我揍你! 赶快滚蛋! ——

[阿纽特卡跑步退场。]

阿尼西娅 [对尼基塔。] 去吧，叫你怎么办你就怎么办。要不然有你好看的! [退场。]

第十场

尼基塔。［独自一人，久久沉默。］

尼基塔 嗨，这叫什么事呀！唉，全是这些女人，真倒霉呀！她还说什么，你早就该想到的。什么叫早就该想到？什么时候去想呀？唉，都是这个阿尼西娅去年夏天纠缠不休。唉，怎么办呢？难道说我是修道士？东家死了，我只好照规矩把罪孽给瞒下来。这里的错不在我呀。这种事难道还少吗？还有那些个药面。难道说是我指使她这样干的？要是我知道，那个时候我就会把这条老母狗宰了！真的，我宰了她！她把我搞成这些肮脏事的同谋了，这条老母狗！这事以后，我就讨厌她。老妈跟我说了这事之后，我就厌恶她了，我真是厌恶她，看都不想看她。唉，怎么能同她一起过日子？我们的情况就是这样的！……这个姑娘就来讨好我。我该怎么办呢？我不上，别人也会上。可不是么，错都不在我呀。唉！这叫什么事呀！……［坐着沉思。］这些娘们真够胆大的——竟然想出这么干。我绝不去干这事。

第十一场

尼基塔和玛特廖娜。[玛特廖娜提着灯和铁铲，上气不接下气地登场。]

玛特廖娜 你干吗像母鸡下蛋一样坐在那里不动弹？那个女人叫你干什么来着？赶快准备呀。

尼 基 塔 你们到底准备怎么办呀？

玛特廖娜 我们是知道该怎么办。你把你自己应当做的事做好就行。

尼 基 塔 你们要把我拉下水啦。

玛特廖娜 你胡说什么？你想打退堂鼓吗？事到临头你想逃啦？

尼 基 塔 可是这叫什么事！毕竟是个活人呀。

玛特廖娜 哼，什么活人！就剩一口气了。不然给他弄到哪去？嗯，就是送到福利院里去，还不是要死。可是正准备定亲呢，这事万一闹得沸沸扬扬，姑娘可就砸在我们手里了。

尼 基 塔 要是给人知道了呢？

玛特廖娜 这事不是在自己家里就了结了吗？咱们做得干净利索，悄无声息呀。你就照我说的做。我们做女人的事，可是，没有男子汉是不行的。给，这是铁铲，下来，你能做好。我给你打个灯。

尼 基 塔 该做什么事呢？

玛特廖娜 ［低声。］挖个坑。接着就抱出来，立刻埋进去。听，她又在叫呢。你去挖吧。我去看看她。

尼 基 塔 怎么，他死啦？

玛特廖娜 是啊，死啦。只是要快点。大家都没睡呢。给人听见、看见，那就完蛋啦。他们这些混账们，什么都想要。昨天晚上还有警察路过呢。你这样干吧。［把铁铲递给他。］你下到地窖里。在角上挖个坑，那里土是软的，然后呢，再把土盖上。大地母亲不会对什么人说的，会像母牛一样舔得干干净净。去啊，去吧，亲爱的。

尼 基 塔 你们非要拉我下水，你们真是没完没了。说真的，我要走啦，你们自己想怎么干就怎么干吧。

第十二场

前场人物和阿尼西娅。

阿尼西娅 ［从门口问。］怎么样，他挖好了吗？

玛特廖娜 你干吗走开了？你把他塞哪儿去？

阿尼西娅 我用粗布口袋盖住了，她听不见的。他怎么，坑挖好了吗？

玛特廖娜 他不肯挖！

阿尼西娅 ［大怒，跳了出来。］他不肯！他想去号子里喂虱子吗？我这就去把一切统统告诉警察。大家都完蛋。现在就都说出来。

尼 基 塔 [惊恐。] 你想告诉他什么呢?

阿尼西娅 告诉什么? 全都说出来! 谁把钱拿走了? 是你! 是谁下的毒! 是我下的! 可你全知道, 全知道, 全知道! 我是跟你商量好的!

玛特廖娜 好啦, 好啦, 别说啦。你, 米基什卡, 怎么那么死脑筋呀? 嗨, 怎么办呀? 需要花点力气。去吧, 好孩子。

阿尼西娅 哼, 你自以为是干净人! 不愿意! 你作践我也作践够啦。你把我当牛当马使了好一阵子, 现在该我使唤使唤你啦。我跟你说, 你去干吧! 要不然我就不客气了! ……给, 铁铲, 拿着! 去吧!

尼 基 塔 别胡来, 干吗胡搅蛮缠呀? [拿起铁铲, 但不愿去。] 我不想去——我不去。

阿尼西娅 你不去? [开始大叫。] 大家听着呀! 听着!

玛特廖娜 [堵住她的嘴巴。] 你胡闹什么! 发疯啦! 他这就去……去吧, 好孩子! 去吧, 亲人。

阿尼西娅 我这就喊救命。

尼 基 塔 别喊啦! 这些人啊。你们也快点呀! 一起干完吧。[走向地窖。]

玛特廖娜 是啊, 就是这么回事, 好孩子——会花天酒地, 也要会销声灭迹。

阿尼西娅 [还在激动中。] 他和他的姘头欺负我欺负够了! 够啦! 不能让我一个担着, 他也该做一回凶手。叫他也尝尝滋味。

玛特廖娜 行啦, 行啦, 你也发过脾气啦。姑娘, 别生气,还是悄悄地，慢慢地，尽量做得好一点。去看看那个姑娘吧。他会干好的。[提着灯，跟在他后面。尼基塔下地窖。]

阿尼西娅 我这就命令他把自己的杂种闷死。[还在激动。]净折磨我一个人了，彼得罗夫家的人也净找麻烦。叫他也尝尝。我豁出去啦。我跟你说，我可豁出去啦。

尼基塔 [从地窖里。]你给我照照亮呀！

玛特廖娜 [照亮，对阿尼西娅说。]他在挖坑呢。你去抱来吧。

阿尼西娅 你看住他，要不然这个坏蛋会跑掉的。我去抱出来。

玛特廖娜 注意，别忘了画十字。要不我来。十字架有吗？

阿尼西娅 我能找到，我知道该怎么画。[退场。]

第十三场

玛特廖娜和尼基塔。[玛特廖娜独自一人在台上。尼基塔在地窖里。]

玛特廖娜 像个泼妇一样说恶毒的话。话说回来，是受了点气。嗨，上帝保佑，咱们把这事做到底，销声匿迹。把姑娘安安稳稳塞出去，孩子，你就能平平安安过日子啦。上帝保佑，家里可是丰衣足食。她也不会忘记我的好处。要不是玛特廖娜，他们是什么？他们根本想不出办法。[朝地窖说。]儿子，挖好了？

尼基塔 [钻出来，露出他的头。]那边儿怎么样了？快点抱来呀！磨蹭什么呢？一不做二不休呀。

第十四场

前场人物和阿尼西娅。[玛特廖娜走到门廊前，迎接阿尼西娅。阿尼西娅抱着裹在布片里的婴儿。]

玛特廖娜 哎，画过十字啦？

阿尼西娅 当然啦！夺过来可花了我不少力气。她不肯给。[走过来，把婴儿递给尼基塔。]

尼 基 塔 [不肯接。] 你自己抱过去。

阿尼西娅 我叫你接过去。[把婴儿扔给他。]

尼 基 塔 [接住。] 还活着呢！妈妈呀，还在伸手伸脚呢。我怎么能把他……

阿尼西娅 [从他手里夺过婴儿，扔到地窖里去。] 快点闷死他，他就不会活了。[把尼基塔推到下面去。] 你干的好事，你就自己了结吧。

玛特廖娜 [坐到台阶上。] 他心肠太软。可怜见儿的，他也难受。唉，行啦！他造的孽。[阿尼西娅站在地窖上面。玛特廖娜坐到台阶上，望着她，一边议论。] 他……他真的吓坏啦！是呀，没办法，尽管很困难，不干又不行。没办法呀！你想想看，有时候还想要孩子呢。可是呢，上帝不给，生出来的都是死胎。神父老婆不就这样。这可好，不想要孩子，却生了个活生生的。[看着地窖。] 他应当干完了。[对阿尼西娅。]怎么样啊？

阿尼西娅 [看着地窖。]他拿木板盖上了，坐在木板上。大概是完事了。

玛特廖娜 唉——唉……本来不想造孽的，有什么办法呢？

尼 基 塔 [钻出地窖，全身发抖。]还活着！我干不了！活着呢！

阿尼西娅 还活着？你干什么来着？[想挡住他。]

尼 基 塔 [扑向她。]你滚开！我要杀了你！[抓住她的手，她挣脱。他手持铁铲追她。玛特廖娜扑向他，拉住他不放。阿尼西娅跑到露台上。玛特廖娜想夺下铁铲。尼基塔扑向母亲。]我要杀了她，也把你杀了，滚开！[玛特廖娜跑到露台上阿尼西娅跟前。尼基塔停住脚步。]我杀了你们，全都杀了！

玛特廖娜 这是惊吓的结果，没事，会过去的。

尼 基 塔 她们这是干了什么事？她们怎么把我搞成这个样子？他哼哼来着……在手底下咯吱咯吱响。她们把我害啦！活着呢，真的，他还活着！[静场，倾听。]还在哼哼呢……真在哼哼呢。[跑向地窖。]

玛特廖娜 [对阿尼西娅。]他去了，可能是想埋了。米基塔，你要带个灯。

尼 基 塔 [不回答，在地窖旁边听。]听不见声音啦。好像是的。[走开，停住脚步。]小骨头在我手底下咯吱咯吱响，吱……吱……她们把我害苦啦！[又倾听。]又在哼哼呢，真的，在哼哼呢。这是怎么回

事呀？老妈，老妈呀！［走到她面前。］

玛特廖娜 什么事，好儿子？

尼 基 塔 亲爱的老妈，我受不住啦。我什么也做不了。亲爱的老妈，你可怜可怜我吧！

玛特廖娜 唉，你是吓坏了，亲爱的。去，去喝口酒，壮壮胆。

尼 基 塔 亲爱的老妈，大祸降到我身上了。你们把我害苦啦。小骨头咯吱咯吱响，小家伙哼哼叫！……老妈啊，你们把我害苦啦！［走开，坐到雪橇上。］

玛特廖娜 好孩子，你去喝两口，夜里真会叫人吓掉魂的。过一阵子就淡忘了，对啊，一两天过后就过去了，你也会忘记的。过几天，咱们把姑娘嫁出去，就不会再想这事啦。你去喝两口吧，去喝两口。只好我自己去地窖里收拾好啦。

尼 基 塔 ［振作起来。］酒还有剩的吗？醉了就一了百了了吧？！［退场。阿尼西娅一直站在门廊暗影里，无言地让开道。］

第十五场

玛特廖娜和阿尼西娅。

玛特廖娜 去吧，去吧，好人儿，还是我来干吧。我自己下地窖，埋了他。他把铁铲扔哪儿去啦？［找到，下到地窖一半的地方。］阿尼西娅，你过来一下，照一下亮。好吧？

阿尼西娅 他不愿意干吗？

玛特廖娜 他吓坏啦。你逼他也逼得过分了。你别碰，他会清醒过来的。上帝保佑他！还是我亲自干吧。把灯放在这里。我看得见。[玛特廖娜进入地窖。]

阿尼西娅 [对着尼基塔出去的门说。] 哼，玩出事来了吧？你大胆妄为，现在你就知道多难受了。你该收敛收敛啦。

第十六场

前场人物和尼基塔。[尼基塔从门廊跑出来，走向地窖。]

尼 基 塔 妈妈，哎，妈妈？

玛特廖娜 [从地窖里伸出头。] 儿子，什么事？

尼 基 塔 [仔细听。] 别埋他。他还活着呢。难道说你听不见吗？活着呢！你听……他在哼哼呢……你听……很清楚呀……

玛特廖娜 哪有哼的声音？你不是把他压成饼了吗？把他的小头全压碎了。

尼 基 塔 这是怎么一回事呀？ [堵住耳朵。] 一直在哼呢！我把自己的命葬送了。葬送了！她们害得我好苦啊！我能到哪儿去啊？ [在台阶上坐下。]

[幕落。]

另一方案

以下方案可代替第四幕第十二至十六场。

第二景

第一幕的农家房屋。

第一场

阿纽特卡穿着内衣，躺在长椅上，盖着大衣。
米特里奇坐在炉台边上吸烟。

米特里奇 哼，酒气太重啦，白吃白喝，到处乱倒酒。抽烟都镇不住酒味。酒气扑鼻。唉，上帝啊！还是睡觉吧。[走向油灯，想捻熄灯。]

阿纽特卡 [跳起来，坐下。] 爷爷，别熄灯，好爷爷！

米特里奇 为什么不熄灯？

阿纽特卡 他们在院子里吵吵闹闹好厉害。[仔细听。] 你听见没有？他们又去谷仓里了？

米特里奇 跟你有什么关系？他们不会找你的。躺下，去睡吧。我把灯捻小点。[捻灯。]

阿纽特卡 好爷爷，别熄灯呀！哪怕留一点灯光也是好的，真的好吓人。

米特里奇 [笑。] 咔，好吧，好吧。[在她身旁坐下。] 有什么吓人的？

阿纽特卡 老爷爷，怎么不吓人！姐姐挣抖得好厉害。用头去撞箱子。[低声。] 我可知道……她要生小孩子……好像已经生下来了……

米特里奇 嗨，你这个小淘气，你这是没事找挨揍呢，什么你都想知道。去睡你的吧。

[阿纽特卡躺下。]

这就对啦。[用大衣盖上她。] 这就对啦。要不然，知道得越多，老得就越快。

阿纽特卡 你上炉台去吗？

米特里奇 还能上哪儿去？说是傻丫头，我来看看。她全想知道。[给她加盖衣物，起身走。] 就这样躺着，睡吧。[走向炉台。]

阿纽特卡 他喊叫过一声。现在听不见声响了。

米特里奇 唉，上帝啊！仁慈的米科拉！……什么声音听不见啦？

阿纽特卡 小娃娃的声音。

米特里奇 小娃娃没有了，也就听不见了。

阿纽特卡 可我听见啦。怕是要死啦。我真听见了。声音细……细……的。

米特里奇 你听见的多啦。你听见的，就像一个杀小孩子的凶手，把像你这样的小女孩塞到大口袋里，就把她给杀了。

阿纽特卡 什么杀小孩子的凶手？

米特里奇 就是那个杀小孩子的凶手。［爬上炉台。］今天火炉好，烧得热乎乎的。舒服极啦！唉，上帝呀，仁慈的米科拉！

阿纽特卡 老爷爷！你会睡着吗？

米特里奇 不然你以为呢？演唱歌曲吗？

［静场。］

阿纽特卡 老爷爷，爷爷！他们在挖坑呢！真的，在挖呢，地窖里在挖呢，你听见没？吓死人啦，他们在挖坑呢！

米特里奇 胡思乱想。半夜三更里挖坑。谁去挖坑？那是老牛在挠痒，你说是挖坑！要我说，你睡吧，要不然我现在就把灯熄了。

阿纽特卡 爷爷，好人，别熄灯。我不说了，真的，我不说啦。我真给吓死啦。

米特里奇 吓死啦？只要你不怕任何东西，你就不会被吓到。人都说，你自己害怕了，才会被吓到。你自己不害怕，不就不会被吓到啦！唉，你这个小傻瓜。

［静场。蟋蟀叫声。］

阿纽特卡 老爷爷！喂，老爷爷！你睡着啦？

米特里奇 哎，又有什么事？

阿纽特卡 杀小孩子的凶手长得怎么样？

米特里奇 长得好凶呀。要是碰见像你这样不好好睡觉的小孩子，他就会背着一个大口袋来，把小姑娘噗通一声，扔进口袋里。他自己也钻进去，掀开小姑娘的衬衫，就用劲抽打。

阿纽特卡 他用什么抽呢?

米特里奇 他用扫把抽。

阿纽特卡 可他在里头，在口袋里，看不见啊。

米特里奇 说不定能看见呢。

阿纽特卡 我就咬他。

米特里奇 不行呀，老弟，你咬不着他。

阿纽特卡 爷爷，有人走过来了！是什么人？哎呀，亲妈妈呀！谁来了?

米特里奇 来就来吧。你怕什么？我想是你妈来了。

第二场

前场人物和阿尼西娅。[阿尼西娅登场。]

阿尼西娅 阿纽特卡!

[阿纽特卡假装睡着了。]

米特里奇 什么事?

阿尼西娅 你们点灯干什么？我们在冷屋里睡。

米特里奇 我正要熄灯呢。我这就熄掉。

阿尼西娅 [在箱子里找东西，嘟囔说。] 要的时候就是找不到。

米特里奇 你找什么东西呀?

阿尼西娅 我找十字架。做洗礼用。上帝保佑，不能让他没受洗就死掉！这可是造孽呀!

米特里奇 是啊，大家都知道，要按规矩做……你找到了没有？

阿尼西娅 找到了。[退场。]

第三场

米特里奇和阿纽特卡。

米特里奇 找到了。我原可以把自己的给她。唉，上帝啊！

阿纽特卡 [跳起来，发抖。] 啊哟，爷爷呀！看在上帝的分上，你别睡着啊。吓死人呀！

米特里奇 有什么吓人的啊？

阿纽特卡 小孩子是不是要死了？在阿琳娜大婶家，老婆婆也是这样画十字，他就死啦。

米特里奇 死了——会把他埋掉的。

阿纽特卡 是啊，可是，也许他不会死的，可是玛特廖娜老婆婆还是会给他埋了。我可是听见了她说的话，吓人呀，我听见了。

米特里奇 你听见什么啦？我说，你睡吧。蒙着头睡就行了。

阿纽特卡 要是他还活着，我会照看他的。

米特里奇 [大声吼。] 上帝呀！

阿纽特卡 她们会把他弄哪儿去呀？

米特里奇 该弄哪儿去就弄哪儿去。不用你操心。我说，你睡吧。你妈一来，就会揍你的！

[静场。]

阿纽特卡 老爷爷！你说的那个小姑娘，不是没杀死她呀？

米特里奇 那个小姑娘吗？噢。那个小姑娘好着呢。

阿纽特卡 老爷爷，你说找到她了？

米特里奇 是啊，找到她了。

阿纽特卡 在哪儿找到的？你说呀。

米特里奇 就在他们家找到的。士兵们到村里来，一家一家搜查，一看，那个小姑娘趴在床上。他们想打死她。我不忍心，就把她抱了起来。她还不让抱呢。好沉的感觉，有五普特重呢，小手到处乱抓，拉也拉不开。我就抱着她，抚摸她的头，抚摸了一阵子。她就像刺猬一样刺手。我就摸呀摸呀，她安静下来了。我把面包干放在水里泡了泡，喂给她吃。她明白了，就啃着吃。把她怎么办呢？只好带着她走。带了她走以后，一直养着她，她也习惯了，还带着她行军打仗呢。她就跟着我们走。是个好小姑娘啊。

阿纽特卡 怎么，她没受洗吗？

米特里奇 谁知道呢。据说不行。因为她不是我们一国的。

阿纽特卡 是德意志人吗？

米特里奇 瞧你说的，德意志人。不是德意志人，是亚洲人。反正他们都像犹太佬，可不是犹太佬，是波兰人，可又是亚洲人。库鲁格尔人，对啊，是叫克鲁格尔人。我都忘记啦。我们给小姑娘起了个名字，叫她萨什卡。萨什卡长得好漂亮呀。那些事我都忘得一干二净了，可是活见鬼，就像在眼前一样看见她。当兵的事，就只记得怎么挨打，还有就是还记得这小姑娘。有时候她抱着脖子不放，就抱着呗。再好不过的小姑娘。后来给人家。连长老婆认她做女儿。她就过上好日子啦。士兵们好后悔啊！

阿纽特卡 老爷爷，我还记得爸爸是怎么死的。你还没来我们家的时候。他把米基塔叫到身边来，对他说，你原谅我，米基塔……爸爸还哭来着。[叹气。]也好可怜啊。

米特里奇 就是啊……

阿纽特卡 老爷爷，喂，老爷爷呀。地窖里又闹腾呢。喂，大娘们，亲爱的姐妹们！唉，老爷爷，他们一定会搞他的，会把他弄死的。他那么小呀……唉——唉！［蒙着头，哭。］

米特里奇 [仔细听。] 她们真是在干坏事呢，她们真该死！这些婆娘真是干坏事！汉子们不值得称赞，这些婆娘们……简直像是森林里的野兽。她们什么都不怕。

阿纽特卡 [起身。] 老爷爷，喂，老爷爷！

米特里奇 还有什么事？

阿纽特卡 前几天有个过路人说，小婴儿死的话，他的灵魂直升天上。这是真的吗？

米特里奇 鬼知道，应该是的吧。怎么啦？

阿纽特卡 我也死了就好了。[啜泣。]

米特里奇 你死了，就从这世上消失啦！

阿纽特卡 所有不到十岁的孩子呢，他们的灵魂还能到上帝那儿去，再大点心就给玷污了。

米特里奇 当然会被玷污啦！你们这些女人怎能不被玷污？谁来教你呢？你能看到啥？你能听见啥？全是些肮脏的事。尽管我的学问不多，可是还多少知道一点。虽然不那么有把握，但总不像这些农村婆娘。农村婆娘是啥呀？全是窝囊废。你们女人在俄国有千千万万，可全像瞎老鼠，一无所知。她们就知道用牛血避灾呀，迷魂药呀，把孩子们往鸡窝里塞呀。

阿纽特卡 妈妈也塞过。

米特里奇 就是那么一回事。千千万万的妇女和姑娘，都像森林里的野兽。怎么长大的，就怎么死去。什么也没见过，什么也没听过。男人呢，哪怕是在小酒馆里，有时在城堡里，有时像我一样在军队里，能得到个一知半解。女人呢？别说上帝啦，就是星期五是什么她也不了解。星期五，星期五，你问她什么是星期五，她就不知道。对啊。像小瞎猫一样爬来爬去，脑袋往牛粪里钻。只知道唱那些笨蛋歌曲——咯——咯，咯——咯。咯——咯是什么，她们就说不上来啦……

阿纽特卡 爷爷，《天主经》我知道一半呢。

米特里奇 你知道的不少！可是叫你们负责又不行。什么人来教育你们呢？只有醉鬼庄稼汉用鞭子教你们。这就是唯一的教育了。我就是不知道，谁能为你们负责。新兵们出事，找大叔或者找班长负责。你们出事，可就没人可找。这些娘们是最调皮的，就像一群没人管的牲口。你们这帮家伙最蠢。你们这帮家伙也最空虚。

阿纽特卡 那怎么办呢?

米特里奇 就这么办。蒙上头，睡觉。唉，上帝呀!

[静场。蟋蟀叫声。]

阿纽特卡 [跳起来。] 老爷爷! 有人在喊呢。有人怪声怪气叫! 真的，喊叫呢。老爷爷，往这儿走呢。

米特里奇 我跟你说，你蒙头盖上被子。

第四场

前场人物、尼基塔和玛特廖娜。

尼 基 塔 [登场。] 她们害了我! 她们害了我啊!

玛特廖娜 好人儿，你喝两口，喝两口酒呀。[拿出酒来，放在桌子上。] 你怎么啦?

尼 基 塔 拿来。还不能喝个痛快了?

玛特廖娜 小点声! 都还没睡下呢。给你，喝吧。

尼 基 塔 怎么办啊? 你们为什么想出这么一招呀? 送到什么地方去不就行了吗。

玛特廖娜 [轻声。] 你坐一会儿，在这里坐一会儿。再喝点，吸口烟也行。吸烟能分散思想。

尼 基 塔 好妈妈呀，好像我明白了。他开口哼哼叫，还有，那些小骨头咯吱咯吱响……咯——吱……咯——吱，我就不是人啦。

玛特廖娜 咦——咦，你这话说得不着调啦。是的，夜里的事，叫人害怕。可是过个一两天，就过去了，你也不想再去想它。[走到尼基塔面前，把手放在他肩上。]

尼 基 塔 走开！你们害了我！

玛特廖娜 好儿子，你到底怎么啦？ [拉起他的手。]

尼 基 塔 走开！我杀了你！我现在什么都不怕。我杀了你！

玛特廖娜 哎——呀——呀，吓成这样！你还是去睡一会儿吧。

尼 基 塔 我没地方可去，我完蛋啦！

玛特廖娜 [摇头。] 哎，我还是去打扫一下。他坐一会儿，就会清醒过来的。[退场。]

第五场

尼基塔、米特里奇、阿纽特卡。

尼 基 塔 [坐在那里，双手捂脸。米特里奇和阿纽特卡屏气呆住。] 哼哼叫。真的，哼哼叫……呜——呜……听得清楚。她会把小孩子埋掉的，真的，埋掉！[跑向门。] 妈妈！别埋掉他呀，他还活着呢……

第六场

前场人物和玛特廖娜。

玛特廖娜 [返回，低声。] 你怎么啦？上帝保佑你！别胡思乱想。哪还活着！要知道，骨头都碎成粉啦。

尼 基 塔 再来点酒。[一饮而尽。]

玛特廖娜 好儿子，去吧。去睡一会儿，没关系。

尼 基 塔 [站着，听。] 还活着……听，还在叫呢。你没听见吗？听呀！

玛特廖娜 [低声。] 没有呀！

尼 基 塔 亲妈妈！我自己的命也给丢啦。你们害了我！我还能到哪儿去啊？ [跑出农家屋，玛特廖娜跟着他。]

第七场

米特里奇和阿纽特卡。

阿纽特卡 老爷爷，亲爱的好爷爷，他们闷死他啦！

米特里奇 [气呼呼地。] 我说，你睡吧。哼，你呀，闲着没事找挨揍！看我用扫把揍你！我说，你睡吧。

阿纽特卡 老爷爷，亲爱的！有人抓我的肩膀，有人抓，有人用爪子抓我的肩膀。老爷爷，亲爱的，好吓人呀，现在我就走。亲爱的老爷爷，让我到炉台上去吧！看在上帝面上，放我上去吧……抓我呢……有人抓呢……哎呀……哎呀 [跑向炉台。]

米特里奇 哼，把小姑娘吓成这样！这些坏人啊。喂，上来吧！

阿纽特卡 [爬上炉台。] 你可别离开呀。

米特里奇 我还能到哪儿去？爬上来吧。爬呀！上帝呀，仁慈的米科拉，圣母呀，喀山圣母呀……把小姑娘吓成这个样子。[用被子盖上她。] 这个小傻孩，真的，小傻孩……真的，这些坏女人，真的把她吓坏啦，这群害人精。

[幕落。]

第五幕

第五幕人物

尼 基 塔
阿尼西娅
阿库林娜
阿 基 姆
玛特廖娜
阿纽特卡
玛 琳 娜
玛琳娜的丈夫
少 女 甲
少 女 乙
警　　察
马 车 夫
傧　　相
亲 家 母
阿库林娜的新郎
村　　长
客人们、妇人们、姑娘们
参加婚礼的人群

第一景

谷场。前台是干草堆。左边是谷仓。右边是谷场储物间。储物间门敞开。门口堆着干草。舞台深处可见院子，并传来歌声鼓声。两个少女在储物间旁的小道上走向农屋。

第一场

两个少女。

少女甲 你看，咱们走了过来，短筒靴子没沾上灰尘，村里可就很糟糕！肮脏泥泞……

[她们停住脚步，用麦秸擦鞋子。]

少女甲 [看草堆，发现有东西。] 这是什么东西？

少女乙 [仔细查看。] 是米特里奇，他们家的长工。看，他喝得烂醉如泥。

少女甲 也许他没喝酒？

少女乙 只要有人倒酒，他就喝。

少女甲 你看呀，他大概是来拿干草的。那不，手里拿着绳子呢。就这样睡着啦。

少女乙 [仔细听。] 还在唱赞歌，肯定还没祝福呢。据说，阿库林娜号都没号一声。

少女甲 妈妈说过，她不愿意去。后爹恐吓她，要不然，她死也不会去。人家说了她许多闲言碎语！

第二场

前场人物和玛琳娜。[玛琳娜追上少女们。]

玛琳娜 姑娘们，你们好！

姑娘们 您好，大婶！

玛琳娜 亲爱的，是去参加婚礼吗？

少女甲 已经结束啦。随便看看。

玛琳娜 你们把我家老头叫出来，祖耶沃村的谢苗。我想，你们大概认识他？

少女甲 哪能不知道呀？他毕竟是新郎的亲戚啊。

玛琳娜 是啊，新郎是我当家的的外甥。

少女乙 你自己为什么不去呀？来参加婚礼，却又不去。

玛琳娜 不想去。姑娘，再说，也没时间。我们该走了。我们没打算来参加婚礼，我们是运燕麦进城的。停下来喂牲口的。我家老头就被人叫去参加婚礼了。

少女甲 您到谁家去的？是去费奥多罗奇家？

玛琳娜 是去他家。这样吧，我在这站一会儿，好姑娘，你去叫我家的老头来。就说你老婆玛琳娜叫你走呢。同伴们都在套马呢。

少女甲 好吧，既然你自己不去，我去叫。[姑娘们沿着小路走向院子。传来歌声和鼓声。]

第三场

玛琳娜独自一人。

玛琳娜 [沉思。] 去是可以去，可是不想去。从他拒绝我那个时候起，我就没再见过他。一年前的事。我倒是想看一眼，他和阿尼西娅过得怎么样。大家说他们过得不和美。她是个粗暴、要性子的女人。我估计，他不止一次想到我。他追求快乐的生活。牺牲我去换这种生活。随他去吧。我不记仇。当时我感到很委屈。唉，心里好痛苦啊。现在都折磨过了，淡忘了，只是想看看他……[朝院子里看，看见尼基塔。] 哟！他怎么走过来了？是不是姑娘们告诉他了？他为什么离开客人们呢？我走开吧。

第四场

玛琳娜和尼基塔。[尼基塔起先低着头，一边挥手，一边咕哝着说。]

玛琳娜 怎么阴阴沉沉的不高兴！

尼基塔 [看见玛琳娜，认出她来。] 玛琳娜！可爱的朋友，玛琳娜亲亲！你怎么来啦？

玛 琳 娜 我来找我家老头呢。

尼 基 塔 你为什么不来参加婚礼呢？你可以看看，也可以嘲笑我一通。

玛 琳 娜 我有什么可笑的？我是来找当家的。

尼 基 塔 唉，亲爱的玛琳娜！［想拥抱她。］

玛 琳 娜 ［生气，挣脱。］你啊，米基塔，别来这一套。过去的事，过去了。我是来找我当家的。他在你们家吗？

尼 基 塔 意思是别提旧情？不让提啦？

玛 琳 娜 旧事没什么好提的。旧事早就过去了。

尼 基 塔 意思是没法回头了？

玛 琳 娜 回不了头了。你怎么从婚礼上离开啦？主人居然从婚礼上跑了。

尼 基 塔 ［坐到麦秸上。］为什么离开？唉，你要是了解。亲眼看到，就好了！……玛琳娜，我很寂寞，玛琳娜，我多寂寞呀，真不想看见这一切呀。离开酒桌就走了。也离开了大家，为了不见任何人。

玛 琳 娜 ［走近尼基塔。］怎么会这样呢？

尼 基 塔 是啊，我是食不知味，酒不闻香，夜不成寐。唉，我觉得太恶心了，太恶心呀！最恶心的是，亲爱的玛琳娜，我孤零零的一个人，没人可以诉苦啊。

玛 琳 娜 米基塔，不经历痛苦，就活不下去。对啊。我痛哭了一场，诉尽了自己的悲哀，也就过去了。

尼 基 塔 这说的是陈年旧事。唉，朋友，你痛哭，诉尽了自己的悲哀，我现在才明白！

玛琳娜 怎么会这样呢？

尼基塔 我太厌烦自己的生活了，自己厌烦自己的。唉，玛琳娜呀，你没好好拦住我，你毁了我，也毁了自己！难道说，这算生活吗？

玛琳娜 [站在储物间旁边哭，勉强自持。]尼基塔，我对自己的生活没什么可抱怨的。我的日子——上帝恩慈，赐给大家这样的日子。我没什么可抱怨的。当时我对自己的老头忏悔了，求他原谅我。他也不再为这责怪我了。我对自己的日子没什么可诉苦的。老头人老实，喜欢我，我给他的孩子们穿衣洗澡。他也可怜我。我不能抱怨啊。看来是上帝的裁决。你的日子不是很好吗？你有钱……

尼基塔 我的日子吗！……只不过不想搅乱婚礼，要不然，抓起一根绳子，就说这一根吧，[从麦秸堆上拿一根绳子。]挂到屋梁上，打一个好绳扣，把头钻进去。我的生活就是这个样子！

玛琳娜 别说啦，上帝保佑你！

尼基塔 你以为我是说着玩的？你以为我是喝醉了？我没喝醉。如今酒也醉不了我。是苦闷，苦闷害死了我。苦闷使我厌烦一切！唉，亲爱的玛琳娜，只有和你在一起过的日子才算生活，你记得吗，咱们夜里在铁路上游玩的情景？

玛琳娜 你呀，米基塔，别碰伤心的事。我按照法律嫁了人，你也按照法律娶了亲。我的罪孽已经得到了宽恕，旧事别再提了……

尼 基 塔 可我把自己的心怎么办呢？逃到哪里去呀？

玛 琳 娜 还有什么可做的？你有老婆，别吃着碗里看着锅里，好好照顾自己的老婆。你爱过阿尼西娅，就继续爱她吧。

尼 基 塔 唉，阿尼西娅，对我来说，她就是苦艾草，缠住了我，欺骗了我。

玛 琳 娜 不管怎么样，她毕竟是你老婆。有什么可说的呢！你最好还是去招待客人吧，把我老公叫出来。

尼 基 塔 唉，要是你全了解……还有什么可说的呀！

第五场

尼基塔、玛琳娜和她丈夫、阿纽特卡。

玛琳娜丈夫 ［从院子里走出来，满脸通红，醉醺醺。］玛琳娜！老板娘！老太婆！你在这儿吗？

尼 基 塔 你的当家的来啦，叫你呢，你去吧。

玛 琳 娜 那你呢？

尼 基 塔 我吗？我在这躺一会儿。［躺到麦秸上。］

玛琳娜丈夫 她跑哪儿去了！

阿纽特卡 大叔，她在这儿呢，在堆房边上。

玛琳娜丈夫 你站那儿干什么？去吃喜酒呀！主人们叫你去呢。去给个面子吧。喜车一走，咱们也动身。

玛 琳 娜 ［迎着丈夫。］我不想去。

玛琳娜丈夫 我说，你去吧。喝上一杯，祝贺新郎新娘。要不然主人们会生气的。咱们的事来得及。[玛琳娜丈夫搂着她，东倒西歪地和她一起退场。]

第六场

尼基塔和阿纽特卡。

尼 基 塔 [站起来，坐到麦秸上。] 是呀，我一见到她，就更愁了。只有和她在一起，才过上真正的日子。是我自己白白毁了自己的一生。我毁了自己的脑袋！ [躺下。] 还给到哪儿去？唉，湿润的大地母亲啊，打开一个缝啊！

阿纽特卡 [看见尼基塔，跑到他身边] 老爹，喂，老爹！他们在找你呢。大家伙都祝福过了，连教父都祝福完了。真的，祝福过了。都不乐意了。

尼 基 塔 [自言自语。] 我还能跑到哪儿去。

阿纽特卡 你怎么啦？在说啥呢？

尼 基 塔 我什么也没说。你干吗缠着我？

阿纽特卡 老爹！咱们去吧？ [尼基塔不说话，阿纽特卡拉住他的手，拖他。] 爸爸呀，你去祝福呀！真的，他们不乐意了，在骂人呢。

尼 基 塔 [挣脱手。] 别拉我！

阿纽特卡 快去呀！

尼 基 塔 [用缰绳吓唬她。] 别缠着我，我跟你说，不然给你好看。

阿纽特卡 那我就叫妈妈来。[跑步退场。]

第七场

尼基塔独自一人。

尼 基 塔 [起身。] 我怎么去呢? 我怎么能拿圣像呢? 我怎么对着她的眼睛看呢? [又躺下。] 唉, 要是地上有个缝, 我一定钻进去。大家就看不见我, 我也看不见任何人。[又起身。] 我还是不去……管他们呢。我就是不去。[脱下皮靴, 拿起绳子, 打一个环, 在脖子上比划。] 就这样吧。

第八场

尼基塔和玛特廖娜。[尼基塔看见母亲, 把绳子从头上解下来, 再次躺到麦秸堆上。]

玛特廖娜 [气喘吁吁走近。] 米基塔! 喂, 尼基塔? 你看你, 一声不响的。米基塔, 你怎么啦? 喝醉啦? 去吧, 好尼基塔, 去吧, 去吧, 小宝贝。大家都等不及啦。

尼 基 塔 哼, 你们把我害苦了, 我当不了人啦。

玛特廖娜 你怎么啦? 去吧, 亲爱的, 去规规矩矩祝福一下, 然后就到一边去。大家都在等待呢。

尼 基 塔　我怎么祝福呢？

玛特廖娜　按老规矩办。难道你不知道？

尼 基 塔　我知道，我是知道的。可是祝福谁呢？我对她都干了什么事呀？

玛特廖娜　干了什么事？哎唷，怎么突然想起来了！没任何人知道——连家里的猫猫狗狗都不知道，叶罗士卡神父也不知道。是姑娘自己要嫁人的。

尼 基 塔　怎么嫁人呢？

玛特廖娜　显而易见，她是因为害怕才嫁人的呗。她要嫁人的。有什么办法呢？早就该想到了。现在她没法拒绝。亲家们也没受委屈。他们看了姑娘两次。再说还有钱当陪嫁呢。一切都妥妥当当。

尼 基 塔　那地窖里的是什么呢？

玛特廖娜　[笑。] 地窖里的是什么？大白菜呀，蘑菇呀，土豆呀，还能是什么。老事还想它干什么？

尼 基 塔　能不想，我就开心了。可是我不能不想。一想到，就听见那声音。唉，你们把我害苦啦。

玛特廖娜　你还在矫什么情呀？

尼 基 塔　[翻身，脸朝下。] 娘呀！你别折磨我啦。我已经受够了。

玛特廖娜　不管怎么说，还是要去的。大家都在那儿说，父亲突然一下跑开了，也不回来了，不敢来祝福。人家马上就会添油加醋，只要你露怯，人家就会乱猜想。走路挺胸膛，没人当贼狼。要不然，离了狼窝，进了熊窝。最好的办法是，装作没事，放开胆子，孩子，要不然，就会给人猜出来的。

尼 基 塔 唉，都是你们把我引上歪门邪道的！

玛特廖娜 别说啦，咱们去吧。你出面祝福一下，按规矩办，不就完事啦。

尼 基 塔 [脸朝下趴着。] 我做不到。

玛特廖娜 [自言自语。] 怎么办呀？说的好好的，突然变卦了。肯定是着魔啦。米基塔！起来！你看，阿尼西娅来啦，把客人们都撂下了。

第九场

尼基塔、玛特廖娜和阿尼西娅。

阿尼西娅 [打扮得花枝招展，喝得满脸通红。] 老娘，好！多好呀！太好啦，真话！大家都很满意啊。他跑哪儿去啦？

玛特廖娜 在这儿呢，好人儿。躺在麦秸堆上，就是不起来，不肯去。

尼 基 塔 [望着妻子。] 哼，也喝得烂醉！一看到她，心里就厌恶。怎么能同她过日子？ [翻身，脸朝下。] 总有一天我要杀了她。不然会更糟糕的！

阿尼西娅 哼，钻到麦秸堆里了。怕是借着酒劲钻得快呀？ [笑。] 我倒是情愿跟你在这儿躺上一会儿，可是没时间啦。咱们去吧，我扶着你去。家里现在多快活呀！看起来就叫人得意。还有手风琴！妇人们演得多有意思。大家都喝醉啦。真是有面子，多好啊！

尼 基 塔 有什么好的？

阿尼西娅 婚礼是快乐的喜事。大家都说，少见这样好的婚礼。真的，是实话，都很好。走呀。咱们一起去……我虽然也喝了点，可是能扶你去。[拉起他的手。]

尼 基 塔 [讨厌地抽回手。] 你一个人去吧。我过会儿来。

阿尼西娅 你有什么好烦恼的！麻烦事都解决了，挡道的女人也处理了，该咱们过日子啦，该高兴高兴啦。一切都按规矩办的，照章办事。我真高兴坏了，简直没法说有多高兴。就好像我第二次嫁给你。还有呐，大家都很满意，都在感谢呢。客人们都是好人。伊万·莫谢伊奇和警察先生，也都满意。也说了不少恭维的话。

尼 基 塔 好啊，你就陪他们坐坐吧——你来干什么？

阿尼西娅 你应该过去呀，要不然别人会怎么想呢？主人们都走开了，把客人们都撂下不管啦。客人们全是些好人啊。

尼 基 塔 [起身，掸去麦秸。] 你们去吧，我就来。

玛特廖娜 媳妇的话胜过老娘的话。我说的不听，老婆一说，就跟着去了。[玛特廖娜和阿尼西娅走开。] 要来啊？

尼 基 塔 我就来。你们去吧，我跟着就来。我会过来祝福的…… [妇人们停下脚步。] 去吧，我就来。快点去吧！

[妇人们退场。尼基塔沉思，看着她们的背影。]

第十场

尼基塔独自一人，然后米特里奇登场。

尼基塔 [坐下来，脱鞋子。] 我这就去啦！去什么呀！不，你们还是找找吧，看屋梁上有没有。我把绳套挂在屋梁上，然后从屋梁上跳下来，你们就找我吧。谢天谢地，缰绳就在这里。[沉思。] 本可以解开的。什么样的烦恼都能解开的！可是，烦恼在这儿——在心里，取不出来的！［细看院子。］哼，又来啦。[取笑阿尼西娅。]“好！多好呀！我倒是情愿跟你在这儿躺上一会儿！”哼，下流的淫妇！来呀，等他们把我从屋梁上取下来以后，你来拥抱我呀！这回就了结了。[抓住绳子，拉它。]

米特里奇 [醉醺醺的，站起来，不放手绳子。] 我不允许。我不允许任何人上吊。我自己拿来，我说过，我自己取来麦秸——就一定取来！米基塔，是你吗？[笑。] 哈哈。见鬼！去取麦秸啦？

尼基塔 把绳子给我。

米特里奇 喂，你等等。老乡们叫我去的。我一定取来……[站起来，动手把麦秸搂在一起，可是东倒西歪，刚站稳，又倒了。] 酒劲占了上风，压倒了我……

尼基塔 把缰绳给我啊。

米特里奇 我说过了，不给你。唉，米基什卡呀，你太蠢啦。就像猪肚脐眼。[笑。] 我喜欢你，可你是个蠢货。你看我喝醉了，见你的鬼去吧。你以为我需要你……你瞧瞧我。我是个下士！傻瓜，你说不来的——皇家掷弹近卫军第一团下士军官。我忠诚地为沙皇和祖国尽责。我是什么人呢？你以为是武士？不是，我不是武士。我是最没用的人，我是孤儿，我是浪子。我发誓戒了酒。可如今却吸上了烟！……怎么，你以为我怕你？哼！我什么人都不怕。喝上酒了，就喝上了酒！如今，大大喝上两个星期，什么都不怕。把十字架喝掉，把帽子喝掉，把身份证当了喝，我什么人都不怕。团里揍我，叫我不要再喝酒了。揍啊……揍啊……他们说："你还喝吗？"我说，还喝。臭狗屎有什么可怕的？我不好好的嘛！上帝造了我这么一个人，我就是这么一个人。我发过誓不喝酒。不喝了。现在又喝上了。喝上了。我谁都不怕。因为我不说瞎话，说大实话……狗屎有什么可怕的？瞧吧，我就是这样一个人。有个神父对我说过。魔鬼就是最大的吹牛大家。就像他说的，只要你一开口吹牛，你马上就会害怕。只要一开始怕别人，魔鬼呢，就会立即抓住你，想塞到哪儿去，就塞到哪儿去。可是，一旦我谁都不怕，我就很轻松！我就朝他的大胡子里吐吐沫。去你妈的狗娘养的！魔鬼不敢把我怎么样。我说，喂，你来试试!

尼 基 塔 [划十字。] 我这是怎么啦? [扔掉绳子。]

米特里奇 你说什么?

尼 基 塔 [起身。] 你说不要怕别人?

米特里奇 废物有什么可怕的。你到澡堂里去看看。都是一种面团捏出来的。有的肚子肥一些，有的瘦一些，就这么一点区别。哼！有什么好怕的？这些混账们!

第十一场

尼基塔、米特里奇、玛特廖娜。

[玛特廖娜从院子里走出来登场。]

玛特廖娜 [叫人。] 喂，你是不是该过去啦?

尼 基 塔 唉！这样好一点。我去啦。[沿院子走去。]

[幕落。]

第二景

换景。第一幕的农屋。挤满了人。有的人坐在桌子旁，有的人站在那里。前景角落里是阿库林娜和新郎。桌子上放着圣像和面包。客人中有玛琳娜，她的丈夫和警察。妇女们在唱歌。阿尼西娅端酒给大家。歌声沉寂下去。

第一场

阿尼西娅、玛琳娜、玛琳娜丈夫、阿库林娜、新郎、马车夫、警察、媒人、亲朋好友、玛特廖娜、客人和人群。

马 车 夫 要走也该走了。教堂不近呀。

好 朋 友 再等等，继父要祝福呢。咦，他在哪儿呢？

阿尼西娅 就来了。现在就来，乡亲们。再喝一杯，别客气呀。

亲 家 母 怎么这么长时间？我们早就在等啦。

阿尼西娅 就来，马上就来。话说着就来啦。亲亲们，再喝一杯吧。［斟酒。］马上就来。美人儿们，再表演一段吧。

马 车 夫 等的时候，歌都唱完啦。

［妇女们唱歌。尼基塔和阿基姆在歌声中登场。］

第二场

前场人物、尼基塔、阿基姆。

尼 基 塔 [拉住阿基姆的手，把他推向自己身前。] 去啊，老爹，没你不行。

阿 基 姆 我不喜欢，就是说，是啊……

尼 基 塔 [对妇人们喊。] 够啦，别唱了。[环视屋里的人群。] 阿库林娜，你在这里吗？

亲 家 母 去吧，举起圣像，祝福吧。

尼 基 塔 等一等，就来。[回头看。] 阿库林娜，你在这儿吗？

亲 家 母 你在这里叫什么人呢？她还能在哪儿？他怎么有点怪怪……

阿尼西娅 哎哟哟，亲人们！他怎么没穿鞋子啊！

尼 基 塔 老爹！你在这儿吗？你瞧瞧我。教友们呀，你们都在这里，我也在这里！这就是我呀！ [跪下。]

阿尼西娅 米基图什卡，你怎么啦？哎哟，我的脑袋好痛呀！

亲 家 母 瞧呀！

玛特廖娜 所以我说——他喝法国酒喝多了，是呀。你清醒清醒吧！ [有人想拉他起来，他不理任何人，只望着眼前。]

尼 基 塔 教友们！我有罪，我要忏悔。

玛特廖娜 [拉住他的肩膀。] 你怎么？发疯啦？亲人们，他神魂颠倒了。要把他带走。

尼 基 塔 [用肩膀甩开她。] 别动！老爹，你听我说。第一，玛琳卡，你往这边看。[向她跪下，然后直起身来。] 我在你面前有罪，答应娶你，勾引了你。我欺骗了你，甩了你不管，看在上帝的分上，原谅我吧！ [再次跪下。]

阿尼西娅 你胡说什么呢？太丢人啦。没有人问这件事。你站起来，胡闹什么？

玛特廖娜 唉，他中邪啦。怎么回事啊？他出事了。站起来。别废话啦！ [拉他。]

尼 基 塔 [摇头。] 别碰我！玛琳娜，宽恕我吧，我对你造了孽。看在上帝分上，宽恕我吧。

[玛琳娜双手捂脸，沉默不语。]

阿尼西娅 我说，你站起来，别胡闹了。突然想起旧事来啦。别装腔作势了。多难看！唉，我的脑袋好痛呀！真是的，他真疯了。

尼 基 塔 [推开妻子，转身对着阿库林娜。] 阿库林娜，现在我有话对你说。教友们，听我说。我是个该受——诅咒的人。阿库林娜！我在你面前有罪。你父亲不是自然死去的，他被人毒死的。

阿尼西娅 [大声叫起来。] 我的脑袋呀，痛死啦！他胡说什么呢？

玛特廖娜 这个人糊涂了。你们把他搀走吧。

[人群走近，想搀扶他。]

阿 基 姆 [用手挡开他们。] 等等！小伙子们，对啊，你们等一等，就是说。

尼 基 塔 阿库林娜，是我毒死他的。看在上帝分上，你宽恕我吧。

阿库林娜 [跳起来。] 他胡说！我知道是谁干的。

亲 家 母 你怎么啦？你坐好别动。

阿 基 姆 上帝呀！罪过呀，罪过呀！

警　　察 抓住他！叫村长和证人过来。要做笔录。喂，你站起来，过来。

阿 基 姆 [对警察说。] 你呀，就是说，对啊，纽扣闪闪亮，等一等。就是说，对啊，让他说完。

警　　察 [对阿基姆。] 老头，你别搅和。我要做笔录。

阿 基 姆 你呀，对啊。我说，你等一等。对啊。别提笔录的事。就是说。对啊。这里的事，事关上帝啊……这个人在忏悔，就是说，你呀，对啊，笔录……

警　　察 村长！

阿 基 姆 先把上帝的事办完，就是说，那时候，你，对啊，再做笔录的事，就是说。

尼 基 塔 还有，阿库林娜，我在你面前造的孽也很重，是我勾引了你。看在上帝分上，宽恕我吧！ [向她跪下。]

阿库林娜 [从桌旁站起来。] 让我走，我不出嫁了。是他叫我出嫁的，现在我不嫁了。

警　　察 你再重复一遍说过的话。

尼 基 塔 警察先生，等一等，让我说完。

阿基姆　[欣喜若狂。] 孩子，你说呀，全说出来，你会觉得好受一些。向上帝忏悔吧，不要怕大家。上帝在呀，上帝在呀！他在呀！……

尼基塔　我先把她父亲毒死了，我这条狗，又害了他女儿和他女儿的孩子。

阿库林娜　这都是真的，是真的。

尼基塔　我在地窖里用木板把她的孩子闷死了，坐在他身上……闷死的……他的小骨头咯吱咯吱响。[哭。] 还把他埋在土里了。是我干的，我一个人干的！

阿库林娜　他胡说，是我叫他干的。

尼基塔　你别护着我啦。我现在谁也不怕，教友们，宽恕我吧！ [跪下。]

[静场。]

警察　把他捆起来，看来你们的婚礼完蛋了。

[人群拿着宽腰带走过来。]

尼基塔　别着急，来得及…… [在父亲面前跪下。] 亲爱的老爹，你宽恕我这个该诅咒的人吧！我一开始干这件坏事，你就对我说过，你说："一只爪子绊住了，整个鸟儿就完了。"我这条狗，没听进去你的话，结果就像你说的。你宽恕我吧。看在上帝分上。

阿基姆　[欣喜若狂。] 上帝一定宽恕你的，我的好孩子。[拥抱他。] 你没宽恕自己，他会宽恕你的。上帝呀，上帝在的！他在呀！……

第三场

前场人物和村长。

村　　长　[登场。] 这里就有很多证人。

警　　察　现在我们来取证。

[把尼基塔绑起来。]

阿库林娜　[走过来，站到他身边。] 我把实情都说出来，先审我吧。

尼 基 塔　[已被捆住。] 没什么好审的。全是我一个人干的。是我谋划的，也是我干的。带我去该去的地方。我没话要说了。

[幕落。]

教育的果实

[四幕喜剧]

出场人物

列昂尼德·费奥多罗维奇·兹韦兹金采夫 退役的骑兵近卫军中尉，在几个省拥有共二万四千俄亩[①]土地，是一位面色红润、年近六十的男子，温和、可爱的绅士。他相信招魂术，喜欢讲些故事来使大家惊诧不已。

安娜·帕夫洛夫娜·兹韦兹金采娃 列昂尼德的妻子，一位爱往年轻里打扮的胖太太，十分注意社交风度，瞧不起自己的丈夫，盲目地信任大夫，爱发脾气。

贝特西 兹韦兹金采夫夫妇的女儿，社交界女郎，二十岁左右。举止像男子那样放荡不羁，戴一副夹鼻眼镜[②]，喜欢打情卖俏、高声大笑。说话非常快、非常清晰，而且像外国女人那样瘪着嘴唇。

瓦西里·列昂尼德奇 兹韦兹金采夫夫妇的儿子，二十五岁，法学副博士，没有固定职业，是自行车协会、赛马协会、猎狗奖励协会会员。他身体硕壮，坚定自信，说话声音大，而且断断续续；要么十分严肃，近乎阴沉；要么兴高采烈，大声狂笑。

阿列克谢·弗拉基米罗维奇·克鲁戈斯韦特洛夫 教授，学者，五十岁左右，举止庄重，令人愉快地自信，语调款款动听。他十分健谈，对待不同意他的意见的人态度温和而又含着轻蔑。吸烟很多。是个瘦削、好动的人。

大　　夫 四十岁左右，是个健康、肥胖、满面红光的人。说话声音洪亮、粗鲁。经常洋洋自得地微微一笑。

玛丽亚·康斯坦丁诺夫娜 一位二十岁左右的女郎，音乐学院学生，教授音乐，额前留着短发，穿着过于时髦，善于奉承而又忸怩作态。

彼得里谢夫 二十八岁左右，语文学副博士，正在寻找工作。与瓦西里·列昂尼德奇是同一些协会的会员，此外还是印花布裙和细棉布裙舞会组织协会的会员。他已经谢顶，但动作言谈十分敏捷，而且彬彬有礼。

男爵夫人 一位傲慢的太太，五十岁左右。呆板、语调平庸。

公爵夫人 社交界女士，女客。

公爵小姐 社交界女郎，喜欢挤眉弄眼。女客。

伯爵夫人 老太太，行动困难，戴假鬓发、假牙。

格罗斯曼 犹太型的乌发男子，非常活跃，神经质，说话声音非常洪亮。

胖 太 太 玛丽亚·瓦西里耶夫娜·托尔布欣娜，非常庄重、

---

① 1 俄亩约合 1.09 公顷。
② 原文为法语。

富有、和善，认识以往的和现在的一切名流。她非常胖，说话急匆匆的，总想压过别人的声音。吸烟。

克林根男爵（科科） 彼得堡大学副博士，皇室侍从，在使馆供职。十分文雅[①]，因此心安理得，快活，而且沉静。

贵　　妇

老　　爷 ［无台词。］

谢尔盖·伊万诺维奇·萨哈托夫 五十岁左右，前任次长，是一位挺洋气的绅士，受过广博的欧洲教育，无所事事，但对一切都感兴趣。举止庄重，甚至有点严厉。

费奥多尔·伊万内奇 男仆，年近六十，是个受过教育并爱好教育的人，过分爱用夹鼻眼镜和手帕，用手帕时总是缓缓将它展开。关心政治，聪明、善良。

格里戈里 仆人，二十八岁左右，美男子，放荡，好妒忌，胆子大。

雅 科 夫 四十岁左右，餐室仆人。忙忙碌碌，心地和善，只关心农村的家庭利益。

谢　　苗 管餐室的乡下人，二十岁左右，是个身体健康、朝气蓬勃的农村小伙子，有一头淡黄色头发，尚未留胡须，性情文静，笑容可掬。

马 车 夫 三十五岁左右，喜欢打扮，只蓄唇髭，做事粗鲁、果断。

老 厨 子 四十五岁左右，头发乱蓬蓬的，不刮脸，浮肿，脸色泛黄，全身颤抖不止。穿一件破烂的黄色土布夹大衣，一条脏裤子，一双破烂不堪的鞋。说

① 原文为法语。

话声音嘶哑，语句仿佛越过障碍后从他口中冲出来。

厨　　娘　喋喋不休，一肚子不满意。三十岁左右。

门　　房　退役士兵。

塔 尼 娅　使女，十九岁左右，是个精力充沛、性格坚强、快活但心情变化极快的姑娘。在极度兴奋欢乐的时刻，常常会尖声叫起来。

庄稼人甲　六十岁左右，曾任村长，认为自己能对付老爷们，喜欢听自己高谈阔论。

庄稼人乙　四十五岁左右，粗鲁但正派，不喜欢多嘴。是谢苗的父亲。

庄稼人丙　七十岁左右，穿一双树皮鞋，神经质，心情不安，总是匆匆忙忙的，表现胆怯，并且尽量用谈话来掩饰自己的胆怯。

伯爵夫人的跟班甲　旧派老头，具有一种仆人的自豪感。

跟 班 乙　高大，健壮，粗鲁。

时装店伙计　穿一件蓝色束腰外衣，面孔清秀，呈绯色。谈吐坚定、动听、清楚。

剧情发生在首都，兹韦兹金采夫家里。

第一幕

舞台设定在莫斯科某富家的前厅。三扇门——一扇通向外面，一扇通向列昂尼德·费奥多罗维奇的书房，一扇通向瓦西里·列昂尼德奇的房间。楼梯向上通往各间内室，楼梯后面是通向餐室的走道。

第一场

格里戈里。[年轻而漂亮的仆人，对着镜子打扮。]

格里戈里 小胡子太可惜了！她说仆人不能留胡子！为什么不能留？为了让人看出你是一个仆人。无论如何不能有人比她心爱的宝贝儿子强。可偏偏就比他强呀！我就是不留胡子也比他强得多呢…… [微笑着照镜子。] 多少姑娘追求我啊！可是，除了这个塔尼娅以外，我谁都不喜欢！她是普普通通的使女！是啊！可她比小姐还标致。[微笑。] 还挺可爱！ [细心听。] 说着她就来啦！ [微笑。] 你瞧，高跟鞋踩得笃笃响……真动听极啦！……

第二场

格里戈里和塔尼娅。[塔尼娅捧着皮大衣和高靿皮鞋]

格里戈里 塔季扬娜·马尔科夫娜，向您致以我的敬意！

塔 尼 娅 哟，您还在照镜子呀？您觉得自己漂亮得很吧？

格里戈里 怎么，我不好看吗？

塔 尼 娅 一般般，不美也不丑。中不溜。您这儿怎么到处挂的都是皮大衣啊？

格里戈里 女士，我这就收起来。[取下一件皮大衣，披在塔尼娅身上，一边搂住她。] 塔尼娅，你听我告诉你……

塔 尼 娅 瞧您的德性！干吗缠着我！［生气地挣脱出来。］我不是说了嘛，别碰我！

格里戈里 [环顾。] 亲亲我吧。

塔 尼 娅 您怎么缠个没完呀！我要这样狠狠地亲您！……[挥手打他。]

瓦西里·列昂尼德奇 [后台传来铃声，然后是叫声。] 格里戈里！

塔 尼 娅 瞧，您去吧，瓦西里·列昂尼德奇在叫您呐。

格里戈里 让他等一会儿。他才睁开眼。听我说呀，你为什么不爱我？

塔 尼 娅 亏您想得出！我什么人也不爱。

格里戈里 瞎说。你爱谢姆卡①。你竟然找了一个笨头笨脑的管餐室的乡下人！

塔 尼 娅 不管他是什么样的人，就是要叫您羡慕。

瓦西里·列昂尼德奇 ［在台后。］格里戈里！

格里戈里 别着忙！……有什么好羡慕的！要知道，你才开始长大成人，却和什么样的人鬼混在一起？要爱上我那就是另外一回事啦……塔尼娅……

塔 尼 娅 [生气而严厉地。] 我说了，您什么也得不到。

瓦西里·列昂尼德奇 ［在台后。］格里戈里！！！

格里戈里 您的举止太严肃了。

---

① 谢苗的卑称。

瓦西里·列昂尼德奇 [在台后，固执地、平稳地放开喉咙叫。]格里戈里！格里戈里！格里戈里！

[塔尼娅和格里戈里笑。]

格里戈里 要知道那些爱过我的姑娘有多好啊！

[铃响。]

塔 尼 娅 那您去找她们吧，别来烦我。

格里戈里 我看你真是个小傻瓜。我可不是谢苗。

塔 尼 娅 谢苗是要娶我，不是瞎闹。

第三场

格里戈里、塔尼娅和伙计。

[伙计捧着装有连衣裙的大纸盒子登场。]

伙　　计 早上好！

格里戈里 您好。谁派您来的？

伙　　计 布尔德派我送连衣裙来。这是给太太的账单。

塔 尼 娅 [接过账单。] 您在这儿坐一会儿，我送去。[退场。]

第四场

格里戈里、伙计和瓦西里·列昂尼德奇。[瓦西里·列昂尼德奇穿着睡袍和便鞋，从门里伸出头来。]

瓦西里·列昂尼德奇 格里戈里！

格里戈里 就来！

瓦西里·列昂尼德奇 格里戈里！你难道没听见我喊你？

格里戈里 我刚到。

瓦西里·列昂尼德奇 倒点温水和茶来。格里戈里——谢苗这就送来。

瓦西里·列昂尼德奇 这是什么？是布尔吉耶[①]送来的？

伙　　计 是。

[瓦西里·列昂尼德奇和格里戈里退场。铃声响起。]

第五场

伙计、塔尼娅。[塔尼娅听见铃响跑进来，打开门。]

塔 尼 娅 [对伙计。] 您等一等。

伙　　计 我是在等呀。

第六场

伙计、塔尼娅和萨哈托夫。[萨哈托夫走进门。]

塔 尼 娅 请原谅，仆人刚出去。您请进来。请宽衣！ [侍候他脱下皮大衣。]

萨哈托夫 [整整衣服。] 列昂尼德·费奥多罗维奇在家吗？起

① 布尔吉耶是布尔德的法语读音。

床了吗？

[铃响。]

塔 尼 娅 早就起床了！

第七场

伙计、塔尼娅和萨哈托夫。大夫上台。

大　　夫 [寻找仆人。看见萨哈托夫后，非常随便地。] 是您啊！向您致敬！

萨哈托夫 [仔细审视。] 好像是大夫？

大　　夫 我还以为您在国外呢。来找列昂尼德·费奥多罗维奇吗？

萨哈托夫 是啊。您怎么到这儿来了？有人生病吗？

大　　夫 [冷笑。] 倒不是有人生病。可是您知道，这些太太们真难伺候。天天打牌打到三点钟，太太本人还要喝酒。她又肥又胖，精神不济。再说年岁也不小了。

萨哈托夫 您就这样把自己的诊断告诉安娜·帕夫洛夫娜？我想她不会高兴的。

大　　夫 [笑着。] 是啊，是真的。净干这些玩意儿。过后呢，消化器官功能紊乱，肝脏的负担加重，神经烦躁不安。这样下去，您就去给她治病吧。真拿她们没办法。[嘲笑。] 您怎么样啊？您好像也是一位行招魂术的人？

萨哈托夫　我吗？不，我可不是……好啦，再见！［想走，但大夫拦住了他。］

大　　夫　不，要是像克鲁戈斯韦特洛夫这样的人也参加的话，我并不全盘否定。不能全盘否定啊！他是教授，闻名欧洲。总有点道理。我很想有机会去看一看，可总是没时间。事情多呀。

萨哈托夫　是呀，是呀，再见！［微微欠了欠身，退场。］

大　　夫　［对塔尼娅。］起床了？

塔 尼 娅　在卧室里。您请进。

［萨哈托夫和大夫各走一边退场。］

第八场

伙计、塔尼娅和费奥多尔·伊万内奇。

［费奥多尔拿着报纸登场。］

费奥多尔·伊万内奇　［对伙计。］您来干什么？

伙　　计　布尔德派我送连衣裙和账单来。叫我等着呢。

费奥多尔·伊万内奇　哦，是布尔德派来的！［对塔尼娅。］走过去的人是谁？

塔 尼 娅　是萨哈托夫，谢尔盖·伊万内奇[①]，还有大夫。他们在这儿待了一会儿，谈了几句话。全是谈叫魂儿的事。

---

① 伊万内奇是伊万诺维奇的简称。

费奥多尔·伊万内奇 [纠正她。] 是谈招魂术。

塔 尼 娅 我说的就是叫魂儿术呀。费奥多尔·伊万内奇，您听说没有？上回可成功啦。[笑。] 有人敲来着。东西也飞来飞去。

费奥多尔·伊万内奇 你怎么知道？

塔 尼 娅 丽莎韦塔·列昂尼多夫娜说的呀。

第九场

塔尼娅、费奥多尔·伊万内奇、伙计和餐室仆人雅科夫。

[雅科夫端着一杯水跑步登场。]

雅 科 夫 [对伙计。] 您好！

伙 计 [伤心地。] 您好。

[雅科夫敲敲瓦西里·列昂尼德奇的门。]

第十场

前场人物和格里戈里。

格里戈里 给我吧。

雅 科 夫 昨天用的茶杯您还没有从瓦西里·列昂尼德奇屋里拿回来，还有托盘。我要负责的。

格里戈里 托盘在他那里放着雪茄呢。

雅 科 夫 那您就给腾一下吧。不然要叫我赔的。

格里戈里 会送来的，一定送来！

雅 科 夫 您说是会送来，结果还是搞没了。前两天就找不到了，都没办法送茶了。

格里戈里 我说会送就会送的。真啰唆！

雅 科 夫 您说起来容易，我已经第三次送茶了，还要准备早饭呢。天天忙得马不停蹄。这个家里还有人比我活儿更多吗？还总说我不好！

格里戈里 那怎么着才能算更好呀？你瞧，已经很好啦！

塔 尼 娅 您觉得谁都不好。只有您一个人……

格里戈里 ［对塔尼娅。］没人问你！ ［退场。］

第十一场

塔尼娅、雅科夫、费奥多尔·伊万内奇和伙计。

雅 科 夫 这是干吗，我可不是在抱怨，塔季扬娜·马尔科夫娜。昨天的事，太太没说什么？

塔 尼 娅 你是说灯的事？

雅 科 夫 天知道那灯是怎么从手里突然滑掉的。我刚动手擦，正想接住，谁知怎么会滑掉了……摔得粉碎！算我倒霉！格里戈里·米哈伊雷奇说起来倒轻松，他光棍一条。可拉家带口的该怎么办？也得考虑考虑怎么养家啊。我不怕活儿多。这么说，她什么也没说？那就谢天谢地！费奥多尔·伊万内奇，您那儿是一把勺儿还是两把？

费奥多尔·伊万内奇 一把，一把。[看报。]

[雅科夫退场。]

第十二场

塔尼娅、费奥多尔·伊万内奇和伙计。[传来铃声。端着托盘的格里戈里和门房登场。]

门　　房 [对格里戈里。] 请向老爷禀报——村里的庄稼人来了。

格里戈里 [指着费奥多尔·伊万内奇。] 你跟管家禀报吧，我没时间。[退场。]

第十三场

塔尼娅、费奥多尔·伊万内奇、门房和伙计。

塔 尼 娅 哪里来的庄稼人？

门　　房 好像是库尔斯克省来的……

塔 尼 娅 [兴奋地叫一声。] 原来是他们……是谢苗的父亲来谈土地的事啦。我去接一下。[跑步退场。]

第十四场

费奥多尔·伊万内奇、门房和伙计。

门　　房　您说该怎么办，是放他们进来，还是怎么办？他们说是谈土地的事，老爷知道的。

费奥多尔·伊万内奇　是的，是谈买地的事。这样吧。他现在有客人。你这样办吧，就说让他们等一会儿。

门　　房　在哪儿等呢？

费奥多尔·伊万内奇　叫他们在院子里等一会儿。到时候我派人来。

［门房退场。］

第十五场

费奥多尔·伊万内奇；塔尼娅，她身后是三名庄稼人；格里戈里和伙计。

塔 尼 娅　向右拐。这边来，这边来！

费奥多尔·伊万内奇　我没有吩咐过放人进来呀。

格里戈里　是啊，淘气鬼！

塔 尼 娅　没关系，费奥多尔·伊万内奇，他们在一边待着。

费奥多尔·伊万内奇 会把地板踩脏的。

塔 尼 娅 他们擦过鞋子了。我会把地板擦干净的。[对庄稼人。] 你们就站在这个地方吧。

[三名庄稼人登场，捧着用方巾包的礼物——大圆面包、鸡蛋、手巾，寻找画十字的神像，然后面对楼梯在胸前画十字，向费奥多尔·伊万内奇鞠躬，接着稳稳地站住。]

格里戈里 [对费奥多尔·伊万内奇。] 费奥多尔·伊万内奇！您说皮罗内做的皮鞋样子挺时兴，可是，这个人穿的鞋子漂亮多啦！[指着穿麻鞋的庄稼人丙说。]

费奥多尔·伊万内奇 您就知道挖苦人！

[格里戈里退场。]

第十六场

塔尼娅、费奥多尔·伊万内奇和三名庄稼人。

费奥多尔·伊万内奇 [站起来，走到庄稼人面前。] 你们就是库尔斯克省的，来谈买地的事，是吗？

庄稼人甲 是。我们来嘛，比方说，就是商量买地的事。怎样才能禀告上去呢？

费奥多尔·伊万内奇 是啊，对啊，我知道，我知道。你们在这儿等一会儿，我就去禀告。[退场。]

第十七场

塔尼娅、三名庄稼人、瓦西里·列昂尼德奇。[瓦西里在台后。]
庄稼人四顾室内，不知该把礼物放到哪儿去。

庄稼人甲 咳，就是说，我不知道该怎样叫那个献上礼物的东西。怎样办才算好呢？能有个盘子就好了。

塔 尼 娅 我就去，就去拿。先放到这里吧。暂时先这样放一下。[放到小沙发上。]

庄稼人甲 比方说，刚才走到俺们跟前的那位先生是什么等级？

塔 尼 娅 他是近侍。

庄稼人甲 正好要找他，近侍。就是说，他也管事。[对塔尼娅。] 您呢，比方说，也伺候老爷？

塔 尼 娅 我是当使女的。我也是杰门村的呀。我认识您，也认识您。只有这位大伯我不认识。[指庄稼人丙。]

庄稼人丙 他们俩你都认出来了，没认出我来？

塔 尼 娅 您是叶菲姆·安东内奇吗？

庄稼人甲 是哇。

塔 尼 娅 扎哈尔·特里福内奇，您就是谢苗的父亲吗？

庄稼人乙 是啊！

庄稼人丙 告诉你吧，我就是米特里·奇利金。现在认出来了？

塔 尼 娅　现在我也认识您了。

庄稼人乙　你是谁家的丫头？

塔 尼 娅　我是去世的士兵老婆阿克西尼娅的孤女。

庄稼人甲和丙　［吃惊。］真的吗？

庄稼人乙　难怪人家说，把花一文钱买来的小猪崽放到燕麦地里，也会长得漂漂亮亮肥肥胖胖的。

庄稼人甲　是哇。真像是一位小姐呢。

庄稼人丙　真是这样。天啊！

瓦西里·列昂尼德奇　［在后台揿铃，然后喊。］格里戈里！格里戈里！

庄稼人甲　比方说，那是什么人在闹呀？

塔 尼 娅　是少爷。

庄稼人丙　天啊！我不是说过嘛，还是在外边等一会儿好。

［静场。］

庄稼人乙　谢苗要讨你过门吗？

塔 尼 娅　难道说他写信告诉您了？［用围裙遮住脸。］

庄稼人乙　是写过呀！这事他想的不对。我看这孩子给宠坏了。

塔 尼 娅　［活跃地。］不，他一点也没给宠坏。叫他来看您吗？

庄稼人乙　用不着叫他来。有的是工夫。来得及！

［传来瓦西里·列昂尼德奇绝望的叫声：“格里戈里！你见鬼去啦?！”］

第十八场

前场人物。瓦西里·列昂尼德奇从门里走出来。

[穿着睡袍，一边戴夹鼻眼镜。]

瓦西里·列昂尼德奇 人都死光了吗?

塔尼娅 他不在，瓦西里·列昂尼德奇……我就去叫他来。

[朝门口走去。]

瓦西里·列昂尼德奇 可是，我听见有人在说话呀。这都是哪儿来的丑八怪? 说呀?

塔尼娅 瓦西里·列昂尼德奇，是从库尔斯克省乡下来的庄稼人。

瓦西里·列昂尼德奇 [指着伙计。] 这是什么人? 哦，对了，是布尔吉耶派来的!

[庄稼人鞠躬。瓦西里·列昂尼德奇不理他们。格里戈里与塔尼娅在门口撞见，塔尼娅留下。]

第十九场

前场人物和格里戈里。

瓦西里·列昂尼德奇 我对你说过，要那一双皮鞋。我不能穿这一双!

格里戈里　那一双也放在那儿呀。

瓦西里·列昂尼德奇　到底放在哪儿?

格里戈里　就放在那儿。

瓦西里·列昂尼德奇　你胡扯!

格里戈里　您瞧好了。

[瓦西里·列昂尼德奇和格里戈里退场。]

第二十场

塔尼娅、三名庄稼人和伙计。

庄稼人丙　我看眼下来的不是时候，还是先回住处等吧。

塔 尼 娅　不用，没关系，你们等一会儿。我这就给你们去拿几个盘子来放礼物。[退场。]

第二十一场

前场人物、萨哈托夫、列昂尼德·费奥多罗维奇，
费奥多尔·伊万内奇跟在他们后面。
[庄稼人们捧起礼物，立正站着。]

列昂尼德·费奥多罗维奇　[对庄稼人。]就来，就来。你们先等一等。[指伙计。]这是什么人?

伙　　计　布尔德派来的。

列昂尼德·费奥多罗维奇　哦，是布尔吉耶派来的!

萨哈托夫 [微笑着。] 我并不否定。不过，您该承认，不亲眼看一下您见过的事，我们这些外行人难以相信。

列昂尼德·费奥多罗维奇 您说“我不能相信”。不过我们并不需要相信。我们只要求研究一下。因为我总不能不相信这个戒指吧。这个戒指我是从那儿得到的。

萨哈托夫 怎么个从那儿？从哪儿呢？

列昂尼德·费奥多罗维奇 从另一个世界。没错。

萨哈托夫 [微笑着。] 很有趣，很有趣！

列昂尼德·费奥多罗维奇 不过，我看您认为我是一个容易入迷、容易想入非非的人。可是要知道，阿列克谢·弗拉基米罗维奇·克鲁戈斯韦特洛夫恐怕不是一般人吧，而是一位教授。瞧，连他也承认。不仅他一个人。克鲁克斯怎么说？瓦拉斯又怎么说呢？

萨哈托夫 哎，我并不否定呀。我只是说，这事很有趣。真想知道克鲁戈斯韦特洛夫是怎样解释的？

列昂尼德·费奥多罗维奇 他有自己的一套理论！嗯，您今天晚上来吧，他是一定来的。首先由格罗斯曼表演……您知道，他是一位著名的心灵感应者。

萨哈托夫 是的，我听说过，不过没有机会见面。

列昂尼德·费奥多罗维奇 那您就来吧。开头是格罗斯曼，然后是卡普奇奇表演，还有我们的一场招魂会……[对费奥多尔·伊万内奇。] 派去给卡普奇奇送信的人还没回来吗？

费奥多尔·伊万内奇 还没回来。

萨哈托夫　那我怎么知道真假呢?

列昂尼德·费奥多罗维奇　您就直接来吧。不管三七二十一,您就来。即使卡普奇奇不来,我们会找一个自己的灵媒。玛丽亚·伊格纳季耶夫娜就是一位灵媒。虽说不像卡普奇奇那样出色,不过还可以……

第二十二场

前场人物和塔尼娅。[塔尼娅端着准备盛礼物的盘子上,倾听谈话。]

萨哈托夫　[微笑着。]是的,是的。不过有一个情况——为什么灵媒总是出自所谓受过教育者的圈子?卡普奇奇和玛丽亚·伊格纳季耶夫娜都是。要知道,假如这是一种特殊的力量,那么它应当到处可见,在老百姓中间,在庄稼人中间都应当有。

列昂尼德·费奥多罗维奇　你说的这种也是常有的。我家的一个庄稼人也是灵媒,这种情况也常有。前些天我们举行招魂会的时候,曾经叫他来。需要把沙发移动一下——把他给忘了。他大概睡着了。您想想看,我们的招魂会已经结束。卡普奇奇也醒过来了。这时候我们突然发现,在房间的另一角,这个庄稼人身边开始出现招魂现象——桌子动起来朝前走。

塔 尼 娅　[旁白。]那是我从桌子下面钻出来。

列昂尼德·费奥多罗维奇　很明显，他也是一个灵媒。再说他的相貌很像尤姆。您记得尤姆吗？那个浅黄色头发、举止幼稚的人。

萨哈托夫　［耸肩。］竟有这种事。这很有趣！那你们正好去试一下他。

列昂尼德·费奥多罗维奇　我们是要试验他。而且不止他一个人。灵媒多得数不清。只不过我们不了解他们的情况罢了。例如前些天一个有病的老婆子移动了一堵砖墙。

萨哈托夫　移动了一堵砖墙？

列昂尼德·费奥多罗维奇　对，对。她躺在床上，完全不知道自己是一个灵媒。她用手紧紧扶住墙，墙就移动了。

萨哈托夫　没有倒塌？

列昂尼德·费奥多罗维奇　没有倒塌。

萨哈托夫　真奇怪！好吧，晚上我一定来。

列昂尼德·费奥多罗维奇　一定来，一定来！不管发生什么情况，肯定有招魂会。

［萨哈托夫穿外衣。列昂尼德·费奥多罗维奇送他走。］

第二十三场

前场人物，萨哈托夫除外。

伙　　计　［对塔尼娅。］您去禀告太太呀！怎么，还要我在这里过夜？

塔 尼 娅 您等一等。她老人家要陪小姐出门，很快就会来的。［退场。］

第二十四场

前场人物，塔尼娅除外。

列昂尼德·费奥多罗维奇 ［走到庄稼人面前，他们鞠躬，献上礼物。］不必客气！

庄稼人甲 ［微笑着。］这是第一件要做的事。是全村人叫我们这样做的。

庄稼人乙 这是规矩呀。

庄稼人丙 您别推辞！因为俺们大家心甘情愿……比如说，就像俺们的父母侍候您的父母一样，俺们也是全心全意的，不是为了……［鞠躬。］

列昂尼德·费奥多罗维奇 哪儿的话？你们到底有什么事？

庄稼人甲 就是说，来求您大人的。

第二十五场

前场人物和彼得里谢夫。

［彼得里谢夫身穿大衣迅速跑步登场。］

彼得里谢夫 瓦西里·列昂尼德奇，睡觉了吗？［看见列昂尼德·费奥多罗维奇后，向他点头鞠躬。］

列昂尼德·费奥多罗维奇 您找我儿子？

彼得里谢夫 我吗？是的。我找沃沃有点小事。

列昂尼德·费奥多罗维奇 请进，请进。

[彼得里谢夫脱下大衣，快步走去。]

第二十六场

前场人物，彼得里谢夫除外。

列昂尼德·费奥多罗维奇 [对庄稼人们。] 嗯。那么你们有什么事？

庄稼人乙 请收下这点小礼。

庄稼人甲 [微笑着。] 这是我们村的一点小意思。

庄稼人丙 别推辞了——不用客气！我们就像对亲爹一样，祝您大安。别推辞啦。

列昂尼德·费奥多罗维奇 既然这样……费奥多尔，收下吧。

费奥多尔·伊万内奇 好吧，递过来。[接过礼物。]

列昂尼德·费奥多罗维奇 有什么事吗？

庄稼人甲 我们是来找大人您的。

列昂尼德·费奥多罗维奇 我看出来是找我。你们到底有什么要求？

庄稼人甲 办一办买地的事。现在情况是……

列昂尼德·费奥多罗维奇 怎么，你们想买地？

庄稼人甲 是哇。情况是……就是说，关于买土地所有权的事。比方说吧，全村委托我们全权办理，按规矩通过国家银行贴上规定数目的印花税。

列昂尼德·费奥多罗维奇 就是说，你们想通过银行买地。是不是这样?

庄稼人甲 是这样哇。按夏天您向俺们建议的那样办。情况是，总共缴三万二千八百六十四卢布买土地所有权。

列昂尼德·费奥多罗维奇 是这样。那欠款怎么办呢?

庄稼人甲 村里人建议像夏天谈妥的那样，分期补付欠款。照规定，先付现款总共四千卢布。

庄稼人乙 就是说，眼下先付四千卢布，其余的请等一等。

庄稼人丙 [展示钞票。] 这可要请您相信，我们就是当了自个儿，也不会欠账，不管怎么说，我们一定……按规矩办。

列昂尼德·费奥多罗维奇 我不是写信告诉你们了嘛，只有把钱收齐，我才同意。

庄稼人甲 是哇，那当然好。可是办不到呀。

列昂尼德·费奥多罗维奇 那该怎么办呢?

庄稼人甲 村里人都指望像夏天您建议的那样，分期付……

列昂尼德·费奥多罗维奇 那是去年的事呀。当时我同意，可现在不行……

庄稼人乙 怎么变卦了呢? 您给了我们指望，我们就办了文书，钱也收齐了……

庄稼人丙 大人，您开恩吧。我们的地太少，比方说，别说大牲口，连只小鸡都没有地方喂啊！ [鞠躬。] 大人，您可别造孽呀！ [鞠躬。]

列昂尼德·费奥多罗维奇　去年我同意缓期付款是真的，不过这里出现了新情况……眼下这种办法对我来说不合适。

庄稼人乙　没有这块地，俺们就活不下去了。

庄稼人甲　是哇。没有地，我们的日子会越来越艰难，越来越苦。

庄稼人丙　[鞠躬。] 大人！地太少，别说大牲口，连只小鸡都没有地方喂啊！大人，开开恩吧。大人，收下钱吧。

列昂尼德·费奥多罗维奇　[这时翻阅文书。] 我能理解。我本人也很想为你们做件好事。你们等一等。半小时以后我给你们答复。费奥多尔，你去说一下，不见任何客人。

费奥多尔·伊万内奇　是。

[列昂尼德·费奥多罗维奇下。]

第二十七场

前场人物，列昂尼德·费奥多罗维奇除外。庄稼人心情沮丧。

庄稼人乙　你瞧这事儿！他说得交齐。上哪儿拿这么多钱哇？

庄稼人甲　要是去年夏天他没给我们指望也就罢了。我们还指望真像夏天谈妥的那样呢。

庄稼人丙　天啊！我都把钱打开了。[包上钱。] 这下俺们怎么办呢？

费奥多尔·伊万内奇　你们的问题在哪儿？

庄稼人甲　我们的事，比方说吧，是这样的，夏天他叫我们分期付款。村里大伙都同意，全权委托我们了。如今呢，他叫我们把全部款子一次付清。这事儿实在办不到。

费奥多尔·伊万内奇　一大笔钱吗？

庄稼人甲　这次总共先付四千卢布。

费奥多尔·伊万内奇　没关系。你们紧紧裤带，再凑点。

庄稼人甲　这些就是千方百计凑来的。没有那么大的力量啊。

庄稼人乙　没钱，用牙也逮不来啊。

庄稼人丙　我们倒是一心一意的，就连这些钱也是把家里扫净了才凑上的。

第二十八场

前场人物。瓦西里·列昂尼德奇和彼得里谢夫站在门口。

[两人都夹着烟卷。]

瓦西里·列昂尼德奇　我已经说过了，一定尽力去办。只要有可能，我就一定尽力办。怎么啦？

彼得里谢夫　你得明白呀，要是你弄不到的话，那可真要命啦！

瓦西里·列昂尼德奇　我已经说过了——我会尽力的，一定会尽力的。怎么啦？

彼得里谢夫　没什么。我只是说，你一定要弄到。我等一等。

[退场，关门。]

第二十九场

前场人物，彼得里谢夫除外。

瓦西里·列昂尼德奇 [挥手。] 鬼知道是怎么一回事。

[庄稼人一齐鞠躬。]

[望着伙计，对费奥多尔·伊万内奇。] 您为什么不放布尔吉耶派来的人回去？他简直是搬到我们这儿住下来了。您看，他睡着了。怎么啦？

费奥多尔·伊万内奇 账单交上去了，吩咐等一会儿。等安娜·帕夫洛夫娜出来。

瓦西里·列昂尼德奇 [望着庄稼人，盯着钱。] 这是什么东西？钱？给谁的钱？给我们的钱？[对费奥多尔·伊万内奇。] 这是些什么人？

费奥多尔·伊万内奇 这是库尔斯克省的农民，他们买地呢。

瓦西里·列昂尼德奇 那么地卖了吗？

费奥多尔·伊万内奇 还没有呐。没谈妥。他们舍不得花钱。

瓦西里·列昂尼德奇 是吗？这就要劝劝他们啰。[对庄稼人。] 你们怎么样，买吗？

庄稼人甲 是哇。俺们想要买下土地所有权。

瓦西里·列昂尼德奇 那你们就不要舍不得花钱。你们知道，我告诉你们，庄稼人多么需要土地！是不是啊？

很需要。

庄稼人甲 是哇。庄稼人第一件事就是要土地。是这样的。

瓦西里·列昂尼德奇 那你们就别舍不得花钱。土地是什么？我告诉你们，可以在上面种小麦，一行一行的，可以收三百普特[①]粮食，每普特一个卢布，就是三百卢布。是不是啊？……要是种薄荷的话，我告诉你们，一俄亩就能剩下来一千卢布！

庄稼人甲 是哇，一点不错。只要懂行，什么粮食都能生产。

瓦西里·列昂尼德奇 一定要种薄荷。这事我可学过。书上印着呢。我指给你们看。怎么样？

庄稼人甲 是哇，这些事您看书知道得更清楚。这是您脑子灵。

瓦西里·列昂尼德奇 所以说，你们买吧。不要舍不得花钱。交款吧。[对费奥多尔·伊万内奇。] 爸爸在哪儿？

费奥多尔·伊万内奇 在家。他老人家请求现在不要去打扰他。

瓦西里·列昂尼德奇 好吧，他大概是要问问神灵，卖土地不卖。是不是啊？

费奥多尔·伊万内奇 这我可不敢说。我只知道他拿不定主意。

瓦西里·列昂尼德奇 费奥多尔·伊万内奇，你看他是不是有钱？呃？

---

① 1 普特约合 16.38 公斤。

费奥多尔·伊万内奇　我可不知道。未必有。您问这个干吗？上星期您可是弄到了一笔不小的款子。

瓦西里·列昂尼德奇　可是我把钱都用去买狗了。你知道眼下我们有一个新协会。彼得里谢夫当选了。我呢，借过彼得里谢夫的钱。现在要替他和我自己缴会费。怎么样？

费奥多尔·伊万内奇　又是什么新协会？自行车协会吗？

瓦西里·列昂尼德奇　不是。我这就告诉你——这是一个新协会。我告诉你，是一个非常严肃的协会。你知道谁是主席吗？

费奥多尔·伊万内奇　这个新协会是怎么一回事呢？

瓦西里·列昂尼德奇　猎狗奖励协会。怎么样？我还要告诉你——今天举行首次大会和早餐会。可是没钱啊！我找他去，试试看。[经门口退场。]

第三十场

庄稼人、费奥多尔·伊万内奇和伙计。

庄稼人甲　[对费奥多尔·伊万内奇。] 请问，这位老爷是什么人？

费奥多尔·伊万内奇　[微笑着。] 是少爷。

庄稼人丙　就是说，是继承人。天啊！[藏钱。] 看来暂时得收起来。

庄稼人甲　人家告诉我们说，他是军人。比方说，是在骑兵部队服务。

费奥多尔·伊万内奇 不，他是独子，免服兵役。

庄稼人丙 就是说，留下来养活父母的。这样做对哇。

庄稼人乙 [摇头。] 没话说，这个能养活。

庄稼人丙 天啊！

第三十一场

费奥多尔·伊万内奇、三名庄稼人、瓦西里·列昂尼德奇，瓦西里身后是列昂尼德·费奥多罗维奇站在门口。

瓦西里·列昂尼德奇 事情总是这样。真奇怪。本来总说我饱食终日无所事事。等我找到事情干了，而且干得挺起劲，建立了一个严肃的协会，抱着高尚的目的，却又舍不得区区三百卢布！……

列昂尼德·费奥多罗维奇 我说过我不能给，就是不能给。我没钱。

瓦西里·列昂尼德奇 您不是把地卖了吗？

列昂尼德·费奥多罗维奇 首先呢，地还没卖掉。而要紧的是——让我一个人静静。不是对你说过了嘛，我没有时间。[用力关上门。]

第三十二场

前场人物，列昂尼德·费奥多罗维奇除外。

费奥多尔·伊万内奇 我对您说过，现在不是时候。

瓦西里·列昂尼德奇 您看这事儿！真是进退两难啊。我去找妈妈，唯一的救星。他摆弄招魂都摆弄疯了，把大家全忘了。[上楼。]

[费奥多尔·伊万内奇正要坐下看报。]

第三十三场

前场人物。贝特西和玛丽亚·康斯坦丁诺夫娜从楼上下来。格里戈里跟在她们后面。

贝特西 马车备好了吗？

格里戈里 来了。

贝特西 [对玛丽亚·康斯坦丁诺夫娜。] 我们走吧，走吧！我看见了，是他。

玛丽亚·康斯坦丁诺夫娜 他是谁？

贝特西 您很清楚，是彼得里谢夫。

玛丽亚·康斯坦丁诺夫娜 他到底在哪儿呀？

贝特西 在沃沃的房间里。您瞧好了。

玛丽亚·康斯坦丁诺夫娜 万一不是他呢？

[庄稼人和伙计鞠躬。]

贝 特 西 [对伙计。]是布尔吉耶派您送连衣裙来了？

伙　　计 是的。请放我回去吧。

贝 特 西 这我可不知道，归妈妈管。

伙　　计 我不知道该谁管。叫我送来，领钱回去。

贝 特 西 那您就等一会儿吧。

玛丽亚·康斯坦丁诺夫娜 还是那一件表演画谜的服装吗？

贝 特 西 是的。服装漂亮极了。妈妈不要，也不想付钱。

玛丽亚·康斯坦丁诺夫娜 为什么呢？

贝 特 西 您去问妈妈吧。花五百卢布给沃沃买狗不嫌贵，一百卢布的连衣裙倒嫌贵了。我总不能当丑八怪呀！ [指庄稼人。]这是些什么人？

格里戈里 庄稼人，来买地。

贝 特 西 我还以为是猎人呐。你们不是猎人？

庄稼人甲 不是，夫人。我们是来找列昂尼德·费奥多罗维奇办买地的手续。

贝 特 西 是吗？有几个猎人要来找沃沃。你们大概不是猎人吧？

[庄稼人沉默不语。]

真蠢！ [走近门口。]沃沃！ [哈哈笑。]

玛丽亚·康斯坦丁诺夫娜 我们刚刚不是遇见他了吗？您记得真清楚！

贝 特 西 ……沃沃，你在这儿吗？！

第三十四场

前场人物和彼得里谢夫。

彼得里谢夫　沃沃不在，不过我甘愿代他满足你们的一切要求。您好！您好，玛丽亚·康斯坦丁诺夫娜！［久久用力摇贝特西的手，然后摇玛丽亚·康斯坦丁诺夫娜的手。］

庄稼人乙　瞧，就像在摇抽水机一样。

贝特西　您代替不了他。不过总比没有好。［哈哈笑。］您找沃沃有什么事啊？

彼得里谢夫　什么事？财政上的事，就是说我们的事糟糕透了！既是莫名其妙的事，又是财政上的事。

贝特西　莫名其妙的事是什么意思？

彼得里谢夫　好问题！这事可笑就可笑在它什么意思也没有！

贝特西　哼，这回不成功，完全不成功！［哈哈笑。］

彼得里谢夫　可是总不能每回都成功呀。就像是当场开奖的彩票。开呀，开呀，接着就中奖了。

［费奥多尔·伊万内奇向列昂尼德·费奥多罗维奇的书房走去。］

第三十五场

前场人物，费奥多尔·伊万内奇除外。

贝 特 西 嗯，这回没成功。请问，您昨天到梅尔加索夫夫妇那里去了吗？

彼得里谢夫 不只去了 mère Gassof ① 那，也去了 père Gassof ② 那，甚至不只去了 père Gassof 那，还去了 fils Gassof ③ 那。

贝 特 西 您能不玩 jeu de mots ④ 吗？这是一种病。茨冈人去了吗？［笑。］

彼得里谢夫 ［唱。］围裙上绣着大公鸡，金色的大鸡冠！……

贝 特 西 真走运！我们却在福福家里闲着无聊。

彼得里谢夫 ［继续唱。］你向上帝许过愿，你向老天发过誓 到我家里来……下面的词怎么唱？玛丽亚·康斯坦丁诺夫娜，下面的词怎么唱？

玛丽亚·康斯坦丁诺夫娜 到我家里来一会儿……

彼得里谢夫 怎么唱，玛丽亚·康斯坦丁诺夫娜，怎么唱呀？［哈哈笑。］

---

① 法语，意为："加索夫的妈妈"。发音近似梅尔加索夫。
② 法语，意为："加索夫的爸爸"。下同。
③ 法语，意为："加索夫的儿子"。
④ 法语，意为："文字游戏"。

贝 特 西　Cessez，vous devenez impossible! [1]

彼得里谢夫　J'ai cessé, j'ai bébé, j'ai dédé... [2]

贝 特 西　我看有一种方法能避开您的俏皮话——强迫您唱歌。我们到沃沃房里去吧。他还有一把吉他呢。走吧，玛丽亚·康斯坦丁诺夫娜，走吧。

[贝特西、玛丽亚·康斯坦丁诺夫娜和彼得里谢夫退场，走进瓦西里·列昂尼德奇的房间。]

第三十六场

格里戈里、三位庄稼人和伙计。

庄稼人甲　这是谁家的人？

格里戈里　一位是小姐，另一位是家庭教师，教音乐的。

庄稼人甲　这么说，是教学问的。打扮得多干净漂亮啊。简直跟画儿似的。

庄稼人乙　干吗不出嫁呢？年纪到了吧？

格里戈里　难道说都像你们乡下，十五岁就嫁出去？

庄稼人甲　那个男人，比方说，也是一个搞音乐的？

格里戈里　[学舌。]搞音乐的！……你们真是一窍不通！

庄稼人甲　我们就是笨头笨脑，就是说，没受过教育。

庄稼人丙　上帝保佑！

---

① 法语，意为："别胡闹了，您开始叫人讨厌了！"

② 法语，意为："我不闹了，我有孩子了，我奉献了……"这里是彼得里谢夫又在玩文字游戏。

[从瓦西里·列昂尼德奇房间里传来由吉他伴奏的茨冈人歌曲。]

第三十七场

格里戈里、三名庄稼人、伙计，谢苗上场，
随着他上场的是塔尼娅。
塔尼娅观察父子相会的情景。

格里戈里 [对谢苗。] 你在干什么？

谢　　苗 老爷派我到卡普奇奇先生家去。

格里戈里 干吗去？

谢　　苗 他老人家吩咐我传话说“今天无论如何不能来”。

格里戈里 好吧。我去禀报。[退场。]

第三十八场

前场人物，格里戈里除外。

谢　　苗 [对父亲。] 你好哇，爹！叶菲姆大伯，米特里大伯，你们好！家里人身体都好吗？

庄稼人乙 你好，谢苗。

庄稼人甲 你好，老弟。

庄稼人丙 你好，孩子。还好吗？

谢　　苗 [微笑着。] 爹，咱们是不是去喝杯茶呢？

庄稼人乙 等一等，办完事再说。难道你没看见，现在没时间？

谢　　苗　嗯，那好吧，我在门口等一会儿。[退场。]

塔 尼 娅　[跟着他跑。] 你怎么一句都没提呀？

谢　　苗　不能当着大伙面说啊。等一等，等咱们去喝茶的时候，我就说。[退场。]

第三十九场

前场人物，谢苗除外。费奥多尔·伊万内奇上，拿着报纸在窗口坐下。

庄稼人甲　老兄，俺们的事办得怎么样啦？

费奥多尔·伊万内奇　你们等一等，他快办完了，马上就出来。

塔 尼 娅　[对费奥多尔·伊万内奇。] 费奥多尔·伊万内奇，您怎么知道快办完了？

费奥多尔·伊万内奇　我知道，他要解决完问题的时候，就会大声念一遍问题和答复。

塔 尼 娅　听人说能用盘子跟鬼神谈话，这是真的吗？

费奥多尔·伊万内奇　想必是可以。

塔 尼 娅　这么说，要是它们叫他签字，他就会签字吗？

费奥多尔·伊万内奇　是啊。

塔 尼 娅　可它们不会用词儿说话。

费奥多尔·伊万内奇　它们用字母说。在哪个字母前停下来，就做个记号。

塔 尼 娅　哦，要是在招魂会上呢？……

第四十场

前场人物和列昂尼德·费奥多罗维奇。

列昂尼德·费奥多罗维奇 喂，朋友们，我不能同意。心有余而力不足。如果全部付清，那就是另外一回事了。

庄稼人甲 当然，那样更好。可是老百姓太穷，实在办不到。

列昂尼德·费奥多罗维奇 不行，我实在不能同意。这是你们的文书。我不能签字。

庄稼人丙 你可怜可怜我们吧，大人。开开恩吧！

庄稼人乙 干吗要这样办呢？这样太欺负人了。

列昂尼德·费奥多罗维奇 乡亲们，这里没有什么欺负人的事。夏天我对你们说过，既然你们愿意，你们就办吧。当时你们不愿意；现在我不能办了。

庄稼人丙 大人！开开恩吧。眼下怎么过日子啊？地太少，别说大牲口，连只小鸡都没有地方喂啊！

［列昂尼德·费奥多罗维奇退场，在门口停住。］

第四十一场

前场人物。太太和大夫从楼上下来。瓦西里·列昂尼德奇跟在他们后面，心情十分轻松愉快，开心地把钱放进钱包。

太　　太 [腰束得紧紧的，戴着小帽子。] 这么说，得吃药？

大　　夫 要是再犯的话，一定得吃药。主要的是要注意保养。您想让浓浓的果汁流过像头发一样细的小管子，而且把小管子还压得紧紧的，那怎么成呢？不行吧？胆管也是这样的。这一切都非常简单明了。

太　　太 哦，那我吃，我吃。

大　　夫 这就好了。否则还是老样子；太太，这样下去不行，不行啊。好吧，别了！

太　　太 不能说别了，要说再见。我还是等您晚上再来。没有您我下不了决心。

大　　夫 好吧，好吧。要是有时间，我来一趟。[退场。]

第四十二场

前场人物，大夫除外。

太　　太 [看见庄稼人。] 这是怎么一回事？怎么啦？这是些什么人？

[庄稼人鞠躬。]

费奥多尔·伊万内奇 他们是从库尔斯克省来的农民，找列昂尼德·费奥多罗维奇谈买地的事。

太　　太 我知道是农民。谁放他们进来的？

费奥多尔·伊万内奇 列昂尼德·费奥多罗维奇老爷吩咐放进来。刚才老爷跟他们谈了卖地的事。

太　　太 卖什么地？根本用不着卖地。要紧的是怎么能把人从街上放进屋里来。怎么把街上的人放进屋里啦！不能放他们进来，天知道他们在哪儿过的夜…… [火气越来越大。] 我看，他们的衣裳里每一条缝都爬满了细菌！猩红热、天花、白喉！他们是从库尔斯克，库尔斯克省来的，那里全省的人都害白喉！……大夫，大夫，快叫大夫回来！

[列昂尼德·费奥多罗维奇下，随手关上门。格里戈里出去追大夫。]

第四十三场

前场人物，列昂尼德·费奥多罗维奇和格里戈里除外。

瓦西里·列昂尼德奇 [把烟圈吐到庄稼人身上。] 没关系，妈妈，要不要我把烟吐到他们身上，把他们身上的细菌全熏死？怎么样？

[太太严肃地沉默着，等大夫回来。]

[对庄稼人。] 你们养猪吗？那才上算呢！

庄稼人甲 是哇，有时候俺们也养点猪。

瓦西里·列昂尼德奇 这么大的……哟，哟！［学小猪哼哼。］

太　　太 沃沃！沃沃，别学了！

瓦西里·列昂尼德奇 像吗？怎么样？

庄稼人甲 是哇，有点像。

太　　太 沃沃，别闹了，我跟你说！

庄稼人乙 这是怎么啦？

庄稼人丙 我不是说过吗，不如先回住处好。

第四十四场

前场人物、大夫和格里戈里。

大　　夫 唉，还有什么事？又怎么啦？

太　　太 您叫我别激动。您瞧，我怎么能平静呢？我有两个月不见我妹妹了，我怕见任何可疑的客人。突然从库尔斯克来了一大帮人，直接从库尔斯克来的。那里到处是白喉，现在却到我家里来了！

大　　夫 是指这些汉子吗？

太　　太 就是呀，直接从白喉病区来的！

大　　夫 啊，既然是从白喉病区来的，那当然是不够谨慎的啰。不过，也不必太激动。

太　　太 您本人不是规定要谨慎吗？

大　　夫 是啊，对啊，不过也不必太激动。

太　　太 怎么办呢？得全部消毒。

大　　夫　不必了，用不着全部消毒，那样太费钱了，要三百卢布呢，也许还不够。我想办法处理得又好又便宜。您拿一大瓶水来……

太　　太　凉开水？

大　　夫　都行。凉开水最好……瓶里放上一勺水杨酸，叫人把他们接触过的东西全都洗一遍，这些汉子嘛当然要赶出去。这就成了。没事了。再用同样成分的药水喷洒一下，两三杯就行了。您看吧，效果准好。百分之百安全！

太　　太　塔尼娅在哪儿？叫塔尼娅来！

第四十五场

前场人物和塔尼娅。

塔 尼 娅　您有什么吩咐？

太　　太　你知道洗手间里那个大瓶子吗？

塔 尼 娅　是洗衣女工昨天拿去洒地的那一个？

太　　太　就是那一个。还能是哪一个呢！你把那个瓶子拿来，先把他们站过的地板用肥皂洗干净，然后用这个……

塔 尼 娅　是，我知道怎样办。

太　　太　然后你拿喷雾器……不过，还是等我回来自己喷吧。

大　　夫　就这样办，不要怕。好吧，晚上见。[退场。]

第四十六场

前场人物，大夫除外。

太　　太　把他们都赶出去，都赶出去，连影子也不要留。滚，滚！走呀，你们还看什么？

庄稼人甲　是啊，是我们太笨，谁叫我们……

格里戈里　[赶庄稼人出去。] 好了，好了，走吧，走吧。

庄稼人乙　把我的手帕给我呀！

庄稼人丙　上帝啊！我说过——还是先回住处好。

[格里戈里把他推出去。]

第四十七场

太太、格里戈里、费奥多尔·伊万内奇、塔尼娅、瓦西里·列昂尼德奇和伙计。

伙　　计　[几次试图开口说话。] 有没有回话啊？

太　　太　哦，这是布尔吉耶派来的人？［发火。］没有回话，没有回话。拿回去！我跟她说过了，我定做的可不是这种服装，也不许我女儿穿。

伙　　计　我不知道情况，他们派我来送衣服的。

太　　太　走吧，走吧，把衣服拿回去。以后我亲自去一趟。

瓦西里·列昂尼德奇 ［隆重地。］布尔吉耶的使臣，请您走吧！

伙　　计 早就该说这话了。干吗让我在这儿坐等五个小时啊？

瓦西里·列昂尼德奇 布尔吉耶的使臣，走吧！

太　　太 别胡闹了。

［伙计退场。］

第四十八场

前场人物，伙计除外。

太　　太 贝特西！她在哪儿？总是要等她！

瓦西里·列昂尼德奇 ［扯开喉咙大喊。］贝特西！彼得里谢夫！快来呀！快点！快点呀！怎么啦？

第四十九场

前场人物、贝特西和玛丽亚·康斯坦丁诺夫娜。

太　　太 每次都要等你。

贝 特 西 相反，我在等您。

［彼得里谢夫点头致意，吻太太的手。］

太　　太 您好！［对贝特西。］你总是回嘴！

贝 特 西 妈妈，要是您心情不好，我最好不去。

太　　太 我们到底去不去？

贝 特 西 去呀。有什么办法？

太　　太　你见到布尔吉耶派来的人吗？

贝 特 西　看见了，而且非常高兴。我定做了一套衣服，等付了账，我就穿上。

太　　太　我决不付钱，也决不允许穿不成体统的衣服。

贝 特 西　怎么会是不成体统的？原来挺体面，现在您又pruderie[①]起来了。

太　　太　不是pruderie，只有把胸衣全部改做，才穿得出去。

贝 特 西　妈妈，那实在是办不到的。

太　　太　唉，快穿衣服呀。

[她们坐下来。格里戈里给她们穿皮鞋。]

瓦西里·列昂尼德奇　玛丽亚·康斯坦丁诺夫娜！您看见没有，前室里空空荡荡？

玛丽亚·康斯坦丁诺夫娜　怎么啦？［事先笑了。］

瓦西里·列昂尼德奇　布尔吉耶派来的人走了。怎么样？妙不妙？［大声哈哈笑。］

太　　太　得了，我们走吧。[从门口出，立即又返回。]塔尼娅！

塔 尼 娅　您有什么吩咐？

太　　太　我不在的时候，别让菲夫卡着凉。要是它一定要出去，那就一定给它戴上小黄帽。它身体不大舒服。

塔 尼 娅　是。

[太太、贝特西和格里戈里退场。]

---

① 法语，意为："过分娇羞"。下同。

第五十场

彼得里谢夫、瓦西里·列昂尼德奇、塔尼娅和费奥多尔·伊万内奇。

彼得里谢夫 怎么样，到手没有？

瓦西里·列昂尼德奇 我告诉你，费了好大劲。起先我去找父亲，他大骂了一通，把我赶出门来。我又去找母亲——嘿，总算弄到了。在这儿！［拍拍衣袋。］既然我决心去办，就别想躲开我……我揪住不放。怎么样？今天我的捕狼犬要送来了。

［彼得里谢夫和瓦西里·列昂尼德奇穿外衣，退场。塔尼娅跟着他们退场。］

第五十一场

费奥多尔·伊万内奇独自一人。

费奥多尔·伊万内奇 是啊，全是不愉快的事。他们为什么不能和和睦睦地过日子呢？说实在的，年轻一代可真不怎么样。还有这些个女人呀，前几天列昂尼德·费奥多罗维奇正想开口说话，一见她又发作了，就砰的一声把门关上了。少见的和气人！

是的，少见的和气人……这是怎么一回事？塔尼娅又把他们带回来了。

第五十二场

费奥多尔·伊万内奇、塔尼娅和三名庄稼人。

塔 尼 娅 走吧，走吧，大伯们，没关系。

费奥多尔·伊万内奇 你干吗又把他们带回来了？

塔 尼 娅 没办法呀，费奥多尔·伊万内奇，老爷，得给他们求求情啊。我把地板擦干净就是了。

费奥多尔·伊万内奇 可是事情谈不成，我已经看出来了。

庄稼人甲 老爷您看我们的事该怎么办啊？麻烦您老人家想想办法。我们呢，代表全村谢谢您的操劳。

庄稼人丙 亲人呐，您想想办法呀，我们没法活了。地太少，别说大牲口，连只小鸡都没有地方喂啊。

[他们鞠躬。]

费奥多尔·伊万内奇 我也可怜你们呀，可是不知道该怎么办，乡亲们。我很明白。不过他已经拒绝了。现在怎么办呢？再说太太也不同意。未必能办成！唉，把你们的文书交给我，我去试试，求求他。[退场。]

第五十三场

塔尼娅，三名庄稼人在叹气。

塔 尼 娅 大伯们，告诉我吧，该怎么办？

庄稼人甲 只要他伸手签个字儿。

塔 尼 娅 只要老爷在文书上签字，是不是？

庄稼人甲 就是这点事。签个字，收下钱事情就办好了。

庄稼人丙 只要他写上——我同意庄稼人的意见。就这么点事，签个字就完事了嘛。

塔 尼 娅 只要签个字？只要老爷在文书上签个字就行？［沉思。］

庄稼人甲 是哇。就这么点事嘛。就是说，只要签个字，没别的事。

塔 尼 娅 你们等一下，看费奥多尔·伊万内奇怎么说。要是他说服不了老爷，我就去试一试。

庄稼人甲 你想骗他一下？

塔 尼 娅 我试试看。

庄稼人丙 哎，这姑娘愿意为我们张罗。要是你能把事办成，比方说，我们全村保证养你一辈子！就这样！

庄稼人甲 要是能把这事办妥，真该给你一座金山。

庄稼人乙 那还用说！

塔 尼 娅 我可不敢打包票。常言道，试一试，不是小事儿……

庄稼人甲 问一问也不会吃亏嘛。是哇。

第五十四场

前场人物和费奥多尔·伊万内奇。

费奥多尔·伊万内奇 不行，伙计们，你们的事办不成。他说了不同意，也不会同意的。把文书拿去。走吧，走吧。

庄稼人甲 [接过文书，对塔尼娅。] 这么说我们只好指望你了。

塔尼娅 我就去办，就去办。你们走吧，在街上等一等，我这就出来把结果告诉你们。

[庄稼人们退场。]

第五十五场

费奥多尔·伊万内奇和塔尼娅。

塔尼娅 费奥多尔·伊万内奇，亲爱的，请您向老爷禀报一声，让他出来见我。我有句话要跟他说。

费奥多尔·伊万内奇 这又是什么新玩意儿？

塔尼娅 有事，费奥多尔·伊万内奇。请您去禀告一下，没什么坏事，真的。

费奥多尔·伊万内奇　什么事？

塔　尼　娅　一个小小的秘密。以后我再向您坦白。您先禀报一下。

费奥多尔·伊万内奇　［微笑着。］我不明白你在搞什么鬼！好吧，我去说，我去说。［退场。］

第五十六场

塔尼娅独自一人。

塔　尼　娅　真的，我能办到。他说过，谢苗身上有一股力量。我知道是怎么弄的。当时谁也没猜出来。现在我再去教给谢苗。要是办不成，也没什么可怕。难道是罪过吗？

第五十七场

塔尼娅、列昂尼德·费奥多罗维奇和跟在
他们后面的费奥多尔·伊万内奇。

列昂尼德·费奥多罗维奇　［微笑着。］原来是你求见呀！你有什么事？

塔　尼　娅　一个小小的秘密，列昂尼德·费奥多罗维奇。请允许我单独禀报给您。

列昂尼德·费奥多罗维奇　要这样吗？费奥多尔，你先出去一会儿。

第五十八场

列昂尼德·费奥多罗维奇和塔尼娅。

塔 尼 娅 列昂尼德·费奥多罗维奇，我在府上住，在府上长大成人。我非常非常感激您。我要像对亲生父亲一样向您说说心里话。府上有个谢苗，他想娶我。

列昂尼德·费奥多罗维奇 竟然有这回事！

塔 尼 娅 我要像在上帝面前一样，向您坦白。我是个孤儿，没人好商量。

列昂尼德·费奥多罗维奇 行啊，没什么！他好像是一个好小伙子。

塔 尼 娅 这倒是真的，他各方面都不错，只有一点我觉得没把握。所以我想问问您，他有一件事我总不明白……千万别是坏事才好。

列昂尼德·费奥多罗维奇 怎么，他酗酒吗？

塔 尼 娅 不，谢天谢地！据我所知，有一种叫魂术……

列昂尼德·费奥多罗维奇 你知道？

塔 尼 娅 当然知道呀！我非常明白。大概呢，别人因为无知，理解不了这事……

列昂尼德·费奥多罗维奇 那又怎么样呢？

塔 尼 娅 哎呀，我替谢苗担心。他有时候也出这种事。

列昂尼德·费奥多罗维奇 出什么事？

塔 尼 娅 就像……叫魂……术那样的事。这事您问问大家好了。只要他在桌子边打瞌睡，桌子就会摇晃起来，吱吱响。吱吱……吱！大伙都听得见。

列昂尼德·费奥多罗维奇 这就是早上我对谢尔盖·伊万诺维奇说的情况。还有什么？……

塔 尼 娅 是啊……那是什么时候的事？……是的，是星期三。大伙坐下来吃午饭。他在桌子边坐下，勺子自己跳到他手里了！

列昂尼德·费奥多罗维奇 是吗，这真有趣！跳进手里？他怎么，在打瞌睡吗？

塔 尼 娅 这我没注意到。好像是在打瞌睡。

列昂尼德·费奥多罗维奇 是吗？……

塔 尼 娅 是呀，所以我才担心，想问一问，这事有没有害处？要跟他过一辈子啊，他身上却有这回事。

列昂尼德·费奥多罗维奇 ［微笑着。］不要紧，你别怕。这没什么害处。这只是说，他是一个灵媒——是个灵媒而已。我早先就知道他是一个灵媒。

塔 尼 娅 原来是这样！我可一直担心来着。

列昂尼德·费奥多罗维奇 没事，别怕，没关系。［自言自语。］好极啦。卡普奇奇不来，我们今天就试试他……没事，亲爱的，你别怕。他会是一个好丈夫的，没事……这是一股特殊力量，人人身上都有。只不过在一些人身上弱一点，在另外一些人身上强一点。

塔 尼 娅 衷心感谢您。现在我就不用担心这事了。我原来害怕着呢……这可真是我们少见多怪了！

列昂尼德·费奥多罗维奇 没事，没事，不用怕。费奥多尔！

第五十九场

前场人物和费奥多尔·伊万内奇。

列昂尼德·费奥多罗维奇 我出去一下。黄昏之前，你安排好招魂会的事。

费奥多尔·伊万内奇 可是卡普奇奇不来。

列昂尼德·费奥多罗维奇 没关系，照常进行。[穿大衣。]试验性招魂会用自家的灵媒。[退场。费奥多尔·伊万内奇送他。]

第六十场

塔尼娅独自一人。

塔尼娅 他信啦，他信啦！［尖声叫，一边跳。］真的，他信啦！真是奇迹！［尖声叫。］现在我一定能办到，只要谢苗不害怕就行了。

第六十一场

塔尼娅和费奥多尔·伊万内奇。[费奥多尔返回。]

费奥多尔·伊万内奇　怎么样，秘密说出来了？

塔 尼 娅　说了。我也会向您坦白的，不过要在事后……费奥多尔·伊万内奇，我对您也有一个请求。

费奥多尔·伊万内奇　对我有什么请求呀？

塔 尼 娅　[不好意思地。]您对我来说，就像干爹。我要像对上帝一样，向您坦白。

费奥多尔·伊万内奇　唉，你别绕圈子了，直说吧。

塔 尼 娅　什么事呢？就是谢苗想娶我。

费奥多尔·伊万内奇　原来是这样！难怪我发现……

塔 尼 娅　我又为啥瞒着呢？我是个孤儿，您自己了解本地城里的风气——什么人都要来纠缠，就拿格里戈里·米哈伊雷奇来说，他也缠住我不放。还有这位……也一样，您知道吗？他们以为我没有感情。我只是给他们拿来寻开心的……

费奥多尔·伊万内奇　你很聪明，值得夸奖！嗯，怎么办呢？

塔 尼 娅　谢苗写信告诉父亲了。他父亲今天也见着我了，还说——宠坏了——说他儿子呢。费奥多尔·伊万内奇，[鞠躬。]请您权当我父亲，跟谢苗的父亲他老人家谈谈。我把他带到厨房来，您也到那儿去一下劝劝老人家。

费奥多尔·伊万内奇 [微笑着。] 就是说，叫我当娘家爹啰？行啊，可以。

塔尼娅 费奥多尔·伊万内奇，亲爱的，您就当我亲爹，我一辈子都要向上帝祷告，祝福您。

费奥多尔·伊万内奇 好吧，好吧。我一定去。我答应了，就一定办到。[拿起报纸。]

塔尼娅 您做我的再生父亲吧。

费奥多尔·伊万内奇 好吧，好吧。

塔尼娅 那我就指望您啦…… [退场。]

第六十二场

费奥多尔·伊万内奇独自一人。

费奥多尔·伊万内奇 [点头。] 是个温柔的小姑娘，好姑娘。想想看，有多少这样的姑娘都给毁了。一失足就掉进了火坑……以后就别想在风尘中找到她。她不比可爱的纳塔利娅差……也是一个好姑娘，也是母亲生养的，掌上明珠似的养育成人…… [拿起报纸。] 嗯，还是来看看咱们的费迪南，看他如何摆脱困境？……

[幕落。]

第二幕

舞台展现出下人厨房的内部情景。三个庄稼人脱掉了外衣，浑身冒汗，坐在桌边喝茶。费奥多尔·伊万内奇叼着雪茄烟坐在舞台的另一侧。老厨子坐在炉炕上，前四场看不见他。

第一场

三名庄稼人和费奥多尔·伊万内奇。

费奥多尔·伊万内奇 我劝你别阻挠他。要是他愿意，她也愿意，那就让上帝保佑他们吧。她是个好姑娘，诚实的姑娘。别怪她爱打扮。城里人都这样。不打扮不行。姑娘聪明伶俐。

庄稼人乙 既然他情愿，行啊。是他去跟她过日子，又不是我。不过她可是太干净了，怎么能让她进屋啊？她决不会让婆婆亲热地摸一下的。

费奥多尔·伊万内奇 这事与干净不干净没关系，要看脾气怎么样。如果脾气好，那就会听话，尊敬老人。

庄稼人乙 既然孩子乐意，一定要娶她，我就要她。跟不爱的人过日子，也是一件苦事啊！我跟老太婆商量商量，就让上帝保佑他们吧。

费奥多尔·伊万内奇 好呀，就这样击掌为定啰。

庄稼人乙 是啊，看来就是这样了。

庄稼人甲 扎哈尔，你真走运呀！你来办事，瞧，却给儿子说了个多好的丫头当媳妇啊。不过要喝上三杯，要按规矩办哇。

费奥多尔·伊万内奇 这就不必了。

［尴尬的静场。］

我非常理解你们农民的生活。老实对你们说吧，我本人也在考虑，在哪儿买点地。盖一幢小房子，当个农民。就在你们那里也行啊。

庄稼人乙 这可是件好事啊！

庄稼人甲 是哇。有钱的话，可以在农村尽情享受。

庄稼人丙 那还用说！比方说吧，乡下嘛，任何时候都是自由自在的，跟城里不一样。

费奥多尔·伊万内奇 要是我到你们那里落户，你们会接受我吗？

庄稼人乙 一定会接受的。只要你请老头们喝上三杯，他们马上就接受你。

庄稼人甲 比方说，您开个酒馆客店什么的，日子一定好过，不想死了。你就自由自在地过吧，没有任何麻烦。

费奥多尔·伊万内奇 到时候看情况吧。只是想安安静静地过个晚年。我在这儿过得也挺好——怪舍不得撂下的，要知道，列昂尼德·费奥多罗维奇是少有的善人。

庄稼人甲 是哇。可我们的事他干吗不肯办呢？难道说就这样白跑一趟吗？

费奥多尔·伊万内奇 他倒是高兴办的呀。

庄稼人乙 看来他是怕老婆。

费奥多尔·伊万内奇 不怕。不过没她的同意也不行。

庄稼人丙 老爹，还是你给想想办法，要不然我们怎么活呀？地太少……

费奥多尔·伊万内奇 咱们看看塔尼娅能忙出个什么结果来。她去办了呀。

庄稼人丙 ［喝茶。］老爷，行行好！地太少，别说大牲口，连只小鸡都没有地方喂啊！

费奥多尔·伊万内奇 这事要是由我定就好办多了。[对庄稼人乙。] 不管怎么说，伙计，咱们俩要当媒人了。塔尼娅的事谈成了吗？

庄稼人乙 我既然说了，不说好媒我不回家。但愿我们的事能办妥！

第二场

前场人物。厨娘登场，看看炉炕，向炉炕上打手势，同时开始兴奋地与费奥多尔·伊万内奇交谈。

厨　　娘 咱家老爷刚才把谢苗从主人厨房叫上楼去了。老爷和那个请来的人，就是那个秃顶，叫他坐下来代替卡普奇奇行动。

费奥多尔·伊万内奇 你胡说什么？

厨　　娘 怎么是胡说！是雅科夫刚才告诉塔尼娅的。

费奥多尔·伊万内奇 这事真古怪！

第三场

前场人物和马车夫。

费奥多尔·伊万内奇 你来干什么？

马 车 夫 [对费奥多尔·伊万内奇。] 您就这样去说吧——雇我来不是让我跟狗住在一起的。让别人去住好了，我不同意跟狗住。

费奥多尔·伊万内奇　跟什么狗住在一起？

马 车 夫　就是从瓦西里·列昂尼德奇那儿牵来了三条公狗到我们车夫房里。到处拉屎撒尿，一屋子臭气，又不能靠近它们，因为它们咬人。凶着呢，鬼东西！不小心就会被它们吃了。我真想使棍子敲断它们的腿。

费奥多尔·伊万内奇　这是什么时候的事情？

马 车 夫　是今天从展览会上牵来的，说是价钱挺贵的，一种藏毛狗[1]，鬼才知道！要么让狗在车夫房里待着，要么让马车夫住在那儿。您就这样去说吧。

费奥多尔·伊万内奇　是啊，真是胡闹。我去问问。

马 车 夫　是不是把它们牵到卢克里娅这儿来？

厨　　娘　[急躁地。] 这儿是人吃饭的地方，你想把狗关在这儿。这里本来就已经够……

马 车 夫　我那儿存着出客的呢袍、车毯、马具。老爷要我收拾得干干净净。唉，只好住到扫院工的屋里去。

费奥多尔·伊万内奇　这事要告诉瓦西里·列昂尼德奇。

马 车 夫　[生气地。] 他应当把这些公狗挂到脖子上去，带着它们到处走。可他还喜欢骑马出去。无缘无故就毁了美人儿。那可是一匹好马呀！……唉，这日子真难呀！[退场，砰的一声带上门。]

---

① 应是“长毛狗”，马车夫说错了。

第四场

前场人物，马车夫除外。

费奥多尔·伊万内奇 是啊，乱了套啦，乱了套啦！［对庄稼人们。］唉，就是这么回事儿，伙计们，再见吧！

庄稼人们 上帝保佑你！

［费奥多尔·伊万内奇退场。］

第五场

前场人物，费奥多尔·伊万内奇除外。

［费奥多尔·伊万内奇刚走，炉炕上就传来哼哼声。］

庄稼人乙 真够肥的，简直像个将军哇。

厨　　娘 那还用说！专用的上房，跟老爷一样，有人给洗衣服，茶呀，糖呀，全跟老爷用的一样，饭菜也是老爷桌上的。

老 厨 子 鬼也能这样活着，全是偷来的！

庄稼人乙 炉炕上躺着的是谁家的人呀？

厨　　娘 没什么，一个人。

［静场。］

庄稼人甲 嗯，前两天我看见你们这儿吃晚饭的情况，真有钱啊！

厨　　娘　这事没什么可抱怨的。在伙食上她肯花钱。每逢礼拜天是白面包，斋戒期间逢节日上鱼，谁愿意的话，可以吃荤菜。

庄稼人乙　斋戒期也有人吃大鱼大肉吗？

厨　　娘　唉，差不多都吃。只有马车夫，（不是刚才来过的那一个，是年纪大的……）还有谢玛[①]，我，管家婆，我们几个人斋戒，别的人都吃荤。

庄稼人乙　哦，老爷本人呢？

厨　　娘　唉，这话问的！他早就把斋戒这回事忘得一干二净啦。

庄稼人丙　天呀！

庄稼人甲　那是老爷们的事，读书读出来的。这样才有学问啊！

庄稼人丙　我想，天天吃细面面包吧？

厨　　娘　哎，还说细面面包呢！他们才不吃什么细面面包！你能看看他们的饭菜就好了——样样全有！

庄稼人甲　老爷们吃的自然都是细菜细点。

厨　　娘　细菜细点倒是细菜细点，可是他们吃起来也狼吞虎咽似的。

庄稼人甲　这么说，胃口好得很呀。

厨　　娘　因为是就着酒吃的啊。各种各样的甜酒、伏特加、冒泡的果子露。每一道菜配一种。边吃边喝，边喝边吃。

---

① 谢苗的爱称。

庄稼人甲　这么说，菜饭是大盆大盆往上端。

厨　　娘　他们狼吞虎咽的劲儿真厉害！要知道，他们不是坐下来，吃饱了，画个十字，祷告一下，站起来就完事，而是吃个没完没了。

庄稼人乙　像猪一样，连蹄子也放到食槽里。

[庄稼人们笑。]

厨　　娘　上帝赐福！他们刚扒拉开眼睛，就叫上茶炊，茶，咖啡，苏克力[1]。才喝完两茶炊，就叫上第三个。接着是早饭，午饭，然后又是咖啡。刚吃饱饭离开桌子，又是要茶。这时候还要上点心——糖果、薄荷饼——没完没了。躺在床上还吃个没完。

庄稼人丙　原来是这么回事哇。[哈哈笑。]

庄稼人甲和乙　你怎么了？

庄稼人丙　能这样过上一天也好呀！

庄稼人乙　唉，他们什么时候干正事啊？

厨　　娘　他们有什么正事？打牌、弹琴——就这么些正事。小姐她有时候扒开眼睛，马上坐到钢琴前头，胡弹一气。住在这儿的女教师，常常站在一边等钢琴空下来；一个刚摆弄完，这个就大弹起来。有时候放两架钢琴，两个人弹一架，四个人一齐叮叮咚咚起来。响极了，连这儿都听得见。

庄 稼 人　唉，天啊！

厨　　娘　哎，就这么些正事——弹琴，要么打牌。只要聚

---

① 即巧克力。厨娘发错了音。

到一起，马上就坐下来打牌，喝酒，抽烟——就这样通宵地干。刚起来又要吃的！

第六场

前场人物和谢苗。

谢　　苗　请用茶！

庄稼人甲　你也请坐吧。

谢　　苗　[走近桌子。] 十分感谢。

[庄稼人甲给他倒茶。]

庄稼人乙　你到哪儿去啦？

谢　　苗　到楼上去了。

庄稼人乙　那儿有什么事？

谢　　苗　弄不清楚。我不知道该怎么说。

庄稼人乙　到底是怎么一回事？

谢　　苗　我也不知道该怎么说，他们试验我身上的一股力量。我不懂。塔季扬娜说，你干吧，咱们能给乡亲们求一点地，他会卖的。

庄稼人乙　那么，她是怎么办的啊？

谢　　苗　我不明白她的意思，她又不说。她只是说，你照我说的办就行！

庄稼人乙　到底干什么呀？

谢　　苗　现在没干什么事。他们叫我坐下，熄了灯，就吩咐我睡觉。塔季扬娜接着就藏起来了。他们看不见，我看得清。

庄稼人乙　这是怎么回事？

谢　　苗　上帝晓得是怎么一回事。

庄稼人甲　清楚得很，为了消磨时间。

庄稼人乙　唉，看来咱们不懂这些事。你还是说说看——你支过不少钱吗？

谢　　苗　我没支过，都是工钱，大概总共攒了二十八个卢布。

庄稼人乙　这样还行。嗯，要是上帝保佑，土地的事能谈妥，谢姆卡，我就把你带回家去。

谢　　苗　我愿意。

庄稼人乙　我想你已经给宠惯了。还想不想种地啊？

谢　　苗　种地吗？要种我现在也行啊。割草，耕地，这些活都没忘记。

庄稼人甲　人人都这样，比方说，过惯了城里生活，不想回乡下去了。

谢　　苗　没什么，乡下也能过日子。

庄稼人甲　瞧，米特里大伯想来顶你的差使，过阔日子呢。

谢　　苗　唉，米特里大伯，过上几天就腻了。看起来日子轻松，可是跑来跑去吃不消。累得不行。

厨　　娘　米特里大伯，要是你看看他们的舞会，那你才觉得好玩呢！

庄稼人丙　怎么样呢？一直吃吗？

厨　　娘　你哪行呢？你要能看见那样子就好了！我是费奥多尔·伊万内奇带进去的。我看了看——太太们都漂亮极啦！个个打扮得花花绿绿，你哪有福气呀！到这个地方全是光光的，两只胳膊也是光光的。

庄稼人丙 天啊！

庄稼人乙 呸！真不要脸！

庄稼人甲 就是说，气候允许这样做。

厨　　娘 大伯，我呀，也是这样看的——这是怎么一回事呢？——全都光着身子。信不信由你——老太太们，你瞧，像我们家的太太，都有孙子了，也露出一大截。

庄稼人丙 天啊！

厨　　娘 还有呢！音乐突然一响，吹打起来，先生们马上就走到自家的舞伴面前，搂住腰，转开了。

庄稼人乙 老太婆们也这样吗？

厨　　娘 老太婆们也这样。

谢　　苗 不对，老太婆们坐在那儿。

厨　　娘 瞧你说的，我亲眼看见的！

谢　　苗 不是那回事儿。

老 厨 子 [探出头来，嘶哑地。] 那是波尔卡和马祖尔卡舞。唉，傻丫头，你不知道！就是这样跳的……

厨　　娘 哼，你这个跳舞行家，少说两句。瞧，有人来啦。

第七场

前场人物和格里戈里。[老厨子急忙隐去。]

格里戈里 [对厨娘。] 来点酸白菜！

厨　　娘 我刚从地窖里上来，又要钻下去。是谁要？

格里戈里 小姐们要。快点！叫谢苗送来，我没时间了。

厨　　娘 瞧，他们吃那么多的甜食，再也吃不下了，于是就想吃点白菜。

庄稼人甲 就是说，那是为了清扫清扫肠胃。

厨　　娘 是呀，把地方空出来，再往里塞！［端起茶杯退场。］

第八场

前场人物，厨娘除外。

格里戈里 ［对庄稼人们。］哼，大模大样地坐在这里。你们小心点！要是给太太知道你们在这，她一定会教训你们，训得会比早上还厉害。［笑着退场。］

第九场

三名庄稼人、谢苗和老厨子。［老厨子在炉炕上。］

庄稼人甲 是哇。刚才闹的那一场真够厉害的！

庄稼人乙 他正想过问这事呢，后来一看，她在火头上，砰的一声关上了门——随你去吧。

庄稼人丙 ［挥手。］都是一路货色。俺老婆子也是这样。有时候发起火来，简直怕人！俺就赶快从家里跑出去。叫她见鬼去吧！说不定她会用炉叉揍人。天啊！

第十场

前场人物和雅科夫。[雅科夫持药方跑步上。]

雅 科 夫 谢玛，到药房去跑一趟，快点。给太太买点药面来！

谢　　苗 可是老爷吩咐我不要离开。

雅 科 夫 你来得及。也许用了茶点以后你才有事呢……请喝点茶吧！

庄稼人甲 请！

[谢苗退场。]

第十一场

前场人物，谢苗除外。

雅 科 夫 没时间了。不过还是倒上一杯吧，凑个热闹。

庄稼人甲 是呀，我们正在谈你们家太太，刚才的样子真傲气啊。

雅 科 夫 唉，这一位火气大得怕人！发起火来就没完。有时还哭呢。

庄稼人甲 我正想问问呢！刚才她老说细群的事。她说，细群，把细群带进来了。这细群到底是什么玩意儿？

雅 科 夫 噢，那是细菌。他们说，这是一种小虫子，说百病都来自这些小虫子。就是说，你们身上有这种小虫子。你们走了以后，把你们站过的地方洗了又洗，洒了又洒。有一种药水，能杀死各种小虫子。

庄稼人乙 它们，这些小虫子，在我们身上的什么地方呀？

雅 科 夫 ［喝茶。］据说，这种虫子小得很，戴上玻璃眼镜也看不见。

庄稼人乙 她怎么会知道俺身上有？也许她身上的这种脏东西比我身上还多呢。

雅 科 夫 那你去问她！

庄稼人乙 我觉得这是扯淡。

雅 科 夫 都知道是扯淡。大夫们总得想点花样出来，不然的话，为什么要给他们钱呢？你瞧，他天天到我们家来。来啦，说上几句，就给他十个卢布。

庄稼人乙 你别是胡说吧？……

雅 科 夫 有一个还要拿一百卢布呢。

庄稼人甲 是吗？还拿一百卢布？

雅 科 夫 一百卢布？你还说一百卢布。要是到城外出诊，得要一千。他说，给一千卢布，不给的话——你就咽气吧！

庄稼人丙 天啊！

庄稼人乙 怎么回事呢？他知道什么秘诀吗？

雅 科 夫 大概知道吧。从前我住在一位将军家里。在莫斯科郊外。那是一个脾气很凶、傲气十足的将军，真厉害！有一次他女儿病倒了。马上就派人请大夫。给一千卢布我就来……嗯，谈妥啦，他来了。不知什么事不中他的意。他就对将军大声嚷嚷开了，我的天呀！哼，他说，你原来是这样表示尊敬我的吗？那我就不治病！有什么办法呢！将军把傲气也忘了，千方百计地拍他马屁，求他——天啊！别扔下不管啊！

庄稼人甲 一千卢布给他了没有？

雅 科 夫 能不给吗？……

庄稼人乙 这钱真是来得快呀。庄稼人用这些钱能办不少事啊！

庄稼人丙 我想这都是扯淡。我的脚以前烂过。治了又治，治病花了五个来卢布。后来不治了，脚也好啦。

[老厨子在炉炕上咳嗽。]

雅 科 夫 又待在那儿啦，亲爱的！

庄稼人甲 这个汉子是什么人？

雅 科 夫 做过我们家老爷的厨子，现在常到卢克里娅这儿来。

庄稼人甲 那么说是厨师啰。怎么，他住在这儿？

雅 科 夫 不……不准他住这儿。他只好在这儿混一天，在那儿混一夜的。手上有三戈比，就到夜店去住；要是都喝光了呢，就到这儿来。

庄稼人乙 他怎么会落到这个地步呢？

雅 科 夫 就是那么回事，身体太弱了。当年也是一表人才，像老爷一样！戴着金表，每个月挣四十卢布薪水。现在要不是卢克里娅，他早就饿死啦。

第十二场

前场人物和厨娘。[厨娘端着白菜登场。]

雅科夫 [对卢克里娅。] 我看是帕维尔·彼得罗维奇又到这儿来了?

厨娘 他又能上哪儿去呢?——总不能冻死吧!

庄稼人丙 全是酒的罪过!就是说,全怪酒……[同情地啧啧舌头。]

庄稼人乙 常言道,人身体好——就比石头还硬;人身体弱——就比水还软。

老厨子 [从炉炕上爬下来,胳膊腿都在颤抖。] 卢克里娅!我说,给一小杯酒!

厨娘 你往哪儿钻!我给你那么一小杯!……

老厨子 你怕不怕上帝?我要死啦。伙计们,给五戈比吧!……

厨娘 我说,你爬到炉炕上去吧。

老厨子 厨娘!给半小杯吧。我说,看在上帝的分上,你明白吗?——我用上帝的名义求你!

厨娘 去吧,去吧。给你一杯茶。

老厨子 茶有什么味道?茶有什么味道?没有味道的水,没有劲。来点酒就好了。只要一小口……卢克里娅!

庄稼人丙 唉,亲爱的,多受罪呀。

庄稼人乙 唉,还是给他一杯吧。

厨　　娘　[从矮酒柜中取出酒瓶，倒一杯酒。] 请吧，再多没有了。

老 厨 子　[一把夺过来，颤抖着喝。] 卢克里娅！厨娘！我喝完了，你要明白……

厨　　娘　喂，喂，少废话！爬到炉炕上去，老老实实待在那儿别动。

[老厨子乖乖地爬上去，一边不停地嘟囔着。]

庄稼人乙　人老了——就变成了这个样子！

庄稼人甲　是哇。人老了就没用啦。

庄稼人丙　这倒是真的。

[老厨子躺下，一直嘟囔不止。静场。]

庄稼人乙　喂，我想问一下——我们家乡有一个叫阿克辛茵娜的姑娘住在你们这儿。她怎么样？还好吧？就是说，过日子老实吗？

雅 科 夫　是个好姑娘，值得夸奖呢。

厨　　娘　大伯，我对你说实话吧，这里府上的事我一清二楚。你想给儿子娶媳妇儿，那你就快办，趁她现在还没有变坏，要不然就难免啰。

雅 科 夫　是啊，这是实情。去年夏天有一个姑娘纳塔利娅，在我们这儿住过一阵子。也是个好姑娘。糊里糊涂就完啦，跟这个人差不多…… [指着老厨子。]

厨　　娘　我们的姐妹在这里遭难的多得数不清。那是因为谁都想挑个轻松的活，吃好穿好。可是你瞧，就因为吃得甜甜的，一下子就学坏了。一学坏，人家就甩下不要。马上换一个新鲜的姑娘。亲爱的纳塔莎就是学坏了马上被赶出大门的。她生了孩子，又得了病，去年春天死在医院里。原来是多好一个姑娘啊！

庄稼人丙 噢，天呀！老百姓无权无势。应当可怜可怜。

老 厨 子 当然啰，会可怜的，该死的东西！［从炉炕上放下腿来。］我围着炉台转三十年，结果用不着我了，你去咽气吧，跟狗似的！……那还用说，会可怜的！

庄稼人甲 是哇，这事嘛，大伙都知道的。

庄稼人乙 吃着，喝着，叫你小卷毛；吃完了，喝完了，再见吧，癞皮狗！

庄稼人丙 天啊！

老 厨 子 就你聪明。索泰阿拉巴蒙是什么意思？巴瓦萨里是什么意思？[①] 你懂吗？什么菜我做不出来呀？我有头脑！皇上吃过我做的菜！如今鬼东西们不需要我了。我绝不罢休！

厨　　娘 喂，喂，说个没完没了。瞧我整你！……你爬到角落里去吧，别叫人看见你。万一费奥多尔·伊万内奇或者别的什么人进来，会连我一块赶走的。

［静场。］

雅 科 夫 这么说，您知道我的老家——耶稣升天村啰？

庄稼人乙 当然知道啦。离我们村十七俄里，不会多。顺着浅滩走，还要近一点。你怎么，有地吗？

雅 科 夫 哥哥有地。我呢，汇钱去。我人在这儿，可想

① 这两句是用俄语拼读的法语菜名，索泰阿拉巴蒙指某种小炒，巴瓦萨里是果冻蛋糕。

家想死了。

庄稼人甲 是哇。

庄稼人乙 这么说，阿尼西姆是你哥哥啰？

雅 科 夫 是啊，是我亲哥哥！就住在村头。

庄稼人乙 当然知道，是第三家院子。

第十三场

前场人物和塔尼娅。[塔尼娅跑步登场。]

塔 尼 娅 雅科夫·伊万内奇！您怎么在这儿消闲自在啊？叫您呢。

雅 科 夫 我就去。那儿有什么事？

塔 尼 娅 小狗菲夫卡汪汪叫，要吃东西。太太在骂您呐，说——他真是个狠心的人；还说，他没有同情心，早就该吃饭，可他就是不送来！…… [笑。]

雅 科 夫 [想退场。] 哎呀，她生气了？千万别出事呀！

厨　　娘 [对雅科夫。] 您把白菜带上。

雅 科 夫 给我，给我！ [接过白菜，退场。]

第十四场

前场人物，雅科夫除外。

庄稼人甲 谁现在要吃午饭？

塔 尼 娅 小狗。太太的那条小狗…… [坐下来，提茶壶。] 还有没有茶？我又带来一点茶叶。[添茶叶。]

庄稼人乙 狗要吃午饭？

塔 尼 娅 当然啦！特地给它做煎肉饼。还不要肥的。我呢，还要给它，就是这条狗，洗衣裳。

庄稼人丙 天啊！

塔 尼 娅 就像那位埋了狗的老爷。

庄稼人乙 那是怎么一回事？

塔 尼 娅 听一个人说，他的，就是老爷的狗咽气了。大冷天的，老爷出门去埋狗。埋好以后坐在车上边走边哭。天寒地冻的。马车夫的鼻涕流个不停。他就擦鼻涕。……我给你们倒点茶。[倒茶。] 鼻涕一直流，他就一直擦。老爷看见了，说："喂，你哭什么？"马车夫说："老爷，怎么能不哭呢，那是多好的一条狗啊！" [哈哈大笑。]

庄稼人乙 我看他大概在想——就是你自己咽气了，我也不会哭你的…… [哈哈大笑。]

老 厨 子 [在炉炕上。] 这话说得对，是这样的！

塔 尼 娅 好，老爷回到家里，马上跑去对太太说："我们家的马车夫真是个好心肠的人，他一路上都在哭，他真可怜我那条名叫小友的狗。把他叫来！喂，喝杯伏特加，再奖给他一个卢布。"她也是这样的，说雅科夫不可怜她的小狗。

[庄稼人哈哈大笑。]

庄稼人甲 妙极啦！

庄稼人乙 真有意思啊！

庄稼人丙 哎哟哟，姑娘，你把我们逗乐啦！

塔 尼 娅 [再倒茶。] 请再喝点！……是啊，看起来好像日子挺美的，可有时候跟着他们屁股后头打扫这些脏东西，真恶心。呸！乡下比这儿好。

[庄稼人把茶杯翻过来[①]。]

[倒茶。] 请随便喝吧，叶菲姆·安东内奇！我来倒，米特里·弗拉西耶维奇！

庄稼人丙 好吧，那你就倒点，倒点。

庄稼人甲 聪明的孩子，我们的事办得怎么样啦？

塔 尼 娅 还好，正在办……

庄稼人甲 谢苗说……

塔 尼 娅 [急忙。] 他说什么？

庄稼人乙 可是弄不懂他的意思！

塔 尼 娅 现在我不能说，只有尽量想办法，尽力去办。瞧，你们的文书在这儿！ [把塞在围裙里的文书指给他们看。] 只希望把这件事能办成…… [兴奋地尖声叫。] 那就好极啦！

庄稼人乙 你小心点，别把文书弄丢了。写文书也花了钱的。

塔 尼 娅 你们放心。是不是只要他签个字就行？

庄稼人丙 还能有什么要求呢？比方说，他签个字，就完事啦。[翻过茶杯。] 不喝了。

塔 尼 娅 [自言自语。] 会签字的，你们瞧着吧，他会签字

① 俄罗斯习俗，表示不喝了。

的。请再喝点。[倒茶。]

庄稼人甲 只麻烦你能把买地的事办成，全村人都来给你办喜事。[谢绝喝茶。]

塔 尼 娅 [倒茶，递给他。] 请喝吧。

庄稼人丙 只要你能办成，俺们一定给你办喜事。比方说，俺还要到婚礼上跳舞呢。虽说一辈子没跳过舞，可是一定要跳！

塔 尼 娅 [笑。] 我可指望着你们啦。

[静场。]

庄稼人乙 [上下打量塔尼娅。] 很好，很好。不过你干不了庄稼活。

塔 尼 娅 我吗？怎么，你们以为我没力气吗？要是你们能看看我是怎么把太太勒紧的就好了。连庄稼汉也勒不了那么紧。

庄稼人乙 你把她往哪儿勒呀？

塔 尼 娅 一个骨头做的东西，像一件小褂子，一直穿到这儿。嗯，用带子勒紧，就像给马套挽具一样。还要往手心吐唾沫呢。

庄稼人乙 这么说。你就像勒紧马挽上的带子？

塔 尼 娅 是啊，对啊，就是勒紧马挽上的带子。可是不能用脚去顶她呀。[笑。]

庄稼人乙 你干吗要勒紧她呢？

塔 尼 娅 她自己愿意。

庄稼人乙 怎么，她是喜欢吃苦头的？

塔 尼 娅 不，是为了漂亮。

庄稼人甲　就是说，为了身段给她勒的。

塔 尼 娅　勒的时候真紧呀，紧得她直翻眼睛。可是她还说："再紧一点。"两只手都勒得发烫，您还说没力气。

[庄稼人笑，一边摇头。]

不过我聊得太久啦。[笑着跑步退场。]

庄稼人丙　这姑娘真行，把大伙都逗乐啦。

庄稼人甲　多利落！

庄稼人乙　不错。

第十五场

三名庄稼人、厨娘和老厨子。[老厨子躺在炉炕上。]
萨哈托夫和瓦西里·列昂尼德奇登场。[萨哈托夫手持一只茶匙。]

瓦西里·列昂尼德奇　与其说是正餐，倒不如说是 a déjeuner dinatoir[①]。菜肴味道十分鲜美。我对您说，乳猪火腿妙极啦！鲁利耶菜烧得很好。我才从那儿回来。[看见庄稼人。]庄稼人又到这儿来了？

萨哈托夫　是啊，对啊，这一切都好极了。不过我们是来藏一样东西的。那么，藏到哪儿去呢？

瓦西里·列昂尼德奇　对不起，我就来。[对厨娘。]狗都在哪儿？

厨　　娘　狗都在车夫房里。难道说能到仆人房里去吗？

---

① 法语，意为："让人吃得很饱的早餐"。

瓦西里·列昂尼德奇 噢，在车夫房里？嗯，可以。

萨哈托夫 我等着。

瓦西里·列昂尼德奇 对不起，对不起。哦，您说什么？藏东西？对啊。谢尔盖·伊万诺维奇，您听我说，就藏到这些庄稼人中某一个人的衣袋里。就藏到这个庄稼人身上吧。喂，怎么回事？你的衣袋在哪儿？

庄稼人丙 你要衣袋干吗？瞧你？要衣袋！我的衣袋里放着钱呐。

萨哈托夫 那么钱包在哪儿？

庄稼人丙 你要钱包干什么？

厨　　娘 瞧你！这是少爷。

瓦西里·列昂尼德奇 ［哈哈大笑。］您知道他为什么这样害怕吗？现在我就告诉您——他有许多许多钱。喂，是不是啊？

萨哈托夫 是啊，对啊，我明白。嗯，那就这样办吧，您同他们谈谈；我呢，趁机悄悄放到这个袋子里——不让他们发现，叫他们没法指给他看。您同他们说说话呀。

瓦西里·列昂尼德奇 就谈，就谈。喂，伙计们，情况怎么样啊？买不买地呀？喂，怎么回事？

庄稼人甲 我们诚心诚意提出买地。可还没办成。

瓦西里·列昂尼德奇 你们不要小气嘛。地是件大事。我对你们说过，可以种薄荷，还可以种烟草嘛。

庄稼人甲 是哇，各种粮食都可以。

庄稼人丙 少爷，您向老爷求个情。要不然怎么活啊！地太少，比方说，连只小鸡都没有地方喂啊！

萨哈托夫 [把茶匙放到庄稼人丙的袋子里。] C'est fait.[①] 我们走吧。[退场。]

瓦西里·列昂尼德奇 你们不要太小气。怎么样？好，再见。[退场。]

第十六场

三名庄稼人、厨娘和老厨子。[老厨子躺在炉炕上。]

庄稼人丙 我说过，该租间房子住。唉，比方说，出几个钱，至少可以安安静静。这里嘛，老天爷饶了我吧。他说，给钱。这是怎么一回事？

庄稼人乙 大概是喝多啦。

[庄稼人们翻过茶杯，站起来，在胸前画十字。]

庄稼人甲 你记得他顺便提到种薄荷的事吗？这事要懂才行。

庄稼人乙 当然啦，瞧他说的，种薄荷。你来试试瞧，低头弯腰地干活——恐怕那时候你就不问薄荷的事了……唉，衷心感谢！……好孩子，你说我们该睡在哪儿呢？

厨　　娘 一位躺到炉炕上，其他的人躺到长椅上吧。

庄稼人丙 上帝保佑。[向上帝祷告。]

庄稼人甲 上帝保佑事情办成。[躺下。] 明天下午能坐上车

① 法语，意为："放好了。"

就好了。礼拜二能到家。

庄稼人乙 你们吹灯吗?

厨　　娘 不能吹灯！总有人要进来的，不是要这，就是要那……你们躺下睡吧。我遮着点灯光。

庄稼人乙 在一小块土地上怎么活呢？今年打圣诞节起俺就买粮食吃。燕麦草料也用完啦。要是能弄到四俄亩地，我就把谢姆卡带回家。

庄稼人甲 你那是家务事，不要紧。给你多少地，你都能收割完。只要事情能办成就行了。

庄稼人丙 应当求求圣母娘娘。万一她大发慈悲呢。

第十七场

沉寂，叹气声。然后传来脚步声，说话的嘈杂声。门大开，急急奔上台来的人有：蒙着眼睛拉着萨哈托夫手的格罗斯曼、教授和大夫、胖太太和列昂尼德·费奥多罗维奇、贝特西和彼得里谢夫、瓦西里·列昂尼德奇和玛丽亚·康斯坦丁诺夫娜、太太和男爵夫人、费奥多尔·伊万内奇和塔尼娅。

三名庄稼人、厨娘和老厨子。[老厨子不上台。][庄稼人跳起身来。格罗斯曼快步上，然后停下来。]

胖 太 太 您不用操心——我在注意观察。我既然承担注意观察的任务，一定严格地执行自己的职责。谢尔盖·伊万内奇，不是您在主持吗?

萨哈托夫 不是。

胖 太 太 既然不是您主持，那您就不要反对。[对列昂尼德·费奥多罗维奇。] 我知道这些试验。我亲手做过。过去我常常有一种东西外流的感觉。一旦我感觉到……

列昂尼德·费奥多罗维奇 请允许我求您注意安静。

胖 太 太 哎呀，这我明白！我亲身体验过。一旦注意力分散开，我就无法……

列昂尼德·费奥多罗维奇 嘘……

[他们走来走去，在庄稼人甲和庄稼人乙身边寻找，又走到庄稼人丙跟前。格罗斯曼被长椅绊了一跤。]

男爵夫人 Mais dites-moi,on le paye? ①

太 太 Je ne saurais vous dire. ②

男爵夫人 Mais c'est un monsieur? ③

太 太 Oh, oui. ④

男爵夫人 Ça tient du miraculeux. N'est-ce pas? Comment est-ce qu'il trouve? ⑤

太 太 Je ne saurais vous dire. Mon mari vous l'expliquera. ⑥ [发现庄稼人以后，又四顾房内，看见厨娘。] Pardon... ⑦ 这是怎么一回事？

---

① 法语，意为："请问，您付钱给他吗？"
② 法语，意为："我不能告诉您。"
③ 法语，意为："他是一位绅士吗？"
④ 法语，意为："是的，太太。"
⑤ 法语，意为："这是超自然的，难道不是吗？他怎么能找到呢？"
⑥ 法语，意为："我不能告诉您，我的丈夫会解释的。"
⑦ 法语，意为："请原谅……"

[男爵夫人走到人群跟前。]

[对厨娘。] 是谁放庄稼人进来的?

厨　　娘　雅科夫领来的。

太　　太　是谁命令雅科夫领来的?

厨　　娘　我不知道。费奥多尔·伊万内奇见过他们。

太　　太　列昂尼德!

[列昂尼德·费奥多罗维奇听不见她的话,忙于寻找,作嘘嘘声。]

费奥多尔·伊万内奇! 这是怎么一回事? 难道说你们没看见我已经把前室全部消毒一遍,现在你们又把厨房给传染上了,黑面包,格瓦斯……

费奥多尔·伊万内奇　我以为这没有危险,人家是来办事的,要走很远的路,从自家村里来。

太　　太　问题就在他们是从库尔斯克农村来的。那里死于白喉的人像苍蝇一样多。更主要的是——我已经多次命令不让他们待在家里! ……我是不是命令过? [走近聚集在庄稼人面前的人群。] 小心点! 别挨着他们,他们都得了白喉传染病!

[谁也不听她的话;她煞有介事地走开,然后纹丝不动地站在一边,等待着。]

彼得里谢大　[发出隆隆的鼾声。] 白喉病——我不知道。不过空中有另外一种传染病。您没闻到吗?

贝 特 西　别胡扯啦! 沃沃,在哪个袋子里?

瓦西里·列昂尼德奇　那个,在那个里面! 到跟前啦,到跟前啦。

彼得里谢夫 这里是怎么一回事？是香水还是鬼神？[1]

贝特西 您吸香烟正是时候。吸吧，吸吧，靠我近一点。

[彼得里谢夫弯腰，向四处喷烟。]

瓦西里·列昂尼德奇 我对您说，他会找到的。怎么样？

格罗斯曼 [在庄稼人丙身边不安地摸索。]在这儿，在这儿。我有感觉，是在这儿。

胖太太 您觉得有东西流出来吗？

[格罗斯曼弯腰，从小袋子里取出勺子。]

全体 棒极啦！

[全体欢欣鼓舞。]

瓦西里·列昂尼德奇 怎么样？瞧，我们的勺子在哪儿找到了！[对庄稼人。]你怎么样啊？

庄稼人丙 什么怎么样？我没拿过你的勺子。干吗要错怪我呢？我没拿过，就是没拿过。我的良心知道。他想怎么干就怎么干！我看见他来就没有好事。他说，把你的钱包交出来。我可没拿过。瞧，基督作证，我没拿过。

[青年人围着他，笑。]

列昂尼德·费奥多罗维奇 [生儿子的气。]总是胡来！[对庄稼人丙。]朋友，别担心！我们知道你没拿过。这是一种实验。

格罗斯曼 [解开蒙眼布，装出清醒过来的样子。]可以的话，请给我一点水喝……

---

① 是两个俄语同音字构成的文字游戏，俄语单词“духи”根据重音不同，分别表示香水和鬼神之意。

[大家围着他忙碌。]

瓦西里·列昂尼德奇 让我们离开这儿到车夫房去。我给你看看那儿有我一条多好的公狗。Épatant①! 怎么样?

贝特西 多难听的词儿。难道不能说——一只狗?

瓦西里·列昂尼德奇 不行。因为说到你，总不能说——贝特西是多么 épatant 人类吧? 应当说姑娘。情同此理。喂，是不是啊? 玛丽亚·康斯坦丁诺夫娜，对不对? 说得好吗? [哈哈大笑。]

玛丽亚·康斯坦丁诺夫娜 唉，我们走吧。

[玛丽亚·康斯坦丁诺夫娜、贝特西、彼得里谢夫和瓦西里·列昂尼德奇退场。]

第十八场

前场人物，贝特西、玛丽亚·康斯坦丁诺夫娜、彼得里谢夫、瓦西里·列昂尼德奇除外。

胖太太 [对格罗斯曼。] 怎么样? 好吗? 休息好了? [格罗斯曼不应声。对萨哈托夫。] 谢尔盖·伊万诺维奇，您是不是有一种东西外流的感觉?

萨哈托夫 我什么感觉也没有。对啊。好极啦，好极啦。非常顺利。

男爵夫人 Admirable! a ne le fait pas souffrir? ②

---

① 法语，意为:“惊人的”。下同。
② 法语，意为:“妙极啦! 他不觉得痛吗? ”

列昂尼德·费奥多罗维奇 Pas le moins du monde.[①]

教　　授 [对格罗斯曼。] 请允许我劳您驾。[递给他体温计。] 实验开始时，三十七度二。[对大夫。] 好像是这样的吧？劳驾，量一下脉搏。体力消耗是不可避免的。

大　　夫 [对格罗斯曼。] 喂，先生，请允许量一下您的脉搏。我们来量一下，量一下。[掏出怀表，抓住他的手。]

胖 太 太 [对格罗斯曼。] 请允许我问一下。要知道，您当时所处的状态不能称作梦境吧？

格罗斯曼 [疲倦地。] 跟催眠状态差不多。

萨哈托夫 就是说，应当这样理解——您是自己给自己施催眠术了？

格罗斯曼 为什么不能是这样？催眠状态的到来，不仅可以像沙尔科那样，借助联想或者当当鼓声，而且只要进入催眠区就会出现。

萨哈托夫 假如说是这样的，不过最好还是更准确地下一个定义，催眠术是什么？

教　　授 催眠术是一种能量变成另一种能量的现象。

格罗斯曼 沙尔科不是这样下定义的。

萨哈托夫 对不起，对不起，您的定义是这样的。可是利博亲口对我说……

大　　夫 [放下量脉搏的手。] 哦，好啊，好啊，现在只要量

---

① 法语，意为："一点也不。"

一下体温就行了。

胖太太 [打断谈话。] 不，对不起。我同意阿列克谢·弗拉基米罗维奇的看法。请看我举一个最好的证据。有一次病后我失去知觉躺在那里，我忽然想说话。一般来说我是个沉默寡言的人，可是这时却出现了不停地说啊、说啊的要求。人家对我说，我的话使大家都感到诧异。[对萨哈托夫。] 不过我好像打断了您的话?

萨哈托夫 [庄重地。] 一点也没有。请吧。

大夫 脉搏八十二次，体温升高了零点三度。

教授 嗯，这就是证据！就应当是这个样子。[掏出记事本，记录。] 八十二次，是吗？三十七度五？催眠状态一出现，心脏的跳动必定加剧。

大夫 我作为医生可以证明，您的预言完全证实了。

教授 [对萨哈托夫。] 您是这样说的吗？……

萨哈托夫 我想说，利博亲口对我说过，催眠只不过是一种特殊的、促进暗示的心理状态。

教授 是这样的，不过主要的是当量定律。

格罗斯曼 此外，利博远不是权威，而沙尔科全面研究过并且证明，由打击、外伤引起的催眠……

萨哈托夫 我并不否定沙尔科的著作。我也认识他。我说的只是利博亲口告诉我的话。

格罗斯曼 [激动地。] 萨尔彼特里耶尔有三千名病人，我听完了全部课程。

教授 对不起，先生们，问题不在这里。

[此三句为萨哈托夫、格罗斯曼、教授三人同时说。]

胖 太 太 [插话。]我用两句话给你们解释清楚。我丈夫得病以后，大夫们都拒绝……

列昂尼德·费奥多罗维奇 不过我们还是进屋吧。男爵夫人，请!

[全体退场，一边争先恐后地谈话。]

第十九场

三名庄稼人、厨娘、费奥多尔·伊万内奇、塔尼娅和老厨子。[老厨子躺在炉炕上。]列昂尼德·费奥多罗维奇和太太。

太　　太 [拉住列昂尼德·费奥多罗维奇的袖子，要他停下来。]我多次请求您不要在家里发号施令!您只知道自己的那些蠢事，家务都要我来管。您会把病传染给大家的。

列昂尼德·费奥多罗维奇 谁呀?什么事?我一点也不明白。

太　　太 什么事?那些得白喉病的人在厨房里过夜，家里人不断进出厨房。

列昂尼德·费奥多罗维奇 可我……

太　　太 “我”什么?

列昂尼德·费奥多罗维奇 可我什么也不知道。

太　　太 应当知道，既然您是一家之长。不能这样干。

列昂尼德·费奥多罗维奇 可我没想到……我想……

太　　太 听您说话叫人厌烦!

[列昂尼德·费奥多罗维奇沉默不语。]

[对费奥多尔·伊万内奇。] 马上赶出去！叫他们离开我的厨房！这太可怕了。谁也不听话，全是同我作对……我从那边把他们赶走，他们又把这些人放进这里来。[越说越激动，甚至流下眼泪。] 全是同我作对！全是同我作对！我痛得很……大夫！大夫呀！彼得·彼得罗维奇！……连他也走了！[抽泣着退场，列昂尼德·费奥多罗维奇跟着她退场。]

第二十场

三名庄稼人、厨娘、费奥多尔·伊万内奇、塔尼娅和老厨子。
[老厨子躺在炉炕上。][一幅画。大家久久无言地站着。]

庄稼人丙 让他们都见上帝去吧！在这里一不留神还会落到警察局里呢。我一辈子没吃过官司。伙计们，咱们还是到客店去吧！

费奥多尔·伊万内奇 [对塔尼娅。] 怎么办呢？

塔 尼 娅 没关系，费奥多尔·伊万内奇。把他们领到车夫房里去。

费奥多尔·伊万内奇 怎么能领到车夫房里去呢？车夫已经抱怨过了，说是屋里全是狗。

塔 尼 娅 唉，那就领到扫院工的屋里。

费奥多尔·伊万内奇 要是被知道了怎么办？

塔 尼 娅 什么也不会知道。您放心吧，费奥多尔·伊万内奇。怎么能半夜里把他们赶走？再说他们现在也找不到地方过夜。

费奥多尔·伊万内奇 好，随你怎样办，只要他们不待在这儿就行。[退场。]

第二十一场

三名庄稼人、塔尼娅、厨娘和老厨子。[庄稼人们收拾包袋。]

老 厨 子 瞧，该死的鬼东西！吃饱饭没事干！鬼东西！……

厨　　娘 你还是少说两句吧。没让太太发现你就谢天谢地啦。

塔 尼 娅 大伯们，咱们到扫院工屋里去吧。

庄稼人甲 唉，我们的事办得怎样了啊？比方说，签字画押的事怎么个情况？怎么样，我们还有指望吗？

塔 尼 娅 过一小时咱们就能知道。

庄稼人乙 你能骗过他们？

塔 尼 娅 [笑。] 上帝保佑吧。

[幕落。]

第三幕

剧情发生在当天晚上，小客厅里。列昂尼德·费奥多罗维奇的实验通常都是在这里进行的。

第一场

列昂尼德·费奥多罗维奇和教授。

列昂尼德·费奥多罗维奇 怎么办呢，是不是冒险试一下，用我们的新灵媒举行一次招魂会？

教　授 一定举行。毫无疑问，灵媒强而有力。最主要的是希望这场招魂会最好今天就举行，而且是同上次一样的人参加。格罗斯曼必然会响应灵媒能量的影响。那样现象的联系和统一将更加清楚。您一定会看见，如果灵媒能像现在一样强而有力，那么格罗斯曼一定会颤动的。

列昂尼德·费奥多罗维奇 那好吧，我就派人去叫谢苗来，同时邀请愿意参加的人。

教　授 好，好。我只需要给自己做一点札记。［掏出记事本，记录。］

第二场

前场人物和萨哈托夫。

萨哈托夫 他们在安娜·帕夫洛夫娜房间里坐下来玩文特牌，我是多余的人……再说，我对招魂很感兴趣，于是就到你们这儿来了……怎么样，要举行一场招魂会吗？

列昂尼德·费奥多罗维奇 举行，一定举行！

萨哈托夫 怎么，没有卡普奇奇先生的灵媒力也举行？

列昂尼德·费奥多罗维奇 Vous avez la main heureuse.① 请您设想一下，我对您提到过的那个庄稼人原来竟是一个货真价实的灵媒。

萨哈托夫 原来如此！噢，这就更加有意思了！

列昂尼德·费奥多罗维奇 是啊，对啊。午饭后我们用他进行了一次小小的预备性实验。

萨哈托夫 已经做过而且确信无误吗？……

列昂尼德·费奥多罗维奇 完全可信，而且是一个具有杰出力量的灵媒。

萨哈托夫 [不信任地。] 原来如此！

列昂尼德·费奥多罗维奇 原来在仆人房间里早就有人发现了。他一坐到茶杯跟前，小调羹就自动跳到他手里。[对教授。] 您听见过吗？

教　　授 没有，说实在的，我没听见此事。

萨哈托夫 [对教授。] 不过您还是认为这种现象是可能的？

教　　授 什么现象？

萨哈托夫 哎，一般来说，招魂的，降神的，或者一般超自然的现象。

教　　授 问题在于我们把什么事情称作超自然的？不是一

---

① 法语，意为："您的手气很好。"

个活人，而是一块石头，把钉子吸引到自己身边，那么这种现象对观察者来说是什么现象呢？自然的还是超自然的？

萨哈托夫 是啊，那当然啦。不过像磁石吸铁这种现象，经常重复发生。

教　　授 这里的情况也是一样。现象重复发生，于是我们对它进行研究。此外，我们还要把所研究的现象归总到其他现象共有的定律之下。现象看起来是超自然的，仅仅因为它们产生在灵媒身上。可是，这不对。现象不是由灵媒造成的，而是精神通过灵媒造成。这中间区别很大。整个事情在于当量定律。

萨哈托夫 是的，当然，不过……

第三场

前场人物和塔尼娅。［塔尼娅登场，站在门帘后面。］

列昂尼德·费奥多罗维奇 不过有一点您不知道，无论是用尤姆或者卡普奇奇，还是用现在的这个灵媒，事先是不能有所指望的。可能失败，也可能会有全盘的物化。

萨哈托夫 甚至能物化？会是什么样的物化呢？

列昂尼德·费奥多罗维奇 是这样的——一个亡故的人来了，比如说，您的父亲或者祖父，他拉起您的手，给您一样东西；或者一个人突然升到空中，就像上一次我和阿列克谢·弗拉基米罗维奇看到的情况。

教　　授　那自然啦，自然啦。但主要的事情是解释各种现象，并且把它们归纳成一般的定律。

第四场

前场人物和胖太太。

胖 太 太　安娜·帕夫洛夫娜让我到你们这儿来。

列昂尼德·费奥多罗维奇　欢迎之至！

胖 太 太　不过，格罗斯曼累坏了。他连茶杯都端不住。您[对教授。]发现没有，当他走近的时候，脸色非常苍白？我立即发现了，并且头一个告诉安娜·帕夫洛夫娜。

教　　授　毫无疑问，消耗了生命能量。

胖 太 太　所以我说，不能滥用这个。当然，催眠师曾经暗示我的一位女朋友——韦罗其卡·孔申娜。你们认识她，——叫她戒烟，可她的脊背却痛起来了。

教　　授　[想开口说话。]测试体温和脉搏清楚地说明……

胖 太 太　对不起，我就说完。我对她说——还是吸烟好，省得这样犯神经，吃苦头。当然，吸烟有害。我也希望戒掉。不过，随您怎么说，我做不到。有一次我两星期没吸烟，后来还是忍不住，又吸起来。

教　　授 [再次试图说话。] 毫无疑问地说明……

胖 太 太 对不起，我还没说完！我两句话就完。您说消耗体力？我也想说，当年我乘驿站的马车旅行……那时候道路太差，这事您不记得，可是我注意到了，不管您怎样，我们犯神经全是铁路造成的。比如我吧，在路上无法睡觉，无论怎样也睡不着。

教　　授 [又要开始说，但胖太太不让他开口。] 消耗体力……

萨哈托夫 [微笑着。] 是啊，对啊。

[列昂尼德·费奥多罗维奇打铃。]

胖 太 太 一夜，两夜，三夜我不睡觉，可是仍然睡不着。

第五场

前场人物和格里戈里。

列昂尼德·费奥多罗维奇 请告诉费奥多尔，让他把招魂所需要的一切都安排好。您把谢苗叫来——就是管餐室的男仆谢苗。听见没有？

格里戈里 是！［退场。］

第六场

列昂尼德·费奥多罗维奇、教授、胖太太和塔尼娅。

[塔尼娅藏起来。]

教　　授　[对萨哈托夫。]测试体温和脉搏表明了生命能量的消耗。同样情况也将表现在招魂中。能量守恒定律……

胖 太 太　是啊，对啊。我只是还想说一句。我非常高兴的是，一个普通庄稼人原来是一个灵媒。这事妙极啦。我一向说过，斯拉夫主义者……

列昂尼德·费奥多罗维奇　我们暂时到客厅去吧。

胖 太 太　对不起，我只有两句话……斯拉夫主义者是正确的，不过我一向对自己的丈夫说，任何事情都不能夸大。您知道，这就是中庸之道呀。否则的话，怎么能断言说老百姓身上一切都好，我本人就看见过……

列昂尼德·费奥多罗维奇　到客厅里去好不好？

胖 太 太　瞧，这样一个小孩就已经喝起酒来了。我立刻把他痛骂了一顿。后来他对我非常感激。他们是孩子，而孩子们呢，我一向说过，需要爱也需要严格管束。

[全体一边谈话一边退场。]

第七场

塔尼娅。[独自一人，从门后走出来登场。]

塔尼娅 啊呀，就要大功告成啦！［系线扣。]

第八场

塔尼娅和贝特西。[贝特西急急忙忙登场。]

贝特西 爸爸在这儿吗？［仔细端详塔尼娅。］你在这儿干什么？

塔尼娅 伊丽莎白·列昂尼多夫娜，我是顺便进来的。我想……顺便进来……［难为情。]

贝特西 要知道现在这儿就要举行招魂会，是吗？［注意到塔尼娅在收拾线头，聚精会神地望着她，突然哈哈大笑。］塔尼娅！这些本来都是你干的？你别抵赖啦。上一次也是你？是你，是你，对吗？

塔尼娅 伊丽莎白·列昂尼多夫娜，亲爱的！

贝特西 [非常高兴地。］哎呀，这多好啊！我可真没料到！你为什么要这样干呢？

塔尼娅 小姐，亲爱的，您可别告发我呀！

贝特西 不会的，决不会。我高兴死啦！你到底是怎么做的？

塔尼娅 我这样办——我躲起来，等他们熄灯后我就钻出来行动。

贝特西 [指着线。] 这是干什么用的？嘿，不用你说，我明白，你用线擦过……

塔尼娅 伊丽莎白·列昂尼多夫娜，亲爱的，我只对您坦白承认。以前我这样干是淘气，现在我想干一件事。

贝特西 怎么？什么？什么事？

塔尼娅 是这样的。您已经看见了，庄稼人来，想买地，可是您爸爸不卖，也没在文书上签字，就把文书又还给了他们。费奥多尔·伊万内奇说，是神灵禁止的。所以我就有了这个念头。

贝特西 哎哟，你真是个聪明人！干吧，干吧，不过你到底怎么干呢？

塔尼娅 我想出来了这样一个办法——等他们把灯熄了，我就开始敲打，扔东西，用线头擦过他们的脑袋，最后把买地的文书——文书在我身上——扔到桌子上。

贝特西 接着怎么样呢？

塔尼娅 这样就行啦。他们一定会感到奇怪。文书本来在庄稼人手里，怎么突然一下子跑到这儿来了。这时我就命令……

贝特西 是啊！今天是由谢苗当灵媒呀！

塔尼娅 于是我就命令他…… [笑得无法说话。] 命令他用手去掐身边的人。只不过不能掐您爸爸，这事他决不敢干——让他在没有签署文书以前，一直掐别的人。

贝特西 [笑。] 可是不能这样干呀，因为灵媒本人是什么事也不能做的。

塔尼娅 哎，没什么。全是一回事。万一能办成呢。

第九场

塔尼娅和费奥多尔·伊万内奇。
贝特西给塔尼娅打着手势退场。

费奥多尔·伊万内奇 [对塔尼娅。] 你在这儿干什么？

塔尼娅 我是来找您的，费奥多尔·伊万内奇，老爷！……

费奥多尔·伊万内奇 你有什么事？

塔尼娅 我找您就是为了我求您那件事。

费奥多尔·伊万内奇 [笑着。] 我做了半天大媒，总算定下来。只不过没有喝定亲酒罢了。

塔尼娅 [兴奋地尖叫。] 是真的吗？

费奥多尔·伊万内奇 我不是在对你说嘛。他说——我跟老婆子商量商量，上帝保佑吧。

塔尼娅 他是这样说的吗？…… [兴奋地尖叫。] 哎呀，亲爱的，费奥多尔·伊万内奇，我一生一世都要为您祈祷！

费奥多尔·伊万内奇 哎，好啦，好啦。现在没时间。吩咐我收拾举行招魂会的事呢。

塔 尼 娅 让我来帮帮您。怎么收拾呢？

费奥多尔·伊万内奇 怎么收拾？就这样收拾——把桌子放到屋子中间，还有椅子、吉他、手风琴。不要点灯，要点蜡烛。

塔 尼 娅 [与费奥多尔·伊万内奇一起把一切摆放好。] 是这样放吗？吉他放在这儿，墨水瓶放在这儿…… [放好。] 是这样吗？

费奥多尔·伊万内奇 他们真的派谢苗吗？

塔 尼 娅 会派的。因为已经派过他一次。

费奥多尔·伊万内奇 真有意思！ [戴上夹鼻眼镜。] 他身上干净不干净？

塔 尼 娅 我打哪儿知道！

费奥多尔·伊万内奇 那你就这样办吧……

塔 尼 娅 费奥多尔·伊万内奇，什么事？

费奥多尔·伊万内奇 你去把洗指甲的小刷子和特里达斯牌香皂拿来——把我的拿来就行……你给他把指甲都剪一剪，洗洗干净。

塔 尼 娅 他自己会洗干净的。

费奥多尔·伊万内奇 那你就告诉他一声。还有，叫他穿上干净的内衣。

塔 尼 娅 好的，费奥多尔·伊万内奇。[退场。]

第十场

费奥多尔·伊万内奇独自一人，坐进圈手椅中。

费奥多尔·伊万内奇 都说有学问，有学问。就拿阿列克谢·弗拉基米罗维奇来说吧，他是大教授，可有时候却叫人十分怀疑。老百姓的迷信是粗俗的，要消灭，例如家神、巫师、女妖的迷信……可是，假如仔细想想，这同样是一种迷信。哎，难道说，死人的灵魂能说话，还会弹吉他，这可能吗？其实是有人在耍弄他们，或者他们自己耍弄自己。就拿谢苗来说，你就弄不清楚是怎么一回事。[翻阅相册。] 瞧，这就是他们的招魂相册。哎，给神灵照相，这事可能吗？瞧，这幅相片——土耳其人和列昂尼德·费奥多罗维奇坐在一起。人的弱点真是叫人惊讶！

第十一场

费奥多尔·伊万内奇和列昂尼德·费奥多罗维奇。

列昂尼德·费奥多罗维奇 [登场。] 怎么样，准备好了？

费奥多尔·伊万内奇 [不慌不忙地站起来。] 准备好啦。[微笑着。] 但愿您的新灵媒别拆您的台就好了，列昂尼德·费奥多罗维奇。

列昂尼德·费奥多罗维奇 不会的，我和阿列克谢·弗拉基米罗维奇已经试验过了。是个非常有才能的灵媒!

费奥多尔·伊万内奇 这我就不知道了。只不过他身上是不是干净? 瞧，您没关照他把手洗干净。毕竟不大好呀。

列昂尼德·费奥多罗维奇 手吗? 哦，对呀。你认为不干净吗?

费奥多尔·伊万内奇 那当然啦，是个庄稼人呀。这里有女士们，还有玛丽亚·瓦西里耶夫娜。

列昂尼德·费奥多罗维奇 这好得很呀。

费奥多尔·伊万内奇 我还有事想禀报您——车夫季莫费抱怨说，由于一群狗待在屋里，他无法保持清洁。

列昂尼德·费奥多罗维奇 [在桌上排列招魂用具，心不在焉地。] 什么狗?

费奥多尔·伊万内奇 是今天给瓦西里·列昂尼德奇牵来的三只灵犬，安顿在车夫房里了。

列昂尼德·费奥多罗维奇 [烦恼地。] 你告诉安娜·帕夫洛夫娜，看她的意思怎么办。我没时间管。

费奥多尔·伊万内奇 可是您知道她老人家偏心……

列昂尼德·费奥多罗维奇 唉，她想怎么办，就怎么办。他净给我找麻烦……再说我也没有时间。

第十二场

前场人物和谢苗。[谢苗穿着带褶的外衣，微笑着登场。]

谢　　苗　您叫我来有事?

列昂尼德·费奥多罗维奇　是啊，对啊。把手伸出来我看看。嗯，好极啦，好极啦。朋友，是这么回事，你就像上次那样，坐下来就去感觉。自己呢，什么事也不要想。

谢　　苗　有什么好想的?越想越糟糕。

列昂尼德·费奥多罗维奇　对呀，对呀，对呀。越是无意识，就越有力。你别去想事情，只要一心一意地去随着情绪办——想睡觉，你就睡；想走动，你就走。你明白吗?

谢　　苗　有什么不明白的?没什么复杂的学问。

列昂尼德·费奥多罗维奇　主要的是你不要不好意思。否则的话，你自己会感到奇怪的。你要明白，就像我们活着一样，无形的神灵世界也在这儿活着。

费奥多尔·伊万内奇　[改正。]看不见的生灵，你明白吗?

谢　　苗　[笑。]有什么不明白的?照您说的，这事很简单。

列昂尼德·费奥多罗维奇　你可能升高，或者还有什么其他情况发生，你不必胆怯。

谢　　苗　有什么好胆怯的?这些事都能办到。

列昂尼德·费奥多罗维奇 喂，那我就去叫大家来了。全准备就绪了？

费奥多尔·伊万内奇 好像全部准备好了。

列昂尼德·费奥多罗维奇 石板呢？

费奥多尔·伊万内奇 在楼下，我就取来。[退场。]

第十三场

列昂尼德·费奥多罗维奇和谢苗。

列昂尼德·费奥多罗维奇 嗯，这样很好。你别不好意思，要放松一些。

谢　　苗 是不是把外衣脱下来，那样就会更松快一些。

列昂尼德·费奥多罗维奇 外衣吗？不行，不行，不能脱。[退场。]

第十四场

谢苗独自一人。

谢　　苗 她又吩咐我照老样子干。她呢，又在玩自己的把戏。她怎么不害怕呢？

第十五场

谢苗和塔尼娅。塔尼娅光着脚，穿一件贴墙布色的连衣裙登场。谢苗哈哈大笑。

塔尼娅 [作嘘声。] 嘘……嘘！会被听见的！喂，你把火柴贴到手指头上，像上次一样。[贴。] 怎么样，全记得吧？

谢　苗 [弯手指。] 头一件事，把火柴弄湿。挥手，这是一；另外一件事——把牙咬得咯吱响，就是这个样……这是二。第三件事我忘啦。

塔尼娅 第三件事最要紧。你记住——等文书一掉到桌上，——我还要打一下铃——你马上就用两只手这样办……尽量伸开两只手抓就是。谁坐在你身边，你就抓谁。抓住以后就掐紧。[哈哈笑。] 无论是老爷还是太太，你掐紧就是，一直掐着，不要放手，就好像在梦中，同时把牙咬得咯吱响。一边还要吼着，

就像这样…… [吼。] 等我弹起吉他，你就好像是睡醒一样，伸伸懒腰，你知道，就是这样，接着就醒过来……记得住吗？

谢　苗 我记得住，不过实在太滑稽了。

塔尼娅 你别笑。万一你笑了，也没什么。他们以为是在梦中。不过，等他们吹灭蜡烛以后，你千万不要

真的睡着了。

谢　　苗　你别担心，我会揪自己的耳朵的。

塔 尼 娅　谢玛奇卡[1]，亲爱的，你注意啊。你大胆干吧，不要怕，他一定会签文书的。你看好了。他们来啦…… [钻到沙发下面去。]

第十六场

谢苗和塔尼娅。格罗斯曼、教授、列昂尼德·费奥多罗维奇、胖太太、大夫、萨哈托夫、太太登场。谢苗站在门旁。

列昂尼德·费奥多罗维奇　欢迎一切不相信的人！尽管灵媒是新人，偶然发现的，今天我期待着非常引人入胜的显灵。

萨哈托夫　非常非常有趣。

胖 太 太　[指谢苗。] Mais il est très bien. [2]

太　　太　作为一名掌管餐厅的仆人，确实不错，不过……

萨哈托夫　妻子们总是不信任自己丈夫的事。您认为完全不可能吗？

太　　太　自然不可能。当然，卡普奇奇身上有一种特殊的东西，不过那是什么只有上帝才知道！

胖 太 太　不，对不起，安娜·帕夫洛夫娜，这事不能这样决定。在我还没有出嫁时，我做过一个美妙的梦。

① 谢苗的爱称。

② 法语，意为："他真是一表人才。"

您知道，常常有一些梦使你弄不清楚，从何开始又在何时结束。我正是做了一场这样的梦……

第十七场

前场人物。瓦西里·列昂尼德奇和彼得里谢夫登场。

胖太太 这场梦给我很多启示。如今这些年轻人［指着彼得里谢夫和瓦西里·列昂尼德奇。］竟然否定一切。

瓦西里·列昂尼德奇 我对您说，我从来都不否定任何东西。对不对啊？

第十八场

前场人物。贝特西和玛丽亚·康斯坦丁诺夫娜登场，同彼得里谢夫交谈。

胖太太 怎么能否定超自然现象呢？说什么——不符合理性呀。而理性也可能是愚蠢的呀，那时候怎么办呢？例如在花园街——您听说过吗？每天晚上都有显灵。我丈夫的弟弟——怎么称呼呢？……不是用 beau-frère[1]，而是用俄语说……不是公公，还可以怎么称呼呢？我从来都记不住这些俄国称呼。

---

① 法语，意为："丈夫的兄弟"。

他连着三个夜晚坐车去看，可是什么也没看见。于是我就说……

列昂尼德·费奥多罗维奇 到底，谁愿意留下来呀？

胖太太 我，我！

萨哈托夫 我！

太太 [对大夫。] 难道您也留下来么？

大夫 是的。总该看一看阿列克谢·弗拉基米罗维奇在这里发现了什么。没有证据就否定也是不行的。

太太 那么今天晚上一定要用了？

大夫 用谁？……哦，原来是说药面。是的，务必请您服用。是的，对啊，服用……我一定来看看您。

太太 那好吧，请您来。[大声。] 等诸位结束以后，messieurs et mesdames [①]，请到我房间里来休息一下，摆脱一下各种情绪，打完那场文特牌。

胖太太 一定来。

萨哈托夫 是的，是的！

[太太退场。]

第十九场

前场人物，太太除外。

贝特西 [对彼得里谢夫。] 我对您说，留下来吧。我答

① 法语，意为："女士们，先生们"。

应让您看见一些非同一般的东西。您愿意打赌吗？

玛丽亚·康斯坦丁诺夫娜　难道说您信吗？

贝　特　西　今天我信。

玛丽亚·康斯坦丁诺夫娜　[对彼得里谢夫。]您相信吗？

彼得里谢夫　“我不信，我不信狡猾的誓言。”嗯，如果伊丽莎白·列昂尼多夫娜吩咐的话……

瓦西里·列昂尼德奇　我们留下来，玛丽亚·康斯坦丁诺夫娜。喂，是不是啊？我一定想出一些 épatant 东西来。

玛丽亚·康斯坦丁诺夫娜　不，您别逗人发笑了。因为我会忍不住的。

瓦西里·列昂尼德奇　[大声。]我——留下来。

列昂尼德·费奥多罗维奇　[严厉地。]不过我请求留下来的诸位不要把这事当玩笑。这是严肃的事情。

彼得里谢夫　听见没有？喂，我们留下来。沃沃，坐到这儿来。注意，别胆怯啊。

贝　特　西　是啊，您在笑。可是您瞧好了，一定会发生什么事的。

瓦西里·列昂尼德奇　真的会发生什么事情吗？那才带劲呢！喂，怎么说？

彼得里谢夫　[颤抖。]哎哟，我怕，我真怕。玛丽亚·康斯坦丁诺夫娜，我害怕呀！……

贝　特　西　[笑。]小声点！

[全体坐下。]

列昂尼德·费奥多罗维奇 请坐，请坐。谢苗，坐下！

谢　　苗 遵命。[坐在椅子边上。]

列昂尼德·费奥多罗维奇 你坐好。

教　　授 您按规矩坐下，坐到椅子中间，完全放松。[扶谢苗坐下。]

[贝特西、玛丽亚·康斯坦丁诺夫娜和
瓦西里·列昂尼德奇哈哈大笑。]

列昂尼德·费奥多罗维奇 [抬高嗓门。]我请留下的诸位不要淘气，态度要严肃。可能会出现恶劣的后果。沃沃，你听见吗？要是你不能规规矩矩地坐着，那你就走开。

瓦西里·列昂尼德奇 是，规规矩矩！[躲到胖太太背后。]

列昂尼德·费奥多罗维奇 阿列克谢·弗拉基米罗维奇，请您来催眠。

教　　授 不。有安东·鲍里索维奇在座，我就不必了。他在这方面有更多的实践经验和力量……安东·鲍里索维奇！

格罗斯曼 先生们！其实我不是灵媒。我只研究过催眠术。是的，我对催眠术的各个方面都进行了研究。所谓招魂术，我一点也不了解。从主体的催眠中我只能期待我所熟悉的催眠现象，如昏睡、意志缺乏、麻痹、失去痛感、强直性昏厥与各种类型的暗示。这里打算研究的不是上述现象，而是另外一些现象。因此，最好能知道这些要发生的现象是什么类型的，它们有什么学术价值。

萨哈托夫 我完全同意格罗斯曼先生的意见。这样的解释必然是非常非常有趣的。

列昂尼德·费奥多罗维奇 [对教授。]阿列克谢·弗拉基米罗维奇，我想您不会拒绝扼要地解释一下的。

教　　授 可以呀。如果诸位愿意听的话，我可以解释一下。[对大夫。]您请量一下体温和脉搏。我的解释必然是表面的和简短的。

列昂尼德·费奥多罗维奇 对，扼要的，扼要的……

大　　夫 我立刻就量。[取出温度计，递给谢苗。]喂，小伙子！……[放好温度计。]

谢　　苗 是，老爷。

教　　授 [站起来对胖太太说，然后坐下。]诸位！一般认为我们所研究的现象，从一方面来说，是一种新事物；从另一方面来说，是超出自然条件的事物。这两种观点都不对。这种现象不是新事物，而是像世界一样古老。也不是超自然的现象，而是遵循一切存在物共同遵循的永恒定律。通常把这种现象看成同精神世界的交流。这个定义不确切。根据这条定义，精神世界同物质世界对立，但这不正确，这种对立并不存在。这两个世界是如此紧密地联系在一起，根本无法画一条隔开两个世界的分界线。我们常说——物质是由分子构成……

彼得里谢夫 枯燥无味的物质！

[低语声、哈哈笑声。]

教　　授　[停了停，然后又继续说下去。] 分子由原子构成，而原子是没有引力的，实质上只不过是一些着力点。严格地讲，不是着力点，而是着能点。这种能量像物质一样，是统一的和不可消灭的。凡物质都是一回事，但可以有各种形态，能量也是这样。直到目前为止，我们只了解四种互相变换的能量形态。我们知道的能有四种——机械能、热能、电能、化学能。但是，这四种能量远远不能包括它的一切表现形态。能的表现形态是多种多样的。我们所研究的正是这些新的、罕见的能的形态中之一种。我指的是招魂能……

[从青年人所在的角落里又传来一阵低语和笑声。]

[停下来，严厉地环视四周，继续说。] 招魂能早就为人类了解了。预言、预感、幻象，以及其他许多情况，都是招魂能的表现。它所产生的现象早已为人所知。然而直到最近，直到认识产生超魂现象的介质之前，能量本身没有被承认。这就像在认识到超重物质即以太的存在之前，发光现象是不可解释的一样；也完全像在认识到以太的粒子之间存在另一种比以太还细小的、不遵循三维定律的超重物质之前，今天看来这是毫无疑问的真理一样，我们觉得招魂现象是极其神秘的……

[又是一阵低语、哈哈笑声和尖叫声。]

[再次严厉地环视四周。] 也正如数学运算不可辩驳地证实，产生光和电现象的超重的以太是存在的，正如天才的格尔曼·施米特和约琴夫·什马佐芬一系列光辉的、最准确的实验毫无疑问地证实，确实存在着一种充满宇宙和可以称作精神以太的物质。

胖 太 太 是的，现在我明白了。我真感谢……

列昂尼德·费奥多罗维奇 是的。不过，阿列克谢·弗拉基米罗维奇，能不能……压缩一点？

教　　授 [没理睬。] 总之，我有幸奉告诸位的一系列严格的科学实验和研究向我们表明了招魂现象的定律。这些实验向我们表明，某些人陷入催眠状态，这种状态与普通睡眠的区别仅仅在于此时的生理活动不仅不减弱，反而总是加强，就像我们现在所见到的那样，结果是无论什么主体，一旦陷入这种状态，必然要在精神以太方面引起某些骚动，同固体沉入流体时产生的骚动完全一样。这些骚动实质上就是我们称之为招魂的现象……

[一阵哈哈笑声和低语。]

萨哈托夫 这一点完全正确，完全清楚。不过请问，如果像您所说的，灵媒陷入睡眠状态会产生精神以太的骚动，那么，为什么这些骚动在招魂会上，通常总是表现为死者灵魂的活动？

教　　授　那是因为这个精神以太的粒子就是活着的、死去的和尚未出世的人的灵魂。所以这个精神以太的各种震动必然会引起它的粒子的一定运动。这些粒子不是别的，正是通过这种运动进行相互交流的人的灵魂。

胖太太　[对萨哈托夫。]这有什么不明白的？这多简单啊……非常非常感激您！

列昂尼德·费奥多罗维奇　我觉得现在一切都清楚了，我们可以开始了。

大　　夫　小伙子的身体情况很正常——体温三十七度二，脉搏七十四。

教　　授　[掏出记事本，记录。]现在我们就要看见，灵媒陷入睡眠状态必然引起体温与脉搏的上升，就像在催眠状态中一样。这一点足可证实我有幸向诸位报告的内容。

列昂尼德·费奥多罗维奇　是的，对啊，对不起，我正想回答谢尔盖·伊万内奇提出的问题——为什么我们能够知道是死人的灵魂在同我们交流呢？我们所以能知道，是因为降临的神灵直接对我们说，就像我说话这样对我们说，他是谁，为什么要来，他在哪儿，他的处境好吗？最近一次招魂会是西班牙人堂·卡斯蒂利奥斯主持的。他全告诉我们了。他告诉我们他是谁，什么时候死的，并且还说，因为参加了严刑拷问而觉得非常痛心。此外，他还通知我们，在他同我们谈话时他发生了什么事，他要重新降生在大地上。因此他无法结束已经开始的同我们的谈话。瞧，诸位自己就会看见的……

胖 太 太 [打断他的话。] 哎哟，多有意思啊！也许西班牙人已经降生在我们家里，如今还是个小孩子呢。

列昂尼德·费奥多罗维奇 非常可能。

教　　授 我想可以开始了。

列昂尼德·费奥多罗维奇 我只想说……

教　　授 已经晚了。

列昂尼德·费奥多罗维奇 嗯，那好吧，我们可以开始了。安东·鲍里索维奇，请让灵媒入睡……

格罗斯曼 您愿意让我怎样使这个人入睡呢？有许多可以使用的方法。有布雷德法，有埃及象征法，有沙尔科法。

列昂尼德·费奥多罗维奇 [对教授。] 我想都一样。

教　　授 都可以。

格罗斯曼 那我就用自己的方法，我在敖德萨表演过。

列昂尼德·费奥多罗维奇 请吧！

[格罗斯曼在谢苗头上挥动双手，谢苗闭上眼睛，伸懒腰。]

格罗斯曼 [仔细审视。] 正在入睡，睡着了。催眠状态极为出色地快速到来。很明显，主体已经进入麻醉状态。妙极啦，正是异常敏感的主体才可以接受有趣的实验！…… [坐下，站起来，又坐下。] 现在可以刺一下他的手。如果诸位愿意……

教　　授 [对列昂尼德·费奥多罗维奇。] 您看到没有，灵媒的入睡对格罗斯曼发生的作用？他开始振荡了。

列昂尼德·费奥多罗维奇 是的，是的……现在可以熄灯吗？

萨哈托夫 为什么要在黑暗中进行呢？

教　　授 黑暗中？那是因为黑暗是招魂能出现的条件之一，正如一定的温度是化学能或者机械能显现的条件一样。

列昂尼德·费奥多罗维奇 但不总是如此。它在烛光下和阳光下也曾显灵在包括我在内的许多人面前。

教　　授 [打断他的话。]可以熄灯吗？

列昂尼德·费奥多罗维奇 可以，可以。[吹熄蜡烛。]诸位！现在请大家注意。

[塔尼娅从沙发下爬出来，拉住系在壁灯上的线头。]

彼得里谢夫 真的，我喜欢上那个西班牙人啦。他在谈话时头朝下……所谓 piquer une tête①。

贝 特 西 别闹，您等一等，瞧后面的！

彼得里谢夫 我只担心一点——沃沃可千万别像猪崽一样哼哼起来。

瓦西里·列昂尼德奇 您想要吗？我能抓住……

列昂尼德·费奥多罗维奇 诸位！请不要谈话……

[静场。谢苗舐手指，用指关节摩擦手指，然后挥动手。]

亮光！你们看见亮光吗？

萨哈托夫 亮光！是啊，对啊，我看见了，不过……

胖 太 太 在哪儿？在哪儿？哎哟，真没见过！瞧，就在这

① 法语，意为："头向下滚"。

儿。哎哟！……

教　　授　[低声对列昂尼德·费奥多罗维奇，指着正在做动作的格罗斯曼。]请您注意他是怎样振荡的。双倍的力量。

[亮光再次出现。]

列昂尼德·费奥多罗维奇　[对教授。]要知道，就是他。

萨哈托夫　他是谁？

列昂尼德·费奥多罗维奇　希腊人尼古拉。是他的亮光。阿列克谢·弗拉基米罗维奇，对不对呀？

萨哈托夫　希腊人尼古拉是怎么一回事？

教　　授　某一个希腊人，他在君士坦丁大帝时期的帝都做过僧人。不久前到我们这里来过。

胖太太　他到底在哪儿？他到底在哪儿？我看不见。

列昂尼德·费奥多罗维奇　暂时还看不到他。阿列克谢·弗拉基米罗维奇，他对您一向特别青睐。您问问他吧。

教　　授　[用一种特殊的嗓音。]尼古拉！是你吗？

[塔尼娅敲墙两次。]

列昂尼德·费奥多罗维奇　[高兴地。]是他！是他！

胖太太　哎哟，哎哟，我要走了。

萨哈托夫　怎么能认为这就是他呢？

列昂尼德·费奥多罗维奇　因为敲了两下。这是肯定的答复。否则就是沉默。

[静场。青年人所在的一角传出勉强压住的哈哈笑声。塔尼娅把灯罩、铅笔、擦墨水笔的布扔到桌上。]

[低声地。] 诸位请注意，这是灯罩。还有几样东西。铅笔！阿列克谢·弗拉基米罗维奇，铅笔。

教　　授　好的，好的。我正在注视着他和格罗斯曼。您在注意观察吗？

[格罗斯曼站起来，扫视落在桌上的物品。]

萨哈托夫　对不起，对不起。我很希望能看一看，这一切是不是都是灵媒本人干的？

列昂尼德·费奥多罗维奇　您这样认为吗？那您就坐到他身边，抓住他的两只手。不过，请您相信，他在睡觉。

萨哈托夫　[走近，头碰到塔尼娅放下来的线，恐慌地弯下腰来。] 是啊……很奇怪，很奇怪。[走近，拉住谢苗的肘部。谢苗吼叫。]

教　　授　[对列昂尼德·费奥多罗维奇。] 您听见没有，格罗斯曼在场的效果？这是新现象。应当记录下来…… [跑出来，记录，然后返回。]

列昂尼德·费奥多罗维奇　是啊……但总不能撂下尼古拉不管呀，应当开始……

格罗斯曼　[站起来，走到谢苗跟前，抬起他的手又放下。] 现在进行一次收缩必然十分有趣。主体处于彻底催眠状态。

教　　授　[对列昂尼德·费奥多罗维奇。] 您看见没有，看见没有？

格罗斯曼　如果您愿意的话……

大　　夫　老兄，您还是让阿列克谢·弗拉基米罗维奇主持吧。这玩意非常严肃呀。

教　授　别碰他，他已经是在睡梦中说话。

胖太太　现在我非常高兴的是，我下了决心出席观看。虽说可怕，但我仍然十分高兴，因为我一向对丈夫说……

列昂尼德·费奥多罗维奇　请大家不要说话。

[塔尼娅用线擦过胖太太的头。]

胖太太　哎呀！

列昂尼德·费奥多罗维奇　怎么回事？怎么回事？

胖太太　他抓住了我的头发。

列昂尼德·费奥多罗维奇　[低声。]不要怕，没关系。您把手递给他。手掌冰凉，不过我喜欢这样。

胖太太　[藏起手来。]决不递给他！

萨哈托夫　是啊，很奇怪，很奇怪！

列昂尼德·费奥多罗维奇　他在这里，正在寻求交流。谁想问点什么？

萨哈托夫　对不起，我来问。

教　授　欢迎。

萨哈托夫　我信不信？

[塔尼娅敲两下。]

教　授　答复是肯定的。

萨哈托夫　对不起，我还要问一下。我口袋里有没有一张十卢布的票子？

[塔尼娅敲了许多下，用线在萨哈托夫头上擦过。]

哎哟！……［抓住线并扯断它。］

教　　授　我想请在座的诸位不要提模棱两可或者开玩笑的问题。他感到不愉快。

萨哈托夫　不过，对不起，我手里有一根线。

列昂尼德·费奥多罗维奇　线？抓住它。这种情况经常有。不仅有线，而且有丝带，最古老的。

萨哈托夫　对不起，这线到底是从哪儿来的呢？

[塔尼娅把枕头朝他扔去。]

对不起，对不起！一样软东西砸到我头上了。请点上灯。这里有点……

教　　授　我们请您不要破坏显灵。

胖 太 太　看在上帝面上，您别破坏呀！我也想问一下，可以吗？

列昂尼德·费奥多罗维奇　可以，可以。您问吧。

胖 太 太　我想问一下关于我的胃，可以吗？我想问的是，我应当服用哪一种药，乌头还是颠茄？

[静场。青年人一角在低语。瓦西里·列昂尼德奇突然像婴儿一样叫起来："哇！哇！"姑娘们捂着鼻子和嘴巴，一边吃吃笑着同彼得里谢夫跑出去。]

哎哟，这是对的。这个僧人又生下来了呀！

列昂尼德·费奥多罗维奇　[极度生气，怒气冲冲地低语说。]你就会胡闹！假如你不会规规矩矩地待着，那你就走开。

[瓦西里·列昂尼德奇退场。]

第二十场

列昂尼德·费奥多罗维奇、教授、胖太太、萨哈托夫、格罗斯曼、大夫、谢苗和塔尼娅。一片漆黑，沉默无语。

胖 太 太 哎呀，多可惜！现在可没办法问了。他已经出世了。

列昂尼德·费奥多罗维奇 根本没有。这是沃沃在胡闹。他在这里。您问吧。

教　　授 这种情况常有。这些玩笑，讥讽——是最普通的现象。我认为他还在这里。不过，我们可以问一问。列昂尼德·费奥多罗维奇，您请。

列昂尼德·费奥多罗维奇 不，还是您请吧。这事弄得我心情不好。太不愉快了！这种不知分寸的行为！……

教　　授 好吧，好吧！……尼古拉！你还在这里吗？

[塔尼娅敲两下，打铃。谢苗开始吼叫，伸开双手，抓住萨哈托夫和教授，掐他们。]

多么出人意料的表现！作用到灵媒本人身上了。这种情况是空前的。列昂尼德·费奥多罗维奇，您观察呀，我不方便。他在掐我。您瞧一瞧格罗斯曼的情况怎么样？现在需要集中全部注意力。

[塔尼娅把庄稼人的文书扔到桌上。]

列昂尼德·费奥多罗维奇 有东西落到桌子上了。

教　　授 您看一看落下来的是什么东西？

列昂尼德·费奥多罗维奇 纸！一张叠起来的纸。

［塔尼娅扔旅行用墨水瓶。］

墨水瓶！

［塔尼娅扔墨水笔。］

墨水笔！

［谢苗吼叫，掐人。］

教　　授 ［被掐住了。］对不起，对不起，完全崭新的现象！不是激发出来的招魂能在发挥作用，而是灵媒本人。还是把墨水瓶打开，把墨水笔放在纸上，他一定会写下的，一定会写下的！

［塔尼娅从列昂尼德·费奥多罗维奇身后走过来，用吉他敲他的脑袋。］

列昂尼德·费奥多罗维奇 他用吉他敲我的脑袋！［望着桌子。］墨水笔还没有写字，纸也叠着。

教　　授 您快看看是什么纸，快点。很明显，是双倍力量——他的加上格罗斯曼的！——在产生骚动。

列昂尼德·费奥多罗维奇 ［拿起纸走出门外，随即返回。］真稀奇！这张纸是同农民签署的文书，今天早上我拒绝签字，退给了农民。很可能是他要我签字？

教　　授 当然是的！当然是的！您再问问看。

列昂尼德·费奥多罗维奇 尼古拉！也许你希望……［塔尼娅敲两下。］

教　　授 您听见了吗？很清楚，很清楚呀！

[列昂尼德·费奥多罗维奇拿起笔，走出来。]

[塔尼娅敲打，弹吉他，拉手风琴，然后又钻进沙发底下。列昂尼德·费奥多罗维奇返回。谢苗伸懒腰，咳一声清嗓子。]

列昂尼德·费奥多罗维奇 他睡醒了。可以点上蜡烛。

教　　授 [急忙。] 大夫，大夫，请量一下体温和脉搏。您瞧吧，现在就会发现已升高了。

列昂尼德·费奥多罗维奇 [点蜡烛。] 怎么样啊，不相信的先生们？

大　　夫 [走到谢苗跟前，塞给他温度计。] 喂，好样的。怎么样，睡了个好觉？喂，把这个塞进去，再把双手伸出来。[看表。]

萨哈托夫 [耸耸肩膀。] 我可以断言，灵媒无力做到刚才发生的一切。可是线呢？……我希望能解释一下线的事。

列昂尼德·费奥多罗维奇 线，线！这里发生过更重要的事。

萨哈托夫 我不知道。至少 je réserve mon opinion ①。

胖 太 太 [对萨哈托夫。] 不对。您怎么能说 je réserve mon opinion 呢？那么带翅膀的婴儿呢？难道说您没看见？起先我以为是假象，但后来很清楚，非常非常清楚，活生生的……

萨哈托夫 我只能说我看见的东西。那个我没看见，没看见。

胖 太 太 怎么会呢！看得非常非常清楚呀。左面呢，是一

① 法语，意为："我保留自己的意见"。下同。

个黑衣僧人，还弯下腰对他……

萨哈托夫 [退开一步。] 真会夸大!

胖太太 [对大夫说。] 您是应当看见的。他从您那边升空的。

[大夫不听她的，继续数脉搏。]

[对格罗斯曼。] 还有亮光呢，还有他发出的亮光，特别是在小脸蛋的四周。还有那么温顺、温柔的表情，真是天神似的! [自己温柔地笑。]

格罗斯曼 我看见一簇磷光，东西变换了位置。其他我就没看见什么了。

胖太太 哼，算了吧! 您说这些话是因为你们沙尔科派的学者们不相信来世。如今谁也不能，世界上任何人也不能剥夺我对来世生活的信念。

[格罗斯曼从她身边走开。]

不，不，不管您怎么说，这是我一生中最幸福的时刻之一。一次是听萨拉萨蒂演奏；另一次就是此时此刻……是的! [无人听她的话。她走到谢苗跟前。] 喂，你告诉我，朋友，你当时有什么感觉? 你当时觉得很沉重吗?

谢苗 [笑。] 正是这样。

胖太太 不过还是能忍受得了?

谢苗 是。[对列昂尼德·费奥多罗维奇。] 请问可以走了吗?

列昂尼德·费奥多罗维奇 去吧，去吧。

大夫 [对教授。] 脉搏与原来一样。不过体温下降了。

教授 下降了? [沉思，突然醒悟。] 正该如此啊! 正该出现降温的! 双份能量交叉应当产生某种类似干扰的作用。是的，是的。

[所有人边说边退场。]

列昂尼德·费奥多罗维奇 有一点我觉得很可惜，没有彻底物化。不过……诸位，请到客厅去。

胖太太 使我特别感到惊奇的是，他挥动一下小翅膀，可以看得见他升空的样子。

格罗斯曼 [对萨哈托夫。] 如果只进行催眠术，就会发生完全的癫痫病。那就会取得十全十美的成绩。

萨哈托夫 有趣，但不完全令人信服！这就是我要说的话。

第二十一场

列昂尼德·费奥多罗维奇拿着文书。
费奥多尔·伊万内奇登场。

列昂尼德·费奥多罗维奇 喂，费奥多尔，多有趣的招魂会呀！真有趣！原来是要把土地按照农民的条件出让给他们。

费奥多尔·伊万内奇 原来如此！

列昂尼德·费奥多罗维奇 可不是嘛！[给他看文书。] 你想想看，我交给他们的文书，竟然出现在书桌上。我签了字。

费奥多尔·伊万内奇 它怎么会落到这儿来呢？

列昂尼德·费奥多罗维奇 瞧，就是落到这儿了。[退场。]

[费奥多尔·伊万内奇跟着他退场。]

第二十二场

塔尼娅独自一人，从沙发下钻出来，笑。

塔 尼 娅 我的老天爷呀！他抓到线的时候，我真吓坏啦。[兴奋地尖声叫。] 好，总算成功了——他签上字啦！

第二十三场

塔尼娅和格里戈里。

格里戈里 这么说，是你要了他们？

塔 尼 娅 关你什么事？

格里戈里 你以为太太会为了这事夸奖你吗？不行，办不到。现在你落到我手里啦。要是你不依我，我就把你的鬼把戏报告上去。

塔 尼 娅 我就不照你的意思办，您也不能把我怎么样。

[幕落。]

第四幕

舞台现出第一幕的布景。

第一场

两名穿着镶金边制服的跟班。
费奥多尔·伊万内奇和格里戈里。

跟班甲 [长着花白的连鬓胡须。] 今天到府上是第三家。幸亏拜客的日子都在这一带转。以前府上是逢星期四接待。

费奥多尔·伊万内奇 后来改成星期六，为的是大家都在同一天——戈洛夫金家、格拉德·冯·格拉贝家……

跟班乙 谢尔巴科夫家招待得不错，每次舞会都赏饭给跟班的。

第二场

前场人物。公爵夫人和公爵小姐从楼上下来。贝特西送她们。
公爵夫人看看小记事本，看看表，然后坐到大木箱上。
格里戈里给她穿上套靴。

公爵小姐 请你务必来。要是你不来，多多不来，那就什么也办不成了。

贝特西 我不知道。舒宾家是一定要去的。然后是排练。

公爵小姐 你来得及。不，你一定来。Ne nous fais pas faux bond.① 费佳和科科都要来的。

贝 特 西 J'en ai par dessus la tête de votre Coco.②

公爵小姐 我原来想我在这里能找到他。Ordinairement il est d'une exactitude...③

贝 特 西 他一定来的。

公爵小姐 当我看见他和你在一起的时候，我好像觉得他刚刚求过婚或者就要求婚。

贝 特 西 唉，看来是一定要经过这一步的。多讨厌啊!

公爵小姐 可怜的科科哟！他多爱你呀。

贝 特 西 Cessez，les gens.④

［公爵小姐在小沙发上坐下来，一边低声谈话。格里戈里给她穿套靴。］

公爵小姐 那就晚上见。

贝 特 西 我尽量来。

公爵夫人 请转告令尊，我什么都不相信，不过我一定要来看看他的新灵媒。请他通知我。再见，ma toute belle⑤。［吻她，与公爵小姐一起退场。］

［贝特西上楼。］

---

① 法语，意为："别让我空等。"
② 法语，意为："您的科科让我讨厌死了。"
③ 法语，意为："他通常都是守时的……"
④ 法语，意为："别说啦，有仆人在呢。"
⑤ 法语，意为："我的美人"。

第三场

两名跟班、费奥多尔·伊万内奇和格里戈里。

格里戈里 我不喜欢给老太婆们穿鞋子，她们怎么也弯不下腰来，因为肚子大，看不清，乱伸脚。给小娘儿们穿鞋那就是另外一回事了——手里握着她们的小脚儿心里才舒坦呢。

跟 班 乙 他还挑挑拣拣呢！

跟 班 甲 咱们这种人是不该挑三拣四的。

格里戈里 为什么不能挑呢？难道咱们不是人？ 那是他们以为咱们一窍不通。刚才谈得正痛快，瞅了我一眼就说——勒让。

跟 班 乙 这是什么意思？

格里戈里 用俄国话来说，就是——你别说啦，他们听得懂。午饭的时候也是这样。可是我真懂。你们说有区别，什么区别也没有。

跟 班 甲 对懂的人来说，区别大着呢。

格里戈里 根本没有区别。今天我是用人，明天也许我日子过得不比他们差。不是有人嫁给用人吗？难道没有过？我去吸会儿烟。[退场。]

第四场

前场人物，格里戈里除外。

跟 班 乙 府上这位青年人胆子可不小。

费奥多尔·伊万内奇 没出息的小子。不会当差。以前当过管事，惯坏了。我原来劝老爷别要他，可是太太看上啦，说他仪表堂堂，出门体面。

跟 班 甲 要是我呀，就把他送到我们伯爵那儿，他会把他整得规规矩矩的。哼，他才不喜欢这种不守本分的人。听差就该是听差，别辜负自己的身份。这种傲气要不得。

第五场

前场人物。彼得里谢夫从楼上跑步下楼，取出一支香烟。科科·克林根戴着夹鼻眼镜[①]迎着他登场。

彼得里谢夫 ［若有所思地。］是啊，对啊。我的第二个音节是“卡”，卡尔——托日——卡。我的整个词……是啊，是啊……哦，是科科沙——卡尔托沙！从哪

① 原文为法语。

儿来？

科科·克林根 从谢尔巴科夫家来。你总是胡闹……

彼得里谢夫 不，你听我说，有一个字谜——我的第一个音节是“金”，第二个音节是“卡”，我的整个词儿把小牛赶得远远的。

科科·克林根 我不知道，我不知道。也没有时间猜。

彼得里谢夫 你还要上哪儿去？

科科·克林根 上哪儿去？到伊万诺夫家，排练合唱，一定要去的。然后去舒宾家，接着去参加排练。你好像也应当去的？

彼得里谢夫 当然啦，一定去。排练要参加；拔萝卜也要参加[①]。因为以前我是一个野蛮人；现在呢，我既是一个野蛮人，又是一个将军。

科科·克林根 喂，昨天的招魂会怎么样？

彼得里谢夫 滑稽戏！来了个庄稼人，不过主要的是一切都在黑暗中进行。沃沃学婴儿啼哭。教授作解释。玛丽亚·瓦西里耶夫娜作阐述。好玩极啦！可惜你没来。

科科·克林根 我真担心，mon cher[②]。你总是善于用玩笑敷衍过去。可我总觉得，只要我说一句话，就有人曲解成我求婚了。Et ça ne m’arrange pas du tout, du tout. Mais du tout, du tout![③]

---

① 这里和下文中的排萝卜是彼得里谢夫玩的文字游戏。
② 法语，意为：“我亲爱的”。
③ 法语，意为：“这事我一点也不高兴，一点也不，一点也不！”

彼得里谢夫　你求婚时要用谓语，那样就不会成功啦。总之，你到沃沃那里去，咱们一块去参加排萝卜。

科科·克林根　我不明白，你怎么能和这种笨蛋交朋友？太愚蠢啦，真是个地地道道的二流子！

彼得里谢夫　可我喜欢他。我喜欢沃沃。不过“那是一种奇特的爱”，“在人民走向那里的小径上青草不会生长”①。……［走进瓦西里·列昂尼德奇的房间里。］

第六场

两名跟班、费奥多尔·伊万内奇和科科·克林根。

贝特西送一位贵妇人下楼。科科意味深长地鞠躬。

贝 特 西　［同他握手，侧身对着贵妇人。］你们不认识吗？

贵 妇 人　不认识。

贝 特 西　这位是克林根男爵。您昨天怎么没来呀？

科科·克林根　实在来不了，没赶上。

贝 特 西　真遗憾。很有趣呢。［笑。］您本来能看到来着，多么有趣的一次 manifestations ② 呀。怎么样啊，我们的字谜有进展吗？

科科·克林根　噢，对啦！ mon secon ③ 要求的诗句已经想好啦。尼克写的诗，我作曲。

---

① 出自普希金《我为自己竖起一座非人工的纪念碑》一诗。
② 法语，意为：“显现”。
③ 法语，意为：“我的第二首”。下同。

贝 特 西 怎么样？到底怎么样？说说看。

科科·克林根 对不起，怎么说呢？……有了！骑士对南娜唱道—— ［唱。］

多么美丽的那性情啊，

给我的心灵呐，带来那希望……

南娜，南娜！娜，娜，娜！①

贵 妇 人 这是 mon second 娜，mon premier ② 是什么呢？

科科·克林根 mon premier 是阿勒，一个蛮女的名字。

贝 特 西 您瞧，阿勒是一个想吞掉自己情人的蛮女…… ［哈哈大笑。］她一边走，一边发愁，一边还在唱——唉，胃口来了……

科科·克林根 ［打断她。］真叫我恶心……

贝 特 西 ［接着唱起来。］

我想吃一个人，

我走了又走，游了又游……

科科·克林根

我找不着……

贝 特 西

把谁来嚼，我不知道……

科科·克林根

瞧，远处有一只木筏……

贝 特 西

向这里游来；

---

① 这段唱词以俄语“на”（发音为“那”）为韵脚。

② 法语，意为：“我的第一首”。

筏上站着两名将军……

科科·克林根

我们是两名将军，

命运把我们联在一起，

送到了孤岛之上。

然后又是 refrain①——

命运把我们联在一起，

送到了孤岛之上。

贵 妇 人 Charmant!②

贝 特 西 您明白这有多蠢！

科科·克林根 妙就妙在这里。

贵 妇 人 阿勒是谁？

贝 特 西 是我。我连礼服都做好了。可是妈妈说："不规矩。"比起舞会礼服来，一点也没有什么不端庄的。［对费奥多尔·伊万内奇。］喂，布尔吉耶时装店的伙计在这儿吗？

费奥多尔·伊万内奇 在这儿，坐在厨房里呢。

贵 妇 人 嗯，那么阿勒娜③呢？

贝 特 西 您一定会看见的。我不想叫您扫兴。Au revoir.④

贵 妇 人 再见！［互相鞠躬告别。贵妇人下。］

贝 特 西 ［对科科·克林根。］我们到 maman⑤那儿去吧。

---

① 法语，意为："副歌"。
② 法语，意为："妙极啦！"
③ 文字游戏，俄语 арена 的词意为舞台、竞技场，与阿勒的前两个音节一样。
④ 法语，意为："再见。"
⑤ 法语，意为："妈妈"。

[贝特西和科科·克林根上楼。]

第七场

费奥多尔·伊万内奇、两名跟班和雅科夫。[雅科夫端着托盘、茶、点心从餐厅里出来，上气不接下气地穿过前厅登场。]

雅 科 夫 [对跟班们。] 你们好！你们好！

[跟班们鞠躬。]

[对费奥多尔·伊万内奇。] 请您吩咐格里戈里·米哈伊雷奇，叫他帮帮忙。我要累死啦…… [退场。]

第八场

前场人物，雅科夫除外。

跟 班 甲 府上这个人倒挺勤快的。

费奥多尔·伊万内奇 是个好小伙子。可是太太不喜欢，说他长相不行。这里昨天还有人告他状，说他放庄稼人进厨房了。但愿别把他辞退了才好！是个好小伙子呀。

跟 班 乙 什么庄稼人？

费奥多尔·伊万内奇 是从我们库尔斯克省农村来买地的。天黑了，又是同乡。其中一个人是管餐厅的仆人的父亲。所以就把他们领到了厨房。这时候忽然玩起猜东西的游戏。东西就藏在厨房里。老爷太太们都来了，太太看见了他们——真倒霉！太太说，也许这些人都有传染病，竟然把他们带进了厨房！……她被传染病吓坏啦。

第九场

前场人物和格里戈里。

费奥多尔·伊万内奇 格里戈里，去帮帮雅科夫·伊万内奇，这里有我一个人就行了。他一个人忙不过来。

格里戈里 笨手笨脚的，所以才忙不过来。[退场。]

第十场

前场人物，格里戈里除外。

跟 班 甲 如今怎么这种新的时髦事流行开了——这些传染病！……府上的太太也害怕？

费奥多尔·伊万内奇 比怕着火还厉害！我们整天忙的就是熏呀，洗呀，喷呀的。

跟 班 甲 所以嘛，我闻见了这样难闻的味儿。[热闹地。]简直是胡来。这些传染病真造孽。可恶极啦！人们把上帝都忘了。我们老爷的妹妹莫索洛娃公爵夫人有个女儿快要死了，怎么样呢？无论父亲还是母亲，都没进房去看一眼，结果就没说声告别的话。女儿一直哭，叫他们来最后见上一面，他们就是没进屋！大夫发现了一种什么传染病。可是，她的贴身丫头和看护一直在照料她。什么事没有，两个人都活着。

第十一场

前场人物、瓦西里·列昂尼德奇和彼得里谢夫。

[彼得里谢夫从房门登场，手持烟卷。]

彼得里谢夫 我们还是去吧。我只需要把科科沙－卡尔托沙带上。

瓦西里·列昂尼德奇 你的科科沙是个蠢驴！我对你说，我最讨厌他。真是个大草包，货真价实的废物！无所事事，游手好闲！喂，是不是啊？

彼得里谢夫 哎，稍等一下，我还是去告别一下。

瓦西里·列昂尼德奇 唉，那好吧，我先去车夫房里看一看我的狗。有一条公狗凶极了。马车夫说，差点没把他吃掉了。怎么样？

彼得里谢夫 谁吃掉谁呀？难道是车夫吃了公狗？

瓦西里·列昂尼德奇 唉，你总是…… [穿外衣，退场。]

彼得里谢夫 [沉思状。] 马——金——托日，卡尔——托日——卡……是啊，对啊。[上楼。]

第十二场

两名跟班、费奥多尔·伊万内奇和雅科夫。

[雅科夫在本场开始和结束时，跑步穿过舞台。]

费奥多尔·伊万内奇 [对雅科夫。] 还缺什么？

雅科夫 缺夹心面包片！我说过嘛…… [退场。]

跟班乙 我们家小少爷生病了。立刻就把他送进旅馆，还跟去一名保姆。结果小少爷就死在那儿了，连娘也不在身边。

跟班甲 不怕造孽呀！我认为，谁也躲不开上帝。

费奥多尔·伊万内奇 我也是这样想的。

[雅科夫端着夹心面包片跑步上楼。]

跟班甲 还要请您注意，要是现在什么人都怕，那就只好关在四堵墙里，就像在大牢里，坐在那儿别动。

第十三场

前场人物和塔尼娅，雅科夫随后登场。

塔尼娅 [向跟班们鞠躬。] 你们好！

[跟班们鞠躬。]

费奥多尔·伊万内奇！我有两句话要对您说。

费奥多尔·伊万内奇 哦，什么事？

塔 尼 娅 费奥多尔·伊万内奇，庄稼人又来了……

费奥多尔·伊万内奇 还有什么事要办呢？文书我已经交给谢苗了呀……

塔 尼 娅 文书我已经给他们了。他们真是感激不尽，我也不知道该怎么表达。现在他们只要求收下他们的钱。

费奥多尔·伊万内奇 他们在哪儿？

塔 尼 娅 就在这儿。在门口台阶旁边站着。

费奥多尔·伊万内奇 那好吧，我去对他们说。

塔 尼 娅 费奥多尔·伊万内奇老爹，我对您还有一个请求。

费奥多尔·伊万内奇 还有什么事？

塔 尼 娅 费奥多尔·伊万内奇，我在这儿待不下去了。您去求求太太放了我。

[雅科夫跑步登场。]

费奥多尔·伊万内奇 [对雅科夫。] 你怎么啦？

雅 科 夫 还要一只茶炊和凳子。

费奥多尔·伊万内奇 你去找女管家。

[雅科夫跑步下。]

这到底是怎么一回事呢？

塔 尼 娅 没有办法呀！现在我的事情只有这样办了。

雅 科 夫 [跑步登场。] 凳子太少。

费奥多尔·伊万内奇 有多少就上多少。

[雅科夫跑步退场。]

你选的时候不对。你瞧，忙忙乱乱的……

塔 尼 娅 可是，费奥多尔·伊万内奇，您自己知道，不管等多少时候，这样忙忙乱乱的情况也不会结束。您自己知道，这可是我的终身大事……费奥多尔·伊万内奇老爹，您为我做了一件大好事。您就是我的亲爹。请您抽点时间说一说。否则太太会生气的，会扣住居留证不给我。

费奥多尔·伊万内奇 你干吗这么着急呀？

塔 尼 娅 费奥多尔·伊万内奇，怎么能不着急呢？如今事情已经办成……我要到教母家去，准备一下。复活节后就办喜事。费奥多尔·伊万内奇老爹，您一定说一说呀！

费奥多尔·伊万内奇 你这会儿先走吧，这儿不是地方。

第十四场

一位老爷［上了年纪］从楼上下来，默默无声地同跟班乙下。塔尼娅下。费奥多尔·伊万内奇、跟班甲和雅科夫。［雅科夫登场。］

雅 科 夫 费奥多尔·伊万内奇，为什么这样欺负人呀！太太现在要辞退我。她说，你总是砸东西，还忘了喂菲夫卡，违反我的命令带庄稼人去厨房。您是了解的呀，我什么也不知道！只是塔季扬娜对我说——带到厨房去。我也不知道是按照谁的命令。

费奥多尔·伊万内奇 怎么，她说过吗？

雅 科 夫 她刚才说的。费奥多尔·伊万内奇，您一定要替我说说情！家里刚开始恢复元气，要是丢掉差事，什么时候才能再找到呢。费奥多尔·伊万内奇，求求您！

第十五场

费奥多尔·伊万内奇、跟班甲和太太给戴假发、镶假牙的老伯爵夫人送行。跟班甲伺候伯爵夫人穿外衣。

太　　太　请您一定光临呀！真的！我真是非常感动呢。

伯爵夫人　要不是身体欠佳，我会多到府上来的。

太　　太　真的，请带上彼得·彼得罗维奇。他有点粗鲁，不过谁也不能像他那样安慰人。他的话都非常简朴、非常明了。

伯爵夫人　不，我已经习惯啦。

太　　太　请留意。

伯爵夫人　Merci mille fois merci! ①

第十六场

前场人物和激动得披头散发从餐室里跳出来登场的格里戈里。在他身后可以看见谢苗。

谢　　苗　你别去欺侮她。

① 法语，意为："谢谢，非常感谢！"

格里戈里　你这个混蛋，我要教教你怎么打架！哼，你这个恶棍！

太　　太　这是怎么一回事？你们是在下等酒馆里吗？

格里戈里　这个粗暴的庄稼汉不让我活了。

太　　太　[不耐烦地。] 你们发疯了，难道你们没长眼睛？[对伯爵夫人。] Merci, mille fois merci.A mardi. ①

第十七场

费奥多尔·伊万内奇、太太、格里戈里和谢苗。

太　　太　[对格里戈里。] 这是怎么一回事？

格里戈里　我虽说是个跟班，可是我也有自尊心，决不允许任何庄稼人推撞我。

太　　太　到底发生了什么事？

格里戈里　就是您的谢苗，因为跟老爷们在一起坐过，竟然大胆妄为，老是要打架。

太　　太　究竟是怎么一回事？为什么这样？

格里戈里　上帝知道。

太　　太　[对谢苗。] 这到底是什么意思？

谢　　苗　他为什么要欺负她呢？

太　　太　你们到底发生了什么事？

谢　　苗　[微笑着。] 是这样的。他老是对塔尼娅，就是您的

① 法语，意为："谢谢，非常感谢。星期二见。"

贴身丫头，动手动脚。可她不愿意。我就用手把他拉开了……只用了一点点劲。

格里戈里 拉得不错，差点儿把肋骨给拉断了。燕尾服也扯破了。他还说："像昨天一样，我忽然冒出一股力量。"就动手掐我。

太　　太 [对谢苗。] 你怎么敢在我家里打架？

费奥多尔·伊万内奇 安娜·帕夫洛夫娜，请允许向您禀报。应当告诉您的是，谢苗对塔尼娅有感情，现在他们已经订婚了。格里戈里呢，说实话吧，表现不好，不光彩。所以嘛，我想谢苗就生他的气。

格里戈里 完全不是这回事。这是因为他们恨我揭发了他们的鬼把戏。

太　　太 什么鬼把戏？

格里戈里 就是招魂的事。昨天那些玩意儿不是谢苗，全是塔尼娅干的。我亲眼看见她从沙发底下出来。

太　　太 从沙发底下钻出来——到底是怎么一回事？

格里戈里 我对天发誓。文书也是她拿来扔到桌子上的。要不是她的话，文书也不会签字，地也不会卖给庄稼人。

太　　太 您亲眼看见的？

格里戈里 我亲眼看见的。请您吩咐叫她来。她赖不掉。

太　　太 叫她来。

[格里戈里退场。]

第十八场

前场人物，格里戈里除外。台后传来嘈杂声、门房的话声："不行，不行！"门房上场，三名庄稼人从他身边夺路冲上舞台。庄稼人乙在前面；庄稼人丙绊一跤，倒在地上，捂着鼻子。

门　　房　不行，走吧！

庄稼人乙　不会倒霉吧。我们又不是在干坏事。我们是来送款子的。

庄稼人甲　是哇，画了押签了字，事就办成了。我们只是抱着感激的态度来缴钱的。

太　　太　等一等，等一等再表示感谢。这全是骗局。事情还没有了结呢。还没有卖出去。列昂尼德！叫列昂尼德·费奥多罗维奇来。

[门房退场。]

第十九场

前场人物。列昂尼德·费奥多罗维奇上，看见太太和庄稼人以后，就想返回去。

太　　太　别走，别走，请到这儿来！我几次对您说过，地不能赊出去。大家都对您说过。您像个大傻瓜，受骗了。

列昂尼德·费奥多罗维奇 受什么骗？我不明白，有什么骗局。

太　　太 您不害羞吗？您的头发都花白了，可还像小孩一样受骗，叫人家嘲笑您。您舍不得花三百卢布替儿子保住社会地位，可自己却叫人家骗了成千上万的卢布。

列昂尼德·费奥多罗维奇 Annette[①]，你别着急呀。

庄稼人甲 我们只是想把钱缴清……

庄稼人丙 ［取出款子。］看在上帝的面上，放我们走吧！

太　　太 等一等，你们等一等。

第二十场

前场人物、格里戈里和塔尼娅。

太　　太 ［严厉地对塔尼娅。］昨天招魂会时，你在小客厅里吗？

［塔尼娅叹口气，回头看费奥多尔·伊万内奇、列昂尼德·费奥多罗维奇和谢苗。］

格里戈里 用不着绕圈圈了，我亲眼看见的……

太　　太 你说，你在不在小客厅里？我会了解到的，你坦白承认吧。我不处罚你。我只想揭露他［指着列昂尼德·费奥多罗维奇。］这位老爷……是你把文

① 法语，意为：“安妮特”。

书扔到桌子上的吗？

塔尼娅 我不知道该怎么回答。我只有一个要求——能不能放我回家？

太　太 ［对列昂尼德·费奥多罗维奇。］您瞧，在拿您开心呢。

第二十一场

前场人物。这一场开始时，贝特西上，悄悄地站在一边。

塔尼娅 安娜·帕夫洛夫娜，放我走吧！

太　太 不行，亲爱的！要知道，也许你使我们损失了几千卢布呢。不该卖的地卖掉了。

塔尼娅 安娜·帕夫洛夫娜，放我走吧。

太　太 不，你要负责。胡来是不行的。我要告到调解法庭去。

贝特西 ［走上前。］妈妈，您放了她吧。您要是想审判她，那就连我一块审判吧，昨天是我跟她一块干的。

太　太 哼，有你掺和，肯定没好事。

第二十二场

前场人物和教授。

教　授 您好，安娜·帕夫洛夫娜！您好，小姐！列昂尼德·费奥多罗维奇，我是来给您送芝加哥第十三次唯灵论者代表大会总报告的。施米特的发言极其有趣。

列昂尼德·费奥多罗维奇　哦，很有意思！

太　　太　我可以对您说一说更有趣的事。原来是这个丫头拿您和我丈夫开心的。贝特西扯到自己身上，不过这是为了气我。是一个文盲小丫头拿你们开心，你们却相信她！昨天你们的那些招魂显灵根本就不存在，全是她［指塔尼娅。］干的。

教　　授　［脱大衣。］到底是怎么一回事？

太　　太　是这样的。她趁黑弹吉他，也是她敲我丈夫的脑袋。你们那些蠢事也是她干的。她刚才坦白承认了。

教　　授　［微笑着。］这又能证明什么呢？

太　　太　证明您的招魂术是胡说八道！证明的就是这一点。

教　　授　因为这个姑娘想骗人，因为这一点招魂术就像您说的，成了胡说八道吗？［微笑。］奇怪的结论！很可能这个姑娘想骗人，这事常有；也许她干出了什么事，但是，她所干的事，是她干的；招魂能的显灵是招魂能的显灵。甚至很可能是这个姑娘干的事引起了，就是说诱发了招魂能的显灵，赋予它一定的形式。

太　　太　又在做报告了！

教　　授　［严厉地。］安娜·帕夫洛夫娜，您说这个姑娘，也许还有这位可爱的小姐，做了些事。然而亮光我们大家都看见了。第一次体温降低，第二次体温升高，还有格罗斯曼的激动和振荡。怎么，难道这一切也是这位姑娘干的？这些都是事实，安娜·帕夫洛夫娜，都是事实！不，安娜·帕夫洛夫娜，有些事物需要研究，需要全面彻底去理解，然后再去谈论它们，这些事物是太重要太重要了……

列昂尼德·费奥多罗维奇 还有玛丽亚·瓦西里耶夫娜看见的孩子呢？还有，我也看见了……这事嘛，这个姑娘也是办不到的呀。

太　　太 您总以为自己是聪明人，其实您是一个大傻瓜。

列昂尼德·费奥多罗维奇 唉，我走。阿列克谢·弗拉基米罗维奇，到我房间里去。[走进书房，退场。]

教　　授 [耸着肩，跟他走。] 是啊，我们比欧洲差远啰。

第二十三场

太太、三名庄稼人、费奥多尔·伊万内奇、塔尼娅、贝特西、格里戈里和谢苗。雅科夫上。

太　　太 [对着列昂尼德·费奥多罗维奇背后。] 把他像傻瓜一样骗了，他却视而不见。[对雅科夫。] 你有什么事？

雅 科 夫 请问给许多人都摆上餐具吗？

太　　太 要不要给许多人？……费奥多尔·伊万内奇！从

他手上把银餐具接过来！马上滚！坏事都是他干的。这个人要把我赶进棺材。昨天差一点饿死小狗。小狗一点也没碰他。这还不算，昨天又是他把害传染病的庄稼人领进了厨房，现在他们又待在这儿。坏事都是他干的。滚，马上滚！算工钱给他，算工钱给他！［对谢苗。］要是你今后还敢在我家撒野，我就要教训你这个混账东西！

庄稼人乙 没什么！既然他是一个混账东西，就没有必要卡住他不放，算工钱吧。不用多说了。

太　　太 ［听他说话，一边端详庄稼人丙。］你们看呀，这个人鼻子上有疹子，疹子！他是个病人，他带有传染病菌！！昨天我已经说过，不要放他们进来。瞧，他们又站在这儿了。把他们赶走呀！

费奥多尔·伊万内奇 怎么，您吩咐不收他们的款子？

太　　太 款子？款子您收下吧，不过立即把他们，特别是这个病人，赶出去！他已经烂完了！

庄稼人丙 你这是冤枉人，太太。真的，冤枉人。比方说吧，你问一下我的老婆子。我怎么会烂完了？我，比方说吧，像玻璃一样光溜。

太　　太 还回嘴吗？……滚，滚！还要作对！……不，我受不了，受不了！快去找彼得·彼得罗维奇来。［跑步退场，一边抽泣。］

［雅科夫和格里戈里退场。］

第二十四场

前场人物，太太、雅科夫和格里戈里除外。

塔尼娅 ［对贝特西。］小姐，亲爱的，现在我该怎么办呢？

贝特西 没关系，没关系。你跟他们走吧，我来解决。［退场。］

第二十五场

费奥多尔·伊万内奇、三名庄稼人、塔尼娅和门房。

庄稼人甲 怎么办啊，老兄？眼下缴不缴款子？

庄稼人乙 你放我们走吧。

庄稼人丙 ［对钱不知所措。］要是我知道，我一辈子也不会管这事。这比害一场大病还要坑人。

费奥多尔·伊万内奇 ［对门房。］送他们到我房里去，那儿有算盘。我就在那儿收款子。去吧，去吧。

门　房 走吧，咱们走吧。

费奥多尔·伊万内奇 你们要谢谢塔尼娅。要不是她，你们别想弄到地。

庄稼人甲 是哇。她想出了个由头，就办成啦。

庄稼人丙 她把我们弄成人啦。要不然是什么样呢？地太少，别说大牲口了，连只小鸡都没有地方喂啊。再见哇，聪明的丫头！等你回到乡下，来我家喝蜜呀。

庄稼人乙 我一回到家，立刻动手准备办喜事，酿啤酒。一定要来啊。

塔 尼 娅 一定来，我一定来！［兴奋地尖声叫。］谢苗！太好啦！

［庄稼人们退场。］

第二十六场

费奥多尔·伊万内奇、塔尼娅和谢苗。

费奥多尔·伊万内奇 上帝保佑！喂，塔尼娅，你记着，等你有了家，我一定上你家做客呀。你招待吗？

塔 尼 娅 亲爱的，我们要像招待亲生父亲一样招待你呀！［拥抱并吻他。］

［幕落。］

光在黑暗中发亮

[五幕正剧]

出场人物

尼古拉·伊万诺维奇·萨伦采夫

玛丽亚·伊万诺夫娜·萨伦采娃 尼古拉的妻子

斯乔帕/万尼亚 萨伦采夫夫妇的儿子

柳芭/米西/卡佳 萨伦采夫夫妇的女儿

米特罗凡·叶尔米洛维奇 万尼亚的教师

萨伦采夫家的家庭女教师

萨伦采夫家的保姆

亚历山德拉·伊万诺夫娜·科霍夫采娃 玛丽亚·伊万诺夫娜的姐姐

彼得·谢苗诺维奇·科霍夫采夫 亚历山德拉的丈夫

丽赞卡 科霍夫采夫夫妇的女儿

切列姆沙诺娃公爵夫人

鲍里斯 切列姆沙诺娃公爵夫人的儿子

冬尼娅 切列姆沙诺娃公爵夫人的女儿

小女孩 切列姆沙诺娃公爵夫人的女儿

瓦西里·尼卡诺罗维奇 年轻的司祭

亚历山大·米哈伊洛维奇·斯塔尔科夫斯基 柳芭的未婚夫

格拉西姆神父 司祭

公证人

伊万·贾布列夫 庄稼汉

玛拉什卡 伊万的女儿，带一个孩子

村　　妇 伊万的妻子

叶尔米尔 庄稼汉

另外一名庄稼汉

谢瓦斯季扬 庄稼汉

彼　　得 庄稼汉

村　　妇 彼得的妻子

村警

手持大草镰的庄稼汉们；手持耙子的村妇们

细木工

将军

将军的副官

上校

团部文书

哨兵

两名押解兵

宪兵军官

宪兵军官的文书

团部司祭

军医院精神科主任大夫

上述精神科助理大夫

上述精神科看守

患病军官

舞会钢琴伴奏师

伯爵夫人

亚历山大·彼得罗维奇

萨伦采夫家的仆人们

大学生们、女士们

几对跳舞的人

第一幕

舞台现出乡间富宅一个带顶的露台。露台前是几个花坛、草地网球场和一处槌球场。孩子们同家庭女教师在槌球场上打球。露台上坐着——玛丽亚·伊万诺夫娜·萨伦采娃，四十岁，是个漂亮、优雅的女人；她的姐姐亚历山德拉·伊万诺夫娜·科霍夫采娃，四十五岁，是个肥胖、果断、愚蠢的女人；姐姐的丈夫彼得·谢苗诺维奇·科霍夫采夫，穿着夏季服装，身体肥胖，皮肤松弛，戴一副夹鼻眼镜。他们坐在铺着桌布、摆着餐具的桌旁，桌上放着茶炊和咖啡。他们在喝咖啡，彼得·谢苗诺维奇在吸烟。

第一场

玛丽亚·伊万诺夫娜、亚历山德拉·伊万诺夫娜和彼得·谢苗诺维奇。

亚历山德拉·伊万诺夫娜 假如你不是我的妹妹而是外人，尼古拉·伊万诺维奇不是你的丈夫而是熟人，那么我会觉得这事很古怪，也很讨人喜欢，也许我自己也会附和他的。J'aurais trouvé tout ça très gentil.[1] 可是我看见你丈夫胡来，简直是胡来，我不得不把心里话告诉你。我也要告诉他，你的丈夫。Jc lui dirai son fait, au cher[2] 尼古拉·伊万诺维奇。我什么人也不怕。

玛丽亚·伊万诺夫娜 我一点也不生气。我自己也看见了。不过我认为这事没什么了不起。

亚历山德拉·伊万诺夫娜 是啊，你不这样想。可是我告诉你，如果你任其下去，那么你们就会一贫如洗，du train quc ccla va[3]。

彼得·谢苗诺维奇 哎，他们那样大的家产，穷不了的。

亚历山德拉·伊万诺夫娜 是的，一贫如洗。我亲爱的，你别打断我的话。你总是认为男人们的所作所为全是好的……

彼得·谢苗诺维奇 哎，我并不知道呀，我是说……

亚历山德拉·伊万诺夫娜 你一向不知道自己在说些什么，因为假如你们男人开始胡来，il n'y a pas de raison que ça finisse[④]。我只是说，我处在你的地位就不允许这样干。J'aurais mis bon ordre à toutes ces lubies.[⑤]这到底是怎么一回事？丈夫，一家之主，竟然无所事事，扔下家不管，把产业全都给了别人，et fait le généreux à droite et à gauche[⑥]。我知道这事的结局。Nous en savons quelque chose.[⑦]

彼得·谢苗诺维奇 [对玛丽亚·伊万诺夫娜。] Marie[⑧]，请您给我解释解释，那是一种什么新的流派。哎，自由派，像地方自治局、宪法、学校、阅览室以及tout ce qui s'en suit[⑨]，这些我都明白。哎，还有社会主义者——les grèves[⑩]，八小时工作制，这我也理解。可那到底是什么呢？请您给我说一说。

玛丽亚·伊万诺夫娜 他昨天已经告诉您了呀。

彼得·谢苗诺维奇 老实说，我没弄懂。《福音书》、登山宝训、教会都不需要……那祈祷以及诸如此类的事怎么办呢……

玛丽亚·伊万诺夫娜 他只破不立，这就是最主要的。

---

① 法语，意为："我会觉得这事非常讨人喜欢。"
② 法语，意为："我要把实话都告诉他，告诉我亲爱的"。
③ 法语，意为："从事情的发展来看"。
④ 法语，意为："那就没有结束这种情况的理由了"。
⑤ 法语，意为："我要结束这一切胡作非为。"
⑥ 法语，意为："到处慷慨解囊"。
⑦ 法语，意为："对这种事我们略知一二。"
⑧ 法语，意为："玛丽亚"。
⑨ 法语，意为："由此引发的种种"。
⑩ 法语，意为："罢工"。

彼得·谢苗诺维奇 这些事是怎么开始的呢？

玛丽亚·伊万诺夫娜 是去年开始的，自他姐姐死后。他很爱姐姐，姐姐的死对他影响很大。从那时候起他就非常忧郁，总是在谈论死的事，自己也病倒了，这你们是知道的。瞧，害过伤寒以后他就彻底变了。

亚历山德拉·伊万诺夫娜 哎，春天他还到莫斯科来看过我们，很讨人喜欢，而且还玩过文特牌。Il était très gentil et comme tout le monde.[1]

玛丽亚·伊万诺夫娜 是的，可是他已经变了一个人。

彼得·谢苗诺维奇 到底是怎么回事呢？

玛丽亚·伊万诺夫娜 对家庭漠不关心，简直是得了 idée fixe[2]。他整天念《福音书》，夜里不睡觉，起来读，做笔记，抄录，接着开始访问高级僧侣、长老，都是去请教宗教问题。

亚历山德拉·伊万诺夫娜 怎么样呢，他斋戒吗？

玛丽亚·伊万诺夫娜 从结婚以来，他还没斋戒过，就是说有二十五年了。现在呢，在修道院斋戒过一次，接着又决定不需要斋戒，不需要上教堂。

亚历山德拉·伊万诺夫娜 我正是说他朝三暮四。

玛丽亚·伊万诺夫娜 是啊，一个月前，他没放过一次礼拜，遵守所有的斋期。后来这一切突然都没必要了。真拿他没办法。

---

① 法语，意为：“他非常讨人喜欢，像大家一样。”
② 法语，意为：“偏执症”。下同。

亚历山德拉·伊万诺夫娜　我说过他，以后还要说他。

彼得·谢苗诺维奇　是啊。不过这还没什么了不起……

亚历山德拉·伊万诺夫娜　对你来说，什么事都没什么了不起，因为男人什么教都不信。

彼得·谢苗诺维奇　请允许我说一句。我是说问题不在这里。假如他反对教会，那还要《福音书》干什么？

玛丽亚·伊万诺夫娜　那是因为得照《福音书》，照宝训的话去生活，把一切都献出来。

亚历山德拉·伊万诺夫娜　总是走极端。

彼得·谢苗诺维奇　要是把一切都献出，那么靠什么生活呢？

亚历山德拉·伊万诺夫娜　哎，他在宝训里在哪找到要求跟仆人 shake hands [1] 这么一条的？那里说的是："温柔的人有福了。"[2] 根本没说 shake hands 的事。

玛丽亚·伊万诺夫娜　自然，还是他着迷了，他一贯爱着迷，有一段时间迷音乐，迷打猎，迷办学校。可我并不因此就觉得轻松一些。

彼得·谢苗诺维奇　他到城里去干什么？

玛丽亚·伊万诺夫娜　他没告诉我，不过我知道他是去谈在我们这里伐木的事。庄稼人砍了我们的树林。

彼得·谢苗诺维奇　就是那片人工栽的云杉林？

玛丽亚·伊万诺夫娜　是的。法院判他们赔款、坐牢。他对我说，这案子今天要由会审法庭审理，我相信他是为这事去的。

---

① 英语，意为："握手"。
② 见《圣经·新约·马太福音》第五章第五节。

亚历山德拉·伊万诺夫娜 他宽恕这批人，明天这批人就会来砍园林。

玛丽亚·伊万诺夫娜 啊，事情就是这样开始的。所有的苹果树都被折断了，所有的草地也被踩烂了。他什么都宽恕。

彼得·谢苗诺维奇 真奇怪。

亚历山德拉·伊万诺夫娜 因此我才说，对这事绝不能不管。要是这样继续下去，那么 tout y passera ①。我想，你作为母亲，应当 prendre tes mesures ②。

玛丽亚·伊万诺夫娜 我有什么办法呢？

亚历山德拉·伊万诺夫娜 办法？阻止他，告诉他不能这样做。你有儿女，叫他们怎样仿效呢？

玛丽亚·伊万诺夫娜 自然令人难堪。可是我总是逆来顺受，指望这事会过去的，就像他以往着迷的事都过去了一样。

亚历山德拉·伊万诺夫娜 不过 aide-toi, et dieu t'aidera ③。应当让他感觉到他不是一个人，不能这样过日子。

玛丽亚·伊万诺夫娜 最糟糕的是他不再管儿女们的事了。全要我一个人拿主意。可是，我有一个吃奶的孩子，还有一群女孩和男孩需要照管，督促。事事都是我一个人过问。从前他是一个那么温柔、体贴的父亲。现在呢，什么都无所谓。昨天我对他

---

① 法语，意为："他会把家产挥霍一空"。
② 法语，意为："采取自己的措施"。
③ 法语，意为："人要自助，上帝方才助人"。

说，万尼亚不念书，考试肯定通不过；他却说，要是他干脆退学，那倒要好得多。

彼得·谢苗诺维奇 那么，上哪儿去呢？

玛丽亚·伊万诺夫娜 哪儿也不去。最可怕的就是他认为什么都不好；怎么才好呢他又不说。

彼得·谢苗诺维奇 这可太奇怪了。

亚历山德拉·伊万诺夫娜 这有什么奇怪的？这就是你们惯常的作风——批判一切，可又什么都不干。

玛丽亚·伊万诺夫娜 现在斯乔帕已经毕业了，要选择出路，可是父亲什么也不对他说。他想到大臣办公厅去工作，尼古拉·伊万诺维奇说，这没有用处。他想入近卫骑兵队，尼古拉·伊万诺维奇根本不赞成。他问——我怎么办呢？总不能去种地吧。尼古拉·伊万诺维奇竟说——为什么不能去种地？比坐办公室强多了。唉，他怎么办呢？他来找我，问我怎么办，全要我拿主意。可是权都在他手上。

亚历山德拉·伊万诺夫娜 哎，应当把这些都直截了当地告诉他。

玛丽亚·伊万诺夫娜 对，应当这样办，我同他谈谈。

亚历山德拉·伊万诺夫娜 你直截了当地告诉他，你不能这样下去了；你在尽自己的责任，他也应当尽自己的责任。要是他不干，那就叫他全都交给你。

玛丽亚·伊万诺夫娜 唉，这真叫人难受。

亚历山德拉·伊万诺夫娜 如果你愿意，我去对他说。Je lui

dirai son fait .[1]

[年轻的司祭上。他有些受窘和激动，
拿着一本小书，同大家握手。]

第二场

前场人物和年轻的司祭。

司　　祭　我是来拜望尼古拉·伊万诺维奇的，就是说，送书来了。

玛丽亚·伊万诺夫娜　他进城去了，很快就会回来。

亚历山德拉·伊万诺夫娜　您借了一本什么书呀？

司　　祭　勒南[2]先生的著作，这么说吧，《耶稣传》。

彼得·谢苗诺维奇　什么！您读这种书！

司　　祭　[激动地点燃香烟。]是尼古拉·伊万诺维奇大人借给我看的。

亚历山德拉·伊万诺夫娜　[轻蔑地。]是尼古拉·伊万诺维奇借给您看的。怎么样，您同意尼古拉·伊万诺维奇和勒南先生的意见吗？

司　　祭　当然不同意。这么说吧，如果我同意，那么我就不会像人们所说的是教会仆人了。

亚历山德拉·伊万诺夫娜　假如您像人们所说的是教会的忠实仆人，那您为什么不说服尼古拉·伊万诺维

---

① 法语，意为："我把实话都告诉他。"
② 勒南（1823—1892），法国作家，《基督教起源史》的作者。

奇呢?

司　　祭　可以说，每一个人对这些问题都有自己的看法；可以说，尼古拉·伊万诺维奇有许多正确的论点，但在主要问题上有失误，就是关于教会的问题。

亚历山德拉·伊万诺夫娜　[轻蔑地。] 尼古拉·伊万诺维奇到底有哪些正确的论点呢？怎么，照登山宝训去做，把自己的家产统统分给外人，叫自己家里人去讨饭，这也正确吗?

司　　祭　怎么说呢？教会使家庭变得神圣，这么说吧，教会的神父为家庭祝福，但是，至善的境界要求放弃尘世的享乐。

亚历山德拉·伊万诺夫娜　是的，苦行者是这样做的，可是我想凡人应当做平凡的事，每一个好基督徒都该这样。

司　　祭　任何人都不知道自己的使命是什么。

亚历山德拉·伊万诺夫娜　喂，您自然是结过婚了?

司　　祭　是的。

亚历山德拉·伊万诺夫娜　也有子女?

司　　祭　两个。

亚历山德拉·伊万诺夫娜　那么您为什么不放弃尘世的享乐呢？瞧，您在抽香烟。

司　　祭　因为意志薄弱，这么说吧，不称职。

亚历山德拉·伊万诺夫娜　是啊，我看见了，您不是去开导尼古拉·伊万诺维奇，而是支持他。我老实对您说吧，这不大好啊。

第三场

前场人物和保姆。

保　　姆　[登场。]怎么，您没听见？小尼古拉在闹呢。请您去喂奶吧。

玛丽亚·伊万诺夫娜　就去，就去。[站起来，退场。]

第四场

前场人物，保姆和玛丽亚·伊万诺夫娜除外。

亚历山德拉·伊万诺夫娜　我太可怜我妹妹了。我看得出，她多么痛苦。管这个家可不是闹着玩的。七口人，包括孩子和一个奶娃娃，再加上那些想入非非的东西。我简直觉得这里事情不妙。[指着脑袋。]我问您——你们发现的新宗教是怎么一回事？

司　　祭　我不明白，这么说吧……

亚历山德拉·伊万诺夫娜　请您别对我耍滑头了。您很清楚我问什么。

司　　祭　对不起……

亚历山德拉·伊万诺夫娜　我想问，这是什么信仰？竟然主张握庄稼人的手，让他们砍树林，还给钱买伏特加酒，可自己的家庭撂下不管？

司　　祭　这事我不知……

亚历山德拉·伊万诺夫娜　他说这是基督教。您是东正教的司祭，因此应当知道并且应当告诉大家，基督教是不是叫人奖励偷窃？

司　　祭　可是我……

亚历山德拉·伊万诺夫娜　否则的话，您还算什么司祭，留什么长发，穿什么法衣呢？

司　　祭　亚历山德拉·伊万诺夫娜，可没人问我们……

亚历山德拉·伊万诺夫娜　怎么没人问？我就在问。昨天他对我说，《福音书》里说——有求你的，就给他。可是，应当怎样去理解呢？

司　　祭　我想是从简单的意义上去理解。

亚历山德拉·伊万诺夫娜　可是我认为不是从简单的意义上去理解，而是照我们学过的去理解，每个人的命都是上帝指定的。

司　　祭　当然。不过……

亚历山德拉·伊万诺夫娜　瞧，很清楚，人家告诉我了，您站在他那一边。我干脆告诉您吧，这很不好。假如是一个女教师或者一个小孩子支持他，那还罢了。您身为司祭就应当记得自己的责任。

司　　祭　我尽量……

亚历山德拉·伊万诺夫娜　他不上教堂，不承认圣礼，这算什么宗教呢？您呢，不是去开导他，却跟他一起读勒南的书，按自己的意思解释《福音书》。

司　　祭　[激动地。] 我无法回答。这么说吧，我被击中了要害，因此无言以对。

亚历山德拉·伊万诺夫娜　唉，假如我是高级僧侣，我就教您怎么读勒南的书，怎么吸香烟。

彼得·谢苗诺维奇　Mais cessez au nom du ciel. De quel droit ? ①

亚历山德拉·伊万诺夫娜　你别来教训我。我相信神父不生我的气。得了，我全说出来了。如果我把怨气都积在心里，那更不好。

司　　祭　请您原谅，如果我的说法不对，请您原谅。

[尴尬的静场。司祭走到一旁，打开书，阅读。柳芭和丽赞卡登场。柳芭是一个二十岁的、精力充沛的漂亮姑娘，玛丽亚·伊万诺夫娜的女儿。丽赞卡比她年长，是亚历山德拉·伊万诺夫娜的女儿。她俩都系着头巾，提着小篮子，准备出门去采蘑菇。她们问了好，柳芭向姨妈和姨父问好，丽赞卡向父母问好，同时都向司祭问好。]

第五场

前场人物、柳芭和丽赞卡。

柳　　芭　妈妈在哪儿?

亚历山德拉·伊万诺夫娜　刚刚出去喂奶了。

彼得·谢苗诺维奇　喂，你们可得多采些回来。今天一个小

---

① 法语，意为：“看在上帝的分上，别说了。你有什么权利？”

姑娘采来了极好的白蘑菇。我本想跟你们一起去的，可是天太热了。

丽 赞 卡 爸爸，咱们一起去吧。

亚历山德拉·伊万诺夫娜 去吧，去吧，否则你更得发胖了。

彼得·谢苗诺维奇 那好吧，不过我要带上烟卷儿。[退场。]

第六场

前场人物，彼得·谢苗诺维奇除外。

亚历山德拉·伊万诺夫娜 年轻人都到哪儿去了？

柳 芭 斯乔帕骑车去车站，米特罗凡·叶尔米雷奇[①]和爸爸进城了，几个小的在打槌球，万尼亚就在这儿，在台阶上逗小狗玩呢。

亚历山德拉·伊万诺夫娜 怎么样，斯乔帕做出什么决定没有？

柳 芭 他亲自把要求当志愿兵的申请书送去了。昨天他对爸爸非常无礼，真讨厌。

亚历山德拉·伊万诺夫娜 哎，他自己也不好过啊。Il n'y a pas de patience qui tienne.[②] 小伙子需要开始生活，可是人家对他说——你去种地吧。

柳 芭 爸爸不是这样对他说的。他说……

亚历山德拉·伊万诺夫娜 唉，反正都一样。只是斯乔帕需

① 叶尔米雷奇是叶尔米洛维奇的简称。
② 法语，意为："忍耐都是有限度的。"

要开始生活，不管他有什么设想，总说不好。因此他才自作主张。

[斯乔帕骑车登场。]

第七场

前场人物和斯乔帕。

亚历山德拉·伊万诺夫娜 Quand on parle du soleil，on en voit les rayons.[①] 刚才我们谈到你。柳芭说，你同爸爸谈话的情况不佳。

斯 乔 帕 没那回事。没什么特别的。他把自己的意见告诉了我，我呢，也谈了自己的意见。我们的信念不一致，这不是我的过错。柳芭什么也不懂，却要大发议论。

亚历山德拉·伊万诺夫娜 你们到底是怎么决定的?

斯 乔 帕 我不知道爸爸做了什么决定，恐怕他自己也不大清楚。不过我私下决定以志愿兵的身份参加近卫骑兵队。只有我们家凡事都要弄出一些特别的麻烦。事情本来非常简单。我毕业了，应当服兵役。我讨厌跟醉汉和粗鲁的军官们一起在军队里服兵役，因此我要加入近卫军，那儿有我的许多朋友。

① 法语，意为："刚说到太阳，太阳就放光了。"

亚历山德拉·伊万诺夫娜 嗯，可是爸爸为什么不同意呢？

斯乔帕 爸爸么？他的事真难说。他受到自己的 idéefixe 的影响，除了他想看见的以外，什么都不闻不问。他说，军职是最卑鄙的职业，因此不要去服兵役，因此他就不给我钱。

丽赞卡 不对，斯乔帕，他不是这样说的。当时我也在场。他说，假如不能不服兵役的话，那么就应当应征入伍，而当志愿兵就意味着自己选择这种职业。

斯乔帕 可去服兵役的是我，而不是他。他也服过兵役啊。

丽赞卡 是的，不过他说，他并不是不给钱，而是不能做违反他的信念的事。

斯乔帕 这里没什么信念可谈，而是应当服兵役，就是这么回事。

丽赞卡 我只不过说了我听见的话。

斯乔帕 我知道，你同意爸爸的一切意见。姨妈，您知道吗，丽莎即丽赞卡，完全站在爸爸一边。

丽赞卡 凡是正确的……

亚历山德拉·伊万诺夫娜 我也知道丽莎一向赞成各种蠢事。她闻得出哪里有蠢事。Elle flaire cela de loin.[1]

---

① 法语，意为："她老远就闻得到这种事。"

第八场

前场人物和万尼亚。

[万尼亚穿着红衬衫，带着狗跑步登场，手里拿着一封电报。]

万尼亚 [对柳芭。] 你猜，谁要来？

柳芭 没必要猜是谁。把电报给我。[伸手要，万尼亚不给。]

万尼亚 我不给你也不告诉你。就是叫你脸红的那个人。

柳芭 胡说！是谁打来的电报？

万尼亚 瞧，你脸红啦，脸红啦。阿林娜[1]姨妈，她脸红了，对吗？

柳芭 别胡说啦！是谁打来的？阿林娜姨妈，是谁打来的？

亚历山德拉·伊万诺夫娜 是切列姆沙诺夫府上。

柳芭 原来是他们！

万尼亚 是啊！那你干吗脸红啊？

柳芭 姨妈，给我看看电报。[读。]"我们三人乘邮车到。切列姆沙诺夫家。"这么说，是公爵夫人、鲍里斯和冬尼娅。好啊，我很高兴。

万尼亚 是很高兴呀！斯乔帕，你瞧，她的脸多红。

斯乔帕 哎，别老缠着她，说来说去都是一句话。

万尼亚 是呀，因为你也在追求冬尼娅啊。你们还是抓阄吧。

---

① 阿林娜是亚历山德拉的爱称。

要不然哥哥不能娶妹妹，妹妹也不能嫁给哥哥。

斯乔帕 别胡说了。最好别开口。对你说过多少次了。

丽赞卡 假如乘邮车来的话，现在他们就要到了。

柳芭 是呀。我们别出去了吧。

[彼得·谢苗诺维奇拿着香烟登场。]

第九场

前场人物和彼得·谢苗诺维奇。

柳芭 彼佳[①]姨父，我们不去了。

彼得·谢苗诺维奇 怎么回事？

柳芭 切列姆沙诺夫一家马上就要到了。最好还是先打一场网球吧。斯乔帕，你打吗？

斯乔帕 好呀。

柳芭 我和万尼亚对你和丽赞卡。同意吗？我去拿球，把孩子们也带来。[退场。]

第十场

前场人物，柳芭除外。

彼得·谢苗诺维奇 唉，我只好留下来。

---

① 彼佳是彼得的爱称。

司　　祭　[想退场。] 再见!

亚历山德拉·伊万诺夫娜　不，您等一等，神父。我想同您谈谈。再说尼古拉·伊万诺维奇就要来了。

司　　祭　[坐下来，又点烟。] 也许要等很久吧?

亚历山德拉·伊万诺夫娜　瞧，有人来了。大概是他。

彼得·谢苗诺维奇　这是哪个切列姆沙诺娃? 难道就是娘家姓戈利岑的?

亚历山德拉·伊万诺夫娜　就是她。就是在罗马和姑妈住在一起的那个切列姆沙诺娃。

彼得·谢苗诺维奇　我真高兴见到她。离开罗马以后就没见过面。当时她同我一起唱二重唱来着。她唱得动听极啦。她好像有两个孩子?

亚历山德拉·伊万诺夫娜　她就是带着两个孩子一起来。

彼得·谢苗诺维奇　我以前不知道他们同萨伦采夫一家这么亲近。

亚历山德拉·伊万诺夫娜　不是亲近，去年他们在国外时住在一起。我觉得，la princesse a des vues sur Louba pour son fils. C'est une fine mouche, elle flaire une jolie dot[①]。

彼得·谢苗诺维奇　不过，切列姆沙诺夫一家自己就很有钱。

亚历山德拉·伊万诺夫娜　那是过去。公爵健在，可是把家产挥霍光了，成了堕落的酒徒。夫人上诉到皇上御前，总算抢救出一点点家产，同时离开了他。不过夫人让儿女受到了极好的教育。Il faut lui

---

① 法语，意为:“公爵夫人打算让她儿子娶柳芭，她很精明，闻到有一大笔嫁妆”。

rendre cette justice.[1] 女儿是个出色的音乐家，儿子已经大学毕业，非常讨人喜欢。我想，玛莎[2]并不太高兴。让她现在招待客人不是时候。瞧，Nicolas[3]来了。

[尼古拉·伊万诺维奇登场。]

第十一场

前场人物和尼古拉·伊万诺维奇。

尼古拉·伊万诺维奇 你好，阿林娜，彼得·谢苗诺维奇。哦，[对司祭。]是瓦西里·尼卡诺罗维奇！[握手寒暄。]

亚历山德拉·伊万诺夫娜 咖啡还有。给你倒一杯？有点凉了，不过可以热一热。[打铃。]

尼古拉·伊万诺维奇 不用了，谢谢。我已经吃过饭了。玛莎呢？

亚历山德拉·伊万诺夫娜 在喂奶。

尼古拉·伊万诺维奇 她身体好吗？

亚历山德拉·伊万诺夫娜 还好。怎么，你的事都办好了？

尼古拉·伊万诺维奇 是啊，办好啦。假如还有茶，或者咖啡，那就给我倒一点。[对司祭。]哦，您把书送来了。看完了吗？路上我一直在考虑您的事。

---

① 法语，意为："应当为她说句公道话。"
② 玛莎是玛丽亚的小名。
③ 法语，意为："尼古拉"。下同。

[仆人登场，请安。尼古拉·伊万诺维奇握他的手。亚历山德拉·伊万诺夫娜耸耸肩，同丈夫交换眼色。]

第十二场

前场人物和仆人。

亚历山德拉·伊万诺夫娜 请把茶炊热一热。

尼古拉·伊万诺维奇 不必啦，阿林娜。我不想喝了。要喝的话，我就随便喝一点。

第十三场

前场人物和米西。

米　　西 [看见父亲以后，从球场上跑过来，勾着他的脖子撒娇。] 爸爸，跟我打球去。

尼古拉·伊万诺维奇 [亲切地抚摸她。] 就来，就来。让我先吃些点心。你去打球吧，我就来。

第十四场

前场人物，米西除外。

亚历山德拉·伊万诺夫娜 怎么，会审法庭认定农民有罪？

[尼古拉·伊万诺维奇在桌旁坐下，狼吞虎咽地喝茶、吃点心。]
到底怎么样，认定有罪？

尼古拉·伊万诺维奇 是的，认定有罪，再说他们自己也服罪了。[对司祭。] 我想，勒南对您来说没有什么说服力……

亚历山德拉·伊万诺夫娜 你不同意法庭的裁定吗？

尼古拉·伊万诺维奇 [烦恼地。] 我自然不同意。[对司祭。] 您的问题不在于基督的神性，也不在于基督教的历史，而在于教会……

亚历山德拉·伊万诺夫娜 到底是怎么回事？他们服罪，et vous leur avez donné un démenti[①]。他们不是偷的，而是拿的。

尼古拉·伊万诺维奇 [开始对司祭说话，但坚定地转向亚历山德拉·伊万诺夫娜。] 阿林娜，亲爱的，你别用冷嘲热讽的话纠缠我吧。

亚历山德拉·伊万诺夫娜 我一点也没有……

尼古拉·伊万诺维奇 要是你想认真地了解我为什么不能因为农民砍了他们需要的树而同他们打官司……

亚历山德拉·伊万诺夫娜 我想连这个茶炊他们也需要……

尼古拉·伊万诺维奇 要是你想让我告诉你，为什么我不能让这些人因为在算作我的树林里砍了十棵树就去坐牢、破产……

---

① 法语，意为："你推翻了他们的证词"。

亚历山德拉·伊万诺夫娜 这是大家一致公认的……

彼得·谢苗诺维奇 唉，又要争论。我还是牵上小狗去花园里散散心吧。[走下露台。]

尼古拉·伊万诺维奇 即使大家公认，而我决不能认为，这座树林是我的。照这样说法，我们有九百俄亩森林，每亩约有五百棵树，总共四十五万棵。[好像是这么多吧？] 他们砍了十棵，就是说四万五千分之一。请问，值不值得，可以不可以因此把这个人从家里拉走，关进大牢？

斯乔帕 是啊！但是，如果不要求赔偿这四万五千分之一的话，其余的四万五千分之四万四千九百九十九也很快就会被砍光的。

尼古拉·伊万诺维奇 我这只是对你姨妈说的。实质上我根本无权占有这座树林，因为土地是属于大家的，也就是说，不可能属于某一个人。而且我们在这片土地上没有付出过任何劳动。

斯乔帕 那是你积攒下来，保存下来的。

尼古拉·伊万诺维奇 我通过什么方法积攒下来的呢？再说森林也不是我本人保存下来的……哎，假如一个人不因为自己揍了别人而感到羞耻，那么这一点是无法证明的。

斯乔帕 并没有人动手揍别人呀。

尼古拉·伊万诺维奇 同样的道理。如果一个人自己不劳动，却享用别人的劳动，不为此感到羞耻，这一点也是无法证明的。你在大学里学的政治经济学课程只是为了替我们的处境辩护而设。

斯 乔 帕 恰恰相反，科学粉碎任何偏见。

尼古拉·伊万诺维奇 不过，这些对我来说并不重要。我觉得重要的是，我知道，假如我处在叶菲姆的地位，我也会这样干的。这样干了以后，假如我被关进大牢，我也会绝望的。因为我想要别人对待我像我对待别人那样，所以我不能怪罪他，同时尽一切努力救他。

[彼得·谢苗诺维奇、亚历山德拉·伊万诺夫娜、斯乔帕同时说。]

彼得·谢苗诺维奇 这样做的话，就无法占有任何财产。

亚历山德拉·伊万诺夫娜 那样的话，偷东西比干活有利。

斯 乔 帕 你一向不肯正面答复。我说的是，谁积攒下来，谁就有权使用。

尼古拉·伊万诺维奇 [微笑着。]哎，我不知道回答谁好。[对彼得·谢苗诺维奇。]什么也不应当占有。

亚历山德拉·伊万诺夫娜 如果说不应当占有任何东西，不能有衣服、面包，而应当全部献出去，那就没法活了。

尼古拉·伊万诺维奇 不能像我们这样生活。

斯 乔 帕 那就该去死。因此，这个学说不适用于生。

尼古拉·伊万诺维奇 不，它正是生活所需要的。是的，应当全献出去。别说是把我们用不着而且也从来没见过的森林献出去。应当献出去，对啊，连自己的衣服自己的面包也都献出去。

亚历山德拉·伊万诺夫娜 连孩子们的面包也献出去？

尼古拉·伊万诺维奇 是的，连孩子们的也献出去。不仅献出面包，连自身也要献出去。全部基督学说就在于此。要尽一切力量把自己献出去。

斯 乔 帕 那就意味着去死……

尼古拉·伊万诺维奇 是的。如果你为朋友而死，那么对自己对别人都很好。问题不仅在于精神。精神存在于肉体。肉体追求为自己而生，而启蒙的精神追求为上帝、为他人而生。任何人的生活不单是肉的，而是灵肉调和而成的。越接近为上帝而生就越好。由于我们越努力为上帝而生越好，肉的生活就会自己为自己努力的。

斯 乔 帕 何必采取中间的、调和的态度呢。既然这样生活好，那就把一切都献出去，一死了之。

尼古拉·伊万诺维奇 那好极了。你尽量这样做吧。对你对别人都好。

亚历山德拉·伊万诺夫娜 不，这话不清楚，不好懂。C'est tiré par les cheveux.①

尼古拉·伊万诺维奇 唉，没办法。这一点不可言传。看来说得不少了。

斯 乔 帕 确实不少了。不过我还是不明白。[退场。]

---

① 法语，意为："这是牵强附会。"

第十五场

前场人物，斯乔帕除外。

尼古拉·伊万诺维奇 ［对司祭。］您对这本著作的印象如何？

司　　祭 ［激动地。］怎么说呢？当然，历史方面阐述得非常充分，不过说服力，就是说可靠性不足，也许是因为材料不足。无论是基督的神性，或者是非神性吧，都未能作历史的证明。只有一个证据是不可推翻的……

［说话时，起先是女士们，然后是彼得·谢苗诺维奇退场，只剩下司祭和尼古拉·伊万诺维奇。］

尼古拉·伊万诺维奇 也就是教会。

司　　祭 哎，自然是教会，也就是说，是可靠的、神圣的人物的证据。

尼古拉·伊万诺维奇 可以理解的是，假如有这么一个一贯正确的教派，让我们可以信任它，那就好了。希望有这样一个教派。不过只有愿望还不能证明它存在。

司　　祭 我以为它恰恰证明了自己。哎，上帝不会给自己的律法留下曲解、歪曲的余地，而会安排一个，怎么说呢，他的真理的捍卫者，在捍卫者手里，他的真理就不会被曲解了。

尼古拉·伊万诺维奇 是啊，很好。可是您本来应当证明真理本身的，现在呢，应当证明真理捍卫者的真实性。

司　　祭 哎，这里嘛，需要信仰。

尼古拉·伊万诺维奇 信仰是得信仰，没有信仰不行。但是不能信仰别人对我说的话，而是信仰通过本人思想进程，通过自己的理智得到的信仰……信仰上帝，信仰真正的永恒生命。

司　　祭 理智可能欺骗人。每一个人都有自己的理智。

尼古拉·伊万诺维奇 ［热烈地。］这就是非常可怕的亵渎行为。上帝给了我们一件认识真理的神圣工具，一件可以使我们团结一致的工具。可是我们不信。

司　　祭 是啊，有分歧存在之时，怎么信呢？

尼古拉·伊万诺维奇 分歧在哪里呢？像二乘二等于四、己所不欲勿施于人、万物有因之类的真理，我们大家都承认，因为它们都符合我们的理智。至于说上帝在西乃山对摩西显灵，佛陀乘日光飞去，穆罕默德升天，基督也是升天而去。在诸如这类的问题上，我们的意见就不同了。

司　　祭 不对，我们手持真理的人没有分歧，我们都信仰上帝，基督，因此我们是团结一致的。

尼古拉·伊万诺维奇 哎，在这方面也不一致，而是各持己见。再说，我为什么要更信您，而不是信佛教喇嘛？仅仅因为我生下来就属于您的信仰吗？

［打球者之间又起了争论。］

出界了。

没有，没出界。

万 尼 亚 我看见的。

[谈话间，仆人们摆桌子，又端来茶、咖啡。]

尼古拉·伊万诺维奇 您说——教会使大家团结一致。恰恰相反，一向是教会造成了极其可怕的大分裂。“我多次愿意聚集你的儿女，好像母鸡把小鸡聚集在翅膀底下……”①

司 祭 这是基督诞生以前的事。是基督把大家聚集起来的。

尼古拉·伊万诺维奇 是基督聚集起来的，可是我们分散了，因为我们完全反着理解了他的意思。他令所有的教会不复存在。

司 祭 那么，怎样去理解“告诉教会”②呢？

尼古拉·伊万诺维奇 问题不在一句话，这话对教会没有说出个所以然来。问题在于学说的精神。基督学说是世界性的，包含着一切信仰，而不允许存在任何导致分裂的例外，诸如基督复活、基督的神性、圣事等等。

司 祭 话说到这，嗯，是您的，怎么说，是您对基督学说的诠释了，而基督学说的基础正是他的神性与复活。

尼古拉·伊万诺维奇 教会的可怕之处就在这里。他们断言，

---

① 见《圣经·新约·马太福音》第二十三章第三十七节。
② 见《圣经·新约·马太福音》第十八章第十七节

他们掌握着全部毋庸置疑的、一贯正确的真理。这就是他们造成分裂的原因。“圣灵和我们定意。”①早在第一次使徒大会时就开始了。从那时候起他们就开始断言，他们掌握着全部绝无仅有的真理。因为假如我说，上帝是存在的，他是世界的创造者，大家都会同意我的意见。承认上帝存在这一点会把我们团结在一起。可是，假如我说，婆罗门神存在，或者说犹太神存在，或者说三位一体存在，那么这样的神就会分裂我们。人们希望团结一致，因此想出种种团结的手段，却忽视了一个毫无疑问的团结手段——追求真理。就好像人们站在一座大房子里，光线从房顶中央照射下来。人们不是全体走向亮光，而是尽量在各个角落里聚集成一小堆一小堆。如果全体走向亮光，即使没有想到团结，却团结在一起了。

司　　祭　可是，假如没有一定的真理，那么怎样去领导人民呢？

尼古拉·伊万诺维奇　可怕的地方就在这里。我们每个人本应当去拯救自己的灵魂，从事上帝的事业，可我们关心的却是拯救他人，教育他人。我们教给他们什么呢？想想也叫人害怕。如今，十九世纪末，我们教的是上帝用六天时间创造了世界，然后产生大洪水，把各种兽类引进方舟，还有《旧约》

① 见《圣经·新约·使徒行传》第十五章第二十八节。

中的一切胡说八道和龌龊事。还教给人们说，基督命令所有的人用水施洗礼，或者相信荒唐可耻的赎罪，说不赎罪就得不到拯救。然后基督飞到天上，坐在那里，坐在子虚乌有的天上圣父的右边。这些话我们已经听惯了，可这太可怕了。一个天真的、相信真和善的儿童会问，世界是什么，它的律法是什么，我们不是把传给我们的爱和真理的纯朴学说告诉他，而是把各种可怕的荒唐和下流事灌输给他，还说是来自上帝。这真可怕呀。要知道，这世界上再没有更丑恶的罪行了。正是我们，正是您和您的教会在做这种事。请原谅。

司　　祭　是的，就是说，如果从纯理性主义的观点来看基督的学说，是这样的。

尼古拉·伊万诺维奇　不管怎样看，情况都一样。

[静场。亚历山德拉·伊万诺夫娜登场。]

第十六场

前场人物和亚历山德拉·伊万诺夫娜。[司祭鞠躬告辞。]

亚历山德拉·伊万诺夫娜　再见，神父，他会把你引上邪路，您别听他的。

司　　祭　请研究一下《圣经》吧。这是非常重要的事，就是说，不容忽视。[退场。]

第十七场

前场人物，司祭除外。

亚历山德拉·伊万诺夫娜 Nicolas，你真不可怜他。虽说他是司祭，可还是个孩子，不可能有坚定的信念，还没有形成己见……

尼古拉·伊万诺维奇 给他时间在虚伪的环境中形成己见，变得麻木不仁吗？不行，为什么要这样做啊？再说他是一个优秀的，真诚的人。

亚历山德拉·伊万诺夫娜 假如他相信了你的话，又会怎么样呢？

尼古拉·伊万诺维奇 用不着相信我。假如他看见了真理，那就很好，对于他，对于大家都好。

亚历山德拉·伊万诺夫娜 假如这很好的话，那么大家都会相信你了。可现在恰恰相反，谁也不相信你。你的妻子最不相信你，也不可能相信你。

尼古拉·伊万诺维奇 是谁对你说的？

亚历山德拉·伊万诺夫娜 你把这些都向她解释解释。她永远不能理解，我也不能理解，世界上没有人能够理解，为什么要去关心别的人而把自己的孩子扔下不管。你就把这一点向玛莎解释解释吧。

尼古拉·伊万诺维奇 玛莎一定会理解。还有，阿林娜，请你原谅，她很容易受别人的影响。如果没有别人的影响，她会理解我，并且同我一起前进。

亚历山德拉·伊万诺夫娜 为了一个酒鬼叶菲姆而使自己的孩子失去生活保障，在这个问题上 et compagnie[①]？绝不会的。至于你生我的气这件事，请你原谅，我不能不直言相告。

尼古拉·伊万诺维奇 我不生气。相反，我甚至很高兴你把自己的看法都告诉了我，使我有机会亲自向她谈一谈自己的观点。今天一路上我都在想这件事，现在就告诉她，你看着吧，她会同意我的意见，因为她既聪慧又善良。

亚历山德拉·伊万诺夫娜 哎，这我可有点怀疑。

尼古拉·伊万诺维奇 不，我不怀疑。因为这不是我的胡思乱想，这只不过是人人皆知的，基督已经向我们揭示了的东西。

亚历山德拉·伊万诺夫娜 是的，照你的看法，基督向我们揭示的是这层意思；而照我的看法，是另一层意思。

尼古拉·伊万诺维奇 不可能有另外一层意思。

[传来打球人的呼叫声。]

柳　　芭 Out（出界）。

万 尼 亚 没有，我们没看见。

---

① 法语，意为："志同道合"。

丽 赞 卡 我看见了，球落在这儿。

柳 芭 出界了，出界了，就是出界了。

万 尼 亚 瞎说。

柳 芭 首先，讲“瞎说”是不礼貌的。

万 尼 亚 照我看，瞎说才是不礼貌的。

尼古拉·伊万诺维奇 哎，你等一等，别争了，听完再说。

亚历山德拉·伊万诺夫娜 好吧，我听你说。

尼古拉·伊万诺维奇 我们每个人随时都可能死去，或者变成虚无，或者到上帝身边去，上帝可以按照自己的旨意索取我们的生命。是这样吧？

亚历山德拉·伊万诺夫娜 那又怎么样呢？

尼古拉·伊万诺维奇 那么在这一生中，我只能做我的灵魂的最高裁判者——良知、上帝要求于我的事。良知、上帝要求我承认人人平等，爱一切人，为一切人服务。

亚历山德拉·伊万诺夫娜 也为自己的儿女服务。

尼古拉·伊万诺维奇 自然也为自己的儿女服务。不过我只能按良知行事。主要的是要理解，我的生命不属于我，你的生命不属于你，而是属于上帝。是上帝差我们来，要求我们按照他的旨意去做。而他的旨意……

亚历山德拉·伊万诺夫娜 你能叫玛莎相信这个？

尼古拉·伊万诺维奇 我一定能。

亚历山德拉·伊万诺夫娜 连她也不去好好教育子女，扔下他们不管……绝不可能！

尼古拉·伊万诺维奇 不仅她能理解，你也会理解，没有办法补救。

亚历山德拉·伊万诺夫娜 绝不可能！

[玛丽亚·伊万诺夫娜登场。]

第十八场

前场人物和玛丽亚·伊万诺夫娜。

尼古拉·伊万诺维奇 玛莎，怎么样？今天早上我没把你吵醒吗？

玛丽亚·伊万诺夫娜 没有，我已经醒了。怎么样，你办事顺利吗？

尼古拉·伊万诺维奇 是的，很顺利。

玛丽亚·伊万诺夫娜 你为什么喝冷咖啡？正好该给客人们准备点心了。你知道吗，切列姆沙诺娃要带着儿子和女儿来。

尼古拉·伊万诺维奇 那好呀，假如你觉得愉快，我很高兴。

玛丽亚·伊万诺夫娜 我喜欢她和年轻人。只不过有点不合时宜。

亚历山德拉·伊万诺夫娜 [起身。]你就和他谈谈吧，我去看他们打球。[退场。]

第十九场

前场人物，亚历山德拉·伊万诺夫娜除外。[静场。然后尼古拉·伊万诺维奇和玛丽亚·伊万诺夫娜同时开口说话。]

玛丽亚·伊万诺夫娜 真是不巧，因为我们需要谈一谈。

尼古拉·伊万诺维奇 刚才我对阿林娜说……

玛丽亚·伊万诺夫娜 说什么？

尼古拉·伊万诺维奇 不，还是你先说吧。

玛丽亚·伊万诺夫娜 我想谈谈斯乔帕的事。总得做个决定吧。他真可怜，心里苦闷，不知道前途如何。他来找我，可是我无法决定。

尼古拉·伊万诺维奇 有什么好决定的。他可以自己拿主意。

玛丽亚·伊万诺夫娜 你是知道的，他想到近卫军去当志愿兵，为此他需要你写个证明，还需要生活费，可是你不给他。[激动。]

尼古拉·伊万诺维奇 玛莎，看在上帝的面上，别激动，听听我的意见吧。我既不是什么都给，也不是什么都不给。我认为，自愿参军是野蛮人才采取的愚蠢、疯狂的行动，假如他不明白这种事情丑恶到什么程度，还有所贪图，那就更卑鄙了……

玛丽亚·伊万诺夫娜 是啊，现在对你来说什么都是野蛮的、愚蠢的。可是他得生活呀。你自己也是生活过来的呀。

尼古拉·伊万诺维奇　[急躁。]我是生活过，那时候我糊涂，那时候没人告诉我。现在问题不在我，而在他。

玛丽亚·伊万诺夫娜　怎么会不在你呢？你不给他钱呀。

尼古拉·伊万诺维奇　我不能把不属于我的东西给他。

玛丽亚·伊万诺夫娜　怎么不属于你？

尼古拉·伊万诺维奇　别人的劳动成果不属于我。我给他的钱要从别人身上取来。我无权这样做，我做不到。只要我是家产的支配人，我只能按良知的要求支配。我不能把农民千辛万苦挣来的劳动果实拿去用在近卫骠骑兵们的寻欢作乐上。你们从我手里把家产拿去吧，这样我就没有责任了。

玛丽亚·伊万诺夫娜　可是你知道我并不想这样做，也不能这样做。我有责任管教，喂养，生育。这太残酷了……

尼古拉·伊万诺维奇　玛莎，亲爱的！问题根本不在这里。你要跟我谈的时候，我也正好想跟你推心置腹地谈谈。不能这样生活下去啊！我们生活在一起，却彼此不理解。有时候好像故意不理解。

玛丽亚·伊万诺夫娜　我想理解，可是无法理解，无法理解你。我不明白你出了什么事。

尼古拉·伊万诺维奇　你就弄明白呀。尽管现在不是时候。天知道什么时候合适。与其说你要理解我，不如说你要理解自己，理解自己的生活。不能这样盲目地生活下去啊。

玛丽亚·伊万诺夫娜　以前我们就是这样生活的，而且生活得很好。[注意到懊恼的表情。] 哎，好吧，我在听呢。

尼古拉·伊万诺维奇 以前我是这样生活的，是这样生活的，就是说，不考虑自己为什么活着。可是时间到了，我大吃一惊。嗯，好吧，我们靠别人的劳动果实生活，强迫别人为我们工作，为了同样目的生儿育女。等到上了年纪，要死了，我问自己——我为什么活了一辈子？是为了生养一大批像我这样的寄生虫吗？而主要的是，这种生活并不快乐呀。像万尼亚这样，青春年少，这种生活一时还可以让人容忍。

玛丽亚·伊万诺夫娜 可大家都是这样生活的呀。

尼古拉·伊万诺维奇 但是大家都不幸。

玛丽亚·伊万诺夫娜 根本不是。

尼古拉·伊万诺维奇 至少我看到我非常不幸，也使得你和儿女们不幸，因此我问自己——上帝创造我们难道就是为了这个目的？一想到这一点，我立刻就觉得不对。我问自己——上帝创造我们究竟是为了什么？

[仆人登场。]

第二十场

前场人物和仆人。

玛丽亚·伊万诺夫娜 [不听丈夫说话，转向仆人。] 拿点煮开的乳油。

尼古拉·伊万诺维奇 我在《福音书》里也找到了答案——我们活着绝不是为了自己。有一次我思索了关于葡萄园工人的《圣经》故事，我非常清楚地明白了这一点。你知道这个故事吗？

玛丽亚·伊万诺夫娜 我知道，是雇工的事。

尼古拉·伊万诺维奇 不知为什么，这个故事特别清楚地向我指明我的错误。那时我就像那些葡萄园工人一样，认为园子是他们的财产，认为我的生命是我的。真可怕。现在我明白了，我的生命不是我的，我被差到世上来是为了替上帝行道。

玛丽亚·伊万诺夫娜 没什么，这一点我们大家过去都知道的。

尼古拉·伊万诺维奇 哦，既然知道，那我们就更不该像现在这样生活下去，现在我们的生活不仅不是在实现他的旨意，恰恰相反，一直违反他的旨意。

玛丽亚·伊万诺夫娜 我们活着，并没有害人，我们的生活在哪一点上违反他的旨意呢？

尼古拉·伊万诺维奇 怎么没有害人呢？这样理解生活就跟那些葡萄园工人一样。可是我们……

玛丽亚·伊万诺夫娜 我知道这个故事。嗯，他平分给了大家。

尼古拉·伊万诺维奇 ［沉默片刻。］不，不是这样。有一点，玛莎，你要想一想——生命只有一次，我们可以圣洁地度过一生，或者毁灭自己的一生。

玛丽亚·伊万诺夫娜 我无法考虑和评论。我整夜整夜睡不着，我要喂奶，全部家务都要我来管，你不来帮助我，老是在说一些我不懂的事。

尼古拉·伊万诺维奇 玛莎!

玛丽亚·伊万诺夫娜 瞧，又来了这些客人。

尼古拉·伊万诺维奇 不，我们能谈妥的。[吻她。] 是吗?

玛丽亚·伊万诺夫娜 是的，不过你要恢复原来的样子。

尼古拉·伊万诺维奇 我做不到，不过你听我说。

[传来铃鼓和马车驶近的声音。]

玛丽亚·伊万诺夫娜 现在没时间，他们来了。我去接他们。[在房屋拐角处退场；斯乔帕和柳芭也向那边走去。]

万 尼 亚 [跳过长椅。] 我不能扔下。我们打完这一场。柳芭！喂，怎么啦?

柳　　芭 [严肃地。] 得了，别胡闹。

[亚历山德拉·伊万诺夫娜和丈夫、丽赞卡登上露台。尼古拉·伊万诺维奇若有所思地来回走动。]

第二十一场

尼古拉·伊万诺维奇、亚历山德拉·伊万诺夫娜、彼得·谢苗诺维奇和丽赞卡。

亚历山德拉·伊万诺夫娜 怎么样，说服她了?

尼古拉·伊万诺维奇 阿林娜！我们之间发生的是重大的事

情。可不能开玩笑。不是我去说服她，是生活，是真理，是上帝在说服她，因此她不能不信服。今天不行，还有明天；明天不行，还有……可怕的是大家都没有时间。这是谁来了？

彼得·谢苗诺维奇 切列姆沙诺夫一家，切列姆沙诺夫家的Catiche[①]，我有十八年没见到她了。最后一次我见到她，是在我们一起唱*La ci darem la mano*[②]的时候。［唱。］

亚历山德拉·伊万诺夫娜 ［指着丈夫说。］请你不要打断我的话，你别以为我会同Nicolas吵翻。我说的是实话。［对尼古拉·伊万诺维奇。］我丝毫没有嘲笑的意思。我感到奇怪的是，正当她下决心同你谈谈的时候，你却要去说服她。

尼古拉·伊万诺维奇 唉，好吧，好吧。瞧，他们来了。请你告诉玛莎，我在自己房间里。［退场。］

［幕落。］

---

① 法语，意为："小母猫"。
② 意大利语，意为："《把您的手给我》"。

第二幕

还是在上一幕的乡下，一周之后。舞台上现出一个大厅。餐桌已经摆好——茶炊、茶和咖啡。墙边放着一架三角钢琴，装满乐谱的小柜子。餐桌旁坐着——玛丽亚·伊万诺夫娜、公爵夫人和彼得·谢苗诺维奇。

第一场

玛丽亚·伊万诺夫娜、彼得·谢苗诺维奇和公爵夫人。

彼得·谢苗诺维奇 是的，公爵夫人。不久以前，据说您还演唱了罗西娜，而我呢……如今我已经不能演堂·巴西利奥[1]了……

公爵夫人 如今孩子们可以演唱了。不过时代不同啦。

彼得·谢苗诺维奇 是啊，是求实的时代哟……不过您那位公爵小姐非常认真——她弹琴弹得好极啦。怎么，他们还在睡觉吗？

玛丽亚·伊万诺夫娜 昨天他们在月光下骑马游玩，很晚才回来。我当时在喂奶，听见了。

彼得·谢苗诺维奇 我那位贤内助什么时候回来？您派人去叫她了吗？

玛丽亚·伊万诺夫娜 还早着呢，已经去了。她这就该回来了。

公爵夫人 难道说亚历山德拉·伊万诺夫娜仅仅是为了把格拉西姆神父请来才去的吗？

玛丽亚·伊万诺夫娜 是啊，昨天她有了这个想法，立刻就急急忙忙去啦。

公爵夫人 Quelle énergie! Je l'admire. ②

彼得·谢苗诺维奇 Oh, pour ceci ce n'est pas ce qui nous manque. ③［取出一支雪茄。］在年轻人起床以前，我还是先吸支烟，牵上小狗到花园里散散步。［退场。］

第二场

玛丽亚·伊万诺夫娜和公爵夫人。

公爵夫人 亲爱的玛丽亚·伊万诺夫娜，我不大清楚，可是我觉得您过于操心了。我理解他。这是一种非常崇高的情绪。即使他要分给穷人，那也没有什么大不了。我们考虑自己太多了。

玛丽亚·伊万诺夫娜 假如到此为止也就算了，可是您不了解他，不了解全部情况。这不是救济穷人，而是彻底的变更，是消灭一切。

公爵夫人 我本不想干预您的家务事，不过，假如您允许的话……

玛丽亚·伊万诺夫娜 不，我把您看作自己的家人，特别是现在。

公爵夫人 我想劝您直截了当、开诚布公地提出自己的要求，同他达成协议，到多大程度……

---

① 罗西娜和堂·巴西利奥都是意大利作曲家罗西尼的歌剧《塞维利亚的理发师》中的人物。

② 法语，意为："精力多充沛呀！我真钦佩她。"

③ 法语，意为："别的东西我们没有，这个倒是绰绰有余。"

玛丽亚·伊万诺夫娜　[激动地。]这里谈不到什么程度，他想把全部家产交出去。他想让我现在在我这把年纪去做厨娘，做洗衣女工！

公爵夫人　这怎么可能！太奇怪了！

玛丽亚·伊万诺夫娜　[取出一封信。]现在就我们两个人，我乐意把全部情况告诉您。昨天他给我写了这封信。我读给您听一听。

公爵夫人　怎么回事？他和您住在一幢房子里还要给您写信？太古怪了！

玛丽亚·伊万诺夫娜　不，这一点我理解。他说话的时候太激动了。最近一个时期我总是为他的健康担忧。

公爵夫人　他写了点什么呢？

玛丽亚·伊万诺夫娜　请您听听吧。[读。]“你责备我破坏以往的生活，说我提不出新办法，又不肯说出我想怎样安排家庭。我们一开始谈话，就激动不已，因此我才写这封信。为什么我不能照老样子生活下去，我已经说过多次了。我在信里也无法说服你相信不能这样生活，而应当像基督徒一样生活。你可以二者选一——或者相信真理，自由地随我前进，或者相信我听我的话，信任我而随我前进。”[中断读信。]无论哪一点我都做不到。我不认为应当按他的意愿生活，我可怜儿女们，因此我不能信任他。[读。]“我的计划是这样的。把我们的全部土地交给农民，只留下五十俄亩土地和花园、菜园、浸水草地。我们自己努力工作，但不强迫自己或者孩子们。我们留下来的东西，毕竟能给我们带来五百卢布左右的收入。”公爵夫人，用五百卢布养活全家七口人！这是办不到的。

玛丽亚·伊万诺夫娜 瞧呀，全计划好了——怎样把房子交出去办学校，自己住到花匠的小木房里，住两间房子。

公爵夫人 是啊，我也开始认为这里有点毛病。您是怎样答复的呢？

玛丽亚·伊万诺夫娜 我说我办不到，我一个人可以跟他到天涯海角去，可是拖儿带女就……您只要想想，我还得给小尼古拉喂奶。我说——不能这样毁掉一切。我不同意。我已经年老体弱，要知道，生了九个孩子，还要养……

公爵夫人 是啊。我绝没想到事情已经发展到这么严重的地步。

玛丽亚·伊万诺夫娜 事情就这样搁下来了。我也不明白将来会怎么样。昨天他免除了德米特罗夫卡村庄稼人的地租，又想把土地彻底交给他们。

公爵夫人 我想您不应当允许这样做。您有责任保护儿女们。如果他管不好产业，就叫他交给您好了。

玛丽亚·伊万诺夫娜 可是我不愿意这样做。

公爵夫人 为了儿女们您应当这样做。叫他把家产转到您的名下。

玛丽亚·伊万诺夫娜 萨莎[①]姐姐对他说过。他说他无权这样

① 萨莎是亚历山德拉的小名。

做，说土地属于那些在地里干活的人，还说他有责任把土地交给农民。

公爵夫人 嗯，如今我明白了，比我想象的要严重得多。

玛丽亚·伊万诺夫娜 司祭，连司祭也站在他一边。

公爵夫人 是的，昨天我注意到了。

玛丽亚·伊万诺夫娜 姐姐已经到莫斯科去了，她想同公证人谈一谈，主要是想把格拉西姆神父请来，叫他去说服他。

公爵夫人 我想，基督教不赞成毁灭自己的家庭。

玛丽亚·伊万诺夫娜 可是他也不会相信格拉西姆神父的。他的想法非常坚决。您知道吗，在他谈话的时候，我没法反驳他。可怕的是我觉得他是对的。

公爵夫人 那是因为您爱他。

玛丽亚·伊万诺夫娜 我不知道是什么原因，可是觉得真可怕，真可怕。一切问题都悬而未决。这就是基督教。

[保姆登场。]

第三场

前场人物和保姆。

保　　姆 请您去一下，小尼古拉睡醒了，在叫您。

玛丽亚·伊万诺夫娜 我就来。我心事重重，他又拉肚子了。我来了，来了。

[尼古拉·伊万诺维奇拿着纸从另一扇门上。]

第四场

玛丽亚·伊万诺夫娜、公爵夫人和尼古拉·伊万诺维奇。

尼古拉·伊万诺维奇 这叫人受不了。

玛丽亚·伊万诺夫娜 怎么一回事?

尼古拉·伊万诺维奇 为了我们家的一棵云杉要把彼得关进监狱。

玛丽亚·伊万诺夫娜 什么?

尼古拉·伊万诺维奇 是这样的。他砍了一棵树，被告到了调解法庭，调解法庭判定坐三个月牢。他的老婆来了。

玛丽亚·伊万诺夫娜 唉，能不能想想办法?

尼古拉·伊万诺维奇 现在不行了。只有一件事可以做，不要树林。将来我就不要它。现在怎么办呢?我去看看他，能不能弥补一下我们自己干的错事。[走向露台，遇见鲍里斯和柳芭。]

第五场

前场人物、鲍里斯和柳芭。

柳　　芭 你好，爸爸! [吻。] 你到哪儿去?

尼古拉·伊万诺维奇 从村里来，又到村里去。那里一个饥寒交迫的人被拖到监狱里去，因为他……

柳　　芭 啊，是彼得。

尼古拉·伊万诺维奇 是彼得。[退场。]

第六场

前场人物，尼古拉·伊万诺维奇除外。

柳　　芭 [坐到茶炊边。] 您要咖啡还是茶？

鲍 里 斯 都行。

柳　　芭 又来了。没完没了。

鲍 里 斯 我不理解他。我知道老百姓穷，没有知识，应当帮助他们，可是总不能用奖励小偷的办法呀。

柳　　芭 那用什么办法呢？

鲍 里 斯 用我们的全部工作。用自己的全部知识为他们服务，但不能把自己的生活献给他们。

柳　　芭 可是爸爸说，正是需要这样做。

鲍 里 斯 我不明白。可以不毁坏自己的生活去为老百姓服务呀。我就想这样安排自己的生活。只要你……

柳　　芭 我跟你的愿望一致，我什么都不怕。

鲍 里 斯 那么，耳环呢？连衣裙呢？

柳　　芭 耳环可以卖掉；不穿这件连衣裙也可以不当丑八怪。

鲍 里 斯 我想再同他谈谈。假如我到村里去找他，你看我是不是妨碍他?

柳　　芭　一点也不。我看出来了，他喜欢上你了，昨天一直在同你谈话。

鲍 里 斯　[喝完咖啡。] 那我就去一下。

柳　　芭　嗯，你去吧；我去叫醒丽赞卡和冬尼娅。

[他们两人分手退场。]

[幕落。]

[舞台换景。街头。伊万·贾布列夫躺在小木屋门口，身上盖着一件皮袄。]

第一场

伊万·贾布列夫独自一人。

伊　　万　玛拉什卡！

[小木屋里走出一个小女孩，抱着一个婴儿。婴儿在哭叫。]

第二场

伊万·贾布列夫和抱婴儿的玛拉什卡。

伊　　万　给我倒点水喝。

[玛拉什卡走进小木屋，传来婴儿哭叫的声音。
玛拉什卡端出一瓢水。]

你干吗老是打孩子，他老是嚎叫。小心我告诉你娘。

玛拉什卡　你告诉娘好了，他肚子饿才闹呢。

伊　　万　［喝。］你可以问焦姆金家要点奶呀。

玛拉什卡　我去过了，没有。他们家一个人也不在。

伊　　万　唉，早点死算啦。午祷的钟声已经敲过了？

玛拉什卡　早就敲过啦。瞧，老爷来了。

[尼古拉·伊万诺维奇登场。]

第三场

前场人物和尼古拉·伊万诺维奇。

尼古拉·伊万诺维奇 你到这里干什么?

伊　万 家里有苍蝇，热得很。

尼古拉·伊万诺维奇 怎么，身子暖和啦?

伊　万 我现在全身都像火一样烧着。

尼古拉·伊万诺维奇 彼得在哪儿?在家吗?

伊　万 这种天气，怎么会待在家里?到地里去运燕麦啦。

尼古拉·伊万诺维奇 那为什么别人告诉我说把他关到牢里去了?

伊　万 是啊，村警到地里去找他了。

[大肚子村妇扛着一捆燕麦和几把耙子上，立即朝玛拉什卡的后脑勺打了一下。]

第四场

前场人物和村妇。

村　妇 你为什么把孩子扔下不管?你看，他在嚎呢。就知道往街上跑。

玛拉什卡 [大哭。]我刚刚走出来。爹要水喝。

村　　妇　我揍你！［看见老爷。］您好，尼古拉·伊万诺维奇老爷。拖儿带女真作孽！事事都要我做，累死了。家里只有一个能干活的人，还要被关到牢里去。这个二流子躺在这儿不动。

尼古拉·伊万诺维奇　照你说的，他有病啊。

村　　妇　他有病，我就没病吗？一说干活他就有病。玩起来就没病，揪我辫子就没病。叫他像条狗一样咽气吧。我才不管呢！

尼古拉·伊万诺维奇　你不怕作孽？

村　　妇　我知道是造孽，可是气不过呀。要知道，我大着肚子，还要干两个人的活。别人地里都收完了，我们还有半亩地没割呢。本该都捆好的，可是不行，要回家来看看孩子们。

尼古拉·伊万诺维奇　燕麦能割完，我雇人来连割带捆。

村　　妇　这事不难，我自己能捆，只要快点割下来就行。您看，尼古拉·伊万诺维奇，他会死的。病得太重咧。

尼古拉·伊万诺维奇　我不知道。唉，确实病得很重。我想把他送到医院去。

村　　妇　天啊！［开始干嚎。］你别把他送走呀，叫他死在这儿吧。［对丈夫。］你怎么啦？

伊　　万　我想去医院。我在这里连狗都不如。

村　　妇　我也不知道该怎么办。脑袋胡涂了。玛拉什卡，做午饭吧。

尼古拉·伊万诺维奇　你们午饭都吃什么？

村　　妇　有什么可吃的。只有土豆和面包。没吃的。[走进小木屋。传来猪嚎和孩子们的叫声。]

第五场

前场人物，村妇除外。

伊　　万　[呻吟。] 唉，老天啊，还是死了好。

[鲍里斯登场。]

第六场

前场人物和鲍里斯。

鲍 里 斯　我能为您出力吗？

尼古拉·伊万诺维奇　你对别人是无能为力的。罪恶太重了。只能为自己出力，使自己看见我们的幸福建立在什么基础上。例如这一家，五个儿女，老婆挺着大肚子，丈夫有病，除了土豆以外，没有吃的。眼下正在决定明年是不是吃得饱的问题。帮不上忙。有什么办法呢？我给她雇一个工人。工人的情况怎么样呢？同样是一个因为酗酒和穷困而扔掉家业的人。

鲍 里 斯　请原谅我，您在这里又干什么呢？

尼古拉·伊万诺维奇　我了解一下自己的处境，了解一下是谁在给我们清扫花园，盖房子，给我们吃穿，养活我们。

[手持大草镰的庄稼汉们和手持耙子的村妇们登场，鞠躬请安。]

第七场

前场人物和庄稼汉、村妇们。

尼古拉·伊万诺维奇 [叫住一个庄稼汉。] 叶尔米尔，雇你给他们割麦子怎么样？

叶尔米尔 [摇摇头。] 我心里愿意，可是不行。自家的燕麦还没运完，现在就是急着去运的。怎么，伊万要死了吗？

另外一名庄稼汉 也许谢瓦斯季扬大叔愿意干。谢瓦斯季扬大叔，在找人干活呢。

谢瓦斯季扬 你自己去干吧。眼下一日值千金啊。

[穿过舞台退场。]

第八场

前场人物，庄稼汉和村妇们除外。

尼古拉·伊万诺维奇 这些人都是食不果腹，只靠面包和水过日子，个个疾病缠身，常常是一些上了年纪的人。例如那个老头，他害疝气，从早上四点干到晚上十点，勉强支撑着干活。我们呢？明白了这些情况以后，难道还能心安理得地生活，认为自己是基督徒吗？唉，根本不是基督徒，仅仅不是畜生而已。

鲍 里 斯 那怎么办呢？

尼古拉·伊万诺维奇 不去做这种坏事，不要拥有土地，不吃他们的劳动果实。怎样做到这一点，我不知道。这里的问题在于……至少我的情况是这样的。以前我活着而不明白我是怎样生活的，不明白我是上帝的儿子，我们大家都是上帝的儿女，都是兄弟。一旦我明白了这一点，明白人人都有平等的生的权利，我的生活发生了天翻地覆的变化。不过现在我无法向您解释这件事。我只想说——以前我是个瞎子就像我家里人目前都是瞎子一样，现在眼睛亮堂了。因此不能视而不见。看见这一切，我就不能视而不见，看见这一切，我就不能继续这样生活下去了。不过，这些话以后再说。目前要尽量想想办法。

[村警，彼得同他的妻子、儿子登场。]

第九场

前场人物、村警、彼得同他的妻子和儿子。

彼　　得 [跪倒在尼古拉·伊万诺维奇跟前。] 看在上帝面上饶恕我吧。这下我要完啦。老婆管不了家呀。交保释放也行哇。

尼古拉·伊万诺维奇　我一定去办，一定写信去。[对村警。]现在能留在这吗？

村　　警　我们接到命令押他到警察局去。

尼古拉·伊万诺维奇　你去吧，我雇一个工人，我尽量想办法。这都是我造成的。怎么这样生活啊？[退场。]

[幕落。]

[舞台换景。仍然在乡下。]

第一场

冬尼娅坐在钢琴旁弹奏舒曼的奏鸣曲。斯乔帕站在钢琴旁边。柳芭、鲍里斯、丽赞卡、米特罗凡·叶尔米洛维奇、司祭坐在那里。演奏终了，除鲍里斯外，大家仍然十分激动。

柳　　芭　Andante[①] 美极啦！

斯 乔 帕　不，谐谑曲好。全都美极了！

丽 赞 卡　非常好听。

斯 乔 帕　我无论如何没想到您是这样出色的艺术家。这是真正的、精湛的演奏。看来技巧上的困难已经没有了，您只考虑表现感情的方式，您表现得细腻极了。

柳　　芭　而且境界高。

冬 尼 娅　可是我觉得未能尽如人意……有许多不足之处。

丽 赞 卡　哪还能更好呀？妙极啦！

柳　　芭　舒曼的作品很好，不过 Chopin[②] 更能激动人心。

斯 乔 帕　抒情味更浓。

冬 尼 娅　不能相比。

柳　　芭　你记得他的 prélude[③] 吗？

冬 尼 娅　就是那首称作乔治·桑前奏曲的？［弹出乐曲的起始句。］

柳　　芭　不，不是这一首。这一首很动听，可是演奏得太多了。不过还是请你弹完吧。

[冬尼娅演奏，在弹不出的地方中断一下。]

不对，是用 ré mineur [4]。

冬 尼 娅 哦，原来是这一首。这是一首很有魅力的作品，一种混沌的、还在开天辟地之前存在的东西。

斯 乔 帕 [笑。] 对，对。请弹下去。不过您累了，还是别弹了。您已经使我们度过了一个美妙的上午。

冬 尼 娅 [站起来，看着窗外。] 庄稼汉们又来了。

柳　　芭 音乐的可贵之处就在这里。我理解扫罗 [5]。虽说我没有受到恶魔的折磨，但我理解他。任何一种艺术都不能像音乐那样使人忘却一切。[走到窗前。] 你们找谁？

庄稼汉们 派我们来找尼古拉·伊万诺维奇的。

柳　　芭 他不在，你们等一等吧。

冬 尼 娅 你还要嫁给一个对音乐一窍不通的人。

柳　　芭 不可能。

鲍 里 斯 [心不在焉地。] 音乐嘛……不，我喜欢音乐，更准确点说不是不喜欢。不过我更喜欢简单一点的——我喜欢歌曲。

冬 尼 娅 你说说，这首奏鸣曲难道不迷人吗？

鲍 里 斯 主要的是这个并不重要。而且我有点为这种生活

---

① 意大利语，意为："行板"。
② 法语，意为："肖邦"。下同。
③ 法语，意为："前奏曲"。
④ 法语，意为："d 小调"。
⑤ 见《圣经·旧约·撒母耳记上》第十六章第二十三节："从——神那里来的恶魔临到扫罗身上的时候，大卫就拿琴，用手而弹，扫罗便舒畅爽快，恶魔离了他。"

感到遗憾，太看重这种生活了。

[桌上放着糖果。众人吃糖。]

丽赞卡 有未婚夫在场多好呀，还有糖吃。

鲍里斯 哎，这不是我的过错，是妈妈。

冬尼娅 她做得好极啦。

柳芭 音乐的可贵之处，就在于它能抓住人，动人心弦，使人离开现实。瞧，本来一切是那么阴沉，突然间你弹起琴来，就如豁然开朗一样。真的，豁然开朗。

丽赞卡 Chopin 的华尔兹舞曲太陈腐了，不过嘛……

冬尼娅 这一首…… [弹琴。]

[尼古拉·伊万诺维奇登场，同冬尼娅、斯乔帕、丽赞卡、柳芭、米特罗凡·叶尔米洛维奇和司祭寒暄。]

第二场

前场人物和尼古拉·伊万诺维奇。

尼古拉·伊万诺维奇 妈妈在哪儿？

柳芭 好像在儿童室。

[斯乔帕叫仆人。]

爸爸，冬尼娅弹得多迷人呀。你到哪儿去啦？

尼古拉·伊万诺维奇 到村里去了。

[仆人登场。]

第三场

前场人物和仆人。

斯 乔 帕　再拿一个茶炊来。

尼古拉·伊万诺维奇　[也向仆人问好，同他握手。]你好！

[仆人胆怯地退场。尼古拉·伊万诺维奇退场。]

第四场

前场人物，仆人和尼古拉·伊万诺维奇除外。

斯 乔 帕　不幸的阿法纳西呀！他太腼腆，我不明白。好像我们有错似的。

第五场

前场人物和尼古拉·伊万诺维奇。

尼古拉·伊万诺维奇　[返回房间。]我刚才已经回到自己屋里了，可是没有把自己的感触告诉你们。我想这样不好。[对冬尼娅。]假如我的话会使您感到羞辱，我请您原谅，但是我不能不说出来。柳芭，你说公爵小姐弹得很好。你们都在这儿，七八个健康年轻的男人和女人，睡到十点钟才起床，喝过了吃过了，现在还在吃，还要弹琴，讨论音乐。可是我同鲍里斯·亚历山德罗维奇刚才去过的地方，人们清晨三点钟就起床了，也有一些人夜里根本没睡觉。那些年老、体弱、有病的人，那些孩子，怀抱婴儿的妇女和孕妇都在拼命地干活，让我们在这里花掉他们的劳动果实。不仅如此。现在要把他们中的一个，家里最后的一个，唯一的一个能干活的人关到牢里去，因为春天他在我的树林里砍了一棵云杉，而那里长着十万棵云杉。我们在这里呢，洗得干干净净，穿得整整齐齐，把我们的脏东西扔在各个卧室里，让奴隶们来收拾。我们又吃又喝，还讨论舒曼和Chopin谁更能感动我们，给我们解闷。我从你们身边走过去的时候，想的就是这些，因此才对你们说了。你们好好想一想吧，难道可以这样生活吗？

[心情激动地站在那里。]

丽赞卡　确实，确实如此呀。

柳　芭　要是这样想，那简直没法活。

斯乔帕　为什么？我看不出为什么老百姓穷就不能谈论舒曼。这两件事互相不排斥嘛。假如人们……

尼古拉·伊万诺维奇　[生气地。] 如果一个人没有心肝，麻木不仁……

斯乔帕　好，我不说啦。

冬 尼 娅 这是个可怕的问题，是我们时代的问题，用不着怕它，应当面对现实，以便解决问题。

尼古拉·伊万诺维奇 没有时间等待用一般措施来解决问题。我们中的每一个人，说不定哪一天会死去。我怎样才能不受内心矛盾的煎熬度过一生呢?

鲍 里 斯 可能有这样一种办法——不参与。

尼古拉·伊万诺维奇 要是我惹你们生气，请原谅我。我不能不把自己感觉到的东西谈出来。[退场。]

第六场

前场人物，尼古拉·伊万诺维奇除外。

斯 乔 帕 怎么能不参与呢？我们的全部生活都是联在一起的。

鲍 里 斯 因此他才说，首先要放弃私有财产，彻底改变自己的生活，不要让别人为我服务，而是我去为别人服务，要这样生活才行。

冬 尼 娅 嘿，我看你已经彻底站到尼古拉·伊万诺维奇那边去了。

鲍 里 斯 是的。我有生以来第一次明白了，还有我在村里见到的情景……只要摘下我们观察老百姓生活的眼镜，就可以理解他们的痛苦与我们的欢乐之间的联系。这就够了。

米特罗凡·叶尔米洛维奇 是的，不过解决这个问题的方法不在于毁坏自己的生活。

斯乔帕 真有趣。我和米特罗凡·叶尔米洛维奇站在两个不同的极端，然而意见却是一致的——我的话就是——不能毁坏生活。

鲍里斯 明白了。你们两位都想过快乐的日子，为此你们希望有一种能保障这种快乐日子的生活方式。您呢，[对斯乔帕。]想保持目前的生活方式，而米特罗凡·叶尔米洛维奇想建立新的方式。

[柳芭和冬尼娅窃窃私语。冬尼娅走到钢琴旁，弹肖邦的夜曲。大家都沉默不语。]

斯乔帕 多美啊。这就解决了一切问题。

鲍里斯 是掩盖一切问题，推迟它们的解决。

[弹琴期间，玛丽亚·伊万诺夫娜和公爵夫人悄悄登场，坐下来听音乐。夜曲快结束时传来铃鼓的声音。]

第七场

前场人物、玛丽亚·伊万诺夫娜和公爵夫人。

柳芭 这是姨妈来了。[走出去迎接她；玛丽亚·伊万诺夫娜随着出去。]

[音乐在继续。亚历山德拉·伊万诺夫娜、格拉西姆神父、胸前佩着十字架的司祭和公证人登场。全体起立。]

第八场

前场人物、亚历山德拉·伊万诺夫娜、格拉西姆神父和公证人。

格拉西姆 请继续弹吧，很动听。

[公爵夫人走到他跟前接受祝福，司祭也走过去。]

亚历山德拉·伊万诺夫娜 我答应要做的事，都做到了。找到了格拉西姆神父，而且说服他来一趟。他正好要到库尔斯克去。我的任务完成了。公证人也在这里。文书他已经准备好了。只要签个字就行。

玛丽亚·伊万诺夫娜 是不是请您先用早餐?

[公证人把文书放在桌上，退场。]

第九场

前场人物，公证人除外。

玛丽亚·伊万诺夫娜 我非常感激格拉西姆神父。

格拉西姆 没办法。虽说不顺路，但作为基督徒，我认为有义务来拜访一下。

[亚历山德拉·伊万诺夫娜向年轻人悄悄说话。年轻人彼此商量，然后都走到露台上。鲍里斯没去。司祭也想退场。]

第十场

玛丽亚·伊万诺夫娜、亚历山德拉·伊万诺夫娜、公爵夫人、格拉西姆神父、司祭和鲍里斯。

格拉西姆 好吧，您就待在这儿。作为牧师和忏悔神父，您可以既受益也为他人带来益处。如果玛丽亚·伊万诺夫娜不反对，您就留下来吧。

玛丽亚·伊万诺夫娜 不反对。我喜欢瓦西里神父，像喜欢自己家里人一样。我也同他商量过了，可是他年轻，权威性不足。

格拉西姆 那当然，那当然。

亚历山德拉·伊万诺夫娜 ［走到他跟前。］格拉西姆神父，您瞧，只有您能帮忙开导他。他是一个聪明的、有学问的人。可是您知道，有学问只能坏事。他有点糊涂了。他断言，按照基督教律法，人不应当有任何财产。这怎么行呢？

格拉西姆 诱惑、聪明人的骄傲、恣意妄为。教会的神父们已经把这问题解释清楚了。事情到底是怎样发生的？

玛丽亚·伊万诺夫娜 让我把来龙去脉都告诉您吧。我们结婚的时候，他对宗教完全无动于衷。我们就这样生活，并且生活得很美好，那是最美好的年华，最初的二十年。后来他开始思考。也许他姐姐的死或者读书对他产生了影响。他开始思考，阅读《福音书》，突然极端信仰宗教，开始上教堂，拜访僧侣们。然后呢，他突然抛弃了这一切，全面改变了自己的生活，开始自己干活，不让仆人服侍他。主要的是，他现在要把家产分出去。昨天他把树林和土地都交出去了。我很担心，我有六个儿女。请您同他谈谈。我去问问他，看他愿意不愿意见您。［退场。］

第十一场

前场人物，玛丽亚·伊万诺夫娜除外。

格拉西姆 现在有许多人开始背叛教会。请问，家产是他的还是他夫人的？

公爵夫人 他的。糟糕就糟糕在这儿。

格拉西姆 他有什么官衔？

公爵夫人 官衔不高。好像是骑兵大尉。他过去是个军人。

格拉西姆 许多人就是这样偏离教会的。敖德萨有一位女士迷上了招魂术，干出许多有害的事。到底还是上帝让她回归教会。

公爵夫人 主要的是，您得明白，现在我的儿子要娶他的女儿。我同意了，可是姑娘已经习惯过奢侈的生活，因此她的生活应当有保障，不能变成我儿子的沉重包袱。他可是一个勤劳的人，一个出色的青年。

[玛丽亚·伊万诺夫娜和尼古拉·伊万诺维奇登场。]

第十二场

前场人物、玛丽亚·伊万诺夫娜和尼古拉·伊万诺维奇。

尼古拉·伊万诺维奇 您好，公爵夫人。您好……请原谅，尊姓大名？

格拉西姆 您不愿意接受祝福吗？

尼古拉·伊万诺维奇 是的，不愿意。

格拉西姆 我是格拉西姆·费奥多罗夫。非常荣幸。

[仆人送上早餐和酒。]

天气真好。有利于收割粮食。

尼古拉·伊万诺维奇 我想您是亚历山德拉·伊万诺夫娜请来的。目的是使我脱离迷津，引导我走上正道。假如是这样的话，我们就不必绕圈子了，还是直截了当谈吧。我不否认我不同意教会的教义，过去同意，后来不同意了。不过，如果您能向我揭示真理，我全身心地接受它，并投身其中。

格拉西姆 您怎么能说您不信仰教会的教义呢？不相信教会，那么相信什么呢？

尼古拉·伊万诺维奇 信上帝和他的律法，《福音书》告诉我们的律法。

格拉西姆 教会就是传授这些律法的。

尼古拉·伊万诺维奇 假如它传授这些律法的话，我会相信它的。可是它传授的东西完全相反。

格拉西姆 教会不可能传授相反的东西。因为它是主亲自建立的。《圣经》上说："我给你们权力……阴间的权柄不能胜过他。"①

尼古拉·伊万诺维奇 这句话不是针对那个情况说的。即使承认是基督建立了教会，可我又怎样知道，这个教会就是指您那个教会呢？

格拉西姆 因此才有一句话："无论在哪里，有两三个人奉我的名聚会……"②

尼古拉·伊万诺维奇 这句话也不是针对那个情况说的，说明不了什么问题。

格拉西姆 怎么能否定教会呢？只有它给人们带来神恩。

尼古拉·伊万诺维奇 过去，在我没有确信教会支持一切违反基督教精神的东西以前，我并不否定教会。

格拉西姆 它不可能犯错误，因为只有它才掌握真理。偏离教会的人入了迷津。教会是神圣的。

尼古拉·伊万诺维奇 我已经对您说过了，我不承认这一点。我之所以不承认，是因为《福音书》里说——凭着他们的果子，就可以认出他们来。③我了解到，教会祝福起誓、杀人、死刑。

格拉西姆 教会承认上帝建立的权力并使之神圣化。

---

① 前半句见《圣经·新约·路加福音》第十章第十九节，后半句见《圣经·新约·马太福音》第十六章第十八节。

② 见《圣经·新约·马太福音》第十八章第二十节。

③ 见《圣经·新约·马太福音》第七章第十六节。

[谈话期间，斯乔帕、柳芭、丽赞卡、冬尼娅、鲍里斯和亚历山德拉·伊万诺夫娜依次登场，分别或坐或站，听他们谈话。]

尼古拉·伊万诺维奇 我知道，《福音书》上说——不仅不可杀人，而且不可动怒。可是教会却祝福军队。《福音书》上说："什么誓都不可起！"[1] 可是教会却引导人起誓，《福音书》上说……

格拉西姆 对不起，彼拉多说"我指着永生——神叫你起誓"的时候，基督认可了起誓。他说："你说的是。"[2]

尼古拉·伊万诺维奇 唉，瞧您说的，这太可笑了。

格拉西姆 教会不允许每一个人解释《福音书》，是为了不让他犯错误；像母亲关心孩子一样，教给他们——能理解的解释。不，请允许我说完。教会不给自己的儿女增添无力承担的重负，而是要求遵行诫命——要爱，不可杀人，不可偷窃，不可奸淫。[3]

尼古拉·伊万诺维奇 是的，不可杀我，不可偷窃我偷来的东西。我们大家把老百姓偷个精光，偷了他们的土地，然后制定法律——禁止偷窃的法律。教会祝福这一切。

格拉西姆 这是诱惑、自恃聪明在您身上作祟。应当克服自恃聪明的想法。

尼古拉·伊万诺维奇 不，我向您请教的是，在我认识到自己

---

① 见《圣经·新约·马太福音》第五章第三十四节。
② 见《圣经·新约·马太福音》第二十六章第六十三、第六十四节。下同。
③ 引自《圣经·新约·罗马书》第十三章第十九节。

犯了掠夺老百姓和剥削他们的土地这个罪之后，按照基督教的律法我应该怎么办？是继续占有土地，享用饥饿者的劳动果实，让他们干这个？［指着端来早餐和酒的仆人。］还是把土地交还给我的祖先从其手中夺来的人？

格拉西姆 您应当像教会的儿子那样办。您有家庭、儿女，您应当按照适合他们的地位的要求，照料和教育他们。

尼古拉·伊万诺维奇 为什么？

格拉西姆 因为是上帝使您处于这个地位。假如您想施舍，那就施舍吧，献出一部分家产，访问穷苦的人。

尼古拉·伊万诺维奇 请问，关于那个富有的青年，《福音书》上为什么说，财主进天国是难的[①]？

格拉西姆 那是说，你要做一个完人的话。

尼古拉·伊万诺维奇 我正是要做一个完人。《福音书》上说："所以，你们要完全，像你们的天父完全一样。"[②]

格拉西姆 但是要理解这些话是针对什么问题说的。

尼古拉·伊万诺维奇 我正是要努力认识清楚。登山宝训说的话既简单又明了。

格拉西姆 还是自恃聪明。

尼古拉·伊万诺维奇 谈不到什么自恃聪明。《福音书》上说："向聪明通达人就藏起来；向婴孩就显出来。"[③]

---

① 见《圣经·新约·马太福音》第十九章第二十三节。
② 见《圣经·新约·马太福音》第五章第四十八节。
③ 见《圣经·新约·马太福音》第十一章第二十五节。

格拉西姆　谦卑的人看得清；骄傲的人看不清。

尼古拉·伊万诺维奇　到底是谁骄傲呢？是我——认为自己是和大家一样的人，因此应当和大家一样，靠自己的劳动果实生活，像自己的弟兄一样贫困；还是那些自认特殊、神圣，了解全部真理而不可能犯错误，并且按照自己的想法解释基督的言论的人呢？

格拉西姆　[生气。] 对不起，尼古拉·伊万诺维奇，我不是来和您争谁正确，也不是来听训导的，而是应亚历山德拉·伊万诺夫娜的请求来谈谈心。您对一切问题了解得比我清楚，因此我最好还是不说吧。不过我最后一次以上帝的名义请求您——回心转意吧，您的错误很严重，您正在毁灭自己。[站起来。]

玛丽亚·伊万诺夫娜　请用一点饭？

格拉西姆　谢谢您。[与亚历山德拉·伊万诺夫娜一起退场。]

第十三场

玛丽亚·伊万诺夫娜、公爵夫人、尼古拉·伊万诺维奇、司祭和鲍里斯。

玛丽亚·伊万诺夫娜　[对司祭。] 唉，以后会怎么样呢？

司　　祭　照我看嘛，尼古拉·伊万诺维奇说得对。格拉西姆神父没有提出任何论据。

公爵夫人 根本不让他说话，主要的是他不喜欢进行这样的争论。大家都在听。他出于谦虚才退场的。

鲍 里 斯 完全不是谦虚，他的话全都那么虚伪。很明显，他无话可说。

公爵夫人 是啊，我已经看出，你这个朝三暮四的人，已经在各方面开始同意尼古拉·伊万诺维奇的意见。假如你是这样想的，那就别结婚了。

鲍 里 斯 我只能说，真理总归是真理，我不能闭口不言。

公爵夫人 这话才轮不到你说呢。

鲍 里 斯 为什么?

公爵夫人 因为你一贫如洗，你没什么东西可以献出去。不过，这都不关我们的事。[退场；除尼古拉·伊万诺维奇和玛丽亚·伊万诺夫娜外，其余的人都随她退场。]

第十四场

尼古拉·伊万诺维奇和玛丽亚·伊万诺夫娜。

尼古拉·伊万诺维奇 [若有所思地坐在那里，然后对自己的想法笑了笑。] 玛莎! 这是为了什么? 你干吗要请这个可怜的、迷路的人来? 这个叽叽喳喳的女人和这个司祭为什么要干预我们的私生活呢? 难道我们自己不能解决我们的事吗?

玛丽亚·伊万诺夫娜 你想让儿女们一文不名，我还有什么办法呢？我不能若无其事地忍受这一切。你要知道，我不是一个自私自利的人，我什么也不要。

尼古拉·伊万诺维奇 我知道，我知道，而且相信。不幸的是你不相信真理。我知道，你看得见真理，可就是下不了决心去相信真理。你既不相信真理，又不相信我。你相信那一群人，相信公爵夫人和其他人。

玛丽亚·伊万诺夫娜 我相信你，从来都相信你，可是当你想让儿女们去讨饭……

尼古拉·伊万诺维奇 这就说明你不相信我。你以为我没斗争过，没担心过？但是后来我坚信不仅可以而且应当这样做，这也是儿女们唯一需要的，对他们来说是有好处的。你总是说，如果没有儿女的话，你可以跟我到天涯海角去。可是我说——如果没有儿女的话，我们倒可以像现在这样生活，我们毁灭的只是自己；可现在我们正在毁灭他们。

玛丽亚·伊万诺夫娜 唉，要是我不理解，我该怎么办呢？

尼古拉·伊万诺维奇 我又该怎么办呢？因为我知道为什么要叫这个可怜的、披着法衣挂着十字的人来，为什么阿林娜带来了公证人。你们想叫我把家产转到你的名下。我做不到。你是知道的，在我们共同生活的二十年当中，我一直爱着你，我爱你，为你好，因此不能为你签字。如果需要签字的话，我只能为那些被夺去土地的农民签字。别的我做不到。我应当交给他们。我很高兴公证人来了，我应当这样做。

玛丽亚·伊万诺夫娜　不，这样太可怕了！为什么这样残酷？唉，既然你认为这是罪孽，那就交给我吧。［哭。］

尼古拉·伊万诺维奇　你不知道你在说些什么。如果我交给你的话，我就不能继续和你在一起生活下去了。我应当离开。我不能在这种条件下生活下去。尽管不是用我的名义，而是用你的名义去压榨农民的血汗，把他们送进监牢，我也看不下去。你选择吧。

玛丽亚·伊万诺夫娜　你太残酷了！这是什么基督教？这是刻薄。我不能按照你的想法生活，我不能把儿女的东西夺过来给别人。你因此要抛弃我。那你就抛弃吧。我看出你不再爱我了。而且我还知道是因为什么。

尼古拉·伊万诺维奇　那好吧。我签字。不过玛莎，是你要求我勉为其难。［走到桌旁，签字。］这是你的要求。我无法这样生活下去。［退场。］

［幕落。］

第三幕

剧情发生在莫斯科。一间大屋子，屋里有木工台、放文件的桌子、书橱、镜子和一幅画，到处都放着木板。

第一场

尼古拉·伊万诺维奇系着围裙，在木工台旁干活。
刨木板。细木工师傅。

尼古拉·伊万诺维奇 [抽出木板。] 这样好吗？

细 木 工 [调整刨子。] 不怎么样。您大胆一些，就像这样。

尼古拉·伊万诺维奇 能大胆一点就好了，可是总不顺手。

细 木 工 老爷学细木工干吗？我们这行人够多的，简直没法生活。

尼古拉·伊万诺维奇 [又在干活。] 闲待着良心上过不去，不……

细 木 工 您就该闲待着。是上帝给了您产业。

尼古拉·伊万诺维奇 问题就在这儿。我认为上帝什么也没给，是人们自己夺来的，从自己的弟兄们手里夺来的。

细 木 工 [莫名其妙。] 就算是这样的。不过您还是不必干活。

尼古拉·伊万诺维奇 我明白。您看到这个家里东西有的是，我还想干活挣钱，您觉得很奇怪。

细 木 工 [笑。] 哪儿的话。老爷们的事谁不知道，他们总想越多越好。现在请您用粗刨子刨一遍。

尼古拉·伊万诺维奇 您不会相信的，您准会笑我。不过我还是要说。从前我是这样生活的，也不觉得可耻。

现在我信奉的法律是——普天下的人都是兄弟，因此觉得这样生活太可耻。

细 木 工 觉得可耻，那就分了吧。

尼古拉·伊万诺维奇 我是想分，可没办成。交给妻子了。

细 木 工 再说您也不能那样做。您已经习惯了。

[门外传来说话声：“爸爸，可以进来吗？”]

尼古拉·伊万诺维奇 可以，可以，任何时候都可以。

第二场

前场人物和柳芭。

柳 芭 [登场。] 您好，雅科夫。

细 木 工 祝您健康，小姐。

柳 芭 鲍里斯到团队去了。我担心他在那里会干出什么事，说出什么话。你怎么想？

尼古拉·伊万诺维奇 我能怎么想呢？他会干出他想干的事。

柳 芭 那就太可怕了。他在那边服役的期限很短了，千万别毁了自己。

尼古拉·伊万诺维奇 他没来看我，做得很对。他知道，除了他自己知道的以外，我不会对他说别的。他本人对我说过，他想退役是因为他明白，凡是旨在杀人的活动都是最不合法、最残酷、最兽性的行为，而且绝对服从偶然遇见的长官，也是最低三下四、最卑鄙的行为。这些他都知道。

柳　　芭　我担心的就是他知道这些，因此会做出什么事来。

尼古拉·伊万诺维奇　这要由他的良知，由他心里的上帝来决定了。假如他来找我，我只劝他一点——不要按推论行事，只能在整个身心都有要求的时候去做。要不然就糟糕了。我本想按基督的吩咐去做——扔下父亲、妻子、儿女不管，跟随基督去，本来已经离开了，可是结果怎样呢？结果我又回来了，和你们一起在城里过着奢侈的生活。因为我想超越自己的力量行事。结果我陷入这种有损人格的、毫无意义的处境。我想过简朴的生活，想干活，可是同仆人和门房在一起处在这种环境里，就像是装腔作势。你瞧，我看得出来，雅科夫·尼卡诺罗维奇在嘲笑我……

细 木 工　我嘲笑什么？您给我钱，给我茶喝。我感谢您。

柳　　芭　我在想，我是不是应该到他那儿去。

尼古拉·伊万诺维奇　亲爱的小宝贝，我知道你心里难过，害怕，其实用不着害怕。我是个领悟了生活的人。不会出什么坏事。那些看上去像是坏事情却能使人心情愉快。有一点你要理解——走上这条路的人面临着一个选择。会出现上帝与魔鬼在天平上重量相等，因而使人摇摆不定的情况。在这种时候会成就上帝最伟大的事业，这时候任何外来的干预都是极其危险、极其令人痛苦的。这样说吧，一个人拼命想把一个重物拉过来，这时候用一个指头按一下也会弄断他的脊梁骨。

柳　　芭　何必吃这个苦呢？

尼古拉·伊万诺维奇 难道当母亲的也能说这种话！何必吃苦呢？生孩子没有不吃苦的。精神生活也是这样。有一点我要告诉你——鲍里斯是一个真正的基督徒，因此他是自由的。假如你还做不到像他那样，不能像他那样信仰上帝，那就通过他去信仰上帝吧。

玛丽亚·伊万诺夫娜 ［在门外。］可以进来吗？

尼古拉·伊万诺维奇 任何时候都可以。瞧，今天我这里多热闹呵。

第三场

前场人物和玛丽亚·伊万诺夫娜。

玛丽亚·伊万诺夫娜 我们的司祭瓦西里·尼卡诺罗维奇来了。他要去见主教，他放弃了小教区的职务。

尼古拉·伊万诺维奇 不可能！

玛丽亚·伊万诺夫娜 他就在这儿。柳芭，去叫他来。他想见见你。

［柳芭退场。］

第四场

前场人物，柳芭除外。

玛丽亚·伊万诺夫娜 我来找你也是想谈谈万尼亚的情况。

他的品行很坏，学习成绩很差，升不了级。我一跟他说，他就撒野。

尼古拉·伊万诺维奇 玛莎，你知道，我不赞成你们的生活方式和他们受的教育。这对我来说是一个可怕的问题，我有没有权利看着人们在我面前毁灭……

玛丽亚·伊万诺夫娜 那就需要采取另外一种明确的办法，你能提出什么呢？

尼古拉·伊万诺维奇 我提不出来。有一点我可以说，首先要摆脱这种使人腐化堕落的奢侈生活。

玛丽亚·伊万诺夫娜 叫他们去做庄稼汉，这我没法同意。

尼古拉·伊万诺维奇 既然如此，那就别问我了。使你痛心的事是避免不了的。

[司祭登场，同尼古拉·伊万诺维奇行吻礼。]

第五场

前场人物、司祭和柳芭。

尼古拉·伊万诺维奇 您真的不干了？

司　　祭 我再也干不下去了。

尼古拉·伊万诺维奇 我没料到这么快。

司　　祭 实在不行。过我们那种生活，不可能抱无所谓态度。你得听忏悔，接圣餐，一旦认识到这些都是虚伪的……

尼古拉·伊万诺维奇 现在怎么办呢？

司　　祭　现在我到主教那儿去接受讯问。我担心他们会把我流放到索洛韦茨修道院去。有一个时期我曾经想逃亡国外，求您帮忙。后来改变了主意，都怪我优柔寡断。叫我放心不下的是妻子。

尼古拉·伊万诺维奇　她在哪儿？

司　　祭　到她父亲那儿去了。岳母到我们家来过，把我儿子带走了。我非常难过。真想…… [停住，忍住泪水。]

尼古拉·伊万诺维奇　唉，上帝保佑你。那么，您在我们家住下了？

第六场

前场人物和公爵夫人。

公爵夫人　[跑步进来。] 唉，大祸终于来临！他拒绝服兵役，被逮捕了。我刚刚去过，人家不放我进去。尼古拉·伊万诺维奇，您去一趟吧。

柳　　芭　他怎么拒绝了？您怎么知道的？

公爵夫人　我亲自去过。瓦西里·安德列耶维奇全告诉我了。他是军事法庭的成员。鲍里斯一进门就宣布说，他不服兵役，不宣誓。唉，这些都是尼古拉·伊万诺维奇教给他的。

尼古拉·伊万诺维奇　公爵夫人！这是教得会的吗？

公爵夫人　我不知道。不过基督教不是这样的。难道说这就是基督教？神父，请您讲一讲。

司　　祭　我已经不是神父了。

公爵夫人　哼，反正一样。对啊。您也是这样的人。您觉得挺好。可我绝不能放任不管。使人痛苦，使人毁灭的基督教，算什么该死的基督教！我恨你们的这种基督教！你们知道没人碰你们，所以你们觉得挺好。可我只有一个儿子，你们还把他毁了。

尼古拉·伊万诺维奇　哎，公爵夫人，您别激动呀。

公爵夫人　您，是您毁了他。您毁了他，您就该去救他。您去说服他别干这些蠢事。阔人们可以这样做，我们不行。

柳　　芭　[哭。] 爸爸，怎么办呢？

尼古拉·伊万诺维奇　我一定去。也许我能帮上忙。[摘下围裙。]

公爵夫人　[帮助他穿衣。] 人家不放我进去，不过我们还是一起去，这回我一定要让他们放我进去。

[他们退场。]

[幕落。]

[舞台换景。办公室。一名文书坐在那里。哨兵在对面的门口来回走动。将军及副官登场。文书跳起来，上兵敬礼。]

第一场

将军、副官和文书。

将　　军　上校呢？

文　　书　大人，他看那个新兵去了。

将　　军　哦，好吧。请他到我这儿来。

文　　书　是，大人。

将　　军　您在抄什么东西？是新兵的供词吗？

文　　书　正是。

将　　军　拿过来。

[文书将之呈上，退场。]

第二场

前场人物，文书除外。

将　　军　[交给副官。] 请念一念。

副　　官　[念。]“向我提出的问题：一、为什么我不肯宣誓；二、为什么我拒绝执行政府的要求以及是什么促使我发表不仅对军界而且对最高当局不敬的言论？我对第一个问题的回答是——我不肯宣誓是因为我信仰基督的教训，基督的教训直截明确地禁止宣誓，见《马太福音》第五章第三十三至三十八节、《雅各书》第五章第十二节。”

将　　军　也是瞎议论，按自己的想法作解释。

副　　官　[继续念。]“《福音书》里说——‘什么誓都不可起……你们的话，是，就说是；不是，就说不是；若再多说就是出于那恶者。’《雅各书》里说——‘我的弟兄们，最要紧的是不可起誓；不可指着天起誓，也不可指着地起誓，无论何誓都不可起。你们说话，是，就说是；不是，就说不是，免得你们落在审判之下。’不仅因为《福音书》里有这样不可起誓的指示。即使没有，我也不能起誓说我将执行人的旨意，因为我，按基督教的律法，应当永远执行上帝的旨意，上帝的旨意可能与人的旨意不一致。”

将　　军　也是瞎议论。要是听我的话，绝不会出这种事。

副　　官　[念。]“我拒绝执行自称是政府的人的要求，因为……”

将　　军　大胆!

副　　官　“……因为这些要求是犯罪，是作恶。要求我参军受训，训练好去杀人，而《旧约》和《新约》都禁止我这样做，主要的是，我的良心禁止我这样做。对第三个问题……”

[上校及文书登场。将军伸手给他。]

第三场

前场人物、上校及文书。

上　　校　您在听供词吗?

将　　军　嗯，言词太狂妄了，不可饶恕。喂，念下去。

副　　官　“对第三个问题——是什么促使我在军事法庭上发表不敬的言论？我的回答是——侍奉上帝和揭露以上帝的名义进行的欺骗的愿望促使我这样做。我希望自己能终生坚持这种愿望。因此……”

将　　军　哼，够了够了，这些胡言乱语是听不完的。现在的问题是要根除这些东西，不要腐蚀人。[对上校。] 您同他谈过了吗?

上　　校　一直在同他谈。我想办法叫他感到内疚，使他相信这样做对他不利，但也行不通。还谈到他的家庭。他非常激动，可他总是坚持己见。

将　　军　多说也是白费劲。我们军人不是发议论，而是执行命令。把他叫来。

[副官及文书退场。]

第四场

将军和上校。

将　　军　[坐下来。] 不行，上校。这样不行。对这种坏小子用不着这样办。得采取坚决措施，切除染病的器官。这是害群之马。不能因为他是公爵、有母亲和未婚妻而姑息他。这些与我们不相干。站在我们面前的是一个士兵。我们应当执行陛下的旨意。

上　　校　我只是以为用说服的方法更能动摇他。

将　　军　不可能。要坚决地干，只有坚决地干才行。我过去遇到过这样的人。要让他感觉到他是个渺小的人物，是战车下的一粒细沙，阻挡不住战车的。

上　　校　是的，可以尽量试试。

将　　军　[开始发火。] 用不着试。我没什么可试的。我为皇上效力四十四年，献出了一生。这个小子突然冒出来要教训我，给我念《福音书》上的话。叫他去跟教士们胡扯吧。对我来说只有一条——他要么是士兵，要么是囚犯。就是这么回事。

[鲍里斯及两名押解兵登场，随后副官和文书登场。]

第五场

前场人物、鲍里斯及两名押解兵、副官和文书。

将　军　[用手指着。] 叫他站在那儿。

鲍里斯　用不着叫我。我想站在哪儿就站在哪儿，想坐在哪儿就坐在哪儿。因为我不承认您有权管我……

将　军　住口！你不承认权力。我叫你承认。

鲍里斯　[坐到椅子上。] 您这样大声喊叫，太粗野了。

将　军　把他拉起来，叫他站着。

[士兵们把鲍里斯拉起来。]

鲍里斯　这您能做到。您还能杀了我。可是强迫我服从您……

将　军　我说过了，住口！你听我说。

鲍里斯　我根本不想听你要说的话。

将　军　他真是个疯子。应当把他送到军医院去检查。没有别的办法。

上　校　有命令送他到宪兵局审讯。

将　军　好吧，把他送去。不过要给他穿好衣服。

上　校　他不让穿。

将　军　捆上。[对鲍里斯。] 请听我说一句。您将来怎么样，我无所谓。可是为您自己着想，我奉劝您——回心转意吧。在要塞里您会长蛆的。您不能把谁怎么样。别这么干了。好啦，您发了一通火，我也发了一通火。[拍拍他的肩膀。] 您去宣个誓，别再这么干了。[对副官。] 神父在这儿吗？[对鲍里斯。] 喂，怎么样啊？

[鲍里斯沉默不语。]

您为什么不回答呀？真的，这样做更好。胳膊拧不过大腿。您的这些想法就保留在您心里，服完役就行了。我们不会强迫您。怎么样？

鲍里斯 我没什么要说的了，我的话都说完了。

将　军 您说，《福音书》里有这句话那句话。这个教士们懂。您跟神父谈一谈，然后再考虑考虑。还是这样好。再见吧，我希望再见时能祝贺您为沙皇效力。叫神父来。[退场，随后上校和副官退场。]

第六场

鲍里斯、文书和士兵们。

鲍里斯 [对文书和士兵们。] 你们看，他们说些什么。连他们自己也知道，他们在欺骗你们。你们别服从他们。扔下武器，离开这里。即使让他们把你们送到感化营里去挨鞭子，也比做这些骗子的仆人轻松。

文　书 没有军界怎么行呢？不行呀。

鲍里斯 这事我们议论不了。我们要议论的是上帝希望我们做什么。上帝希望我们……

一名士兵 不是说："基督军……"

鲍 里 斯 这话哪儿也没有记载，都是骗子们捏造出来的。

士　　兵 怎么会呢，主教们大概知道。

[宪兵军官及文书登场。]

第七场

前场人物、宪兵军官及文书。

宪兵军官 [对文书。] 新兵切列姆沙诺夫公爵关在这里吗？

文　　书 正是，大人。在这儿。

宪兵军官 请过这边来。您就是拒绝宣誓的鲍里斯·亚历山德罗维奇·切列姆沙诺夫公爵？

鲍 里 斯 我就是。

宪兵军官 [坐下，指着自己对面的位置。] 请吧，请坐。

鲍 里 斯 我认为我们的谈话是毫无用处的。

宪兵军官 我不这样想。至少对您来说不是毫无用处。请您注意。我接到报告，说您拒绝服兵役和宣誓，因此有人怀疑您是革命党。我就是要把这件事讯问清楚。如果这是真的，那么我们就要把您开除军职，关进监狱或者流放，根据您参加革命的程度而定。如果不是真的，那么我们就把您留交军事首长办理。请您注意，我是开诚布公地都告诉您了，希望您也以同样的信任态度对待我们。

鲍 里 斯 我不能信任。第一，我不能信任佩戴这些东西的人；第二，您的职务本身使我不仅不尊敬它，而且对它极为反感。不过我不拒绝回答您的问题。您想了解些什么呢？

宪兵军官 首先，请问您的姓名、军衔、宗教信仰？

鲍 里 斯 这些您都知道，因此我不回答。只有一个问题对我十分重要——我不是所谓的正教教徒。

宪兵军官 那您信什么教？

鲍 里 斯 我怎么也说不清楚。

宪兵军官 到底是什么呢？

鲍 里 斯 这样说吧，我信仰以基督登山宝训的教义为准则的基督教。

宪兵军官 记下来。[文书记录。对鲍里斯。] 不过您总还承认自己属于某一个国家、某一个阶层吧？

鲍 里 斯 不，不承认。我承认自己是人，是上帝的奴仆。

宪兵军官 您为什么不承认自己是俄罗斯国家的一个成员？

鲍 里 斯 因为我不承认任何国家。

宪兵军官 不承认是什么意思？您想破坏？

鲍 里 斯 毫无疑问。我这样想，并且也为此工作。

宪兵军官 [对文书。] 记下来。您是用什么方法工作呢？

鲍 里 斯 揭露欺骗、虚伪，传播真理。您进来的时候，我正在对士兵们说，叫他们不要相信他们陷入的骗局。

宪兵军官 除了这些揭露和说服的手段以外，您是否承认其他的手段呢？

鲍 里 斯 不承认。不仅不承认，而且认为暴力是最大的罪恶。不仅暴力，一切秘密活动、诡计……

宪兵军官　记下来。很好。现在请允许我了解一下您的熟人。您认识伊瓦申科夫吗？

鲍 里 斯　不认识。

宪兵军官　克莱因呢？

鲍 里 斯　听说过，不过从来没见过。

[司祭登场。]

第八场

前场人物和司祭。

宪兵军官　嗯，我想我可以结束了。我认为您不危险，不属我们这个部门管。祝您早日获释。再见。[握手。]

鲍 里 斯　有一句话我很想对您说。请原谅我，我不能不说——您为什么要选择这种丑恶、凶残的职业呢？我劝您不要干。

宪兵军官　[微笑着。]谢谢您的忠告。这是有各种原因的。再见。神父，我让位给您。[与文书一起退场。]

第九场

前场人物，宪兵军官及他的文书除外。

司　　祭　您为什么要使上司痛心，不想尽一个基督徒的义务，为沙皇和祖国效劳呢？

鲍里斯　[微笑着。] 我正是想尽一个基督徒的义务才不肯当兵。

司　祭　您为什么不愿意呢？《圣经》上说："人为朋友舍命"[1]。这才是真正的基督徒……

鲍里斯　是的，牺牲性命，但不能要别人的性命。我想的正是牺牲性命。

司　祭　年轻人，您的话不对。施洗约翰曾经对士兵们说……

鲍里斯　[微笑着。] 这只能证明当时士兵们打家劫舍，而他不让他们这样干。

司　祭　那么，您为什么不想宣誓？

鲍里斯　您知道，《福音书》里禁止宣誓。

司　祭　根本不禁止。例如，彼拉多说："我指着永生神，叫你起誓告诉我们，你是神的儿子基督不是？"主耶稣基督回答说："你说的是。"这就说明，不禁止起誓。

鲍里斯　您不觉得惭愧吗？您是一位老者……

司　祭　我劝您不要执迷不悟。我们是改变不了世界的。只要您宣誓，就会有平安。至于说，什么是罪，什么不是罪，交给教会去掌握吧。

鲍里斯　交给你们？你们不觉得可怕吗？能承担起这么多的罪？

司　祭　什么罪？我受到坚定的信仰教育，做了三十年的

---

① 见《圣经·新约·约翰福音》第十五章第十三节。

司祭，我不可能有罪。

鲍里斯 你们欺骗着那么多的人，这罪算谁的呢？他们头脑里是怎么想的呢？［指指哨兵。］

司　　祭 这个问题嘛，年轻人，不是我们能分清是非的。我们得服从长官。

鲍里斯 别管我了。我很可怜您，很抱歉，听您说话真叫人恶心。要是您像那位一样是个将军，倒也罢了。可是您戴着十字架，拿着《福音书》，以基督的名义来说服我背弃基督。您走吧。［激动地。］您走吧，别管我。您走吧。请把我带走，别让我看见任何人。我累了。我累坏啦。

司　　祭 既然这样，那就再见吧。

［副官登场。］

第十场

前场人物和副官。鲍里斯坐在舞台深处。

副　　官 怎么样？

司　　祭 太顽固了。倔强得很。

副　　官 因此他不同意宣誓和服兵役？

司　　祭 无论什么形式都不肯。

副　　官 这样就要把他送到军医院去。

司　　祭 怎么？把他当成病人？这样做自然方便一些。否则影响太大。

副　　官　送到精神病科去检查。上司命令这样做。

司　　祭　当然啦。再见。[退场。]

第十一场

前场人物，司祭除外。

副　　官　[走到鲍里斯跟前。] 请吧。我接到命令送您去。

鲍 里 斯　到哪儿去？

副　　官　暂时到军医院去。您在那儿会觉得安静一些，而且您会有时间全面考虑一下……

鲍 里 斯　我早就全面考虑过了。也好，我们去吧。

[退场。]

[幕落。]

[舞台换景。军医院的门诊室。]

第一场

主任大夫和助理大夫、穿睡袍的患病军官、穿工作服的看守们。

患病军官 我跟你们说，你们把我害得更苦了。已经有好几次我觉得自己完全健康。

主任大夫 您别激动呀。我同意让您出院。不过您自己也知道，自由行动对您来说是危险的。如果我知道有人来照看您的话，那就好办了。

患病军官 您认为我又会去喝酒吗？不会了，我已经给训练好了。在这儿多待一天都对我有害。您做的事［发火。］正好是不该做的。您太残酷了。可您觉得很好。

主任大夫 安静点吧。［向看守们打手势。他们从后面走上前来。］

患病军官 您能自由行动，说什么都不要紧。可我们在一群疯子中间过的是什么日子啊。［喝止看守们。］你们过来干什么？滚开！

主任大夫 我请您安静下来。

患病军官 而我请求您，我要求您让我出院。［尖声叫着扑上去。看守们抓住他。搏斗，然后带走退场。］

第二场

主任大夫和助理大夫。

助理大夫 唉，又来了。他差点碰到您了。

主任大夫 酒鬼……毫无办法。不过总算有点好转。

[副官登场。]

第三场

前场人物和副官。

副　　官 你们好。

主任大夫 早上好。

副　　官 我给您送来一个有趣的人物。一个叫切列姆沙诺夫公爵的人，他本应当去服兵役，可是却以《福音书》为理由拒绝了。我们把他送到宪兵队，他们认为不归他们管，没有什么不可靠的表现。神父开导过他，也没用。

主任大夫 [笑着。] 按照惯例，送到我们这儿来，最后一道关了。好吧，带他进来。

[助理大夫退场。]

第四场

前场人物，助理大夫除外。

副　官　据说他是个非常有学问的青年人。还有，他的未婚妻很阔。真奇怪。坦率地说，他就该到您这儿来。

主任大夫　是啊，是一种 mania[①]……

[鲍里斯被带进来。]

第五场

前场人物和鲍里斯。

主任大夫　欢迎光临。请坐。我们来谈谈心吧。请您回避。

[副官退场。]

第六场

前场人物，副官除外。

鲍里斯　如果可以的话，我有个请求，如果您要把我关到

① 拉丁语，意为："狂躁症"。

什么地方去，那就快点关进去，好让我休息。

主任大夫 对不起。我们必须遵守规则。只有几个问题。您感觉怎么样？有什么不舒服吗？

鲍 里 斯 没病。我完全健康。

主任大夫 嗯，可是您的表现与众不同。

鲍 里 斯 我是按照良知的指示行动的。

主任大夫 您拒绝执行义务兵役制。有什么理由这样做呢？

鲍 里 斯 我是个基督徒，因此不能去杀人。

主任大夫 可是需要保卫祖国不受敌人侵犯，阻止破坏公共秩序的人作恶。

鲍 里 斯 没有人侵犯祖国。破坏秩序的人在政府里要比在受政府压迫的人中间多得多。

主任大夫 您这话怎么讲？

鲍 里 斯 是这样的。比方说，万恶之源——伏特加酒，是由政府出售的；虚伪、骗人的信仰，是由政府传播的；再如要我执行的义务——当兵，也是政府要求的，而当兵是堕落的主要途径。

主任大夫 照您看来，就不需要政府和国家了？

鲍 里 斯 这一点我不知道。不过我确切地知道我不应当参与作恶。

主任大夫 那么世界怎么办呢？要知道，上天赋予我们良知是为了让我们有预见的能力。

鲍 里 斯 上天赋予我们良知也是为了让我们看得见，社会制度不是靠暴力而是靠从善维持的。一个人拒绝参与作恶不会有任何危险。

主任大夫 现在请允许我对您进行一些检查。劳驾躺下来。[开始触诊。] 这儿没有痛感?

鲍 里 斯 没有。

主任大夫 这儿也没有?

鲍 里 斯 没有。

主任大夫 请吸一口气。别呼气。谢谢您。现在请让我量一下。[取出尺子，量额头、鼻子。] 现在劳驾闭上眼睛，请去吧。

鲍 里 斯 您干这个不觉得惭愧吗?

主任大夫 什么意思?

鲍 里 斯 我指这些蠢事。您明明知道我是健康的，我被送到这里来是因为我拒绝和他们一起作恶，他们无法抗拒真理，因此他们才装作认为我是疯子，而您在这方面协助他们。要知道这是很卑鄙很可耻的。别干这种事了。

主任大夫 这么说，您不愿意去了?

鲍 里 斯 是的，不愿意去。您可以随意折磨我，不过是您干的；而我呢，不会帮助您。[激动地。] 算了吧。

[大夫按铃，两名看守登场。]

第七场

前场人物和看守们。

主任大夫 请您安静下来。我能理解，您的神经太紧张了。

您愿意到自己的病区去吗？

[助理大夫登场。]

第八场

前场人物和助理大夫。

助理大夫 有人来探视切列姆沙诺夫。

鲍里斯 什么人？

助理大夫 萨伦采夫和他女儿。

鲍里斯 我很想见见他们。

主任大夫 那好吧，请他们进来。您可以在这里接待他们。

[退场；助理大夫和看守们在他之后退场。]

[尼古拉·伊万诺维奇和柳芭登场。公爵夫人望着门说："你们去吧，我过后去。"]

第九场

鲍里斯、尼古拉·伊万诺维奇和柳芭。

柳芭 [径直走到他跟前，捧着他的头，亲吻。]可怜的鲍里斯！

鲍里斯 别这样，别可怜我。我觉得好极了。非常高兴。非常轻松。您好！ [与尼古拉·伊万诺维奇互相亲吻。]

尼古拉·伊万诺维奇 我来告诉你，最主要的是——第一，在这种事情上，做得过分要比做得不够更坏；第二，这件事要按《福音书》上的话去做，不要事先考虑——我这样做，我那样说，“人带你们到有权柄的人面前，不要思虑说什么话；因为正在那时候，圣灵将在你心中说话。”① 就是说，不是在分清是非之后再做，而是全副身心感觉到你非这样做不可。

鲍 里 斯 我就是这样做的。我没想到我会拒绝。当我发现这些虚伪的东西，这些守法镜、文件、警察局、吸烟的法官之后，我不能不把要说的话说出来。当时我很害怕。可这只是在我开始做之前；后来就很简单，心里也很高兴了。

[柳芭坐在那里哭。]

尼古拉·伊万诺维奇 主要的是，你不要为了出名，为了让你所珍惜的人赞成你才这样做。至于我自己，我可以大胆地对你说，即使你现在宣誓，开始服兵役，我会同样地爱你，尊敬你，甚至比以前更爱你更尊敬你，因为可贵的不是世上已经成就的事，而是心灵中成就的事。

鲍 里 斯 那自然啦，因为，只要在心灵中成就了，世上就一定会有变化。

尼古拉·伊万诺维奇 我对你说的话就这些。你母亲在这里。

---

① 见《圣经·新约·路加福音》第十二章第十一、第十二章。原文与《圣经》原文略有出入。

她非常难过。如果你能做到她要求的事，你就做吧，这就是我要对你说的话。

[走廊里传来疯狂的嚎叫。患病军官冲进来，看守们跟着他进来，把他拖走。]

柳　　芭　这太可怕了！你还要待在这种地方！［哭。］

鲍 里 斯　我不怕这些，现在我什么也不怕。我觉得太好了！我只怕一点，就是你对这事的态度。你帮帮我吧。我坚信你会帮我的。

柳　　芭　难道说我会感到高兴吗？

尼古拉·伊万诺维奇　不是高兴，这办不到，我也不高兴。我为他痛心，心甘情愿代替他。不过我痛心，我知道这很好。

柳　　芭　很好。可是什么时候能放他出来呢？

鲍 里 斯　谁也不知道。我不考虑将来的事。现在多么好啊。你可以使它变得更好。

[公爵夫人登场。]

第十场

前场人物和公爵夫人。

公爵夫人　不行，我不能再等了。[对尼古拉·伊万诺维奇。]怎么样，您说服他了？他同意吗？亲爱的鲍里斯，心肝儿。你要明白我的苦衷。一生三十年都是为了你。把你养育成人，为你高兴。现在一切都就绪，都成了，突然放弃一切！监狱，耻辱。不行，亲爱的鲍里斯！

鲍 里 斯 妈妈，你听我说。

公爵夫人 您为什么不说话？是您毁了他，您就应当说服他。您觉得很好。柳芭，你对他说呀。

柳　　芭 我能说什么呢？

鲍 里 斯 妈妈！你要明白，有些事是办不到的，就像人不能飞一样。因此我不能服兵役。

公爵夫人 你不能服兵役是你瞎想出来的。是胡说八道。过去大家都服兵役，现在还在服兵役。你和尼古拉·伊万诺维奇瞎想出来一个什么基督教。这不是基督教，是叫人吃苦的魔鬼邪说。

鲍 里 斯 《福音书》里是这样说的。

公爵夫人 没说过。要是说过，那也是蠢话。孩子，亲爱的鲍里斯，可怜可怜我吧。［扑过去搂住他的脖子哭。］我一生吃尽了苦。你还要把我唯一的一点快乐变成苦难。亲爱的鲍里斯！可怜可怜我吧！……

鲍 里 斯 妈妈，我难过极啦。可是我不能对您说。

公爵夫人 唉，你不要拒绝，你说你再考虑考虑。

尼古拉·伊万诺维奇 你就说你再考虑考虑，你再考虑一下吧。

鲍 里 斯 唉，好吧。不过，妈妈，您也要可怜可怜我。我也很难受。

［走廊上又传来嚎叫声。］

我这是在疯人院里，真会发疯的。

第十一场

前场人物和主任大夫。

主任大夫 [登场。]太太，这样会产生很坏的后果。您的儿子处于亢奋状态。我想应当结束探视。请在探视的日子——每周星期四、星期日上午十二点钟以前来。

公爵夫人 唉，好吧，好吧，我就走。亲爱的鲍里斯，再见。你考虑考虑，可怜可怜我，星期四就高高兴兴地迎接我吧。[吻。]

尼古拉·伊万诺维奇 [伸手。]上帝保佑你好好考虑一下，就好像你明天要去死一样。那样你才能正确地做出决定。再见。

鲍 里 斯 [走到柳芭跟前。]你有什么话对我说吗？

柳 芭 我不能撒谎。我不明白你为什么要折磨自己，折磨大家。我不明白，我没什么要说的。[哭着退场。]

第十二场

鲍里斯独自一人。

鲍 里 斯 唉，真难呀！唉，真难呀！主啊，帮助我！[祈祷。]

[看守们拿着病人的长袍登场。]

第十三场

鲍里斯和看守们。

看　　守　请换一下衣服。

[鲍里斯换衣服。]

[幕落。]

第四幕

在莫斯科。在第三幕之后一年。萨伦采夫家的大厅已经收拾好，准备举行钢琴伴奏的舞会。仆人们在钢琴前摆花。玛丽亚·伊万诺夫娜穿着华丽的丝绸连衣裙，与亚历山德拉·伊万诺夫娜同时登场。

第一场

玛丽亚·伊万诺夫娜、亚历山德拉·伊万诺夫娜和仆人们。

玛丽亚·伊万诺夫娜 哪里是大舞会呢？不是大舞会，只不过是小晚会罢了。就像从前人说的，是为 adolescent[1] 举办的 une sauterie[2]。我总不能让自己的孩子们出去跳舞呀。他们在马科夫家看过戏，到别人家去跳过舞。我得答谢啊。

亚历山德拉·伊万诺夫娜 我担心 Nicolas 对这事不高兴。

玛丽亚·伊万诺夫娜 没办法呀！［对仆人。］放到这儿来。上帝可鉴，我是多么不愿使他不愉快。不过我想，他现在总归已经不那么严格要求了。

亚历山德拉·伊万诺夫娜 哎，不是那回事。他只不过不吭声罢了。午饭后他回自己房间里去了，心情很不好。

玛丽亚·伊万诺夫娜 唉，怎么办呢？怎么办呢？大家都要过日子呀。八口人呀。要是不让他们在家里快活快活，天知道他们会干出什么事来。至少现在我真替柳芭感到幸福。

亚历山德拉·伊万诺夫娜 难道说他已经求婚了？

玛丽亚·伊万诺夫娜 等于是已经求婚了。他同她谈过，她说同意。

亚历山德拉·伊万诺夫娜 这对他来说又是一次可怕的打击。

玛丽亚·伊万诺夫娜　他知道。他不可能不知道。

亚历山德拉·伊万诺夫娜　他不喜欢他。

玛丽亚·伊万诺夫娜　[对仆人] 水果放到餐柜上。不喜欢谁？不喜欢亚历山大·米哈伊洛维奇？自然不喜欢，因为这是对他的全部理论的否定！一个善于社交的、可爱的、招人喜欢的、和气的人。唉，鲍里斯·切列姆沙诺夫真是一场可怕的梦！他的情况怎么样？

亚历山德拉·伊万诺夫娜　丽赞卡去看望过他。他还待在那里。据说瘦得可怕。大夫们很担心他的性命，担心他会发疯。

玛丽亚·伊万诺夫娜　是啊，这就是他的思想的可怕的牺牲品。为了什么去毁了自己？我绝不希望这样。

[钢琴伴奏师登场。]

第二场

前场人物和钢琴伴奏师。

玛丽亚·伊万诺夫娜　[对他。] 您是来为跳舞伴奏的？

钢琴伴奏师　是的，我是钢琴伴奏师。

玛丽亚·伊万诺夫娜　请坐吧，稍等一下。您想不想用茶？

钢琴伴奏师　不，谢谢您。[走到钢琴前。]

玛丽亚·伊万诺夫娜　我绝不希望这样。我本来喜欢可爱的

① 法语，意为："青年们"。
② 法语，意为："小型晚会"。

鲍里斯的，可是他同柳芭不般配。特别是在他迷上尼古拉·伊万诺维奇的想法之后。

亚历山德拉·伊万诺夫娜 不过信念的力量真叫人吃惊。他非常痛苦。人家对他说，如果他不同意的话，那就把他留在那儿，或者关进要塞去。他总是回答那几句话。丽赞卡还说，他很高兴，甚至很快活。

玛丽亚·伊万诺夫娜 一群狂热者。瞧，亚历山大·米哈伊洛维奇来了。

[光彩照人的亚历山大·米哈伊洛维奇·斯塔尔科夫斯基穿着燕尾服登场。]

第三场

前场人物和斯塔尔科夫斯基。

斯塔尔科夫斯基 我来得早了一点。[吻两位女士的手。]

玛丽亚·伊万诺夫娜 这样更好。

斯塔尔科夫斯基 柳博芙[①]·尼古拉耶夫娜在哪儿？她打算跳许多许多舞，弥补放过的一切机会。我自愿帮助她。

玛丽亚·伊万诺夫娜 她正在整理八人舞的奖品。

斯塔尔科夫斯基 我去帮帮她，可以吗？

玛丽亚·伊万诺夫娜 那好极啦。

---

① 柳博芙是柳芭的大名。

[斯塔尔科夫斯基退场；柳芭迎着他登场，手里捧着沙发软垫、鲜花、丝带。]

第四场

前场人物和柳芭。

柳　　芭　[穿着华丽的晚礼服，但不是袒胸露肩的。] 哦，您也来了。好极啦。来帮帮我。客厅里还有两个沙发软垫，请您都拿过来。您好，您好。

斯塔尔科夫斯基　我飞着去。[退场。]

第五场

玛丽亚·伊万诺夫娜、亚历山德拉·伊万诺夫娜和柳芭。

玛丽亚·伊万诺夫娜　[对柳芭。] 听我说，柳芭。今天要来许多熟人，他们会猜测，打听的。可以宣布吗？

柳　　芭　不行，妈妈，不行。何必呢？叫他们问好了。爸爸会觉得不愉快的。

玛丽亚·伊万诺夫娜　可是他知道，也许猜得出，迟早要告诉他的。我想最好是今天宣布。因为 c'est le secret de la comédie[1]。

---

① 法语，意为："这是喜剧的秘密"（这是众所周知）。

柳　　芭　不行，不行，妈妈，请别宣布。否则会破坏晚会的气氛。不，不要宣布。

玛丽亚·伊万诺夫娜　唉，那就随你的便。

柳　　芭　这样吧，在晚会结束的时候，晚餐之前宣布。

［斯塔尔科夫斯基登场。］

第六场

前场人物和斯塔尔科夫斯基。

柳　　芭　哦，您拿来了？

玛丽亚·伊万诺夫娜　好，我去看看娜塔莎。［与亚历山德拉·伊万诺夫娜退场。］

第七场

柳芭和斯塔尔科夫斯基。

斯塔尔科夫斯基　［拿着三个垫子，用下巴颏顶住，可垫子仍然不断掉下来。］柳博芙·尼古拉耶夫娜，您别动，我会拾起来的。对啊。您做了不少。只要会安排就行了。万尼亚，过来。

第八场

前场人物和万尼亚。

万尼亚 [又抱来一大堆垫子。] 现在全拿过来了。柳芭，我和亚历山大·米哈伊洛维奇打赌，看谁得的勋章多。

斯塔尔科夫斯基 你倒轻松，你谁都认识，你已经先得到了。我呢，应当先博得小姐们的好感，然后才能得到奖赏。就是说，我要先输给你四十分了。

万尼亚 可你是未婚夫呀，我不过是个孩子。

斯塔尔科夫斯基 哪里，我也不是未婚夫，而且还不如孩子。

柳芭 万尼亚！到我房间里去，把书架上的胶水和针垫拿来。

[万尼亚走去。]

千万别把那儿的东西砸碎了。

万尼亚 我全砸碎！ [跑开。]

第九场

柳芭和斯塔尔科夫斯基。

斯塔尔科夫斯基 [拉着她的手。] 柳芭，可以吗？我太幸福啦。[吻手。]马祖尔卡舞由我跟你跳，但我觉得太少。我的话在跳马祖尔卡舞的时间里说不完。可是我一定要说。我可以打电报给家里，说我已经得到了同意并且十分幸福吗？

柳　　芭　是的，今天晚上。

斯塔尔科夫斯基　还有一句话，尼古拉·伊万诺维奇怎样对待这件事？您告诉他了吗？您告诉他了吗？说了？

柳　　芭　我没说。不过我会说的。他会同意的，就像他同意家里的各种做法一样。他会说——随便你怎么办。不过他心里会难受的。

斯塔尔科夫斯基　因为我不是切列姆沙诺夫？因为我是少年侍从，是贵族长吗？

柳　　芭　是的。不过我已经做过自我斗争，为了他而欺骗自己。并不是因为我爱他的程度不深才不照他的意思行事，是因为我不能说谎。他本人也这样说。我太想生活了。

斯塔尔科夫斯基　生活才是唯一的真理。哦，切列姆沙诺夫的情况如何？

柳　　芭　[激动地。]别跟我提他。我真想责备他，而且要在他吃苦受难的时候责备他。我也知道，这是因为我对不起他。有一点我知道。存在着一种爱情，我想是真正的爱情，我从来没用这种爱情爱过他。

斯塔尔科夫斯基　柳芭，真的吗？

柳　　芭　您想让我说我是用这种真正的爱情爱您的……可是我不说。嗯，我爱您。

斯塔尔科夫斯基　您[1]……

柳　　芭　用另外一种爱情爱你，不过这也不是那回事。那种爱情不是，这种爱情也不是。要是能把两种混合在一起就好了。

斯塔尔科夫斯基　不，我满足于自己的爱情。[吻手。] 柳芭！

柳　　芭　[推开他。] 不行，我们还是来整理奖品吧。瞧，他们来了。

[公爵夫人及冬尼娅、小姑娘登场。]

第十场

前场人物、公爵夫人及冬尼娅、小姑娘。

柳　　芭　妈妈就来。

公爵夫人　我们是第一批？

斯塔尔科夫斯基　总该有人是第一批呀。我曾经建议做个胶木美人当第一位女士。

[斯乔帕登场，万尼亚送东西来。]

第十一场

前场人物、斯乔帕和万尼亚。

斯 乔 帕　昨天我以为会在意大利歌剧院见到您。

① 在俄语中，这样的语境下用您相称表示并不亲近。

冬 尼 娅　我们在姨妈家，给穷人缝衣服来着。

[大学生们、女士们、玛丽亚·伊万诺夫娜、伯爵夫人登场。]

第十二场

前场人物、玛丽亚·伊万诺夫娜、伯爵夫人、大学生们、女士们。

伯爵夫人　我们能见着尼古拉·伊万诺维奇吗?

玛丽亚·伊万诺夫娜　见不着，他从来不出场。

斯塔尔科夫斯基　请跳舞吧，是卡德里尔舞。[拍手。]

[人群分开排列，跳舞。]

亚历山德拉·伊万诺夫娜　[走到玛丽亚·伊万诺夫娜跟前。]他非常非常不安。他去看过鲍里斯·亚历山德罗维奇，回来以后发现开舞会，就想离开。我走到门口，听见了他同亚历山大·彼得罗维奇的谈话。

玛丽亚·伊万诺夫娜　说些什么?

斯塔尔科夫斯基　Rond des dames！ Les cavaliers en avant！①

亚历山德拉·伊万诺夫娜　他认为不能这样生活下去了，要离开这里。

玛丽亚·伊万诺夫娜　这个人太折磨我了！［退场。]

[舞台改换布景。尼古拉·伊万诺维奇的房间。远处传来音乐声。他穿着大衣，正把一封信放到桌上。衣衫褴褛的亚历山大·彼得罗维奇同他在一起。]

---

① 法语，意为："女士们围成圈！男士们向前！"

第一场

尼古拉·伊万诺维奇和亚历山大·彼得罗维奇。

亚历山大·彼得罗维奇 您放心好了。身无分文我们也能走到高加索。到了那儿以后，就由您来安排。

尼古拉·伊万诺维奇 我们坐车到图拉，然后步行去。嗯，都准备好了。[把信放在桌子中央，走出来，碰见玛丽亚·伊万诺夫娜。]

第二场

尼古拉·伊万诺维奇、亚历山大·彼得罗维奇和
玛丽亚·伊万诺夫娜。

尼古拉·伊万诺维奇 你来干什么？

玛丽亚·伊万诺夫娜 干什么？不许你干出残酷无情的事。你为什么要这样做？为什么？

尼古拉·伊万诺维奇 为什么？因为我无法这样生活下去。我无法忍受这种可怕的、堕落的生活。

玛丽亚·伊万诺夫娜 这太可怕了！我把一生都给了你和儿女们，突然说这是一种堕落的生活。[看见亚历山大·彼得罗维奇。] Renvoyez au moins cet homme. Je ne veux pas qu'il soit témoin de cette conversation.[①]

亚历山大·彼得罗维奇 孔普列涅，图热尔，姆阿，帕尔杰。[②]

尼古拉·伊万诺维奇 请在那边等一等我，亚历山大·彼得罗维奇。我就来。

[亚历山大·彼得罗维奇退场。]

第三场

尼古拉·伊万诺维奇和玛丽亚·伊万诺夫娜。

玛丽亚·伊万诺夫娜 这个人跟你能有什么共同点？为什么对你来说，他比妻子还亲近？这是无法理解的。你到底要上哪儿去？

尼古拉·伊万诺维奇 我给你留了一封信。我不想当面说。我觉得太难受。不过，假如你愿意，我尽量心平气和地把这事告诉你。

玛丽亚·伊万诺夫娜 不，我无法理解。你的妻子把一切都给了你，你为什么还要仇恨她、残酷地折磨她？请问，我是不是经常参加舞会，打扮得花枝招展，打情卖俏呢？我的一生全献给了家庭。我自己哺育所有的孩子，教育他们，最近一年教育儿女、管理家务的重担全落在我的身上……

① 法语，意为："您至少要把这个人赶出去。我不愿让他做我们谈话的见证人。"
② 原文为法语的俄文拼写，意为："知道。我本来也要走的。"

尼古拉·伊万诺维奇 ［打断。］因为你不愿意像我建议的那样生活，重担才落在你的身上。

玛丽亚·伊万诺夫娜 要知道，那是不可能的。你去问问大家看。不能像你想的那样，让孩子们做文盲。我也不能自己去洗衣服、做饭。

尼古拉·伊万诺维奇 我从来没有这种要求。

玛丽亚·伊万诺夫娜 唉，反正是这一类的想法。不，你是一个基督徒，你想行善，你说你爱世人，那你为什么要残酷地折磨把毕生献给你的女人？

尼古拉·伊万诺维奇 我怎么残酷地折磨你？我是爱你的，不过……

玛丽亚·伊万诺夫娜 你要抛弃我，离家出走，这不就是残酷地折磨我吗？大家会怎么说呢？二者必居其一——要么我是一个坏女人，要么你是一个疯子。

尼古拉·伊万诺维奇 就算我是一个疯子吧，我不能这样生活下去。

玛丽亚·伊万诺夫娜 一个冬天我才举办了这么一次活动，有什么不好呢……正因为担心你不高兴，才办成小晚会的。而且是一次简朴的，你问问玛尼亚和瓦尔瓦拉·瓦西里耶夫娜吧，大家都对我说，不办不行，这事一定要办。这事竟然是犯罪，为了它我要忍受耻辱。而且不只是耻辱。最主要的是你不爱我了。你爱全世界，你爱酒鬼亚历山大·彼得罗维奇。可是我依然爱着你，没有你我没法活。这是为什么呢？这是为什么呢？［哭。］

尼古拉·伊万诺维奇 因为你不愿意理解我的生活，我的精神生活。

玛丽亚·伊万诺夫娜 我想理解，可是我无法理解。我看到了，你的基督教使你痛恨家庭，痛恨我。我不明白为什么要这样。

尼古拉·伊万诺维奇 别人都能理解。

玛丽亚·伊万诺夫娜 谁？向你讨钱的亚历山大·彼得罗维奇理解。

尼古拉·伊万诺维奇 他，还有别的人，冬尼娅和瓦西里·尼卡诺罗维奇。我倒无所谓。即使没有人理解，也是改变不了的。

玛丽亚·伊万诺夫娜 瓦西里·尼卡诺罗维奇悔悟了，又回到小教区去工作。冬尼娅呢，现在正在跳舞，同斯乔帕调情呢。

尼古拉·伊万诺维奇 真可惜。不过这不能把黑的变成白的，也改变不了我的生活。玛莎！你不需要我。放我走吧。我也试过参加你们的生活，把构成我生命的东西补充进你们的生活。但是做不到。结果只是我折磨你们，也折磨自己。不仅折磨自己，而且毁了我做的一切。任何人，包括这个亚历山大·彼得罗维奇，有权说，而且正在说，我是个骗子，我只说不做，我宣扬《福音书》提倡的贫穷，而自己呢，却在把全部家产交给妻子的幌子下过着奢侈的生活。

玛丽亚·伊万诺夫娜 你在人前觉得羞愧吗？你就不能站得

高一点吗？

尼古拉·伊万诺维奇 该感到羞愧的不是我。不过我也觉得羞愧，因为我破坏上帝的事业。

玛丽亚·伊万诺夫娜 你自己说过，尽管我们抵制，可上帝的事业还是在进行。问题不在这里。请问，你想要我干什么？

尼古拉·伊万诺维奇 我已经说过了。

玛丽亚·伊万诺夫娜 可是，Nicolas，你知道那是做不到的。你想想看，眼下柳芭要出嫁，万尼亚考进了大学，米沙①、卡佳在念书。怎么能中断这一切呢？

尼古拉·伊万诺维奇 那我到底该怎么办呢？

玛丽亚·伊万诺夫娜 就照你宣扬的话做——忍受，热爱。你有什么难处？只不过是忍受我们，不让我们失去你。唉，你有什么痛苦？

[万尼亚跑步登场。]

第四场

前场人物和万尼亚。

万 尼 亚 妈妈，有人叫你呢。

玛丽亚·伊万诺夫娜 你就说我不能去。你去吧，去吧。

万 尼 亚 你来呀。[退场。]

---

① 即米西。

第五场

尼古拉·伊万诺维奇和玛丽亚·伊万诺夫娜。

尼古拉·伊万诺维奇 你不愿意正视我，理解我。

玛丽亚·伊万诺夫娜 不是不愿意，而是做不到。

尼古拉·伊万诺维奇 是啊，你不想理解我。我们的分歧越来越大。你要谅解我。只要你设身处地想一想，就会理解我。比如，首先，这里的生活是彻头彻尾堕落的。你讨厌这个说法。可是我不能用别的说法来形容建筑在掠夺基础上的生活。因为你们赖以生活的钱是从土地上收来的，而这些地又是你们从老百姓手上夺来的。此外，我目睹这种生活使孩子们堕落："凡使这小子中的一个跌倒的人有祸了。"[①] 可是我眼看着他们在毁灭，在堕落。我无法看着成年人穿着燕尾服，像奴隶一样为我们服务。每顿午饭都使我痛苦。

玛丽亚·伊万诺夫娜 可是这些都跟过去一样。要知道，大家都是这样，外国是这样，处处都是这样。

尼古拉·伊万诺维奇 自从我认识到四海之内都是兄弟以后，我对这种状况就不能视而不见，不能不觉得痛苦。

---

① 引用自《圣经·新约·马太福音》第十八章第六、第七节。与《圣经》原文有出入。

玛丽亚·伊万诺夫娜 何苦呢。什么事都可以臆造出来。

尼古拉·伊万诺维奇 ［激昂地。］这种误解可怕极了。比如今天吧，我在勒然诺夫公寓的流浪汉中间度过了一个早晨。看见一个婴儿活活饿死了，一个小男孩成了酒鬼，一个生肺痨病的洗衣女工去给人家洗衣服。后来我回到家里，戴白领结的仆人给我开门，我看见自己的儿子，一个小家伙，叫这个仆人给他端点开水来，看见这样一大批为我们服务的用人。后来呢，我去看鲍里斯，这个用生命的代价坚持真理的人，这样一个纯洁的、健壮的、坚定的人被故意逼到发疯和毁灭的地步，目的就是要除掉他。我知道，他们很清楚鲍里斯有心肌梗死症状，他们就刺激他，然后把他拖到精神病区去。不，这太可怕了，太可怕了。接着我回到家里，了解到，我们家的一个女儿，曾经理解，不是理解我，而是理解真理，可一下子就抛弃了未婚夫，尽管她答应爱他，又抛弃了真理，如今要嫁给一个奴仆，一个骗子……

玛丽亚·伊万诺夫娜 这算什么基督教啊！

尼古拉·伊万诺维奇 是的，这很糟糕。是我的过错。可是，我只想让你设身处地为我想一想。我只是说她抛弃了真理……

玛丽亚·伊万诺夫娜 你说抛弃了真理，而别人，大多数人都说是抛弃了错误。比方说瓦西里·尼卡诺罗维奇吧，他认为自己犯了错误，又回到了教会。

尼古拉·伊万诺维奇 不可能!

玛丽亚·伊万诺夫娜 他写了一封信给丽赞卡。丽赞卡会给你看这封信。这都是不可靠的。冬尼娅也是这样。更不用提亚历山大·彼得罗维奇了，他只觉得这是有利可图的。

尼古拉·伊万诺维奇 ［生气。］唉，反正都一样。我只求你们理解我。我还是认为真理就是真理。这使我非常痛心。家里也是这样。我一进家门就看见云杉、舞会，花费几百卢布，而与此同时，有人却在饿死。我不能这样生活下去。请你可怜可怜我，我痛苦极啦。放我走吧。永别了。

玛丽亚·伊万诺夫娜 如果你要走，我跟你一起走。如果不能跟你走，我就卧倒在你乘坐的火车轨道上。随他们，米沙也好，卡佳也好，流浪天涯吧。天啊！天啊！太折磨人了，太折磨人了。为了什么？为了什么？［哭。］

尼古拉·伊万诺维奇 ［对门口。］亚历山大·彼得罗维奇，您请回吧。我不走了。好吧，我留下来。［脱外衣。］

玛丽亚·伊万诺夫娜 ［拥抱他。］我们还能活的日子不长啦。我们别在共同生活了二十八年之后，毁掉一切。我再不举办晚会了，你也别再惩罚我了。

第六场

前场人物、万尼亚和卡佳。

万尼亚和卡佳　[跑步登场。]妈妈，快点去呀。

玛丽亚·伊万诺夫娜　我就来，就来。我们还是彼此原谅吧。

[退场。]

第七场

尼古拉·伊万诺维奇独自一人。

尼古拉·伊万诺维奇　孩子，完全是个孩子。或者是一个狡猾的女人。是的，一个狡猾的孩子。是的，是的。看来，上帝啊，你不要我为你的事业工作。你想叫我受辱，让别人指着我说——他只说不做。唉，只好这样了。你需要什么你更清楚。逆来顺受，狂信苦行。啊，要是我能达到那个高度就好了。

[丽赞卡登场。]

第八场

尼古拉·伊万诺维奇和丽赞卡。

丽 赞 卡 对不起。我给您送来一封瓦西里·尼卡诺罗维奇的信。这封信是写给我的，可是要我转告您。

尼古拉·伊万诺维奇 难道是真的?

丽 赞 卡 是真的。要念给您听吗?

尼古拉·伊万诺维奇 念吧。

丽 赞 卡 [念。]“我给您写这封信，想请您转告尼古拉·伊万诺维奇。我感到非常遗憾的是，犯了明显的偏离神圣东正教教会的错误。现在我又回到了东正教教会，很是高兴。愿您和尼古拉·伊万诺维奇也这样做。请原谅我。”

尼古拉·伊万诺维奇 他受尽了折磨，可怜的人。不过这太可怕了。

丽 赞 卡 我还要告诉您，公爵夫人来了，心情非常激动，到楼上找我，说一定要见您。她刚刚去看过儿子。我想最好还是不见她。你们见面会有什么结果呢?

尼古拉·伊万诺维奇 不，您叫她来吧。看样子今天是一个经受重大考验的日子。

丽 赞 卡 那么我就去叫她。[退场。]

第九场

尼古拉·伊万诺维奇独自一人。

尼古拉·伊万诺维奇 是的，是的。我只需记住，生命的意义就在于侍奉你。我要记住，如果你要我经受考验，那是因为你认为我能经得住考验，我承受得起。否则就不是考验了……圣父啊，帮助我，帮助我实现你的旨意，而不是我的意志。

[*公爵夫人登场。*]

第十场

尼古拉·伊万诺维奇和公爵夫人。

公爵夫人 承蒙您接见我，非常荣幸。您好。我不伸手给您。因为我恨您，蔑视您。

尼古拉·伊万诺维奇 到底出了什么事？

公爵夫人 他要转到感化营去了。这都是您造成的。

尼古拉·伊万诺维奇 公爵夫人，有什么要求，您就说吧。如果仅仅是为了骂我，那您只会害自己。您不可能使我受辱，因为我一心一意同情您。

公爵夫人 心肠多好啊！真是基督徒的崇高精神呀！不，萨伦采夫先生，您是骗不了我的。现在我们把您看清楚了。您害了我的儿子，还觉得无所谓，在家里举办舞会。我儿子的未婚妻，您的女儿，现在要嫁人，嫁一个您喜欢的门当户对的人家。您还在这里装模作样，过俭朴的生活，干木工活。我真讨厌您和您这种新的蒙骗人的把戏！

尼古拉·伊万诺维奇 公爵夫人，请别激动。您需要什么尽管说，恐怕不只是把我骂一通吧。

公爵夫人 骂也得骂。我要把心里的苦水都倒出来。我需要办的事情是这样的。他要调到感化营去，我受不了。是您使他落到这个地步的。是您干的。是您，您，您！

尼古拉·伊万诺维奇 不是我，是上帝这样做的。上帝为证，我是多么同情您。别违抗上帝的意志吧。他要考验您。您就驯服地接受吧。

公爵夫人 我不能驯服地接受。我的一生就是靠我这一个儿子。是您把他从我手上夺去的，又害了他。我不能心平气和。我来找您，想最后一次对您说，是您害了他，您就应当去救他。您去想办法把他放出来。您去找上司，找皇上，找您想找的人。您有责任这样做。假如您不这样做，那我知道我该怎么做。这事您要对我负责。

尼古拉·伊万诺维奇 请您教我该怎么做。我什么事都愿意做。

公爵夫人 我再重复一次——您应当救他出来。如果您不把他救出来，您就等着瞧吧！再见。［退场。］

第十一场

尼古拉·伊万诺维奇独自一人。

[尼古拉·伊万诺维奇躺在沙发上。静场。门打开。音乐声更响一些。格罗斯法尔舞曲。斯乔帕登场。]

第十二场

尼古拉·伊万诺维奇和斯乔帕。

斯 乔 帕 爸爸不在，你们来吧。

[一对对跳舞的人上，有少年，有青年。]

第十三场

尼古拉·伊万诺维奇、斯乔帕和跳舞的人。

柳　　芭 [认出来。] 哎呀，你在这儿，对不起。

尼古拉·伊万诺维奇 [起身。] 没关系。

[跳舞的人穿场而过。]

第十四场

尼古拉·伊万诺维奇独自一人。

尼古拉·伊万诺维奇 瓦西里·尼卡诺罗维奇回到教会去了，鲍里斯是我害的，柳芭要嫁人。难道我错了，错在我信仰你？不。天父啊，帮助我吧！

[幕落。]

活　　尸

[六幕十二景正剧]

出场人物

费奥多尔·瓦西里耶维奇·普罗塔索夫（费佳）

伊丽莎白·安德列耶芙娜·普罗塔索娃（丽莎） 费佳的妻子

米　　沙 小男孩，费佳和丽莎的儿子

安娜·帕夫洛夫娜 丽莎的母亲

萨　　莎 丽莎的妹妹

维克多·米哈伊洛维奇·卡列宁

安娜·德米特里耶夫娜·卡列尼娜 维克多的母亲

玛丽亚·瓦西里耶夫娜·克留科娃 丽莎的女友

谢尔盖·德米特里耶维奇·阿布列兹科夫 公爵

玛　　莎 茨冈女人

伊万·马卡罗维奇 茨冈老人，玛莎的父亲

纳斯塔西娅·伊万诺夫娜 茨冈老女人，玛莎的母亲

米哈伊尔·安德列耶维奇 费佳的朋友

阿夫列莫夫 费佳的朋友

斯塔霍维奇 费佳的朋友

布特克维奇　费佳的朋友

科罗特科夫　费佳的朋友

伊万·彼得罗维奇·亚历山德罗夫

佩图什科夫　画家

阿尔捷米耶夫

沃兹涅先斯基　卡列宁的秘书

法院侦查官

法院侦查官的文书

梅利尼科夫

彼特鲁申　律师

青年律师

大　　夫

茨冈人那儿的军官

乐　　师

卡　　佳　茨冈女人

加　　莎　茨冈女人

茨冈女郎

男茨冈人甲

男茨冈人乙

法庭上旁听的女士

法庭上旁听的军官

法　　警

普罗塔索夫家的保姆

杜尼亚莎　普罗塔索夫家的侍女

普罗塔索夫家的男仆

卡列宁家的男仆
小酒馆里的女人
小酒馆里的跑堂
警　　察
门　　警
小酒馆老板
法庭上旁听的先生
法官们，观众们，证人们
茨冈男女们（合唱队）

第一幕

第一景

第一场

安娜·帕夫洛夫娜，白发胖女士，穿着紧身胸衣，
独自一人坐在茶桌边。

第二场

安娜·帕夫洛夫娜和端着茶壶的保姆。

保　　姆　可以在您这儿打点水吗？

安娜·帕夫洛夫娜　可以。小米什卡[①]好吗？

保　　姆　有点不安静。太太自己喂奶是最糟糕的事。她有自己的麻烦事，孩子却遭罪。如果太太夜里睡不着，老是哭，哪有什么奶水呀。

安娜·帕夫洛夫娜　是啊。这会儿好像安静下来了。

保　　姆　心平静下来就好。看着真烦人。她一边写东西，一边哭。

第三场

前场人物和萨莎。

萨　　莎　[登场，对保姆说。] 丽莎在婴儿室找您呢。

保　　姆　就去，就去。[退场。]

第四场

安娜·帕夫洛夫娜和萨莎。

安娜·帕夫洛夫娜　保姆说她一直在哭。她为什么不能平静下来呢。

萨　　莎　不过，妈妈，您真叫人感到惊讶。离开丈夫，离开自己孩子的父亲，您还想让她心平气和。

安娜·帕夫洛夫娜　心里不平静，——事情已经发生了，也无法挽回了。如果我作为母亲，不仅允许她甩了丈夫，而且觉得高兴，那么就是说，他活该。能够摆脱这样一个坏人，脱离这样一个金宝贝，只能快活，而不是伤心。

萨　　莎　妈妈，您为什么这样说呢？您心里知道，真不是

---

① 米什卡是米沙的爱称。

这样的。他不是一个坏人，恰恰相反，是一个叫人感到惊奇的人，非常惊奇的人，尽管他有缺点。

安娜·帕夫洛夫娜 是呀，正是一个令人惊奇的人。一旦钱到手了，不管是谁的钱，自己的，还是别人的……

萨　　莎 妈妈，他从来不要人家的钱。

安娜·帕夫洛夫娜 全都一个样，女人啊。

萨　　莎 可是他把自己的财产全交给妻子了呀。

安娜·帕夫洛夫娜 他自己知道，他会把所有的钱都挥霍掉，所以才交出来的。

萨　　莎 挥霍也好，不挥霍也好，我只知道不能离开丈夫，特别是像费佳这样的丈夫。

安娜·帕夫洛夫娜 你的意思是，等他把钱挥霍掉，把自己的一批茨冈情妇带到家里以后再说？

萨　　莎 他没有情妇。

安娜·帕夫洛夫娜 不幸就在于他把你们都迷惑住了。我可不上当——我看透了他，这一点他是知道的。我如果处在丽莎的地位，一年前就把他甩掉了。

萨　　莎 您竟然这样轻松地说。

安娜·帕夫洛夫娜 不对，不轻松。我作为母亲，看见自己的女儿离异了，不怎么轻松。请你相信我，很不轻松。但总比毁了年轻的生活强。是的，我感谢上帝，她现在总算下了决心，一切都结束了。

萨　　莎 也许就没结束。

安娜·帕夫洛夫娜 只要他同意离婚就好。

萨　　莎 有什么好的？

安娜·帕夫洛夫娜　好的是，她还年轻，还能得到幸福。

萨　　莎　唉，妈妈，您说的话，太可怕了；丽莎不会爱上另外一个人的。

安娜·帕夫洛夫娜　为什么不会呢？只要她自由的话就行。会有比你们那个费佳好一千倍的人，他们会为娶丽莎而感到幸福的。

萨　　莎　妈妈，这样不好。因为我知道，您是在考虑维克多·卡列宁。

安娜·帕夫洛夫娜　为什么不能考虑他？他爱着丽莎已经十年了。再说她也爱他。

萨　　莎　是爱他，只不过不是对丈夫的爱。是青梅竹马的友谊。

安娜·帕夫洛夫娜　我们了解这种友谊。只要没有障碍就行。

第五场

前场人物。侍女登场。

安娜·帕夫洛夫娜　您有什么事？

侍　　女　太太派打扫院子的人送纸条给维克多·米哈伊洛维奇了。

安娜·帕夫洛夫娜　哪个太太？

侍　　女　就是伊丽莎白·安德列耶芙娜太太。

安娜·帕夫洛夫娜　怎么样呢？

侍　　女　维克多·米哈伊洛维奇交代说，他这就过来。

安娜·帕夫洛夫娜 [惊讶。] 刚刚才提到他。可是我不明白，为什么要来？ [对萨莎说。] 你知道吗？

萨　　莎 也许我知道，也许我不知道。

安娜·帕夫洛夫娜 全是秘密。

萨　　莎 丽莎就过来，她会对您说的。

安娜·帕夫洛夫娜 [摇头，对侍女说。] 茶炊要热一热。杜尼亚莎，你端过去吧。[侍女端茶炊，退场。]

第六场

安娜·帕夫洛夫娜和萨莎。

安娜·帕夫洛夫娜 [对萨莎说。萨莎站起来，想走开。] 正如我所说的。她立刻就去找他来。

萨　　莎 找他来，也许完全不是为这件事情。

安娜·帕夫洛夫娜 那是为什么事情呢？

萨　　莎 现在，就这一刻，对她来说，卡列宁就像特里丰诺夫娜一样。

安娜·帕夫洛夫娜 那你就瞧着吧。我可是了解她。她叫他来，是为了找安慰。

萨　　莎 唉，妈妈，您太不了解她了，因此您才这样说。

安娜·帕夫洛夫娜 你瞧着好了。我呢，非常非常高兴。

萨　　莎 咱们走着瞧。[哼起歌曲，退场。]

第七场

安娜·帕夫洛夫娜独自一人。

安娜·帕夫洛夫娜 [一边摇晃着脑袋一边喃喃地说。] 好极啦。让他来吧……好极啦，就让他来吧。是的……

第八场

安娜·帕夫洛夫娜和侍女。

侍　　女 [登场。] 维克多·米哈伊洛维奇到了。

安娜·帕夫洛夫娜 既然这样，就请他进来，你也告诉太太一声。

[侍女走向通向屋里内间的门。]

第九场

安娜·帕夫洛夫娜和维克多·卡列宁。

卡列宁 [登场，向安娜·帕夫洛夫娜问安。] 伊丽莎白·安德列耶芙娜给我送来了一张条子，叫我来一下。正好我本来就打算今天晚上来拜望您，所以我很高兴……伊丽莎白·安德列耶芙娜安好？

安娜·帕夫洛夫娜 她身体好呢。只是孩子有点不安。她这就过来。[伤心地。] 是啊，对啊，如今日子难过呀……是啊，您都了如指掌……

卡 列 宁 我知道。三天前收到他的来信的时候，我来过。难道说就这样决定了，不可挽回了？

安娜·帕夫洛夫娜 是呀，就是这样的。再次经受那些往事，那真可怕啊。

卡 列 宁 是啊，这就是所谓三思而后行。剪断鲜活的事，确实很困难。

安娜·帕夫洛夫娜 正是，很困难。要知道，他们的婚姻早就剪有伤口了。因此，彻底决裂比想象的要少一些困难。他自己明白，经过这么多的事情之后，他已经回不来了。

卡 列 宁 为什么呢？

安娜·帕夫洛夫娜 怎么，在他干尽丑事之后，在他发誓不再重犯之后，如果他重犯的话，他就自己剥夺自己作为丈夫的一切权利，给她以自由。您还想怎么办？

卡 列 宁 是啊，可是受着婚姻束缚，还有什么女人的自由可说？

安娜·帕夫洛夫娜 离婚。他答应离婚。我们也坚持这一点。

卡 列 宁 是啊。可是伊丽莎白·安德列耶芙娜曾经多么爱他呀……

安娜·帕夫洛夫娜 哼，她的爱情经历过那么多的磨难，很难说还留下了什么感情。既酗酒，又欺骗，还同别的女人胡搞。能爱这样的丈夫吗？

卡 列 宁 为了爱情，什么都可以牺牲。

安娜·帕夫洛夫娜 您说——爱。怎么能爱这样一个人？窝囊废，什么事情都不能指望他？还有，目前发生了这样的事…… [回头看看屋门，急着说。] 家产败落，全都抵押出去了，没钱支付花费。最后叔叔汇来了两千卢布支付利息。他正在带着这些钱来的路上……可是不见人影。妻子带着病儿，等待他，结果收到纸条，说给他送换洗衣裳和日常用品……

卡 列 宁 是啊，对啊，我知道。

第十场

前场人物。萨莎和丽莎登场。

安娜·帕夫洛夫娜 你看，维克多·米哈伊洛维奇听从你的召唤，来了。

卡 列 宁 不过，我被耽误了一会儿。[向两姐妹问好。]

丽　　莎 十分感谢。我有一个重要的请求。除了您，我没有别的人可求了。

卡 列 宁 我会尽全力的。

丽　　莎 情况您都了解。

卡 列 宁 是的，我全知道。

安娜·帕夫洛夫娜 那好，我就把你们留下来谈谈。[对萨莎说。]我们走吧。让他们两个呆一会儿。[与萨莎一起退场。]

第十一场

丽莎和卡列宁。

丽　　莎 是的，他给我写了一封信，说他认为一切都结束了。我［强忍住泪水。］……我受到了很大的侮辱，是的……一句话，我同意离婚。我答复他，我同意他离婚。

卡 列 宁 那以后怎么办呢?

丽　　莎 后来?后来我觉得我做得有点不好，不应该的。总比跟他分手好。总之，请把这封信交给他。求您啦，维克多……请把这封信交给他，对他说……把他带来吧。

卡 列 宁 好吧，[惊讶。]好的。可是，怎么会这样呢?

丽　　莎 您告诉他，我请他把这事全忘记掉，全忘记掉，回来吧。我本可以简单地把信发给他。但是我了解他——第一个动作总好好的，以后呢，别人影响他，他就会放弃这个想法，不会按照他的想法做。

卡 列 宁 我尽力而为。

丽　　莎 我就是要请您帮忙，您觉得奇怪吗?

卡列宁　没有……不过，我还是要说实话——是的，我觉得奇怪……

丽　莎　您不生气？

卡列宁　难道我会生您的气？

丽　莎　我求您，是因为我知道您喜欢他。

卡列宁　我喜欢他，也喜欢您。这一点您是知道的。还有，我喜欢不是为了自己，而是为了您。我十分感谢您，因为您信任我——我会尽力而为的。

丽　莎　我知道的。我全告诉您吧——今天我去找过阿夫列莫夫，打听他在哪里。有人告诉我说，他们去找茨冈人了。我就怕这一点。我就怕这种取乐的事。我知道，如果不及时阻止他，他会陷得很深的。因此才必须这样做。您到底去不去呢？

卡列宁　当然要去，马上就去。

丽　莎　您去吧，您一定找到他，对他说——全都勾销了，我等他。

卡列宁　[站起来。] 可是，去哪儿找他呢？

丽　莎　他在茨冈人那里。我亲自去过。我站在门廊外。原想给他写一封信，后来改变主意了，就决定劳驾您……地址在这儿。嗯，您就告诉他，叫他回家，说没发生过事，全忘记了。请您出于对他的爱和对我们的友情，做这件事吧。

卡列宁　我尽力而为。[期待了一会儿，然后鞠躬告辞，退场。]

第十二场

丽莎独自一人。

丽　　莎　我不能，我不能。总是好一些……我不能。

第十三场

丽莎，萨莎登场。

萨　　莎　怎么样？叫他去了吗？

[丽莎点头示意确认。]

他同意去啦？

丽　　莎　那还用说。

萨　　莎　为什么派他去？我不明白……

丽　　莎　那派什么人去呢？

萨　　莎　可是你知道，他正恋着你呐。

丽　　莎　这些都是过去的事了。你想让我求谁去说呢？你想，他会回来吗？

萨　　莎　我相信会，因为……

第十四场

前场人物和安娜·帕夫洛夫娜。

安娜·帕夫洛夫娜登场，萨莎沉默下来。

安娜·帕夫洛夫娜 维克多·米哈伊洛维奇在哪里？

丽　　莎 走了。

安娜·帕夫洛夫娜 怎么走了？

丽　　莎 我求他办一件事。

安娜·帕夫洛夫娜 求他什么事？又是秘密？

丽　　莎 不是什么秘密。我只是请他把信交给费佳本人。

安娜·帕夫洛夫娜 给费佳？费奥多尔·瓦西里耶维奇？

丽　　莎 是的，是给费佳。

安娜·帕夫洛夫娜 我以为你们的一切关系都结束了。

丽　　莎 我不能跟他分手。

安娜·帕夫洛夫娜 怎么？再从头开始？

丽　　莎 我想过，也努力过，可是就是做不到。您要什么都行，就是别叫我们分手。

安娜·帕夫洛夫娜 那么说，你想让他回来？

丽　　莎 是的。

安娜·帕夫洛夫娜 再把这条毒蛇放进家来？

丽　　莎 妈妈，请您不要这样说我的丈夫。

安娜·帕夫洛夫娜 他过去是丈夫。

丽　　莎　不对，他是我现在的丈夫。

安娜·帕夫洛夫娜　败家子，酒鬼，贪淫好色，你不能同这样的人分手？

丽　　莎　您为什么要折磨我呢？我本来心情就很沉重，您就好像是故意要……

安娜·帕夫洛夫娜　折磨，那我走，离开，我无法眼见这一切。

[丽莎沉默无语。]

我看得出来，你就是想让我离开，我妨碍你。我没法活了。我一点也不明白你。这全是新式做派。一会儿离婚了，决定了，接着突然把爱上您的人赶走了。

丽　　莎　完全没这回事。

安娜·帕夫洛夫娜　卡列宁求过婚……你却派他去找丈夫来。这是怎么一回事？是想挑起妒忌心？

丽　　莎　妈妈！您说的话太难听。别管我吧。

安娜·帕夫洛夫娜　那你就把母亲赶出家门，把贪淫好色的家伙引进来。我才不会等待呢。再见吧，上帝保佑你们，想怎么做，就怎么做。[退场，摔门而出。]

第十五场

丽莎和萨莎。

丽　　莎　[倒在椅子上。]太倒霉啦！

萨　　莎　没关系。都会好起来的。我们能让妈妈平静下来的。

第十六场

前场人物和安娜·帕夫洛夫娜。

安娜·帕夫洛夫娜 ［默默地穿堂而过。］杜尼亚莎，把我的箱子给我！

萨　　莎 妈妈！您听我说！［跟着她退场，一边向姐姐挤挤眼。］

［幕落。］

第二景

第一场

茨冈人的屋子。合唱组在演唱歌曲《卡纳维拉》。费佳脸朝下趴在长沙发上，没穿常礼服上衣。阿夫列莫夫骑在椅子上，面朝领唱人。一名军官站在桌子旁。桌上摆着香槟酒和酒杯。一名乐师在记录。

阿夫列莫夫 费佳！你睡着了？

费　　佳 [起身。] 别说话。这里是草原，这里是十世纪，这里不光是自由，是自由自在……现在唱《不是晚霞》。

茨 冈 人 不行，费奥多尔·瓦西里耶维奇。现在由玛莎一个人唱。

费　　佳 好吧，后面就唱《不是晚霞》。[又躺下去。]

军　　官 演唱《决定命运的时刻》，同意吗？

阿夫列莫夫 唱吧。

军　　官 [对乐师说。] 怎么样？记下来了？

乐　　师 记不下来。每次都有新花样。音阶别致。例如这里。[叫看曲谱的茨冈女郎过来。] 这怎么唱？[哼歌曲。]

茨冈女郎 就是这样的，好动听呀！

费　　佳 [起身。] 他记不下来的。就是能记下来，也会塞到一部歌剧里——全都糟蹋掉。喂，玛莎，你就唱一首《时刻》吧。拿上吉他。[站起身来，坐在她面前，直视她的眼睛。]

[玛莎唱歌。]

这首也唱得很好。好啊，玛莎！好的，现在唱《不是晚霞》。

阿夫列莫夫　不，等一等。先唱我的歌，丧礼曲。

军　　官　为什么唱丧礼曲？

阿夫列莫夫　这是因为一旦我死去……你明白吗，死去，我就会躺在棺材里，茨冈人会来……你明白吗？我就这样留遗嘱给妻子。他们会唱起《我走了一俄里》，我会从棺材里跳出来的，……你明白吗？[对乐师说。]你就记下这首歌谱。喂，唱起来吧。

[茨冈人们唱歌。]

嗨，多好呀！现在唱——《我的青年壮士们》。

[他们唱。阿夫列莫夫翩翩起舞。茨冈人们满脸堆笑。一边拍手一边继续唱。阿夫列莫夫坐下来。歌曲终了。]

茨 冈 人　哎呀，米哈伊尔·安德列耶维奇是个真正的茨冈人。

费　　佳　喂，现在来唱《不是晚霞》。

第二场

前场人物。茨冈人登场。

茨 冈 人　[对费佳说。]有位老爷找您。

费　　佳　哪位老爷？

茨 冈 人　我不知道。穿着考究。貂皮大衣。

费　　佳　是位阔人？那就请吧。

第三场

前场人物，茨冈人除外。

阿夫列莫夫　什么人会到这里找你？

费　　佳　鬼知道。什么人会找我呢？［摇摇晃晃地站起身来。］

［玛莎退场，一边用茨冈语同自己人说话。］

第四场

前场人物，玛莎除外。卡列宁登场。他环视四周。

费　　佳　噢，是维克多。真没想到是你。请宽衣吧。什么风把你吹来了？好啊，请坐。维克多，请听，《不是晚霞》。

［茨冈人唱歌。］

就是这首歌，就是这首歌。真令人惊讶，这里表达的意思，是发生在哪里呢？嗨，真好听。为什么一个人可以领悟到如此的快乐，却不能把它持续下去？

乐　　师　［记谱。］是啊，确实很独特。

费　　佳　不是独特，而是真正的……

阿夫列莫夫　喂，茨冈人，你们休息一会吧。［拿起吉他，坐到卡佳身边。］

乐　　师　说实在的，很普通，只不过节奏好听。

卡 列 宁　Je voudrais vous parler sans temoins. ①

费　　佳　谈什么呢？

卡 列 宁　Je vies de chez vous. Votre femme m'a charge de cette lettre，et puis...②

费　　佳　[接过信，读，皱眉，然后可亲地微笑。] 听我说，卡列宁，你大概知道信里写的内容？

卡 列 宁　我知道。我想说的是……

费　　佳　等一等，等一等。请你不要以为我是喝醉了，我的话不负责任，就是说，我负不起责任。我是喝醉了，但是，这件事我看得很清楚。好吧，委托你说什么来着？

卡 列 宁　委托我找到你，并且告诉你，她……在等你。她请你忘记一切，请你回家。

费　　佳　[沉默地听，一边直视他的面孔。] 我倒是真不明白，为什么是你？

卡 列 宁　伊丽莎白·安德列耶芙娜派人来找我，求我……

费　　佳　是这样……

卡 列 宁　我并不是以你妻子的名义。而是以我本人的名义，请求你——回家吧。

费　　佳　你比我强。多荒唐！做到比我强并不难。我是个混蛋，你是个好人，很好的人。正因为如此，我不改变自己的决定。不仅是因为这一点。我就是

① 法语，意为："我想私下跟您谈谈。"

② 法语，意为："我从你家里来。你太太托我把这封信交给你，然后……"

不能也不愿意。你说，我怎么能去呢？

卡列宁　现在到我家里去。我就说，你会回家的，明天……

费　佳　明天又怎么样？我仍然还是我，她还是她。不行。[走近桌子，喝酒。] 还是快刀斩乱麻好。因为我曾经说过，如果我失信的话，她就抛弃我。我失信了，因此一切都完了。

卡列宁　对你来说是这样，对她来说不是。

费　佳　令人惊讶的是，你操心，让我们的婚姻不要散伙了。

[卡列宁想说些什么。玛莎登场。]

第五场

前场人物和玛莎。然后是一组茨冈人。

费　佳　[打断他。] 你听我说，你听我说。玛莎，唱一段吧。

[茨冈人走拢来。]

玛　莎　[低声。] 最好恭敬点。

费　佳　[笑。] 尊称——维克多·米哈伊洛维奇先生……

[茨冈人唱歌。]

卡列宁　[不好意思地听着，然后问。] 给多少小费？

费　佳　嗯，给二十五个卢布吧。

[卡列宁给钱。]

第六场

前场人物，卡列宁除外。

费　　佳　好极啦！现在唱《亚麻歌》。[环顾四周。] 卡列宁溜啦。哼，让他见鬼去吧。

[茨冈人散开。]

[挥挥手随他们去。他走到玛莎跟前，坐到沙发上，她的身边。] 唉，玛莎呀玛莎，你搅得我五脏六腑不得安宁。

玛　　莎　喂，我求您的事……

费　　佳　什么事？要钱？[从裤子口袋里掏出。] 好，你自己取吧。

[玛莎笑了，取钱，藏进怀里。]

费　　佳　[对茨冈人说。] 你去搞搞清楚这事。她把天国之门打开给我，自己却要钱。你呀，什么都不明白，你干的什么事啊。

玛　　莎　为什么说不明白。我明白的是，我爱谁，就要尽心为他唱，而且唱得更动听。

费　　佳　那你爱我吗？

玛　　莎　很明显，我爱。

费　　佳　真叫人动心。[吻她。]

[茨冈男女离开。成双配对的人留下来——费佳和玛莎，阿夫列莫夫和卡佳，军官和加莎。乐师录谱，

一名茨冈人用吉他轻弹圆舞曲。]

因为我是结了婚的人，所以你们的人不允许。你心里感觉好吗？

玛　　莎　有好客人，当然就很好，我们也很快乐。

费　　佳　你知道这是谁吗？

玛　　莎　听说过这个姓名。

费　　佳　这是个非常好的人。他来叫我回家，回到妻子身边。她还爱我这个傻瓜蛋，可我却在干这事儿。

玛　　莎　不得不说，这可不好。你应当去她那儿。应当可怜可怜她。

费　　佳　你认为应当去？我却以为不必去。

玛　　莎　常言道，要是不爱，那就不应当去。不过，爱情是无价之宝。

费　　佳　你怎么会知道的？

玛　　莎　我就是知道。

费　　佳　好吧，你亲亲我。茨冈歌手们！再唱一次《亚麻歌》，然后结束吧。[开唱。]

嗨！好听呀！最好能留在梦中啊。就这样离开人世。

[幕落。]

第二幕

第一景

第一幕之后，过了两个星期。丽莎家。卡列宁和安娜·帕夫洛夫娜坐在大餐间。萨莎从门后登场。

第一场

卡 列 宁　情况怎么样？

萨　　莎　医生说，现在没有危险了。千万别受凉。

安娜·帕夫洛夫娜　那就好，感谢上帝。丽莎差点痛苦死啦。

萨　　莎　医生说，这可能是假性哮吼症或者是轻度……这是什么？［指着篮子。］

安娜·帕夫洛夫娜　这是维克多带来的葡萄。

卡 列 宁　您想尝尝吗？

萨　　莎　是的，她喜欢葡萄。她精神很是不安。

卡 列 宁　两天两夜不吃不喝。

萨　　莎　［微笑。］您也是……

卡 列 宁　我是另外一回事。

第二场

前场人物。大夫和丽莎登场。

大　　夫　[尽量说服。] 就这样吧。如果他睡不着的话，每两小时换一次。如果他睡着了，就别打扰他。喉咙不需要擦药。室内就保持这样的温度……

丽　　莎　如果他又喘不上气来呢？

大　　夫　不会的。如果出现，那就喷喉咙。此外，服用药面，早上一种，晚上另一种。我这就开处方。

安娜·帕夫洛夫娜　大夫，您请用茶。

大　　夫　不客气了，谢谢！一群病人还在等我呢。[在桌子旁坐下。]

[萨莎拿来纸和墨水。]

丽　　莎　那么说，大概不是假性哮吼症。

大　　夫　[微笑。] 您说的完全正确。[写处方。]

[安娜·帕夫洛夫娜俯视大夫。]

卡 列 宁　嗯，现在您可以喝点茶，或者更好是睡一觉。您自己瞧瞧，您累成什么样了。

丽　　莎　现在我活过来了。谢谢您。这才是真正的朋友。[握他的手。]

[萨莎生气地走向大夫。]

谢谢您，我的朋友。及时而宝贵的援助。

卡 列 宁 我没做什么，没什么可以感谢我的。

丽　　莎 那是谁夜夜不入眠，是谁请来了这位名医？全靠您……

卡 列 宁 对我来说，米什卡脱离了危险，就是最大的奖赏。而且，更重要的是您的善良。［再次握手，含笑指着她手里握着的硬币。］

丽　　莎 ［含笑。］这是给大夫的。只是我从来不会给钱。

卡 列 宁 我也不能给他。

安娜·帕夫洛夫娜 ［走过来。］什么不能？

丽　　莎 给大夫酬金。他拯救了比我性命更重要的，我却给他钱。这总有点不对劲。

安娜·帕夫洛夫娜 我来给吧。我知道怎么给。很简单……

大　　夫 ［站起来，递处方。］把这些药粉化在一汤匙烧开过的水里，好好搅拌，然后……［继续说医嘱。］

［卡列宁在桌旁喝茶。安娜·帕夫洛夫娜和萨莎靠边向前走。］

萨　　莎 他们的关系让我不忍卒视。她的确是恋着他。

安娜·帕夫洛夫娜 这有什么好奇怪的？

萨　　莎 真讨厌……

［大夫同大家告别，退场。安娜·帕夫洛夫娜送他离开。］

第二场

丽莎、卡列宁和萨莎。

丽　　莎 ［对卡列宁说。］现在他多么可爱可亲呀。他刚刚觉得好一些，就立即现出笑容，聊起天来。我去看看他。可是也不想离开您。

卡 列 宁 您还是喝杯茶，吃些点心吧。

丽　　莎 我现在什么都不需要。在经历这么多的担心害怕之后，我感觉好极了。[抽泣。]

卡 列 宁 您瞧，您身体多虚弱啊。

丽　　莎 我很幸福。您想看他一眼吗？

卡 列 宁 自然想啊。

丽　　莎 那我们这就去。

[退场。]

第四场

萨莎和安娜·帕夫洛夫娜。

安娜·帕夫洛夫娜 [返回。] 非常漂亮地交给了他，他收下了。你怎么沉着脸？

萨　　莎 太可恶了。她带他去儿童室了，好像他是未婚夫或者丈夫似的。

安娜·帕夫洛夫娜 这关你什么事？你发什么脾气？还是你想嫁给他？

萨　　莎 我嫁给这个电线杆子？我嫁给什么人都行，就是不会嫁给他。我从来没有过这个念头。我就是觉得，丽莎在费佳之后可以接近外人。

安娜·帕夫洛夫娜 他算什么外人？童年的朋友。

萨　　莎　可是我从他们的笑容，从他们的目光，看见他们相爱了。

安娜·帕夫洛夫娜　这有什么好奇怪的？这个人倾心帮助我人给孩子看病。表示同情，尽量帮忙。她心存感激。此外，她为什么不能爱上维克多，不能嫁给他呢？

萨　　莎　那就太可怕了。可恶，可恶。

第五场

卡列宁和丽莎登场。

卡列宁默默告别。萨莎生气，退场。

第六场

安娜·帕夫洛夫娜和丽莎。

丽　　莎　[问母亲。] 她怎么啦？

安娜·帕夫洛夫娜　真的，我也不知道。

[丽莎默默地叹口气。]

[幕落。]

第二景

阿夫列莫夫的书房里。玻璃杯里斟满酒。客人们。

第一场

阿夫列莫夫，费佳，头发乱蓬蓬的斯塔霍维奇，
光头的布特克维奇和马屁精科罗特科夫。

科罗特科夫 可是我对你们说呀，拉贝尔布阿号肯定得锦标。它是欧洲第一名马。下注吧。

斯塔霍维奇 别胡说啦。你是知道的，没人信你的话。不会有人下注的。

科罗特科夫 我对你说吧，你的卡尔杜什会得锦标。

阿夫列莫夫 别吵架啦。我来让你们重归于好。你们问一下费佳。他会正确告诉你们的。

费　　佳 两匹马都好，问题在骑手。

斯塔霍维奇 古雪夫是个混蛋。一定要把他管好。

科罗特科夫 ［吼叫。］不对！

费　　佳 喂，等等，我是来让你们重归于好的。谁赢了大马赛？

科罗特科夫 是赢了，可是没一点关系。那是偶然的。如果那匹叫“太子”的马没生病的话，那你瞧吧。

［男仆登场。］

第二场

前场人物和男仆。

阿夫列莫夫 你有什么事？

男　　仆 太太来啦，她找费奥多尔·瓦西里耶维奇。

阿夫列莫夫 哪一位？是位太太？

男　　仆 我不认识。不过是一位真正的太太。

阿夫列莫夫 费佳，有位太太找你。

费　　佳 [惊惶地。] 是什么人？

阿夫列莫夫 我不知道是什么人。[对男仆说。] 请她到客厅去。

费　　佳 等一等，我去看一眼。[退场。]

第三场

前场人物，费佳和男仆除外。

科罗特科夫 是谁来找他？可能是玛什卡。

斯塔霍维奇 哪个玛什卡？

科罗特科夫 就是那个茨冈女郎玛莎。缠上他了，像个小猫一样恋上了他。

斯塔霍维奇 多可爱的女郎，还会唱歌。

阿夫列莫夫 妙人儿！塔纽莎和她都是。昨天她们和彼得一起演唱来着。

斯塔霍维奇 这个人真是个幸运儿……

阿夫列莫夫 娘们喜欢他，随他去。

科罗特科夫 我最讨厌茨冈人。一点都不文雅。

布特克维奇 嗯，那还用说么。

科罗特科夫 我愿意用她们所有的人换一个法国女郎。

阿夫列莫夫 是啊，你是个众所周知的唯美人士。我去看看是什么人来了。[退场]

第四场

前场人物，阿夫列莫夫除外。

斯塔霍维奇 如果是玛莎的话，就把她带过来，请她演唱。如今的茨冈人不同了。塔纽莎当时真好。唉，见鬼去吧。

布特克维奇 可我认为依然如故。

斯塔霍维奇 怎么会依然如故？唱的不是歌曲，而是庸俗的罗曼斯？

布特克维奇 罗曼斯也有好的。

科罗特科夫 你愿意，我们就打个赌，我叫她唱，你来分辨看看——是歌曲呢，还是罗曼斯？

斯塔霍维奇 科罗特科夫总是打赌。

第五场

前场人物和阿夫列莫夫。

阿夫列莫夫 ［登场。］先生们，不是玛莎。除了这里之外，没有地方接待她。我们去桌球室吧。

科罗特科夫 咱们来打赌吧。怎么，吓坏啦？

斯塔霍维奇 好吧，好吧。

科罗特科夫 你就要输一瓶酒啦。

斯塔霍维奇 好了，好了，你带上酒。

［交谈着退场。］

第六场

费佳和萨莎登场。

费　　佳 我们到这边来。哎哟，哎哟，你这是怎么回事？是呀，是呀……

萨　　莎 ［腼腆地。］费佳，如果你觉得不愉快的话，请原谅我。不过，看在上帝面上，你听我说。［她的嗓音发抖。］

费　　佳 ［在房间里踱步。萨莎坐下来，望着他。］我洗耳恭听。

萨　　莎 费佳，回家吧。

费　　佳 我很理解你。萨莎，亲爱的，如果处在你的地位，我也会这样做的——尽一切力量，恢复原状。可是，处于我的地位，如果，你这样一个可爱的，细心的姑娘，尽管说出来很奇怪，处于这样的地位，你大概也会像我一样做的。就是说，离家出走，不再妨碍他人的生活……

萨　莎　怎么说是妨碍？难道说丽莎没有你能生活下去？

费　佳　唉，可爱的萨莎，小鸽子，完全能，完全能。而且会更幸福，比跟我在一起要幸福得多。

萨　莎　永远不会的。

费　佳　这是你的感觉。[手捏着信然后团成一团。] 问题不在这里，也就是说，并不是因为问题不在这里，主要是我不能。你知道吗，厚的纸头可以这样折，也可以那样折，也可以折上百次。纸头总是能支持住。如果折第一百零一次，它就会折断了。我和丽莎之间就是这样的。面对她的目光，我觉得很痛苦。她也是的，你信我的话吧。

萨　莎　不信，就不信。

费　佳　你嘴里说不信，可是你自己知道，是这样的。

萨　莎　我只能按自己的意思判断。如果我处在她的位置，你就这样回答，对我来说，那是极其可怕的。

费　佳　是的，对你来说是这样的。

[静场。两个人都感到不好意思。]

萨　莎　[站起来。] 难道说就这样结束？

费　佳　是啊。

萨　莎　回去吧。

费　　佳　谢谢你，可爱的萨莎，你永远是我心中可贵的回忆……可是，再见吧，小鸽子。请允许我吻你一下。[吻她的额头。]

萨　　莎　[激动。]不，我不告别，我不信，也不愿意相信……费佳……

费　　佳　唉，那你就听我说。只不过我要说给你听的话，你不要告诉任何人。你答应吗？

萨　　莎　那当然啦。

费　　佳　那你就听我说，萨莎。真的，我是丈夫。是她孩子的父亲，可是我是多余的人。你等等，你等等，别反驳。你以为我是妒忌？丝毫没有。第一，我没有这个权利。第二，我也没有——理由。维克多·卡列宁是她的老朋友，也是我的老朋友 。他爱她。她也爱他。

萨　　莎　不是的。

费　　佳　她就像一个诚实的、讲道德的女人那样爱他。她除了丈夫以外，不能爱别的人，可是她爱他，一旦这个障碍［指着自己。］消失，她就会爱他，而且还会爱下去。我来排除这个障碍，他们就会得到幸福。[声音发抖。]

萨　　莎　费佳，别这样说。

费　　佳　你是知道的，这是真情。我会为他们幸福而高兴。我不能做出更好的事。我不会回去。我给他们自由，你就照这样说。也别再说了，别再说了。再见吧。[吻她的头，打开门。]

萨　　莎　费佳，我钦佩你。

费　　佳　告别啦，告别啦。

[萨莎退场。]

第七场

费佳独自一人。

费　　佳　是的，对啊，妙极啦，好极啦。[打铃。]

第八场

费佳和男仆。

费　　佳　请一下老爷。

[男仆退场。]

第九场

费佳独自一人。

费　　佳　就是这样，就是这样。

第十场

阿夫列莫夫登场。

阿夫列莫夫 你怎么解决的?

费　　佳 妙极啦。“她请上帝保佑,又发誓……”妙极啦。人都在哪儿?

阿夫列莫夫 都在打桌球呢。

费　　佳 好极啦。我们也去吧……“到我这里来呆一会儿”。

[幕落。]

第三幕

第一景

阿布列兹科夫，一位六十岁的文雅单身汉。脸刮得干干净净，蓄有小胡须。这位老军人庄重威严，心情忧郁。安娜·德米特里耶夫娜·卡列尼娜是维克多的母亲，面相年轻，五十岁，贵妇人[1]。话中常带法语词。丽莎，维克多，男仆。安娜·德米特里耶夫娜的书房，既豪华又朴素，摆满各种纪念品。

第一场

安娜·德米特里耶夫娜在写信。

第二场

安娜·德米特里耶夫娜和男仆。

男　　仆　谢尔盖·德米特里耶维奇公爵驾到。

安娜·德米特里耶夫娜　好吧，当然有请。[转过身来，在镜子前整装。]

第三场

安娜·德米特里耶夫娜和阿布列兹科夫公爵。

阿布列兹科夫公爵 ［登场。］J'espère que je ne force pas la consigne.[②] ［吻她的手。］

安娜·德米特里耶夫娜 您是知道的——vous êtes toujours le bienvenu[③]。而如今更是特别受欢迎。您收到了我的便条？

阿布列兹科夫公爵 收到了，这就是我的答复。

安娜·德米特里耶夫娜 唉，我的朋友，我真有点绝望了。Il est ensorcelé，positivement ensorcelé.[④] 我从来没见到过他如此强烈的倔强，如此的顽固，如此的残酷，如此的冷漠，对我如此的无动于衷。自从这个女人甩了丈夫，他完全变了样。

阿布列兹科夫公爵 到底是怎么回事？情况如何？

安娜·德米特里耶夫娜 是这样的，他无论如何要娶她。

阿布列兹科夫公爵 可是她丈夫呢？

安娜·德米特里耶夫娜 他表示同意离婚。

阿布列兹科夫公爵 竟会是这样。

---

① 原文为法语。
② 法语，意为：“希望我没有违反您的命令。”
③ 法语，意为：“您永远是受欢迎的贵客”。
④ 法语，意为：“他中邪了，肯定中邪了。”

安娜·德米特里耶夫娜 还有，他，维克多呢，甘心情愿。这些丑事，律师，罪证。Tout ça est dégoûtant.① 这一切都没使他放弃这样做。我不明白他。他是那么富有同情心，那么腼腆……

阿布列兹科夫公爵 他爱着呢。对啊。如果一个人确实爱着，那就……

安娜·德米特里耶夫娜 是啊，不过我们那个时代，爱情是纯洁的，爱情加友情。这种爱情能够贯穿一生，那是为什么呢？这种爱情我是理解的、珍惜的。

阿布列兹科夫公爵 现在是新一代了，不能满足于理想的关系。La possession de l'âme ne leur suffit plus.② 没办法。如何对待他呢？

安娜·德米特里耶夫娜 不，不能这样说他。他简直是中了魔。他就像是换了一个人似的。您是知道的，我去过她那里。他求我，我就去了。她不在，只留了一张名片。Elle m'a fait demander quand je pourrai la recevoir.③ 现在呢，［看钟。］一点多了，就是说，她这会儿该来了。我答应维克多接见她。不过请您理解我的处境。我自己也六神无主。因此，照老习惯就请您来了。我需要您的帮助。

阿布列兹科夫公爵 荣幸之至！

安娜·德米特里耶夫娜 您一定会明白，她这次来会决定一

① 法语，意为："这一切多让人厌恶。"
② 法语，意为："心灵上的亲密已经不能令他们满足了。"
③ 法语，意为："她求我有时间能接见她。"

切——决定维克多的命运。我需要决定是否同意……可我怎么能……

阿布列兹科夫公爵 您一点也不了解她吗？

安娜·德米特里耶夫娜 从来没见过。可是我怕她。一个良家妇女决不会也不可能同意放弃丈夫，再说丈夫是个优秀的人。他是维克多的同学，也时常到我们家来。他是个很可爱的人。他是什么样的人，没关系。Quels que soient les torts qu'il a eus vis-à-vis d'elle[①]，总归不能撇下丈夫。她应当背起自己的十字架。有一点我不明白。维克多有自己的观点，竟会同意娶一个离婚的女人。有过多少次，他当着我的面同斯皮琴热烈争论，证明说离婚是违背真正的基督精神的。可是现在自己却这样做。Si elle a pu le charmer à un tel point[②]，我怕她。不过呢，我请您来就是想听听您的高见，自己却说个没完没了。请问，您怎么看？该怎么办？您同维克多谈过没有？

阿布列兹科夫公爵 我同他谈过。我觉得他是爱她的，习惯于这样爱她。这种爱控制了他。他是一个缓慢地，但坚决地做出决定的人。他一旦有了什么想法，就不会再放弃了。除了她，他不会再爱上别的人，没有她，和别的女人在一起，他不会幸福的。

安娜·德米特里耶夫娜 瓦丽娅·卡赞采娃倒是愿意嫁给他。那是一个多么优秀的姑娘，又那么热恋着他。

---

① 法语，意为："不管他怎么对不起她"。
② 法语，意为："如果她能使人神魂颠倒到这个程度"。

阿布列兹科夫公爵 ［含笑。］C'est compter sans son Hôte.[①] 现在这是实现不了啦。我想，最好是听从他，帮助他娶她到家。

安娜·德米特里耶夫娜 娶一个离婚女人？叫他迎接自己妻子的丈夫？我真不明白，您竟能如此心平气和地讲这种事。难道母亲会愿意自己唯一的儿子，而且如此体面的儿子，娶这样的女人做妻子？

阿布列兹科夫公爵 亲爱的朋友，那有什么办法呢？当然，最好是娶您熟悉的、您喜欢的姑娘做妻子。可是既然不行……再说，如果他娶一个茨冈女人，或者天知道娶什么人。而丽莎·拉赫玛诺娃是一个很优秀的，可爱的女人；我通过侄女涅丽了解她的。一个娴淑善良、慈爱又讲道德的女人。

安娜·德米特里耶夫娜 一个有意抛弃丈夫的讲道德的女人。

阿布列兹科夫公爵 我认不出您啦。您不怀好意，您残酷。她的丈夫，就是常说的，那种自己害自己的人。不仅如此，他更是害自己妻子的人，一个怯懦的，完全堕落的，酗酒的人。他挥霍光了自己的全部家产，挥霍光了她的全部财产，——再说她还要养孩子。您怎么能指责她撇下了这样的人？再说，不是她撇下了丈夫，是他撇下了妻子。

安娜·德米特里耶夫娜 唉，太肮脏啦，太肮脏啦！还要我去弄脏自己。

---

① 法语，意为："这是没有主角的一厢情愿。"

阿布列兹科夫公爵　那么，您的宗教呢？

安娜·德米特里耶夫娜　是的，对啊，宽恕。“如同我们免了人的债。”① Mais c’est plus fort que moi. ②

阿布列兹科夫公爵　可是，她怎么能同这样的人一起过日子？假如她没爱另外一个人，那她就该这样做。为了孩子，她应该这样做。他，就是说丈夫，理智的时候，是一个聪明善良的人，才劝她这样做的。

第四场

安娜·德米特里耶夫娜、阿布列兹科夫公爵，卡列宁登场，吻母亲的手，问候阿布列兹科夫公爵。

卡　列　宁　妈妈！我是来告诉您一句话——伊丽莎白·安德列耶芙娜这就来了。我请您，我求您，一件事——如果您仍然不同意我的婚姻……

安娜·德米特里耶夫娜　［打断他。］不言而喻，我就是不同意。

卡　列　宁　［继续说下去，同时皱起眉头。］……那别提出，就请您，就求您一件事——别说您不同意，别否定。

安娜·德米特里耶夫娜　我想我们用不着谈这种事情 。至少我不会提这个话头。

卡　列　宁　她更不会提。我只是希望您了解她。

安娜·德米特里耶夫娜　有一点我不明白——娶丈夫还在人

① 见《圣经·新约·马太福音》第六章第十二节。
② 法语，意为：“这事我无能为力。”

世的普罗塔索娃女士的愿望和离婚是违背基督教的这种你的宗教观中的信念的，这二者你是协调一致的吗？

卡 列 宁 妈妈！您这样太残忍了！难道说我们都是完美无瑕的，在如此复杂的生活面前，我们竟不能同信仰有所分歧？妈妈，您为什么对我这样残忍？

安娜·德米特里耶夫娜 我是爱你的，我希望你幸福。

卡 列 宁 [对阿布列兹科夫公爵。] 谢尔盖·德米特里耶维奇！

阿布列兹科夫公爵 不言而喻，您希望他幸福。可是，我们这些两鬓如霜的人，已经很难理解青年人了。特别是一个母亲，已经有了为儿子设置好的幸福，会很难理解的。女人们都是这样的。

安娜·德米特里耶夫娜 是呀，是呀，确实如此。大家都反对我。当然，你可以这样做，vous êtes majeur ①。但是你会毁了我。

卡 列 宁 我简直认不出您。这比残酷还要糟糕。

阿布列兹科夫公爵 [对维克多说。] 维克多，别说了。妈妈往往说的比做的差。

安娜·德米特里耶夫娜 我会说出自己的想法和感觉，说的时候，不会侮辱她。

阿布列兹科夫公爵 这毫无疑问。

---

① 法语，意为："你是一个成年人"。

第五场

安娜·德米特里耶夫娜、阿布列兹科夫公爵、
卡列宁和男仆。男仆登场。

阿布列兹科夫公爵 她来了。

卡列宁 我离开吧。

男仆 伊丽莎白·安德列耶芙娜·普罗塔索娃到。

卡列宁 妈妈，我走开。请您……

［阿布列兹科夫公爵也站起身来。］

安娜·德米特里耶夫娜 请她进来。［对阿布列兹科夫公爵说。］您别走，请留下来。

第六场

安娜·德米特里耶夫娜和阿布列兹科夫公爵。

阿布列兹科夫公爵 我想，您 tête-à-tête[①] 会轻松一些。

安娜·德米特里耶夫娜 不，我有点担心。［惶惶然。］如果我想同她——tête-à-tête 谈，我会向您点头示意的。Ça dépendra...[②] 如果我一个人和她呆在一起，我会

---

① 法语，意为："两人单独地"。下同。
② 法语，意为："这取决于……"

觉得拘束的。到时候我会向您示意的。

阿布列兹科夫公爵 我会明白的。我坚信，您会喜欢上她的。只不过您一定要公正。

安娜·德米特里耶夫娜 你们大家都这样反对我。

第七场

前场人物。丽莎戴着帽子，身穿拜客服装登场。

安娜·德米特里耶夫娜 [起身。] 我没能见到您，很是遗憾。您亲自莅临，真是太好了。

丽　　莎 我真没想到，您愿意接见我，我很是感激您。

安娜·德米特里耶夫娜 你们认识吗？ [指着阿布列兹科夫公爵。]

阿布列兹科夫公爵 当然啦。我有幸被介绍过的。[握手致礼[1]。都坐下。] 我的侄女涅丽时常谈起您。

丽　　莎 是的，我们曾经是好朋友。[胆怯地回顾安娜·德米特里耶夫娜。] 现在也在友好相处。[对安娜·德米特里耶夫娜说。] 我真没想到，您会接见我。

安娜·德米特里耶夫娜 我很了解您的丈夫。他同维克多友好相处，在搬到坦波夫市之前，常到舍下来。他好像在当地娶了您？

丽　　莎 是的，我们是在那里结的婚。

---

① 原文为英语。

安娜·德米特里耶夫娜　可是后来他又回到了莫斯科，他就没到我们家来过。

丽　　莎　是的，他几乎没到什么地方去。

安娜·德米特里耶夫娜　也没把您介绍给我。

［尴尬的静场。］

阿布列兹科夫公爵　最近一次我是在杰尼索夫家看戏时见到您。您还记得吗？很好看。您也参加演出了。

丽　　莎　不……是呀……我当然记得。我参加过演出。

［又是静场。］

安娜·德米特里耶夫娜　请原谅我，如果我说的话使您感到不愉快，但是，我不能也不会做作。我来是因为维克多·米哈伊洛维奇说……因为他，就是说，因为您想见到我……还是最好都说出来……［抽泣。］我很难受；您呢，又很善良。

阿布列兹科夫公爵　嗯，我还是离开好一些。

安娜·德米特里耶夫娜　是的，您走吧。

阿布列兹科夫公爵　再见。［同两位女士告别，退场。］

第八场

安娜·德米特里耶夫娜和丽莎。

安娜·德米特里耶夫娜　对不起，丽莎，我不知道，也没能问问您的父名如何称呼。

丽　　莎　是安德列耶芙娜。

安娜·德米特里耶夫娜　都一样，丽莎，我对您有好感，因此就惋惜您。不过，我爱维克多。世上我只爱他一个人。我了解他的心灵，像了解自己的心灵一样。这是一种自豪的心灵。他小时候，一个七岁的小男孩，就很自豪。他引以自豪的，不是出身名门，不是财产，而是自己的纯洁，自己的道德高度，他一直珍惜这一点。他就像一个贞女那样纯洁。

丽　　莎　我知道。

安娜·德米特里耶夫娜　他从来没有爱过任何女人。您是第一位。我不是说我不妒忌您。我妒忌。可是，我们都是母亲，您的儿子还小，对您来说还早。不过我们要做好准备。我准备的是把他交给他的妻子和不妒忌。但是要交给像他一样纯洁的妻子。

丽　　莎　我……难道我……

安娜·德米特里耶夫娜　对不起，我知道不是您的过错，但是您是不幸的。还有，我了解他。目前他愿意承受这一切，而且会承受这一切。也决不会说什么。但是他会痛苦的。他那受辱的自豪感会痛苦的，他不会幸福的。

丽　　莎　我考虑过这一点。

安娜·德米特里耶夫娜　丽莎，可爱的。您是一个聪明，优秀的女人。如果您爱他，您就会更想使他得到幸福，而不是自己得到幸福。既然是这样，那么，您不会束缚他，逼迫他后悔，——尽管他不会说出来，永远不会说出来。

丽　　莎　我知道，他不会说出来的。我考虑过这一点，也对自己提出了这个问题。我考虑过，也对他说了，可是我有什么办法呢。他说，他一定要和我一起生活。我对他说——我们做朋友好了，您还是要把自己的生活安排好，不要把自己纯洁的生活同我不幸的生活系在一起。他不愿意。

安娜·德米特里耶夫娜 是的，目前他不愿意。

丽　　莎 您劝劝他放下我。我同意。我爱他，是为了他的幸福，不是为了自己的幸福。只是请您帮助我，请别恨我。让我们怀着爱，一起寻找他的幸福。

安娜·德米特里耶夫娜 是啊，对啊，我喜欢上了您。[吻她。丽莎啜泣。] 尽管如此，尽管如此，这事很可怕。要是他在您没出嫁的时候爱上您，该是多好呀。

丽　　莎 他说，他当时爱上了，就是不想妨碍朋友的幸福。

安娜·德米特里耶夫娜 是吗，这是多么让人心痛的事呀。不过，我们还是要相爱，上帝会帮助我们心想事成。

第九场

前场人物和卡列宁。

卡 列 宁 [登场。] 妈妈，亲爱的。我都听见了。这正是我期待的——您喜欢上了她。一切都会很好的。

丽　　莎　您都听见了，我太遗憾了。我本不想说的……

安娜·德米特里耶夫娜　可是没做出任何决定。我只能说一点——如果不是这些艰难的情况，我本会感到高兴的。[吻她。]

卡 列 宁　请您不要再改变主意了。

[幕落。]

第二景

简朴的公寓住宅，床铺，写字台，沙发。

第一场

费佳独自一人。

有人敲门。门外传来女人的声音：“费奥多尔·瓦西里耶维奇，您干吗锁上门呀？费佳，开门。”

第二场

费佳和玛莎。

费　　佳　[起身，开门。]

[玛莎登场。]

你来啦？谢谢！寂寞呀。寂寞坏啦。

玛　　莎　你为什么不到我们那儿去？又喝上酒啦？你可是答应不再喝的呀。

费　　佳　你知道吗，我没钱。

玛　　莎　我为什么要爱上你呢？

费　　佳　玛莎！

玛　莎　别老是玛莎玛莎的。如果你爱我，早就离婚了。对方也求过你。你说你不爱她，可是拉着她不放手。看来是你不想。

费　佳　你是知道我为什么不想的。

玛　莎　全是废话。人家说你是个空虚的人，这倒是实情。

费　佳　我有什么话可对你说呢？我说，你说的话我很难过，这你自己就知道。

玛　莎　你什么都不难过……

费　佳　你自己是知道的，我生活中唯一的快乐就是你的爱。

玛　莎　我的爱是我的，可你的爱却没有。

费　佳　唉，我不再说服你了。再说，也没有必要——你自己清楚。

玛　莎　费佳，你为什么这样折磨我？

费　佳　谁折磨谁呢。

玛　莎　[哭。] 你不是一个善良的人。

费　佳　[走到她身边，拥抱她。] 玛莎！你哭什么呢？别哭啦。日子是要过的，不能叫苦连天。更别说你不能了。你是我的美人儿！

玛　莎　你爱我吗？

费　佳　我还能爱什么人呢？

玛　莎　只爱我？喂，你念念你写的东西。

费　佳　那你会觉得枯燥的。

玛　莎　你既然写出来了，就一定会很好的。

费　佳　那你就听着。[念。]“深秋，我和同学说好，在穆雷金娜广场会面。这个广场是一座峭壁丛生岩石隆起的坚硬的小岛。那是一个阴暗而温暖的风平浪静的日子。雾气悠悠……”

第三场

费佳和玛莎。茨冈老人伊万·马卡罗维奇和茨冈老女人纳斯塔西娅·伊万诺夫娜进门登场。他们是玛莎的父母。

纳斯塔西娅·伊万诺夫娜 [走向女儿。] 可恨的私奔的小羊羔原来在这里。老爷好！[对女儿说。] 你怎么对待我们的？说呀！

伊万·马卡罗维奇 [对费佳说。] 老爷，你这样做可不好啊。你在害姑娘。唉，不好啊，你做事太恶劣啦。

纳斯塔西娅·伊万诺夫娜 [戴上头巾，马上离开。] 哼，私奔呢。我怎么对演出团说？你跟一个身无分文的人鬼混。从他身上能得到什么？

玛　　莎 我不是鬼混。我爱老爷。就这么回事。我不扔下演出团，我还要唱，至于……

伊万·马卡罗维奇 你再说，我把你的辫子扯掉。人面兽心的家伙。谁这样干过？父母也好，姑妈也好，都没干过这种事。太恶劣啦，老爷。我们一直关爱你来着，免费为你唱了多少歌，我们可怜你，你却干出这种事。

纳斯塔西娅·伊万诺夫娜 无缘无故地毁了我们的女儿，毁了我们的至亲骨肉，把我们唯一的漂亮的掌上明珠，无价的钻石宝贝，踩到牛粪里去了。这就是你干的。你心里没有上帝。

费　　佳　纳斯塔西娅·伊万诺夫娜，你这样想是冤枉我。你的女儿对我来说，就是亲妹妹。我珍惜她的名誉。你别瞎想。我爱她。没办法呀。

伊万·马卡罗维奇　你有钱的时候就没爱过。你当时要是付给演出团一万卢布，就能光明正大地把她带走。现在钱挥霍光了，偷偷地把她勾引走了。可耻，老爷，可耻呀。

玛　　莎　他没有勾引我，是我自己来找他的。就是你们现在把我带走，我会再来的。我爱他，就这么回事。我的爱情比你们所有的铁锁都要结实……我不愿意回去。

纳斯塔西娅·伊万诺夫娜　喂，玛什卡，亲爱的，别嘟囔啦，你干的事不光彩，算啦，咱们走。

伊万·马卡罗维奇　喂，别废话啦，走吧！［拉住手。］老爷，对不起。

［他们三个人一起退场。］

第四场

费佳。阿布列兹科夫公爵登场。

阿布列兹科夫公爵　请原谅我。我成了这不愉快场面的身不由己的见证者。

费　　佳　请问是哪位？……［认出来。］噢，是谢尔盖·德米特里耶维奇公爵。［打招呼。］

阿布列兹科夫公爵　不愉快场面身不由己的见证者。我可不愿意听见这回事。可是，既然听见了，我认为有义务说明听见的话。我是受人之托到这儿来，应当在门口等待这些先生离开。再说，由于说话声音很大，听不见我的敲门声。

费　　佳　是的，是的。请。谢谢您对我说明了这件事。因此，我有权解释这个场面。至于您对我的看法，我无所谓。但是，我想告诉您，您听见的对这位茨冈姑娘歌手的责怪，是不公平的。这位姑娘道德上是纯洁的，像鸽子一样。我和她的关系，是友谊关系。也许含有一些诗意在里面。但是这不会消灭纯洁，不会败坏这个姑娘的名誉。这就是我想对您说的。那么，您还想要我做什么？我能为您效什么劳？

阿布列兹科夫公爵　我嘛，首先……

费　　佳　公爵，请原谅我。我如今在社会上的地位，再说我们之间不太熟悉，又是很久以前的事，如果您无事找我，那我无权要求您到访。您到底有什么事找我呢？

阿布列兹科夫公爵　您猜对了，我不否认。我是有事找您。不过我还是请您相信，您的社会地位变化，不影响我对您的态度。

费　　佳　我完全相信。

阿布列兹科夫公爵　我的事情是，我的老朋友安娜·德米特里耶夫娜·卡列尼娜的儿子和她本人，请我直接了解您同……请允许我问问，就是您同您夫人，伊丽莎白·安德列耶芙娜·普罗塔索娃的关系如何？

费　　佳　我同妻子的关系，我可以说——同前妻的关系，完全终止了。

阿布列兹科夫公爵 我就是这样理解的。因此我才承担起这项艰难的使命。

费　　佳 我急于要声明的是，因我的过错，或者说，我的没完没了的过错，而终止的。她过去是，现在仍然是一个完美无缺的女人。

阿布列兹科夫公爵 是这样的，维克多·卡列宁，特别是他的母亲，请我了解一下您的打算。

费　　佳 [激动地。] 有什么打算？没有任何打算。我给她彻底的自由。而且永远不会打扰她的平静。我知道她爱着维克多·卡列宁。让她去爱吧。我认为他是一个枯燥的，但优秀和诚实的人。我想，她同他在一起，（就像常言所说。）会幸福的。Que le bon dieu les bénisse.[1]

阿布列兹科夫公爵 是的，不过我们最好……

费　　佳 [打断他。] 您别以为我有一点妒忌心。如果我说维克多是一个枯燥的人，我可以收回这句话。他是一个优秀的、诚实的、讲道德的人，几乎就是与我相反的人。他从小就爱着她。也许她嫁给我的时候就爱着他。这是常有的事。最最好的爱情，往往就是未知的爱情。我想，她一直爱着他。可是，作为一个诚实的女人，她心里不承认这事。但是，这片阴影罩住我们的家庭生活……不过，

---

① 法语，意为："愿上帝赐福给他们。"

我何必对您坦承这些呢。

阿布列兹科夫公爵　您请说吧。请您相信，对我来说，比使命更重要的是我对您的一定的人情关系，是我想充分了解这种关系的愿望。我理解您。正像您说得很好，这个阴影早先就有可能……

费　　佳　确实有过，也许正因为如此，我无法满足于她给我的家庭生活，我摸索过，寻欢过。不过我好像在为自己辩护。我不想，也不能为自己辩护。我曾经是，可以大胆地说，我曾经是一个坏丈夫，曾经是，因为在我的意识里，我现在早就不是丈夫了，认为她是完全自由的。可以说，这就是我对您使命的答复。

阿布列兹科夫公爵　好吧。不过您了解维克多的家庭和他本人。他对伊丽莎白·安德列耶芙娜的态度，过去一向是，现在还是敬而远之的。她困难的时候，他总是施以援手的。

费　　佳　是的，是我的浪荡促进他们接近。有什么办法呢，就该是这样的。

阿布列兹科夫公爵　您了解他，了解他家严格的东正教信念。我不赞成这些信念。我对事物的看法要宽阔一些。但是我尊重他们，理解他们。我理解的是，对他来说，特别是对他的母亲来说，很难想象不通过教会结婚去亲近一个女人。

费　　佳　是的，我知道他的呆……在这方面的片面理解，保守主义。可是，他们到底需要什么？离婚？我早就告诉过他们，我同意离婚，但是，他们要承担过错，承担与此有关的虚伪，这些条件是沉重的。

阿布列兹科夫公爵 我完全理解您，也同意您的看法。可是怎么办呢？我想可以这样安排。不过，您是对的。这是很糟糕的。所以我理解您。

费 佳 [*握手。*] 亲爱的公爵，无比感谢！我一向认为您是一位正直的善良的人士。请说吧，我该怎么办？要我做些什么？也请您替我设身处地想一想。我不会努力变得好一些。我是个坏蛋。可是有些事情我不能心平气和地去做，我不能心平气和地去撒谎。

阿布列兹科夫公爵 可我也不明白您。您这样一位聪明有才干的人，细腻体验善心的人，会有外心，会忘记您对自己的处世要求？您怎么会落到这个地步，怎么会毁了自己的生活？

费 佳 [*尽力压住激动的泪水。*] 已经十年了，我过着放荡的生活。您是第一位有这样地位还替我惋惜的人。同伴们，花天酒地的人，女人们，惋惜我。而像您这样一位理智的，善良的人……谢谢您。我是怎么落到毁灭自己的？首先，是酒。并不是说酒好喝。不管我做什么事，我总觉得不是应该做的事，我感到羞耻。现在我同您谈话，我也觉得羞愧。如果以首长的身份坐在银行里，好羞愧，好羞愧呀……只有喝上几口，就不觉得羞愧了。至于说音乐，不是说歌剧或者贝多芬，而是茨冈人……这种生活呢，会给你添加能量。这里有可爱的黑眼睛，可爱的笑容。这些越是销魂，就越会感到羞愧。

阿布列兹科夫公爵 那么，工作呢？

费　　佳 我尝试过。都不好。我都不满意。唉，自己没什么可说的。谢谢您。

阿布列兹科夫公爵 我到底该去说些什么呢？

费　　佳 您就说，他们想叫我做什么，我都去做。他们不是想结婚吗——不希望任何东西妨碍他们结婚吧？

阿布列兹科夫公爵 应该是这样。

费　　佳 我一定做到。您就说我大概会做到的。

阿布列兹科夫公爵 什么时候呢？

费　　佳 等一等。嗯，大概两周吧。满意吗？

阿布列兹科夫公爵 ［起身。］我可以这样告诉他们吗？

费　　佳 可以。再见，公爵，再次感谢您。

［阿布列兹科夫公爵退场。］

第五场

费佳独自一人。

费　　佳 ［默默含笑，坐了很久。］好，很好。就该这样。就该这样。就该这样。妙极啦。

［幕落。］

第四幕

第一景

小酒馆里。单间。跑堂引费佳和伊万·彼得罗维奇·亚历山德罗夫登场。

第一场

费佳、伊万·彼得罗维奇和跑堂。

跑　　堂　这边请。这里没有人打扰，纸我就拿过来。

伊万·彼得罗维奇　普罗塔索夫！我要进来了。

费　　佳　［严肃地。］请进来吧。不过我正在忙……你想进来就进来吧。

伊万·彼得罗维奇　你想答复他们的要求吗？我这样对你说吧。我是不会这样做的。我一向是有话直说，行动干脆。

费　　佳　［对跑堂说。］来一大瓶香槟。

［跑堂退场。］

第二场

费佳和伊万·彼得罗维奇。

费　　佳　［掏出手枪，放到桌子上。］你稍等一会儿。

伊万·彼得罗维奇　怎么？你想自杀。可以呀，可以呀。我理解你。他们想侮辱你。你呢，要给他们看看你是什么人。你用手枪干掉自己，用宽宏大量杀了他们。我理解你。我全明白，因为我是天才……

费　　佳　是呀，是呀。只不过……

[跑堂拿着纸和墨水瓶登场。]

第三场

前场人物和跑堂。

费　　佳　[用餐巾盖住手枪。]开瓶吧。我们喝一杯。[他们饮酒。费佳写字。]你等一等。

伊万·彼得罗维奇　为你的……远大前程干一杯。我的价值比这要高一些。我不是要阻拦你。对天才来说，生死都一样。我生如死，死如生。你杀了自己，是为了让他们两个人可怜你。我呢，我杀了自己，是为了让全世界都明白，世界失去了什么。我不会动摇，不会停止思考。拿起[抓住手枪。]啪一声，完事。可是还早一点。[放下手枪。]我没有什么可写的。他们自己应当明白……唉，你们呀……

费　　佳　[写。]你稍等一下。

伊万·彼得罗维奇　一群渺小的人。东求西告，忙忙碌碌。他们就是不明白，什么都不明白。我这不是说你。我这是在表达自己的想法。人类需要什么呢？很少一点——厚待自己的天才。可是他们总是处死天才，迫害天才，折磨天才。不行。我不给你们当玩具，我要把你们揭露无遗。不——行！一群伪君子！

费　　佳　[写完了，饮酒，读。]请你走开吧。

伊万·彼得罗维奇　走开？好吧，再见！我不会阻止你。我也要做自己的事，只不过还早一点。我只是想对你说……

费　　佳　好，好。你以后再说，现在嘛，好朋友，做这件事——请把这个交给老板［递钱给他。］，问问有没有寄给我的信或者包裹。求你啦。

伊万·彼得罗维奇　好吧。那么，你等一等我？我还要对你说一句重要的话——今世来生，至少在我没到达来生之前，你听不见的话。那么说，钱全交给他？

费　　佳　需要多少给多少。

［伊万·彼得罗维奇退场。］

第四场

费佳独自一人。

费　　佳　[如释重担，叹了一口气。待伊万·彼得罗维奇出去后锁门。拿起手枪，打开枪机，在太阳穴边比划，打了一个寒战，小心翼翼地放下手，发出含糊不清的声音。]不行，我做不到，我做不到，我做不到。

［敲门声。］

谁呀？

[门外传来玛莎的声音："是我。"]

那是谁？啊，是玛莎…… [开门。]

第五场

费佳和玛莎。

玛　莎　我到你家去过，去过波波夫家，去过阿夫列莫夫家找你，猜想你会在这里。[看见手枪。] 真好呀，好一个傻瓜。真是一个大傻瓜。你真的想自杀？

费　佳　没有，做不到。

玛　莎　就不管我啦？没良心的人。没想到可怜可怜我。唉，费奥多尔·瓦西里耶维奇，罪过，罪过呀。为了我的爱……

费　佳　我想放过他们，答应了。可是我不能说谎。

玛　莎　我呢？

费　佳　你什么？也可以给你松绑啊。难道同我一起遭罪对你来说更好吗？

玛　莎　就是好啊。没你我无法活下去。

费　佳　跟我在一起，算什么生活？最多哭一场，然后继续活下去。

玛　莎　胡说，我根本就不会哭的。既然你不可怜我。[哭。]

费　佳　玛莎！好朋友！我的本意是安排得更好些。

玛　莎　把自己安排得好一些。

费　　佳　[含笑。]既然我要杀了自己，怎么能说是为了把自己安排得好一些？

玛　　莎　当然是好一些。你到底要什么？你说呀。

费　　佳　要什么？要很多很多。

玛　　莎　到底要什么？要什么呀？

费　　佳　需要，首先，答应的事要兑现。这是第一。这就足够了。说谎还有办离婚需要的这些乌七八糟的事，我做不到。

玛　　莎　就算是很恶心的事吧。我亲自……

费　　佳　其次呢，确实一定要给他们自由，给妻子和他自由。对啊。他们是好人，何必让他们痛苦呢？这是第二。

玛　　莎　既然她抛弃了你，说明她并没多么好。

费　　佳　不是她抛弃了我，是我抛弃了她。

玛　　莎　好吧，好吧。全是你。她是个天使。还有什么呢？

费　　佳　还有就是你是个优秀的可爱的小姑娘。我爱你，如果我活下去，就会害了你。

玛　　莎　这可就不关你的事了。我自己知道自己要毁在哪里……

费　　佳　[叹气。]最主要的，最主要的是……我的生命算什么？难道说我看不见自己已经完蛋了？我毫无用处。就像你父亲说的，我对大家对自己都是负担。我是个废人……

玛　　莎　一派胡言。我决不离开你，我黏上你了，就是这样。至于说你不好好过日子，喝酒，玩女人……可是你是个大活人，改了就行啦。

费　　佳　说起来容易。

玛　　莎　你就这样做。

费　　佳　瞧着你，我就觉得什么都能做到。

玛　　莎　你一定能做到。全都能做到。[看见信。] 这是什么东西？你给他们写信？写了点什么？

费　　佳　写了什么东西？ [拿起信，想撕掉。] 现在已经不需要了。

玛　　莎　[抢过信来。] 你写了说自杀了？是吗？没写手枪的事？写了你杀了自己？

费　　佳　是的，写了，说人已经不在世上了。

玛　　莎　好呀，好呀，好呀。你念过《怎么办？》没有？

费　　佳　好像念过。

玛　　莎　这部小说很枯燥。可是有一点非常非常好。他，就是那个叫拉赫曼诺夫的人，决定做出他淹死的样子。你不会游泳是吗？

费　　佳　是不会。

玛　　莎　正好。你把你的衣裳给我。全都给我，包括钱包。

费　　佳　为什么呢？

玛　　莎　等一等，等一等，等一等呀。我们回家。在家换衣裳。

费　　佳　这可是欺骗呀。

玛　　莎　正好啊。你去游泳了。衣裳留在岸上了。衣袋里装着钱包和这封信。

费　　佳　行，以后呢？

玛　　莎　以后嘛，以后咱们远走他乡，去过快活的日子。

第六场

前场人物。伊万·彼得罗维奇登场。

伊万·彼得罗维奇　原来如此。手枪是怎么一回事？我要了。

玛　　莎　拿吧，拿吧。我们走吧。

［幕落。］

第二景

普罗塔索娃家的客厅。

第一场

卡列宁和丽莎。

卡 列 宁 他非常肯定地答应的，我相信他会兑现自己的承诺。

丽　　莎 我良心上有点过不去。但是，我应当说的是，我了解到茨冈女人的事以后，我就彻底解脱了。你别以为这是忌妒心。那不是忌妒心，你知道吗，是解脱。该怎么对您说呢……

卡 列 宁 又用您字啦。

丽　　莎 [含笑。] 那就用你字吧。您别妨碍我，你别妨碍我说出自己的感觉。主要折磨我的是我觉得我爱两个人。这就意味着我是一个不讲道德的女人。

卡 列 宁 你是一个不讲道德的女人?

丽　　莎 自从我了解到他另有一个女人，说明他不需要我了，我就解脱了，就感觉到我可以不要说谎，说我爱您，不，爱你。现在我的心里光明磊落，只有我的地位在折磨我。这离婚的事，这一切太折磨人了。还有这等待。

卡列宁　快了，马上就要解决了。除了他的承诺之外，我请秘书带着请求书到他那里去一下，在他没有签字之前不要离开他。如果说我不了解他的为人，我会想，他是故意这样做的。

丽　莎　他？不会的。这全是因为他的软弱，他的诚实。他不想说假话。只不过你送钱给他，是完全没必要的。

卡列宁　不行呀。这可能是他暂停的原因。

丽　莎　不，送钱就有点不好的含义。

卡列宁　哎，他可不会那么 pointilleux[1]。

丽　莎　我们都成了自私自利的人。

卡列宁　是的，我的错。都怪你。经过如此的期待，如此的绝望，如今我太幸福了。幸福把人变成自私的。都怪你。

丽　莎　你以为是你一个人。我也是。我也觉得很充实，沉浸在幸福之中。全都有了——米沙病痊愈了，你母亲也喜欢我，还有你，最主要的是，我，我爱你。

卡列宁　真的吗？不后悔？不再反悔了？

丽　莎　从那天开始，我心里全都变了。

卡列宁　不会退回原处了？

丽　莎　永远不会。我只有一个愿望——这事在你心里也结束了，就像在我的心里一样。

---

① 法语，意为："拘泥于小节"。

第二场

前场人物和带着孩子的保姆。保姆带着男孩登场。
男孩走到母亲面前。她把他放到腿上。

卡列宁 我们是多么不幸的人呀。

丽　莎 怎么啦？[吻小孩。]

卡列宁 在你出嫁和我从国外回来知道这事以后，我觉得我失去了你。我觉得真不幸呀。我很高兴得知你还记得我。我就满足了。后来，我们建立了友好关系，我感觉到你对我很亲切，在我们的友谊中，有一些比友谊更多的小小的火星儿，我几乎感到幸福。我心里难过的是，担心对费佳不诚实。不过嘛，我一直有一种明确的认识，就是除了最纯洁的友谊，对我朋友的妻子不可能有其他关系。再说我也了解你，因此，这事给我带来痛苦，我就很满足。后来，费佳开始折磨你，我感觉到，我对你来说是一种支持，你呢，又怕我的友谊，那时我感到非常幸福。我有了某种模糊的希望。后来……他变得不可容忍，你决定放弃他，我才第一次坦诚地告诉你一切。你也没说不。可是，你是含泪离开我的。我已经觉得很幸福了。如果有人问我，我还想要什么，我会说——不需要什么了。再后来出现了把生活同你结合在一起的可能，妈妈又喜欢上了你，这个可能可以实现了，你对我说，你过去爱我，现在仍然爱着我，后来又告诉我，现在他对你来说已经不存在了，你只爱我一个人，我还有什么企求呢？可是，不行。如今，如今往事折磨我，真想没发生过这些往事，已经不存在令人想起这些往事的一切。

丽　　莎　[带有责怪。] 维克多！

卡 列 宁　丽莎，请你原谅我！我说的这些实话，我说是因为我不想让心里有瞒着你的想法。我特意把这些都说出来，是为了表示我多么恶劣，我知道已经走不下去了，我应当作自我斗争，战胜自己。我战胜了。我喜欢他。

丽　　莎　就该这样。我也尽力而为了。不是我，是我的内心形成了你想要的东西——除了你以外，其他都消失了。

卡 列 宁　全消失了？

丽　　莎　全消失了，全消失了。否则我就不会说了。

第三场

前场人物和男仆。

男　　仆　沃兹涅先斯基先生求见。

卡 列 宁　这是他从费佳那里带回来的答复。

丽　　莎 ［对卡列宁说。］叫他进来。

卡 列 宁 ［站起来走向屋门。］看，答复来了。

丽　　莎 ［把孩子交给保姆。］难道说真的都要解决了。维克多！［吻他。］

第四场

卡列宁、丽莎。沃兹涅先斯基登场。

卡 列 宁 怎么样？

沃兹涅先斯基 他老不在。

卡 列 宁 怎么不在？没有在申请书上签字？

沃兹涅先斯基 申请书没有签署。留了一封信给您和伊丽莎白·安德列耶芙娜。［从衣袋里掏出信，交给他。］我是到他住宅去的。有人对我说，他在餐厅。我去了餐厅。费奥多尔·瓦西里耶维奇他老说，叫我一个小时之后再来，能找到答复。我去了，就是这……

卡 列 宁 难道说又要拖下去？有借口？不行，这很不好。他堕落了。

丽　　莎 你念一下，写了什么？

［卡列宁打开信。］

沃兹涅先斯基 还需要我吗？

卡 列 宁 不需要了，再见，谢谢…… ［站住，惊奇地念。］

［沃兹涅先斯基退场。］

第五场

卡列宁和丽莎。

丽　　莎　写了什么？写了什么？

卡 列 宁　太可恶了。

丽　　莎　[抓住信。] 你念。

卡 列 宁　[念信。]“丽莎和维克多，我把你们两位称作可爱的，或者亲爱的，不是说假话。在我想到你们的爱情，你们的幸福的时候，我就控制不住自己的苦恼和责备的感情。虽然是责备我自己，也很难过。我都明白。我明白，尽管我是丈夫，因为一系列的偶然情况妨害了你们。C'est moi qui suis l'intrus.① 但是，我仍然无法克制苦恼和对你们冷淡的感情。理论上我爱你们两位，特别是丽莎，亲爱的丽莎，但是，实际上更冷淡。我明白，我是不对的，但是我改不了。”

丽　　莎　他这是……

卡 列 宁　[继续念。]“还是说正事吧。这种使我一分为二的感觉，迫使我不能照你们的想法去实现你们的愿望。说假话，扮演一场恶劣的喜剧，贿赂宗教事

① 法语，意为：“我是第三者。”

务所，这些肮脏的事，是无法承受的，我感到恶心。尽管我恶劣，但是另一种恶劣，我不能参加做这种恶劣的事，就是不能。我找到的另外一个出路，最简单——你们要幸福，就该结婚。我妨碍你们，因此我应当毁灭自己……”

丽　　莎　[抓卡列宁的手。] 维克多！

卡 列 宁　[念。]“我应当毁灭自己。我这就毁灭自己。你们收到这封信时，我已经离开人世了。

P.S. 很遗憾。你们送来了办理离婚事务的钱。这令人很不愉快，也不像你们的所作所为。可是，没办法。我犯过很多错误。你们也可以犯一次错误。钱退还给你们。我的终结短一些，廉价一些，可靠一些。我只求一点——别生我的气，记住我的好。还有，此地有一个表匠，叶夫根尼耶夫，你们能不能帮他一下，安排他一下？他是一个软弱但品性良好的人。再见吧。费佳。”

丽　　莎　他寻了短见。是吗？

卡 列 宁　[打铃，跑进前厅。] 叫沃兹涅先斯基先生回来。

丽　　莎　我原来知道会这样的，会这样的。费佳，可爱的费佳。

卡 列 宁　丽莎！

丽　　莎　我过去不爱他，现在也不爱他，不是真的，不是真的。我爱他一个人，我爱他。是我毁了他。别管我。

[沃兹涅先斯基登场。]

第六场

前场人物和沃兹涅先斯基。

卡 列 宁 费奥多尔·瓦西里耶维奇在哪儿？他对您说了些什么？

沃兹涅先斯基 他们说，他老一清早就出去了，留下了这封信。再没有回来。

卡 列 宁 这事还要了解一下。丽莎，我要你留下。

丽　　莎 请原谅我，不过我不会说谎。现在你离开我吧。去了解一下全部情况……

[幕落。]

第五幕

第一景

小酒馆一间肮脏的房间。桌旁坐着喝茶和伏特加酒的人。前景是一张小桌子，桌旁坐着沉沦的破衣遮体的费佳；同他坐在一起的是佩图什科夫，一个细心温婉的长发人，貌似神职人员。他们俩喝得微醺。

第一场

费佳和佩图什科夫。

佩图什科夫 我理解，我理解。这才是真正的爱情。那又怎么样呢？

费　　佳 是呀，您明白吗，如果这种感情表现在我们圈子的姑娘身上，她为了自己的爱人牺牲一切……可这里呢，一个茨冈女人，全身受的是自私自利的教育，和这清纯的自我牺牲的爱情，贡献出一切，也不要求任何回报。特别是这种对比太明显了。

佩图什科夫 是呀，这就像在我们的写生画里叫色彩效果。只有与周围对比的情况下才画得出来艳红艳红的色彩。可是，问题不在这里。我理解，我理解呀……

费　　佳 是呀，这是我唯一的一个善良的行为——我没有利用她的爱情。您知道为什么吗？

佩图什科夫 怜悯之心……

费　　佳 哎呀，不是的。我对她不是怜悯。在她唱歌的时候，我总是沉醉其中——嘀，她唱得多动听呀，现在我也沉醉其中，唱吧——我总是仰视着她。我没有伤害她，就是因为我爱她，真心爱她。如今这是一段优美的回忆。［饮酒。］

佩图什科夫 这我理解，理解。完美无缺。

费　　佳 我想对您说的是——我迷恋过一些女人。有一次甚至爱上了。有过那么一位太太，真漂亮呀。我恋上了她，真够糟糕的，像小狗一样恋上了。她同意 rendez-vous[①]。可是我没去，因为认为这样做对不起她的丈夫。令人惊讶的是，我至今想起来就很高兴，想称赞自己一番，因为我做了一件诚实的事，还……像作孽一样忏悔。可是这次同玛莎就恰恰相反。我总是高兴，高兴自己没有败坏自己的感情……我可能还会沉沦下去，彻底沉沦下去，把自己身上的东西卖个精光，全身都是虱子，都是疥疮，可是这颗钻石，不，不是钻石，而是一束阳光，对啊，是一束阳光，就在我心里，照耀我全身。

佩图什科夫 我理解，我理解。目前她在哪儿呢？

费　　佳 我不知道。也不想知道。那是另外一种生活的事。

---

① 法语，意为：“幽会”。

我也不想把它同如今的生活混在一起。

[桌子后面传来女人的喊声。老板走过来，和警察一起把她带走。费佳和佩图什科夫看着，听着，沉默无语。]

佩图什科夫　[声音沉寂下来后。] 是呀，您的一生真是非同寻常呀。

费　　佳　哪里，最普通的一生。我们这个阶层里，我出身的阶层里的人，有三种选择，只有三种——做官，攒钱，使生活中的丑恶更多。我非常憎恨这样做，也许不善于此，更重要的是，憎恨这样做。第二种选择——毁灭丑恶，这就需要做英雄，可是，我不是英雄。还有第三种选择——喝酒，玩乐，唱歌。我就是这样做的。就这样唱到这个地步了。

[饮酒。]

佩图什科夫　嗯，家庭生活呢？如果我有太太，我会很幸福的。太太毁了我。

费　　佳　家庭生活吗？是的，我的太太原来是个理想的女人。她现在还活着。可是，有什么可以告诉你呢？缺乏风趣。你知道，格瓦斯中自有风趣？我们的生活里没游戏。可是我常常需要糊涂。没游戏就糊涂不起来。后来我就干起丑事了。你是知道的，我们喜欢别人，是因为我们为他们做好事；我们不喜欢他们，是因为我们对他们做过恶事。我对她做了许多恶事。她却似乎爱过我。

佩图什科夫　您为什么说“似乎”？

费　　佳　我这样说，是因为她身上没有像玛莎那种可以钻入我的心灵的东西。不过，不是这回事。她怀孕，她喂奶；我就在外面浪荡，喝得醉醺醺地回家。因此也就越来越少爱她。是的，是的［兴奋起来。］，正好想到了——我爱玛莎，是因为我对她做了善事，而不是丑事。我折磨另一位呢，是因为……不是因为不爱她，不对，就是不爱她，妒忌她——是的，不过，这都过去了。

第二场

前场人物和阿尔捷米耶夫。阿尔捷米耶夫，别着帽徽，身穿改过的旧衣，胡子染过，走过来。

阿尔捷米耶夫　祝您胃口好！［向费佳鞠躬。］您认识画家？

费　　佳　［冷淡地。］是的，我们认识。

阿尔捷米耶夫　［对佩图什科夫。］怎么样啊？肖像画完了吗？

佩图什科夫　没有呢，画坏了。

阿尔捷米耶夫　［坐下来。］我不打扰你们吧？

［费佳和佩图什科夫不说话。］

佩图什科夫　费奥多尔·瓦西里耶维奇谈他的生活呢。

阿尔捷米耶夫　是秘密吗？我不打扰你们，你们继续谈吧。我不需要你们。一群猪猡。［走向邻桌，叫啤酒。一直扭过头来听费佳和佩图什科夫的谈话。］

费　　佳　我不喜欢这位先生。

佩图什科夫 他生气了。

费　　佳 哼，管他的。我受不了。这种人——我无话可说。同您相处，我觉得很轻松，很愉快。我说到哪儿了？

佩图什科夫 您说到您妒忌。可是，您怎么同您妻子分手了呢？

费　　佳 唉，[沉思。] 这是一段有趣的故事。我的妻子出嫁了。

佩图什科夫 怎么回事？离婚了？

费　　佳 没有。[微笑。] 她离开我成了寡妇。

佩图什科夫 到底怎么回事？

费　　佳 就是呀，寡妇一个。因为我没啦。

佩图什科夫 怎么没啦？

费　　佳 是没有了，我是个死尸。是的。

[阿尔捷米耶夫弓起身子，倾听。]

您知道吗……对您，我可以说。那是很久以前的事了。您也不知道我的真实姓名。事情是这样的。那时候我把妻子折磨得无以复加；能花的钱，我都花了；我成了一个令人无法忍受的人。这时出现了一位她的保护人。您别以为有什么见不得人的事，不好的事。不是的。他是我的朋友，很好很好的一个人，但是在各个方面都跟我相反。由于我身上丑恶的东西比善良的东西要多得多，他就是一个诚实的、坚强的、谨慎的人，乐于行善的人。他从小就认识我妻子，一直爱着她。在她嫁给我之后，就安于自己的命运了。可是后来，我变得下流，折磨她，他就开始常来我家，我自己也愿意他来。他们相恋了。这个时候，我彻底学坏了，自己把妻子甩下了，再说这时玛莎在我身边。我自己建议他们结婚。他们不愿意。可是我越来越让人无法忍受，越来越让人无法容忍，结果……

佩图什科夫 一如既往……

费　　佳 没有。我坚信，也知道，他们是纯洁的。他是个信教的人，认为没有得到教父的祝福的婚姻是罪孽。嗯，因此他们要求我同意离婚。理应把过错揽到自己身上，理应把这套虚伪……可是我做不到。请相信我，对我来说，自杀要比撒谎轻松。我正打算自杀。可是恰在这个时候，一位善良的人说——何必呢？人家都安排好了。我发出了告别信，第二天有人在河边拾到了我的衣服、钱包和书信。我不会游泳。

佩图什科夫 可是，尸体呢？他们没找到吧？

费　　佳 找到了呀。真有本事啊。一周之后找到了一具尸体。叫我妻子去辨认。尸体已经腐烂。她看了一眼。“是他吗？”“是他。”事情就这样收场了。他们把我埋葬了，两人就结婚了。就在这儿过日子，其乐融融。可我呢，就在您眼前。我活着，喝着酒。昨天我路过他们家。窗户里亮着灯光。窗帘后有个人影走过去。有时候心情很坏。有时候呢，无所谓。没钱的时候，可真难受……［饮酒。］

阿尔捷米耶夫 ［走过来。］哎，对不起，我听见了您的故事。

故事很好，更主要的是，故事有益。您说，没钱就难受。这是最最难受的。您处在您的地位，随时都要有钱。因为您是死尸。好。

费　　佳　对不起，我不是讲给您听的，也不想得到您的忠告。

阿尔捷米耶夫　可是我愿意给您提几条。您是死尸。假如您复活过来，那么他们呢，就是说您的夫人和那位先生，他们正在享乐，他们可是犯了重婚罪。至少应该坐牢。您为什么要过没钱的日子呢？

费　　佳　请您离开我。

阿尔捷米耶夫　您写封信就行了。您愿意的话，我一定要写，只要把地址告诉我就行。您会感谢我的。

费　　佳　滚蛋！我对您说的。我什么话也没对您说过。

阿尔捷米耶夫　不对，您对我说过。他就是证人。跑堂也听见了您说死尸。

跑　　堂　在下什么都不知道。

费　　佳　混账东西。

阿尔捷米耶夫　我是混账东西？喂，警察，来做笔录。

［费佳站起身，要退场。阿尔捷米耶夫拉住他不放。警察走过来。］

［幕落。］

第二景

故事发生在农村，长满常春藤的露台上。

第一场

安娜·德米特里耶夫娜·卡列尼娜、怀孕的丽莎、带孩子的保姆。

丽　　莎　现在该是从车站来了。

小 男 孩　谁来呀?

丽　　莎　爸爸。

小 男 孩　爸爸从车站来?

丽　　莎　C'est étonnant comme il l'aime, tout-à-fait comme son père. ①

安娜·德米特里耶夫娜　Tant mieux. Se souvient-il de son père véritable? ②

丽　　莎　[叹口气。] 我没告诉他。我想，何必把他搞糊涂呢? 后来我又想应该告诉他。您怎么看呢，maman ?

安娜·德米特里耶夫娜　我想嘛，丽莎，这是个感情的事。如果你有感情，你的心会告诉你，什么话应该什么时

---

① 法语，意为："这真是令人惊讶，他很爱他，就跟爱自己的亲爸爸一模一样。"
② 法语，意为："那样更好。他还记得自己的亲生父亲吗？"

候说。死亡能使人心平气和，真令人惊讶。我承认，过去有时候他让我，就是费佳，他小时候我就认得他了，他让我不喜欢，可是现在我只记得他是一个可爱的少年，是维克多的朋友，是一个满腔热情的人，他虽然是非法，不合教义，但是会为自己爱的人牺牲自我。On aura beau dire, l'action est belle...[1] 我指望维克多不会忘记带绒线来，全用完了。[织物件。]

丽　　莎　看，他来了。

[传来车轮和车铃的声音。丽莎站起来，走向露台边上。]

还有个女士跟他一起来了。是玛莎[2]！我有一百年没见她啦！［走向门口。]

第二场

前场人物。卡列宁和玛丽亚·瓦西里耶夫娜登场。

玛丽亚·瓦西里耶夫娜[3]　[与丽莎和安娜·德米特里耶夫娜行吻礼。] 维克多接上我就直奔过来了。

安娜·德米特里耶夫娜　他做得很好呀。

玛丽亚·瓦西里耶夫娜　是啊，对啊。我想什么时候还见得着面呢，我又会往后拖，就来啦。如果您不赶走

---

① 法语，意为："无论怎么说，行为是美好的……"
② 玛莎是玛丽亚的小名。
③ 在手稿中是"玛莎"。

我，我就坐晚班火车走。

卡 列 宁 [吻妻子，母亲和小男孩。]我可太幸福啦，快来祝贺我。可以在家呆上两天。明天我不在，他们都能做完。

丽　　莎 好极啦。两天。好久没有过呀。咱们野游去，好不好？

玛丽亚·瓦西里耶夫娜 真像他爹呀！好棒的孩子！可别都继承下来；心是父亲的呀。

安娜·德米特里耶夫娜 别学他爹的软弱劲。

丽　　莎 行啦，行啦。维克多同意我的意见，要从年轻的时候就有人指导就好了。

玛丽亚·瓦西里耶夫娜 哎，这事我一点也不明白。只是一想起他，我就流眼泪。

丽　　莎 我们也是。他在我们的记忆里地位提高了。

玛丽亚·瓦西里耶夫娜 是呀，我想是这样的。

丽　　莎 有一段时间里，觉得解决不了，突然间全解决啦。

安娜·德米特里耶夫娜 喂，维克多，毛线带来了吗？

卡 列 宁 带来啦，带来啦。[拿起袋子，挑东西。]毛线在这儿。还有花露水，还有信，这是写着你名字的信封。[递给妻子。]行啦，玛丽亚·瓦西里耶夫娜，您是不是要洗一洗？我带您去。我自己也需要洗一洗，就该用午餐了。丽莎！是不是安排玛丽亚·瓦西里耶夫娜到楼下拐角的房间里？

[丽莎脸色苍白，双手发抖，拿着信看。]

你怎么啦？丽莎！那里写的什么？

丽　　莎　他活着。天呀！他什么时候才能放过我！维克多！这是怎么一回事？[痛哭。]

卡 列 宁　[拿起信念。] 这太可怕啦。

安娜·德米特里耶夫娜　什么事，说呀。

卡 列 宁　这太可怕啦。他还活着。她犯了重婚罪。我也是罪犯。这是法院侦查官的文件，信上传唤丽莎过去。

安娜·德米特里耶夫娜　怎么会有如此恶劣的人……他为什么要这样做？

卡 列 宁　全是谎言，谎言。

丽　　莎　唉，我恨死他了，我不知道我在说些什么。[哭着退场，卡列宁跟着她。]

第三场

安娜·德米特里耶夫娜和玛丽亚·瓦西里耶夫娜。

玛丽亚·瓦西里耶夫娜　他怎么还活着？

安娜·德米特里耶夫娜　我只知道，一旦维克多接触这个肮脏的世界，他们就会紧紧抓住他不放。这不，抓住他了。全是欺骗，全是谎言。

[幕落。]

第六幕

第一景

法院侦查官的侦讯室。

第一场

法院侦查官、梅利尼科夫和文书。

法院侦查官 [坐在桌旁，同梅利尼科夫交谈。文书在一旁整理文件。] 我从来没对她说过这些话。是她臆想出来的，然后就责怪我，

梅利尼科夫 她不是责怪，是感到伤心。

法院侦查官 噢，那好吧，我来吃午餐。这会儿有一件很有趣的案子。[对文书说。] 请他们进来。

文　　书 两位都请?

法院侦查官 [吸完烟，把烟卷收起。] 不，只请卡列尼娜女士，不过，正确点说，照第一任丈夫——普罗塔索娃。

梅利尼科夫 哦，原来是卡列尼娜。

法院侦查官 是的，一桩肮脏案件。就算我刚开始侦办，就觉得不好。唉，再见。

[梅利尼科夫退场。]

第二场

法院侦查官、文书和戴着面纱身穿黑服的丽莎。

法院侦查官 请坐。[指着椅子。] 请您相信，很抱歉，有必要向您提出一些问题，不得已呀……请放心，您有权不回答问讯。不过，在下意见是，对您，对大家来说，最好说实话。这样总是好一些，而且更实际一些。

丽　　莎 我没什么好隐瞒的。

法院侦查官 好啊。[看着文件。] 您的大名，称号，宗教信仰，这些我都记下来了，对吗？

丽　　莎 是的。

法院侦查官 您被指控知道您丈夫活着，却嫁给了另外一个人。

丽　　莎 当时我不知道。

法院侦查官 还有，您被指控用金钱收买了丈夫，说服他干了欺骗的事——假自杀，目的是摆脱他。

丽　　莎 这都不是实情。

法院侦查官 那么，请允许提几个问题。您去年七月是不是给他汇了一千二百卢布？

丽　　莎 那是他的钱。是出售他的物件收到的钱。自从我同他分开以后，等待他办离婚，他的钱就汇给他了。

法院侦查官 是这样。很好。钱是七月十七日汇出的，就是在他消失前两天。

丽　　莎 好像是七月十七日。我不记得了。

法院侦查官 那么为什么撤回了递交给宗教法院的申请书的同时不找律师呢？

丽　　莎 我不知道。

法院侦查官 哦，在警察局请您去认尸体时，您是怎么认定那就是您丈夫？

丽　　莎 我当时很激动，无法看遗体。我相信那就是他。因此，问我的时候，我回答说，好像就是他。

法院侦查官 是的，您没有仔细看，因为您很激动，可以理解。好吧。嗯，请问，您为什么每月都往萨拉托夫市汇钱，就是您第一个丈夫居住的城市？

丽　　莎 钱是我丈夫汇的。我无法说明用途，因为这不是我的秘密。只不过钱不是汇给费奥多尔·瓦西里耶维奇的。我们坚信他已经不在人世。这一点我可以确切地告诉您。

法院侦查官 很好。有一点想提请您注意，尊敬的夫人，我们是法律的公仆，可这并不妨碍我们做人。请相信，我完全理解您的处境，也很同情您。您同一个花光家产，多次对您不忠，总之，给您带来了不幸的人结合过。

丽　　莎 我爱过他。

法院侦查官 是的。可是，您自然有摆脱他的意愿。您就选择了这种最简单的办法，可是，您没考虑到，这样做会导致犯重婚罪。这一点我也理解。陪审官们也会理解的。因此，我建议您说出全部实情。

丽　　莎　我没什么可以说的。我从来没有撒过谎。[哭。]还有什么要我说的？

法院侦查官　我想请您在这里再呆一会儿。我不会再提问题打扰您，只是请您过目一下审问记录，签上字。您的供词都正确地表述出来了？请到这边来。[指着窗前的沙发椅子。对文书说。] 请卡列宁先生进来。

第三场

前场人物。卡列宁严肃地、隆重地登场。

法院侦查官　请坐。

卡 列 宁　谢谢！[站着。] 有什么事吗？

法院侦查官　我必须审问您。

卡 列 宁　凭什么资格？

法院侦查官　[含笑。] 我以法院侦查官的身份审问您。我必须审问您，您是被告人。

卡 列 宁　原来是这回事，指控我什么呢？

法院侦查官　您娶了已婚女人。[1] 不过，我们还是按次序来提问。请坐下。

卡 列 宁　谢谢！

---

① 手稿中为：重婚罪。

法院侦查官　姓名？

卡　列　宁　维克多·卡列宁。

法院侦查官　身份？

卡　列　宁　侍从官，四等文官。

法院侦查官　年龄？

卡　列　宁　三十八岁。

法院侦查官　宗教信仰？

卡　列　宁　信仰正教。没受过法院审问，也没有受过侦讯。还有什么？

法院侦查官　您同费奥多尔·瓦西里耶维奇·普罗塔索夫的妻子结婚的时候，是否知道他还活着？

卡　列　宁　不知道。我们两个人都坚信他淹死了。

法院侦查官　在有了普罗塔索夫死亡的虚假消息后，您每月汇款到萨拉托夫市去给谁？

卡　列　宁　我不愿意回答这个问题。

法院侦查官　很好。七月十七日，就在普罗塔索夫临装死之前，您抱什么目的汇给他一千二百卢布呢？

卡　列　宁　这些钱是我妻子交给我的。

法院侦查官　是普罗塔索娃女士交给您的？

卡　列　宁　是我妻子汇给她丈夫的钱。她认为这些钱是她丈夫的财产。在跟他断绝关系之后，她认为抓住这些钱不放，是不公平的。

法院侦查官　现在还有一个问题——你们为什么撤回离婚申请书呢？

卡　列　宁　因为费奥多尔·瓦西里耶维奇负责提交离婚申请

书，他写信告诉我的。

法院侦查官 您有这封信吗？

卡 列 宁 信遗失了。

法院侦查官 很奇怪，信遗失了，没有任何东西足以使司法机关相信您的供词是真实的。

卡 列 宁 您还需要什么吗？

法院侦查官 除了尽责之外，我什么都不需要。您则需要证明自己无罪。我刚才劝普罗塔索娃女士，现在也劝您——不要隐瞒人人都清楚的事，把实情全说出来。再说普罗塔索夫先生的处境是，他已经把实情都供出来了。很可能他会在法庭上也这样供认的。我想劝您这样做。

卡 列 宁 我想请您不要超越您的职责范围。至于忠告，您还是留给自己吧。我们可以走了吗？［走到丽莎身边。她站起来，挽住他的手。］

法院侦查官 很遗憾，我要扣留您二位……

［卡列宁惊讶地转过身来。］

哦，不是要逮捕你们。尽管这样对侦查实情要方便一些。我不会采用这种措施。我只是想在您在场的情况下，审讯普罗塔索夫，你们可以当面对质，便于你们揭露他说谎。请坐。带普罗塔索夫先生。

第四场

前场人物。肮脏沉沦的费佳登场。

费　　佳　[对丽莎和卡列宁说。] 丽莎，伊丽莎白·安德列耶芙娜，维克多。不是我的过错。本想做得好一些。如果我有错的话……请原谅，请原谅……［向他们深深鞠躬。]

法院侦查官　请回答讯问。

费　　佳　请问吧。

法院侦查官　您的姓名？

费　　佳　您是知道的呀。

法院侦查官　请您回答。

费　　佳　好吧，费奥多尔·普罗塔索夫。

法院侦查官　您的身份、年龄、宗教信仰？

费　　佳　[沉默。] 您还好意思讯问这些愚蠢的事？您问需要的事，别废话。

法院侦查官　我请您在说话的时候当心一些，回答我的讯问。

费　　佳　哼，既然您好意思问，那就请问吧。身份——学士。年龄— 四十。宗教信仰——正教徒。嗯，还有吗？

法院侦查官　卡列宁先生和您的妻子，在您把衣服留在了河边，自己却溜走了之后，知道您还活着吗？

费　　佳　自然不知道。我确实想自杀的，可是后来……嗯，这一点就不必说了。因为他们一点都不知道。

法院侦查官　那您为什么对警官供认的是另一回事？

费　　佳　哪位警官？啊，就是到尔扎诺夫家找我的那位？我当时喝醉了，对他说了谎。说了什么，我不记得了。这全是胡说。现在我没喝醉，说的全是真情。他们什么都不知道。他们相信我已经不在人世。我也很高兴是这样的。如果不是那个混账东西阿尔捷米耶夫。如果说什么人有罪的话，那就是我一个人。

法院侦查官　我理解您想做一个宽宏大量的人，可是法律要求真理。为什么要给您汇钱呢？

[费佳不说话。]

您是通过西蒙诺夫收到汇往萨拉托夫给您的钱吗？

[费佳不说话。]

您为什么不回答讯问呢？笔录里会写上受指控者未回答这些问题，这会对您对他们都有害。那怎么办呢？

费　　佳　[沉默之后。] 唉，侦查官先生，您不感到害臊吗？您为什么要干涉别人的生活？您高兴自己有权了。为了显示自己的权力，您不是在肉体上，而是在道德上折磨人们。这些人比您要好一千倍。

法院侦查官　请您……

费　　佳　没什么可请的。我会谈我的想法。[对文书。] 您来记录。至少审问记录里第一次出现了有理性的人话。[提高嗓门。] 有那么三个人——我，他，她。

三人之间的关系复杂，善与恶的斗争，一种精神斗争，对此您一点概念都没有。这种斗争以解决一切问题的某种情况结束。大家都会平静下来。他们幸福，——他们喜欢怀念我。我堕落了，但是我幸福，因为我做了应当做的事。我这个无用之人，退出了生活，为的是不妨碍那些充满生机和优秀的人们。我们大家都活着。突然间冒出来一个混账东西，敲诈者。他要求我参加敲诈活动。我赶跑了他。他来找您，您这位正义斗士，这位卫道者。您呢，每月二十号为干伤天害理的事领取几个小钱，穿上制服，作威作福地耍弄人家，可被您耍弄的那些人的小指头都比您更高贵。他们连大门都不让您进去。您总算找到了，还洋洋得意呢……

法院侦查官　我要把您赶出去。

费　　佳　我谁也不怕，因为我是一具死尸，您不能把我怎么样。没有比我现在处境更糟糕的情况了。您赶吧。

卡 列 宁　我们可以走了吗?

法院侦查官　等一等，需要在笔录上签字。

费　　佳　假如您不是那么恶劣，会是多么可笑啊。

法院侦查官　把他带出去。我要逮捕您。

费　　佳　[对卡列宁和丽莎说。] 请原谅。

卡 列 宁　[走到他面前，握手。] 本来就该是这样的。

[丽莎走过去，费佳鞠躬。]

[幕落。]

第二景

地区法院走廊。背景是一扇玻璃门。门旁站着警卫。稍右是另一扇门，被告由此门被带上法庭。伊万·彼得罗维奇衣不蔽体，走向第一扇门，想进去。

第一场

警卫和伊万·彼得罗维奇。

警　　卫　去哪儿？不行。就是不行。哼，乱钻呢。

伊万·彼得罗维奇　为什么不行？法律规定——庭审是公开的。

[响起掌声。]

警　　卫　不行，就是不行。命令不放进去。

伊万·彼得罗维奇　没教养。你不知道你跟谁在说话。

[一名身穿燕尾服的青年律师登场。]

第二场

前场人物和青年律师。

青年律师　您干吗？与案件有关吗？

伊万·彼得罗维奇　没有。我是旁听的。可这个没教养的东西，看门狗，不放我进去。

青年律师 可是这里不对公众开放啊！

伊万·彼得罗维奇 我知道。那边不放人进去。可是应该放我进去的呀。

青年律师 等一等，这会儿就有中间休息。[*正想走开，却碰上阿布列兹科夫公爵。*]

第三场

前场人物和阿布列兹科夫公爵。

阿布列兹科夫公爵 请问，案情进展如何？

青年律师 律师们在辩论。彼特鲁申在发言。

[*掌声再起。*]

阿布列兹科夫公爵 是吗？被告态度如何？

青年律师 庄重，豁达。特别是卡列宁和伊丽莎白·安德列耶芙娜。不是在审判他们，而是他们审判社会。这一点可以感觉到。彼特鲁申说的就是这个主题。

阿布列兹科夫公爵 那么普罗塔索夫呢？

青年律师 他极其激动。全身都有点发抖。从他的生活情况来看，这是可以理解的。可是他特别激动——数次打断检察长和律师的话。处于一种特别激动的状态。

阿布列兹科夫公爵 您看会有什么结果？

青年律师 很难说。陪审团组成人员是混合型的。至少不承认预谋，然而……

[一位先生从里面走出来。阿布列兹科夫公爵朝门走去。]

您想进去？

阿布列兹科夫公爵 是的，我想进去。

青年律师 您是阿布列兹科夫公爵？

阿布列兹科夫公爵 我是的。

青年律师 [对警卫说。] 放他进去。那里现在左边有一个空位子。[警卫放阿布列兹科夫公爵进去。]

[门打开，可以看见律师正在发言。]

第四场

警卫、青年律师和伊万·彼得罗维奇。

伊万·彼得罗维奇 一群贵族哥儿们！我是精神贵族，比他们要高一等。

青年律师 哦，对不起。[走过去。]

第五场

警卫、伊万·彼得罗维奇，佩图什科夫匆匆忙忙登场。

佩图什科夫 哦，你好，伊万·彼得罗维奇！情况怎么样？

伊万·彼得罗维奇 律师们还在辩论呢。还是不让进去。

警　　卫 你们不要在这里大声喧哗。这里不是酒馆。

[再次响起掌声。门开。律师们和旁观人员登场——男男女女。]

第六场

前场人物、一位女士和一位军官。

女　　士　太感人了。叫人直流眼泪。

军　　官　比任何一部小说都好看。只有一点不明白——她怎么能爱上这种人。太糟糕的人物。

第七场

前场人物。另一扇门打开，被告们登场——先是丽莎和卡列宁，他们穿过走廊。他们之后是费佳独自一人。

女　　士　轻点。他来了。您瞧，他好激动呀。[女士和军官走过去。]

费　　佳　[走到伊万·彼得罗维奇面前。]你带来了？

伊万·彼得罗维奇　在这儿。[给他一样东西。]

费　　佳　[塞到衣袋里，想走开。看见佩图什科夫。]太愚蠢了。太枯燥了。毫无意义。[想走开。]

第八场

前场人物和佩图什科夫，肥肥胖胖的、脸色红润的、激动兴奋的律师走过来。

彼特鲁申 嗯，老兄，咱们的情况好极啦，不过，您在最后辩论中别给我捣乱。

费　　佳 我不发言了，有什么可对他们说的？我不说了。

彼特鲁申 不，要发言。您用不着担心。现在一切都在掌控之中。您就把您对我说的话，再说一遍。如果他们要定罪，只能说您没有自杀。就是说，按法律，无论是民法，还是宗教法规，都算是犯罪。

费　　佳 我什么都不说。

彼特鲁申 为什么？

费　　佳 我不想发言，就不发言。不过，请您告诉我，最差的情况会怎么样？

彼特鲁申 我已经对您说过了——最差的情况是流放到西伯利亚去。

费　　佳 流放谁？

彼特鲁申 流放您和您妻子。

费　　佳 最佳的情况呢？

彼特鲁申 教堂忏悔，当然，还有撤消第二次婚姻。

费　　佳　就是说，他们还是要把我同她，就是说，把她同我捆绑在一起？

彼特鲁申　是的。就该是这样的。不过，您别担心。还有，您就照我说的去说一下。仅此而已。最主要的是，不要多说。喂，不过…… [发现人们把他们围了起来，听他们说话。] 我累啦，我去坐一会儿。您也休息一下，陪审团正在商量呢。最主要的是，不要胆怯。

费　　佳　不会有另外的判决？

彼特鲁申　[退场。] 不会有任何其它方案。

第九场

前场人物，彼特鲁申除外，还有法警。

法　　警　请进来，请进来，不要都站在走廊里。

费　　佳　就来。[掏出手枪，朝自己的心脏开枪。倒地，大家都奔向他。] 没什么，我感觉，很好，丽莎……

第十场

旁听人、法官、被告、证人，从各个门里奔出来。丽莎跑在大家前面。后面是玛莎和卡列宁、伊万·彼得罗维奇、阿布列兹科夫公爵。

丽　　莎　费佳，你这是干什么？为什么？

费　　佳　请你原谅我，我没有别的办法……可以解脱你……不是为了你……这样对我更好。因为我早……就准备好了……

丽　　莎　你一定要活下来。

［医生弯腰，听诊。］

费　　佳　不用医生我也知道……维克多，永别了。玛莎来晚了……［哭。］多好呀……多好呀……

［死去。］

［幕落。］

Л. Н. Толстой

И Свет во Тьме Светит

图书在版编目（CIP）数据

光在黑暗中发亮：托尔斯泰戏剧集 /（俄罗斯）托尔斯泰著；白嗣宏译 .-- 上海：上海译文出版社，2025. 4. --（译文经典）. -- ISBN 978-7-5327-9795-0

Ⅰ. I512. 34

中国国家版本馆 CIP 数据核字第 2025BE9250 号

光在黑暗中发亮

［俄］托尔斯泰　著　白嗣宏　译

责任编辑 / 刘　晨　装帧设计 / 张志全工作室

上海译文出版社有限公司出版、发行
网址：www.yiwen.com.cn
201101　上海市闵行区号景路 159 弄 B 座
浙江新华数码印务有限公司印刷

开本 787 × 1092　1/32　印张 18.5　插页 5　字数 202,000
2025 年 4 月第 1 版　2025 年 4 月第 1 次印刷
印数：0,001—6,000 册

ISBN　978-7-5327-9795-0
定价：78.00 元